Les fantômes du Panassa

Yves-Daniel CROUZET

Les fantômes du Panassa

Roman

éditions Les Nouveaux Auteurs

Éditions Les Nouveaux Auteurs

4, rue Daru. 75008 Paris
www.lesnouveauxauteurs.com

PRISMA ÉDITIONS

6, rue Daru. 75008 Paris
www.prismashop.fr

 ISBN : 978-2-917144-49-7

PREMIÈRE
PARTIE

CHAPITRE 1

Christophe Chalier éprouva un subit et inattendu pincement au cœur au moment où le train démarra et, après un léger cahot, quitta la gare de Lyon PeyRrache. À bien y réfléchir, c'était davantage une sourde appréhension, une sensation de malaise, qu'un simple pincement de cœur.

Il leva la tête de son ordinateur portable et constata qu'une femme s'était installée en face de lui. Il répondit par un vague mouvement à son sourire et tourna son regard vers la fenêtre. Le train glissait lentement entre les quais de béton, comme une péniche quittant son mouillage. De part et d'autre, des immeubles anciens aux allures de falaises livides semblaient sur le point de s'écrouler sur eux.

Il avait pris le TGV pour Saint-Étienne deux heures plus tôt à Paris. Celui-ci n'étant pas direct, il avait dû effectuer un changement à Lyon. Tout à son travail, il n'avait pas vu le temps passer, mais maintenant qu'il approchait de sa destination…

Il poussa un imperceptible soupir. Ah ! Le pouvoir de l'inconscient, cet étranger à l'allure familière qui rôde dans notre cerveau…

Peut-être, songea-t-il, commençait-il seulement à réaliser qu'il s'était lancé dans une entreprise dont il n'était pas certain de vouloir connaître l'issue.

– Vous vous rendez à Saint-Étienne ?

Personne d'autre n'était à proximité, il en déduisit que c'était à lui que la femme parlait. Détournant les yeux des murs lépreux de la capitale des Gaules, il regarda son interlocutrice.

Elle pouvait avoir une cinquantaine d'années. Peut-être moins. Difficile de se faire une idée avec un tel visage, rond et frais comme celui d'une charcutière de campagne. Là s'arrêtait toutefois la comparaison, car aucune charcutière dans l'exercice de ses fonctions n'aurait osé porter un tel tailleur. Tout dans son attitude, dos droit, poitrine en avant, petit sourire satisfait, dénotait la suffisance et le contentement de soi.

– Oui, répondit-il simplement.

Il ne put s'empêcher de lorgner le collier de grosses perles qui ruisselait entre ses seins généreux.

Chalier se demanda pour quelle raison elle était venue s'asseoir justement en face de lui alors qu'il y avait tant de place ailleurs. L'envie de parler à quelqu'un ? La crainte de voyager seule ?

– Pour affaires ou pour le plaisir ? demanda-t-elle, visiblement pas rebutée par sa réponse lapidaire.

Il eut une moue amusée.

– Pour le plaisir ? Peut-on vraiment aller à Saint-Étienne pour le plaisir ?

Elle lui adressa un sourire pincé, lourd de réprobation.

– Et pourquoi pas, je vous le demande ? Que reprochez-vous à Saint-Étienne ? Vous faites sans doute partie de ces gens qui se plaisent à dénigrer la ville sans la connaître !

Il leva les mains en signe d'apaisement.

– Excusez-moi ! Je ne voulais pas être désagréable. Je suis moi-même originaire de Saint-Étienne. Alors… je crois que je connais un peu le sujet.

– Ah ? fit la femme d'un air sceptique. Et vous y habitez toujours ?

Christophe Chalier se dit que c'était bien sa chance d'être tombé sur une pipelette. Mais, après tout, un peu de conversation lui changerait peut-être les idées.

– Non. Je vis à Paris. En fait, je n'y suis pas revenu depuis… pas mal de temps.

Un sourire illumina le visage poupin de son interlocutrice.

– Ah ! s'exclama-t-elle. Je me disais bien… Vous savez, Saint-Étienne a beaucoup changé ces dernières années. Ce n'est plus la ville noire et triste d'autrefois. La mine, Manufrance, la sidérurgie… c'est du passé ! Le vieux Saint-Étienne est mort et c'est tant mieux !

Christophe Chalier tenta de masquer son amusement en regardant au-dehors. Un immense chantier s'étendait sur sa droite. La terre était retournée sur des hectares. Ici et là de vastes trous remplis d'eau ressemblaient à des piscines à ciel ouvert.

– Je n'en doute pas ! finit-il par dire. Et j'ai hâte de voir ça. Que faites-vous dans la vie ?

La femme se rengorgea, ce qui eut pour effet de faire ressortir davantage encore son imposante poitrine.

– J'enseigne le marketing stratégique et fondamental, ainsi que les techniques de négociation à l'université de Saint-Étienne. Je donne également des cours et des conférences. Je m'appelle Josiane Hochard. Et vous ?

Chalier hésita un instant. Que voulait-elle savoir au juste ? Son nom ou son métier ? D'ailleurs que faisait-il exactement ? Journaliste ? Écrivain ? Collecteur de mythes et légendes ?

Comme il animait également des ateliers d'écriture et donnait des conférences sur les littératures régionales, il préféra répondre :

– Je suis enseignant, moi aussi. En littérature.

C'était mieux ainsi. De toute manière, il lui avait toujours paru incroyablement pompeux de se présenter en tant qu'écrivain. Et pourquoi pas auteur, pendant qu'on y était !

– Ah ! fit la femme avec le plaisir manifeste de quelqu'un qui vient de rencontrer un membre de sa propre corporation. Comme c'est intéressant !

Il détourna la tête pour contempler le paysage de zones industrielles qui s'étendait sous ses yeux, en espérant qu'elle le laisse tranquille. Vœu pieux, car Josiane Hochard revint bientôt à la charge :

– Vous venez pour voir votre famille ou pour le travail ?

Il se força à la regarder en se demandant pourquoi elle insistait tant à lui parler. Il remarqua ses mains dodues parfaitement manucurées et ornées de grosses bagues, mais dépourvues d'alliance. Se pouvait-il qu'elle cherche une aventure ? Il imaginait assez mal cette bourgeoise presque quinquagénaire se livrer à des ébats sexuels mais, après tout, comme le disait fort justement Jacques Brel : *Il faut bien que le corps exulte !* Il essaya de se représenter grimpant cette montagne de suffisance et en repoussa aussitôt l'idée.

– Ni l'un ni l'autre, dit-il d'une voix volontairement dramatique. Je viens commémorer le décès d'un ancien camarade.

Ce n'était pas tout à fait exact, ni aussi simple. Les raisons de son retour étaient plus complexes. Pourtant, le fait de se trouver aujourd'hui dans ce train en route pour sa ville natale ne s'apparentait-il pas à une sorte de pèlerinage ?

Un appel sinistre avait retenti du lointain passé, l'avait tiré de son douillet appartement parisien, pour le ramener ici.

L'appel d'une époque oubliée.

Machinalement, il jeta un regard à la poche de sa veste suspendue à côté de lui.

– Oh ! fit la femme soudain gênée. Je suis vraiment désolée. Je ne voulais pas être indiscrète.

Il secoua la tête :

– Ce n'est rien... Tout ça est arrivé... il y a bien longtemps.

Comme pour démentir ses paroles, il afficha un air lugubre et s'abîma dans la contemplation du paysage.

Après avoir quitté la périphérie lyonnaise, le train s'enfonçait à présent dans la vallée du Gier. Sur la droite, l'autoroute A 47, reliant Lyon à Saint-Étienne, étirait une langue d'asphalte chargée de milliers de pustules frénétiques. Les usines désaffectées se succédaient, leurs murs chargés de tags et de graffitis incompréhensibles. Les ouvriers en bleus de chauffe avaient depuis longtemps laissé la place aux bandes d'ados en jeans. Ici et là, de hautes cheminées de briques rouges, cerclées de rubans métalliques, d'où plus aucune fumée ne s'échappait, dressaient un doigt vindicatif vers le ciel couleur ciment.

Sur la gauche, une campagne malade et gangrenée essayait de survivre à la rudesse d'un hiver sans fin.

Chalier réalisa que le paysage qui l'entourait était resté inchangé pendant toutes ces années. Il était toujours aussi intemporel, lugubre et désespérant.

Combien de fois avait-il pris ce train ? Des centaines, des milliers de fois peut-être. D'abord à l'époque où il effectuait ses études à Lyon. Ensuite, à chaque permission, pour revenir de Fribourg en Allemagne où il faisait son service militaire.

Par la suite, il était monté à Paris et l'avait pris de moins en moins souvent. Pour rester en contact avec les copains surtout... Au fur et à mesure que ceux-ci se mariaient ou allaient chercher du travail ailleurs, ses retours s'étaient espacés. Finalement, il n'était plus venu que de temps en temps, pour rendre visite à sa mère.

Jusqu'à ce que ces allers-retours deviennent inutiles. Par la force des choses. Le dernier d'entre eux avait eu lieu une quinzaine d'années auparavant lorsqu'il l'avait mise en terre.

Il n'était pas revenu depuis.

Il s'efforça sans succès de repousser les cumulonimbus qui s'amoncelaient sous son crâne.

L'alignement de petits jardins étriqués, les murs lézardés et les façades décrépies des maisons ouvrières ne le portèrent pas à plus d'enthousiasme. De l'autre côté de la voie de chemin de fer, une succession de mornes collines et de sombres forêts montaient à l'assaut du massif du Pilat.

« Désolant ! » songea-t-il sans pouvoir réprimer un frisson.

– Il fait un froid de canard dans ces trains ! s'exclama la femme qui avait remarqué son frémissement. Cet hiver n'en finit pas !

Il hocha silencieusement la tête. Il n'avait plus envie d'être aimable. Plus envie de parler. Déjà l'ombre envahissait la vallée, couvrant d'un voile lugubre les eaux sombres du Gier en contrebas.

Pluie et brouillard.

Voilà ce qu'avaient toujours évoqué pour lui Saint-Étienne et sa région.

Grisaille et affliction.

Il n'arrivait pas à se souvenir de la ville autrement que sous la pluie, comme si le soleil effrayé par le linceul de fumée noire montant des aciéries ne trouvait pas le courage de se montrer.

Des gouttes de pluie vinrent griffer les grandes baies vitrées du TER pour le conforter dans ses souvenirs.

– Zut ! s'exclama sa voisine à mi-voix. Et moi qui n'ai pas pris mon parapluie !

Il feignit de ne pas l'avoir entendue et plissa les yeux

pour regarder une antique Dauphine qui roulait sur une route de campagne. Une Dauphine bleu ciel, comme celle que possédait son père autrefois. Une Dauphine comme celle qui était garée devant le 17 de la rue Eugène-Sue où il habitait lorsqu'il était gamin.

Il s'ébroua violemment pour chasser les souvenirs qui menaçaient de remonter à la surface.

Découragée par son mutisme, Josiane Hochard se plongea dans la lecture des *Échos*, un journal que lui-même n'avait jamais ouvert, même par simple curiosité.

Il éteignit son ordinateur et le rangea. Il était trop tard pour travailler maintenant : ils étaient presque arrivés à destination.

L'angoisse qu'il éprouvait depuis qu'ils avaient quitté Lyon n'avait cessé de croître à mesure qu'il approchait de Saint-Étienne. Ils avaient laissé Givors et Rive-de-Gier derrière eux. Saint-Chamond, le prochain arrêt, ne tarderait plus.

Il réprima un frisson lorsqu'ils s'engagèrent dans un tunnel sans fin. Il se sentait fébrile et nauséeux et, bien que ce ne soit pas dans ses habitudes, il se dit qu'il boirait bien un verre.

Il pleuvait toujours lorsqu'ils arrivèrent à Saint-Chamond. Comme un train fantôme, le convoi s'immobilisa en silence. Le quai de la gare était désert et l'horloge figée sur une heure improbable. Une poignée de passagers descendit du train et s'éparpilla sur un parking presque vide.

Christophe Chalier regretta fugitivement l'époque où le chef de gare claironnait : « Saint-Chamond ! Saint-Chamond ! Deux minutes d'arrêt ! », avec un accent tel que le voyageur savait, rien qu'en fermant les yeux, qu'il entrait en pays stéphanois. En pays gaga, puisque c'est ainsi qu'on appelle les habitants de la région.

Le train repartit sans prendre personne. De petits pavillons avec jardins s'étendaient de part et d'autre de la voie ferrée, témoignant de l'origine paysanne de la population. Il faisait prématurément sombre. Les arbres griffaient de leurs branches décharnées le ciel gris. Le jour blafard ne serait bientôt plus qu'un souvenir.

Après quelques minutes, les rares passagers du wagon se levèrent un à un. Ils enfilaient leurs manteaux en silence, récupéraient leurs valises ou leurs mallettes et se dirigeaient vers les portes.

– Au revoir ! lui lança Josiane Hochard. Et bon séjour quand même à Saint-Étienne.

Elle se dressait au-dessus de lui, souriante et avenante, plantureuse incarnation de la vanité.

– Merci !

Elle parut hésiter encore à lui dire quelque chose et puis, se ravisant, se dirigea à son tour vers l'extrémité du wagon.

Le train s'arrêta à son terminus. Il sortit bon dernier en tirant derrière lui sa valise à roulettes.

Sur le quai, des pères attendaient leur fils qu'ils serraient dans leurs bras. Des femmes sautaient au cou de leur fiancé. Des hommes se serraient la main ou se donnaient de vigoureuses accolades. Des mères réprimaient des larmes de joie. En ce vendredi, jour de retrouvailles familiales, il était un des rares passagers que personne n'attendait.

Qui aurait bien pu l'attendre, d'ailleurs ? Il ne connaissait plus personne ici, ou presque.

Il remonta le quai et traversa le hall, passant devant le traditionnel relais presse.

Son cœur cognait étrangement vite dans sa poitrine. Toc, toc, toc.

Une porte automatique s'ouvrit devant lui comme une guillotine inversée. Il hésita à faire un nouveau pas en avant.

Dans la gare, il était encore en sécurité – en zone neutre

en quelque sorte – mais dès qu'il aurait franchi le seuil, il se retrouverait des années en arrière et il n'était pas sûr d'en avoir envie.

Il suffisait qu'il fasse demi-tour et prenne le prochain train au départ pour tout laisser tomber. Pour faire comme s'il n'était jamais revenu.

Ce serait si facile de tourner le dos à son passé. De remettre son mouchoir par-dessus ses souvenirs.

Il hésita.

Tellement facile de fuir.

Fuir… N'est-ce pas ce qu'il avait fait toute sa vie ? C'est en tout cas ce que lui reprochait sa femme. Enfin, son ex-femme.

Il eut un haussement d'épaules. Autour de lui les gens s'éparpillaient comme une volée d'étourneaux après un coup de feu. Un fin crachin tombait sur le parvis de la gare rénovée. Une gare qu'il reconnaissait à peine.

Il ferait bientôt nuit et il réalisa qu'il n'avait rien prévu pour son retour au pays. Pas même un hôtel.

Il avisa une grande enseigne lumineuse dans la rue en face de lui : « Hôtel Le Terminus du voyageur ».

Un nom parfaitement approprié, songea-t-il en commençant à marcher sous la bruine et le vent glacial.

CHAPITRE 2

L'hôtel Le Terminus du voyageur, situé sur l'avenue Denfert-Rochereau, avait encore des chambres disponibles.

C'était un établissement improbable qui mélangeait des styles apparemment inconciliables : l'ancien et le moderne, le bourgeois et le bohème, le classique et le baroque. Le hall était un véritable capharnaüm – dont une imposante maquette de train – duquel se dégageait néanmoins une impression de quiétude et de confort.

Outre son aspect pittoresque, il présentait pour Christophe Chalier l'indéniable avantage de se trouver non loin du centre-ville et à deux pas de la gare, au cas où il changerait d'avis et déciderait de repartir.

Le garçon à la réception – un jeune arabe – l'accueillit avec un sourire franc et sympathique qui lui plut immédiatement.

– C'est pour une ou plusieurs nuits ? s'enquit-il.

– Je ne sais pas encore exactement. Plusieurs sans doute. Ça pose un problème ?

Le sourire du jeune homme s'épanouit.

– Aucun ! L'hôtel est presque vide en cette période. Février n'est pas vraiment un mois touristique ! Quant aux hommes d'affaires, eh bien, ils semblent s'être tous donné rendez-vous… ailleurs.

– Une dame, dans le train, vient pourtant de me vanter longuement le dynamisme de la ville, observa amusé Chalier.

Le garçon approuva énergiquement :

– Et elle avait bien raison ! Regardez-moi, j'ai un master en commerce international et je suis réceptionniste ! C'est pas une preuve ça ?

Le ton employé, bien qu'un peu désabusé, était à l'humour et tous deux rirent de la plaisanterie.

– J'espère que vous trouverez rapidement mieux, dit Chalier. Commençons par deux nuits, on verra après.

Il sortit son portefeuille et extirpa sa carte bancaire.

– Quelle chambre voulez-vous ? demanda l'employé. Vous avez le choix !

Chalier haussa les épaules en signe d'ignorance.

– Je ne sais pas. Qu'est-ce que vous me proposez ?

– Chacune de nos chambres est personnalisée. Néoclassique, coloniale, égyptienne… Moi, j'aime bien la chambre égyptienne.

Chalier sourit.

– Égyptienne ? Eh bien, pourquoi pas après tout ! Les danseuses du ventre sont fournies avec ?

Le garçon lui adressa un clin d'œil.

– Je crains que non, M..

Chalier feignit la déception.

– Le service se perd dans les palaces !

– À qui le dites-vous ! se lamenta l'autre sans cesser de sourire. À qui le dites-vous ! Mais si ça vous tente, je connais quelques endroits sympathiques où on peut s'encanailler.

Christophe Chalier refusa la proposition d'un mouvement de la main.

– Je viens juste d'arriver. Je vais d'abord me reposer un

peu. Mais je ne manquerai pas de faire appel à vous si jamais j'ai envie de m'amuser. Quel est votre nom, au fait ?

– Ismaël, mais tout le monde m'appelle Sam. Allez-y, vous pouvez composer votre code.

Chalier s'exécuta, puis récupéra sa carte.

– Très bien, Sam. Où est ma chambre... égyptienne ?

Le réceptionniste tendit un doigt devant lui.

– Au deuxième étage, M. Chalier. Chambre 207. L'ascenseur est sur votre droite. Vous voulez que je vous aide à porter vos bagages ?

– Non, merci, je n'ai presque rien. Je vais me débrouiller.

Ismaël lui tendit une feuille sortie d'une imprimante.

– La porte s'ouvre avec un code d'accès. Il figure sur votre facture. Ici.

– Parfait.

– Bonsoir, M..

– Bonsoir Sam.

Sans être spacieuse, la chambre était agréable. Les murs ocre étaient décorés de fresques égyptiennes qui toutes convergeaient vers la télévision, comme si elles voulaient s'y engouffrer et abolir ainsi les millénaires séparant les hiéroglyphes de la télé-réalité. Le lit double, couvert d'un riche tissu matelassé aux reflets mordorés, lui parut confortable.

Il jeta sa valise dessus et posa son ordinateur sur une petite table située non loin de l'unique fenêtre. Celle-ci, masquée par un voile émeraude, était encadrée de doubles rideaux brodés.

La vue, malheureusement, était moins exotique et donnait sur l'avenue Denfert-Rochereau et sur la gare en contrebas. Au moins n'avait-il pas de vis-à-vis, l'immeuble d'en face ayant visiblement récemment été détruit.

Il passa dans la salle de bains, de style oriental elle

aussi, pour prendre une douche rapide. Puis, nu comme un ver, il rangea ses vêtements dans la penderie.

Quand il eut terminé, il exhala un petit soupir. Un nouveau coup d'œil à la fenêtre l'informa que la nuit était tout à fait tombée.

« Et maintenant, qu'est-ce que je suis censé faire ? murmura-t-il pour lui-même. M'habiller et partir au hasard des rues à la recherche de souvenirs vieux de trente-cinq ans ? »

Il se dirigea vers sa veste accrochée au dossier d'un siège et tira une enveloppe d'une des poches. Pour la millième fois, il relut le mot qu'elle contenait.

Quelqu'un – Qui ? la lettre n'était pas signée – lui avait envoyé ce message pour le faire revenir à Saint-Étienne. Un message qu'il était le seul, ou presque, à pouvoir comprendre.

Pourquoi ? Il ne le savait pas encore, mais il était certain que ce quelqu'un finirait par se manifester de nouveau.

Il était perdu depuis quelques minutes dans ses réflexions, lorsque son téléphone portable sonna.

C'était Mariama sa femme ; ou plus exactement son ex-femme.

Bon sang, il n'arrivait toujours pas à se faire à cette idée ! Sans doute parce qu'ils n'avaient jamais été aussi proches que depuis qu'ils étaient divorcés.

– Chris ? Mais qu'est-ce que tu fous ? lança une voix chantante mais énervée. Tu n'as pas oublié, j'espère, qu'on devait dîner ensemble ?

Chalier jeta un regard affolé autant qu'inutile à sa montre. Il était parti sur un coup de tête sans prévenir personne et avait totalement zappé leur rendez-vous !

– Chris ? Tu m'entends ? J'ai essayé de te joindre à la maison, ça ne répondait pas. Ça fait plus d'une demi-heure que je poireaute toute seule à une table du café de la Paix !

J'ai l'air d'une pauvre conne !

– Belle comme tu es, ça m'étonnerait ! dit-il pour essayer de l'amadouer.

– Vas-te faire voir, Chris ! Tu sais que je déteste ça, attendre. J'espère que tu as une bonne raison et que tu vas ramener tes petites fesses dare-dare.

Chalier se passa une main nerveuse dans les cheveux.

– Ça risque d'être un peu difficile, chérie – mais pourquoi diable continuait-il à l'appeler chérie ? Par habitude ? Par tendresse ? Ou bien cela cachait-il quelque chose de plus ambigu ? –, c'est que… je ne suis pas à Paris, mais à… Saint-Étienne.

– À Saint-Étienne ! s'exclama Mariama. Mais qu'est-ce que tu fais à Saint-Étienne ? Il est arrivé quelque chose à André ?

Chalier grimaça à l'évocation de son père. Leurs rapports n'avaient jamais été excellents et il ne s'était pas soucié de le prévenir de son arrivée. Il n'envisageait d'ailleurs pas de lui rendre visite. Il songea brièvement à mentir pour éviter l'orage qui ne manquerait pas d'éclater s'il disait la vérité à son ex, mais, finalement, y renonça.

– Heu… non. Enfin, je ne crois pas. Ça fait une éternité que je n'ai pas eu de ses nouvelles. Je suis venu pour autre chose…

Le silence qui seul lui répondit ne présageait rien de bon.

– Mariam ? finit-il par dire.

– Et tu ne pouvais pas me prévenir, bordel ? explosa celle-ci. Tu vois, ça c'est encore un parfait exemple de ton immaturité ! Une des multiples raisons qui m'ont poussée à divorcer ! Tu te fous des autres ! Y'a que toi qui comptes ! Tu vas sans doute me dire que tu ne te souvenais plus de mon numéro de téléphone, c'est ça, hein ?

– Non, fit Chalier qui arpentait maintenant nerveusement la chambre comme un gamin honteux. J'ai oublié.

C'est tout.

– Tu as… oublié ! La belle excuse ! Tu n'as vraiment rien trouvé de mieux ?

– Heu, non. C'est juste… la vérité.

Un long silence suivit.

– Et qu'est-ce que tu fiches dans ce trou ? demanda finalement son ex-femme d'une voix redevenue calme. Je croyais que tu avais juré de ne plus y mettre les pieds.

Il se racla la gorge.

– En effet, mais… disons qu'il s'est passé un truc qui m'a fait changer d'avis.

– Ah ? Tu as retrouvé une de tes ex sur le site *Copains d'avant*, c'est ça ?

– Ouais, presque…

– Ah ? Et comment s'appelle la malheureuse ?

– Bomaki.

– Bomaki ? C'est un nom de fille, ça ?

– Non. Pas vraiment. C'était un nom écrit sur les murs… Sur les murs du passé.

Long silence méditatif à l'autre bout de la ligne. Mariama connaissait suffisamment son ex-mari pour comprendre qu'il s'était passé quelque chose d'inhabituel.

– Chris ? Tu es sûr que ça va ? demanda-t-elle d'une voix anxieuse.

– Ouais…

– Tu veux en parler ?

Chalier interrompit son piétinement pour aller regarder par la fenêtre. Le parvis de la gare était désert. En dépit des vaillants lampadaires qui luttaient contre les ténèbres, elle lui parut lugubre et inquiétante. « Comme toutes les gares désertes ! » songea-t-il. Même l'arbre métallique aux feuilles de plastique multicolore, œuvre d'un sculpteur optimiste, ne parvenait pas à la rendre moins sinistre. Même les deux chevaux bleus labourant le ciel ne parvenaient pas à dissiper cette impression.

– Je ne sais pas… murmura-t-il.

– Tu as des problèmes ?

– Non. Enfin, je ne crois pas…

Il ne chercha pas à interrompre le silence qui s'était établi entre eux. En contrebas, la rue était désespérément vide.

– Ça a un rapport avec tes cauchemars ? reprit doucement Mariama.

Il sursauta malgré lui, surpris une nouvelle fois par la perspicacité de son ex-femme.

Au début de leur liaison, elle l'avait souvent questionné à ce sujet. Et puis, comme il refusait d'en parler, elle avait fini par laisser tomber. En y réfléchissant bien, ce silence était peut-être la première pierre du mur absurde qui s'était petit à petit dressé entre eux et avait fini par les séparer.

– Plus ou moins, lâcha-t-il entre ses dents.

Un soupir de lassitude filtra depuis la place de l'Opéra.

– Écoute mon grand ! Je ne vais pas encore essayer de te tirer les vers du nez. J'ai déjà perdu trop de temps avec ça. Si tu as envie de parler, tu parles, sinon tu n'as qu'à raccrocher !

Chalier tourna le dos à la fenêtre et alla s'asseoir sur le confortable fauteuil placé devant la table de travail. Le miroir, en face de lui, lui renvoya l'image d'un homme entre deux âges, salement égaré.

– C'est un ultimatum ?

– Je n'ai plus la patience de te tenir la main pendant ton sommeil Christophe, alors soit tu craches le morceau, soit tu vas te faire foutre !

– Quelle psychologue tu fais, ma belle ! ricana Chalier.

– Vas te faire voir, Chris. Je ne suis pas d'humeur ! Je te signale quand même que tu as foutu ma soirée en l'air ! Je suis sortie plus tôt du boulot pour passer à la maison et me refaire une beauté. Tout ça pour rien ! Sans parler de la coupe de champagne qui est hors de prix ici ! Et j'en suis à la deuxième ! J'espérais bien que tu me l'offrirais. Maintenant, c'est moi qui vais devoir payer !

Chalier ne put retenir un petit rire.

– Envoie-moi la note, je te rembourserai. Non, en vérité, je suis désolé, Mariam. Tout s'est précipité. Quelqu'un m'a demandé de revenir ici. Enfin, ce n'est pas tout à fait ça, mais c'est tout comme.

Il s'interrompit et puis décida de se jeter à l'eau. Après tout, il lui devait bien ça. Surtout après toutes ces années passées à le supporter.

– Ça a un rapport avec mon enfance et ce copain... Je crois que je t'en ai parlé une fois...

– Ouais... confirma-t-elle. Le gosse qui a disparu... C'est d'ailleurs la seule et unique fois où tu as vraiment abordé le sujet. Et encore parce que tu étais à moitié saoul ! Comment s'appelait-il déjà... Bernard, c'est ça ?

– Tu as bonne mémoire. Oui, Bernard. Il jouait du violon.

– Mmmm. Tu m'as dit qu'on n'avait jamais retrouvé son ravisseur, si je me rappelle bien ?

Le fantôme de Bernard Collardo le dévisagea dans le miroir.

– Oui. Si ça se trouve, il est quelque part dans un pays de tarés, à se demander pourquoi tout le monde l'a oublié.

Il entendit un raclement de gorge à l'autre bout de la ligne. D'embarras ou d'agacement ?

– Tu ne l'as pas oublié, toi, dit Mariama. Et puis, en général, ce sont les filles qu'on enlève pour les prostituer. Pas les garçons.

– Mouais, tu dois avoir raison. Après tout, tu es bien placée pour le savoir !

Il s'en voulut aussitôt d'avoir prononcé ces mots et se mordit les lèvres.

– Excuse-moi, princesse. Je n'aurais pas dû dire ça !

Mariam, de son vrai nom Mariama Diallo, était née dans le Fouta Djalon en Guinée et savait très bien ce qu'était la prostitution. De seize à dix-huit ans, elle en avait eu un aperçu suffisant. Heureusement, elle avait eu la chance de rencontrer un coopérant qui l'avait ramenée dans ses bagages. Sans lui elle serait sans doute encore là-bas, à traîner dans les boîtes de nuit de Conakry. Ou, plus certainement, elle serait morte du sida.

– T'as toujours été un connard, Chris ! Je n'ai jamais compris ce que je pouvais te trouver !

– Je me suis souvent posé la même question.

Un ange passa.

– Pourquoi es-tu là-bas ? reprit Mariama. Tu as eu des informations ? On a trouvé de nouveaux éléments ?

Il soupira.

– Non. J'ai juste reçu un mot avant-hier.

– Un mot ?

Chalier déplia le papier qui n'avait pas quitté sa main.

– Oui : *Bomaki est de retour. Il va recommencer.*

– Et... c'est tout ?

– Oui.

– Quel rapport avec ton joueur de violon ? C'est qui ce Bomaki ?

– Je te l'ai dit : un nom qu'on voyait inscrit sur les murs de la ville quand on était gosses. Les enlèvements ont eu lieu à peu près à la même époque.

– Les enlèvements ? s'étonna Mariama. Parce qu'il y en a eu plusieurs ?

Ce nœud dans sa gorge... C'est pour ça qu'il était revenu à Saint-Étienne. Pour s'en débarrasser.

– Oui, au moins quatre à ma connaissance, reprit Chalier.

– Je ne te suis pas bien, Chris. Tu ne m'as jamais parlé de ces enlèvements, ni de Bomaki. Et aujourd'hui...

Mariama, tout en prenant garde de ne pas l'effaroucher, l'encourageait à parler. Elle tenait, enfin, une extrémité du fil et essayait de dévider la bobine sans le casser.

– Normal, j'avais presque oublié.

Dans le miroir, Bernard Collardo lui jeta un regard plein de reproches.

Non, c'était faux. Il n'avait pas oublié. Comment l'aurait-il pu d'ailleurs ? Dans ses cauchemars, il lui arrivait encore de revoir le camion et les faces hideuses des ravisseurs. Dans ses rêves, la benne était une gueule béante bardée de crocs métalliques, qui n'attendait qu'un signe pour le dévorer à son tour.

Son ex-femme marqua une courte pause avant de reprendre. Chalier crut l'entendre déglutir. Sans doute buvait-elle une gorgée de ce champagne si cher.

– Très bien, reprit-elle, quelqu'un t'écrit juste : *Bomaki est de retour. Il va recommencer.* Et toi tu files aussi sec à Saint-Étienne.

– Oui, c'est ça. Aussi sec.

– C'est plutôt bizarre, non ?

– Pas tant que ça. Je te l'ai dit, les inscriptions *Bomaki doit exister* ou *Bomaki existe* sont apparues au moment où les gosses ont disparu.

– Ce n'était peut-être qu'une coïncidence !

– Peut-être. Nous, on n'était que des gosses, on voyait ça comme une sorte de monstre, tu vois. Un truc affreux qui enlevait les gamins pour les manger. On était tous convaincus que c'était Bomaki qui était le responsable et, ensuite, notre copain...

– Bernard.

– Oui, Bernard. En fait, il a été le dernier de la liste. Après lui, les enlèvements ont cessé. Mon vieux quartier a été détruit. Les gens ont été réinstallés dans des HLM, loin du centre-ville. Je n'ai plus jamais entendu parler de Bomaki. Enfin... jusqu'à la semaine dernière où j'ai trouvé une lettre dans ma boîte.

– Et cette lettre venait d'où ?

Chalier tourna l'enveloppe entre ses doigts.

– Postée à Saint-Étienne. De la Grand-Poste. L'adresse comme le message sont écrits à la main. Une écriture maladroite comme celle d'un gamin. Ça pourrait être celle de…

Il se tut brusquement.

– De Bernard ? murmura son ex-femme.

– Oui, de Bernard, dit avec difficulté Chalier. C'est con, mais c'est ce que j'ai pensé.

– Tu as une idée de la personne qui a pu te l'envoyer ?

– Non.

– Tu ne crois quand même pas que c'est lui ?

Chalier sourit tristement à son reflet qui maintenant se superposait à celui du gamin disparu.

– Non, bien sûr. Malgré ce que j'ai dit tout à l'heure, je suis certain que le malheureux est mort depuis longtemps. En fait, c'est bientôt l'anniversaire de sa disparition. Le 10 février prochain, ça fera tout juste trente-cinq ans que Collardo a été enlevé.

Il s'interrompit et reprit presque rageusement :

– Mais une chose est certaine, c'est que celui qui m'a envoyé ce mot me connaît, ou plutôt connaissait le gosse que j'étais à cette époque.

– Un de tes autres copains ?

– C'est possible. On était une petite bande. Quatre en fait. L'un est mort. Restent les deux autres.

– Tu sais ce qu'ils sont devenus ? interrogea Mariama.

– C'est justement ce que je suis venu découvrir. Peut-être que l'un d'eux a reçu lui aussi le même mot. Je dois savoir.

– Je comprends, dit la Guinéenne après un silence. Tu penses qu'il pourrait y avoir du nouveau ?

Chalier eut un haussement d'épaules fataliste.

– Je n'en sais fichtre rien. Tout ce que je sais, c'est que je me suis senti obligé de rappliquer ici comme si un fantôme m'appelait du passé. Un fantôme me reprochant d'avoir oublié ce qui était arrivé à Collardo.

– Mais ce n'est pas le cas, Chris.

– Non. C'est là, quelque part, au fond de moi. Ce truc ne m'a jamais lâché. C'est resté tapi tout ce temps et, maintenant, on dirait que ça demande à sortir. C'est pour ça que notre rendez-vous...

– Oui, je comprends, maintenant. Tu as besoin de quelque chose ?

La voix de Mariama était douce et bienveillante. Il imagina ses grands yeux sombres, la douceur de sa peau d'ébène, sa bouche voluptueuse qui savait si bien sourire. Comme il serait bon d'être à ses côtés. Malgré sa taille de guêpe, la Peule savait être solide comme un roc. Plus d'une fois, elle l'avait démontré. En reprenant ses études par exemple et en décrochant avec brio un diplôme en ingénierie de la formation.

– Tu veux savoir si je veux que tu viennes ? Non. Tu es gentille, mais je crois qu'il faut que je fasse ça seul. Un peu comme... comme un pèlerinage, quoi.

Le rire de l'Africaine lui chatouilla agréablement l'oreille.

– Depuis quand les pèlerinages se font-ils seul ? Tu n'as jamais visité Lourdes on dirait, ou vu des images de La Mecque ?

– Eh bien, disons que le mien doit se faire seul. Enfin, pour l'instant.

– Je comprends, dit Mariama qui visiblement ne comprenait pas du tout. Tu feras attention à toi ?

Chalier laissa échapper un petit rire forcé.

– Que veux-tu qu'il m'arrive, ma douce ? Que Bomaki me mange à mon tour ? Ce n'est qu'une fable pour enfants. Un croque-mitaine. Les monstres n'existent pas.

La Guinéenne, toujours sensible aux superstitions et aux esprits bénéfiques comme maléfiques, s'empressa de démentir :

– Ils existent Chris, sois-en sûr. Ils existent tant que l'on croit en eux.

Il eut un sourire désabusé.

– Je suis trop vieux Mariam. Je ne crois plus en rien, pas même en moi.

– Pas de ça avec moi mon grand ! Moi, je crois en toi ! Je t'embrasse petit *Foté*[1]. Promets-moi juste de faire attention et de me tenir au courant.

– Promis ! dit Chalier sans pouvoir s'empêcher de croiser les doigts derrière son dos.

1 Blanc en langue soussou, couramment parlée en république de Guinée.

CHAPITRE 3

Christophe Chalier se réveilla brusquement, passant d'un sommeil lourd et compact comme un bloc d'ébène à une conscience hébétée.

Il jeta un regard torve à sa montre. Neuf heures ! Il avait dormi plus de dix heures d'affilée, ce qui ne lui était pas arrivé depuis une éternité !

« La fatigue du voyage », songea-t-il en se redressant douloureusement.

Ou la tension nerveuse.

Il vit qu'il s'était couché nu sur le couvre-lit, sans même se glisser sous les draps.

Infatigable monstre cathodique, la télévision, elle, ne s'était pas assoupie. Imperturbable, elle continuait de déverser ses programmes, en l'occurrence d'incompréhensibles dessins animés japonais.

Il se souvint d'un temps où lui-même ne manquait pas un épisode de la « Parade des dessins animés ». À cette époque, Bugs Bunny – son préféré –, Daffy Duck, Sam le Pirate, Elmer, Titi et Gros Minet, Tom et Jerry, Bip-Bip et toute la cohorte des Fous du volant déployaient des trésors d'ingéniosité pour les faire rire, lui et ses copains.

« C'était mieux avant »!, se moqua une part de lui-même avec l'accent du Francis Cabrel des Guignols.

Il adressa une grimace à l'intention de son double sardonique et s'empara de la télécommande qui était restée sur le lit à portée de main. D'un geste agacé, il interrompit l'insupportable babil des petits monstres colorés.

Le silence le ramena aussitôt à la raison qui l'avait conduit à revenir dans sa ville natale. La fameuse lettre...

« Mais par où commencer ? »

That is the question !

En tout cas, il n'avait pas fait plus de cinq cents kilomètres pour rester enfermé dans une chambre d'hôtel.

« Tu pourrais peut-être commencer par un petit déjeuner, si c'est encore possible ! » répondit une partie pragmatique de lui-même.

« Banco ! »

Mais avant cela, il devait se raser et prendre une douche. Il n'allait quand même pas se présenter comme un pagnot à ses retrouvailles avec sa ville natale.

Un pagnot. L'expression le fit involontairement sourire tandis qu'il se dirigeait vers la salle de bains. C'était un terme local qu'il n'avait pas utilisé depuis des lustres et qui, spontanément, avait refait surface.

Un pagnot dans le jargon gaga, c'est quelqu'un de mal fagoté, mal habillé.

Il se demanda vaguement si le parler *régional* avait encore cours dans les rues de la ville en cette époque de mondialisation des expressions. Il en doutait un peu. La télévision qui trônait dans toutes les maisons avait désenclavé des sociétés qui vivaient autrefois repliées sur elles-mêmes. On y avait gagné un regard sur l'autre et sur le monde ; on y avait perdu les spécificités et traditions locales, ainsi qu'une grande partie de l'âme des régions.

La douche le réveilla tout à fait et, après avoir revêtu un vêtement simple qui lui parut convenir à une ville ouvrière, il sortit de sa chambre et gagna la réception.

Le garçon qui lisait le journal derrière le comptoir n'était pas le même que celui de la veille. Celui-ci était plus âgé, rouquin, et avait le visage tavelé de taches de son.

– B'jour M. ! lança-t-il jovialement lorsqu'il vit apparaître Chalier. Vous avez bien dormi ?

– Comme un loir ! assura l'hôte en s'approchant.

– Eh bien, tant mieux !

Il posa son journal devant lui – *La Tribune-Le Progrès*, le journal local – et lança un regard interrogateur à son client.

– Vous nous quittez ?

– Non, pas encore. Dites-moi, on peut encore déjeuner ?

Le rouquin afficha une moue désolée.

– À c't' heure ? Fouilla[2] ! Je crains que ça ne soit plus possible ! Le service s'arrête à neuf heures, neuf heures trente grand maximum, et là, il est presque dix heures ! J'suis désolé ! Le mieux pour vous c'est d'aller prendre un jus[3] au bistrot. C'est pas difficile, y'en a plein en remontant l'avenue jusqu'à la place Fourneyron. Sinon, y'a aussi la gare…

– Ça m'apprendra à me lever aussi tard ! soupira Chalier. Merci quand même.

Il allait s'éloigner lorsque son attention fut attirée par le gros titre du journal posé sur le comptoir.

Un enfant disparaît dans le quartier du Clapier ! La police lance le plan Alerte Enlèvement.

– Je peux ? demanda-t-il en s'emparant du journal sans attendre de réponse.

Chalier parcourut rapidement l'article en première page. Le gamin, d'une dizaine d'années, s'appelait Emilio

---

2 Interjection locale courante exprimant un émotion vive telle que la surprise, l'enthousiasme, la joie, la contrariété.

3 Un café.

Sanchez. Il avait disparu alors qu'il rentrait chez lui après l'école. D'après ses parents c'était un enfant sage et réservé, très studieux, qui ne traînait jamais dans les rues. La police avait lancé un appel à témoins. La photographie montrait un gosse au visage sensible et aux grands yeux noirs cernés de longs cils.

« Son aspect androgyne en fait la proie idéale d'un pervers sexuel », se dit Chalier, tandis qu'une boule se formait au creux de son ventre.

Cette disparition, juste au moment où il arrivait en ville... N'était-ce qu'une coïncidence ou...

Il n'osa achever sa pensée.

Son malaise était encore accentué par le lieu du drame, le Clapier, son ancien quartier. C'est là qu'avaient disparu les enfants autrefois.

– Beauseigne[4] ! Si c'est pas une misère de voir ça ! s'indigna l'employé qui avait suivi le regard de Chalier. J'comprends pas que des gens puissent faire ça ! Et le pire, c'est que quand on en attrape un, on le remet aussitôt en liberté !

– Hein ? fit Chalier. Oui, oui...

– De toute façon la Talau[5], c'est pas suffisant pour ces types, poursuivait le rouquin. Ni la... heu comment qu'on appelle ça déjà ? Ah oui, la castration chimique ! Y z'ont le vice dans le sang, ces salauds-là. Moi, j'dis qu'y faudrait rétablir la peine de mort !

Chalier reposa le journal d'une main légèrement tremblante.

– Hé ! Ça ne va pas, M. ? fit le réceptionniste. Vous êtes tout pâlichon. On croirait que vous avez vu un fantôme ! Vous le connaissez, le matru[6] ?

---

4 Terme affectueux qu'on pourrait traduire par : « le pauvre ! »

5 Diminutif de la Talaudière, commune où se trouve le centre pénitentiaire de la région.

6 Gamin de faible constitution.

Chalier eut un signe de dénégation.

– Non, mais ça m'a rappelé de mauvais souvenirs.

– C'est pas un café qu'y vous faut, c'est un bon canon[7] ! Y'a rien de tel pour vous fouetter les sangs !

Un peu de couleur revint au visage de Chalier. Au moins, se dit-il, il était fixé : le vieux parler de Saint-Étienne n'était pas perdu, l'employé de l'hôtel venait de lui en faire une éclatante démonstration.

– C'est ça ! confirma-t-il. Je vais boire un canon !

Il sortit de l'établissement sous le regard approbateur du rouquin.

Le temps était plutôt clément pour un mois de février. Froid et sec, avec un beau rayon de soleil. Sur sa gauche, la gare de Chateaucreux, toute en poutrelles métalliques apparentes et briques polychromes, recevait son habituel flot de voyageurs pressés.

Mieux que la veille, il réalisa à quel point le quartier avait changé. L'ancien parking avait été déplacé pour faire place à un parvis accueillant et lumineux devant lequel venaient s'arrêter les tramways.

Sur la droite s'élevait un grand navire de verre et de béton : le nouveau siège social de la société Casino, l'un des derniers symboles historiques de la ville, maintenant que Manufrance avait vécu.

Il prit une profonde inspiration et décida de remonter l'avenue Denfert-Rochereau dont une partie était aujourd'hui en sens unique et encombrée de véhicules garés en épis.

La place Fourneyron avait toujours son monument aux morts, linceul de béton recouvrant la victime titanesque de toutes les dernières guerres. Il eut toutefois du mal à reconnaître l'ancienne et paisible place, transformée en cauchemar automobilistique.

---

7 Un verre de vin.

Un grand tramway blanc et vert, aux lignes futuristes, passa non loin de lui en tintinnabulant.

Autrefois, au temps de sa jeunesse, les tramways étaient ocre, ressemblaient au croisement d'une chenille et d'un hibou, et circulaient uniquement dans la Grand-Rue, entre la Terrasse et Bellevue.

Effrayé par tous ces bouleversements, il se replia vers la rue de la République qui, elle, semblait préservée.

Après quelques pas il retrouva même le bouquiniste qu'il fréquentait lorsqu'il était ado. Il regarda à travers la vitrine crasseuse. Les livres et les vieilles bandes dessinées côtoyaient d'anciens magazines, des soldats de plomb, des voitures miniatures et des livres régionaux. La boutique était déserte. Il se demanda si c'était toujours le même homme qui tenait le magasin et si, comme autrefois, il se trouvait dans son arrière-boutique à taper le carton avec ses copains.

C'était l'individu le plus nonchalant et aimable qui lui ait été donné de rencontrer. C'est chez lui, entre autres, qu'il s'était constitué sa collection de *Bob Morane* et de *Doc Savage*. C'est chez lui qu'il avait découvert Van Vogt, Asimov et Simak. Lovecraft et Howard. Brown et Bloch. Et aussi, il faut bien le dire, qu'il avait connu ses premiers émois sexuels, en lui empruntant des romans photographiques pornographiques.

Il hésita un instant à entrer. Ce n'était certainement plus le même bouquiniste. Et si par fait extraordinaire c'était encore lui, il craignait de le voir radicalement changé, différent de son souvenir.

La curiosité fut pourtant la plus forte et il poussa la porte vitrée qui s'ouvrit avec un tintement cristallin.

Personne. Il avança de quelques pas, remplissant ses poumons de l'odeur agréable des livres d'occasion. Sur la gauche : les bandes dessinées et les vieux jouets. Sur la droite : les romans. Devant lui, des disques et encore d'autres livres. Il vit les rayonnages consacrés à la science-fiction et au fantastique, et s'y dirigea, avec le sentiment de retomber en enfance.

Quelques *Rayon fantastique* et vieux *Fleuve noir* (avec la fusée !) essayaient, tant bien que mal, de subsister au milieu de la masse des *J'ai lu*, *Pocket*, *Folio* et *Livre de poche.*

– Vous cherchez toujours des *Bob Morane* ?

Surpris, Chalier se retourna. L'homme n'avait pas vieilli d'un poil. Toujours le même physique à la Columbo. Toujours le même sourire nonchalant. La même dégaine négligée d'individu au-delà des codes vestimentaires et des modes, que rien – pas même le temps – ne semblait pouvoir atteindre.

– Vous n'avez pas changé, dit Chalier.

– Vous non plus, dit le bouquiniste en s'approchant tranquillement. Surtout si vous faites toujours la collec des *Bob Mor* !

Ils échangèrent une poignée de main franche et cordiale.

– Vous êtes de retour au pays ?

– Oui, si on veut. Et vous, toujours dans les bouquins ?

– Les bouquins, les bédés, les magazines, les cartes postales anciennes, les vieux jouets, les vinyles... Tout ce qui est vieux, quoi. Je fais commerce de la nostalgie. Vous cherchez quelque chose en particulier ?

– Non, pas vraiment. Je passais dans la rue...

– Et vous avez vu de la lumière... Ouais, je connais.

Un silence un peu gêné succéda aux retrouvailles. Ils étaient, après tout, des inconnus l'un pour l'autre.

– Bah ! se reprit Chalier. Il me faut quelque chose à lire pendant mon séjour. Vous n'avez pas un truc sur le vieux Saint-Étienne ?

L'autre hocha la tête, l'air ravi.

– J'en ai même plein ! Quelle période exactement ? Le

XIXe siècle ? Début XXe ? Et puis, quel thème ? La mine ? La manufacture ?

– Disons plutôt les années 60 et 70.

– Le foot ? L'épopée des Verts ?

– Heu… non, plutôt quelque chose sur les vieux quartiers. Ceux qu'on a détruits près du Babet et du Clapier. Un livre avec des photographies, si possible.

Le bouquiniste gratta distraitement son crâne planté de cheveux en broussaille parsemés de fils blancs.

– Pas évident de trouver ça ! C'était l'époque de votre jeunesse, non ?

– Oui.

– À part le foot, il n'y a pas grand-chose sur cette période. Les années 70 sont un peu passées aux oubliettes. C'était pourtant une décennie intéressante. La fin de la mine, le déclin des aciéries et de Manufrance, les projets de réhabilitation urbaine… On n'a pas beaucoup publié là-dessus. Peut-être parce qu'on n'est pas très fier de cette époque…

– Justement, j'aimerais assez écrire sur ces années-là.

– Ah ? fit Columbo en levant légèrement ses lourdes paupières en signe d'intérêt. Vous êtes devenu écrivain ?

Chalier eut un haussement d'épaules modeste.

– C'est un grand mot ! Disons que j'écris un peu. Des livres sur le terroir, des contes, des polars régionalistes.

– Ah bon ? Dites, si ça se trouve, j'ai des bouquins de vous ici et je ne le sais même pas !

– Si ça se trouve…

– Vous écrivez sous quel nom ?

– J'utilise un pseudonyme. Michel Limousin.

– Michel Limousin… Michel Limousin… Le nom ne m'est pas inconnu, mais je ne vois pas ce que vous avez écrit.

Une façon gentille de lui indiquer qu'il n'avait jamais lu – ou vu – aucun de ses livres.

– *La Burle*, *La piste aux loups*, *Promenades au Pays Noir*… Des livres que j'ai écrits ou coécrits.

Le bouquiniste remua la tête d'un air méditatif.

– *La piste aux loups* ça me dit bien quelque chose, mais peut-être que je confonds avec autre chose.

– Le titre est assez commun, c'est vrai.

– Ce n'est pas ce que je voulais dire.

– Ce n'est rien. De toute façon, c'est l'éditeur qui nous l'a imposé.

Columbo lui lança un regard pénétrant.

– Alors, vous avez l'intention d'écrire quelque chose sur la région ?

– J'aimerais bien. Sur Saint-Étienne, plus précisément.

– Et sur les années 70.

– Ouais. Un livre où je pourrais parler de moi et de mon enfance.

– Une autobiographie ? Alors j'espère que vous parlerez de moi, dit le bouquiniste dans un sourire.

– Je n'y manquerai pas. Je dirais quel affreux boutiquier vous étiez.

– J'y compte bien !

Ils se turent un instant, perdus dans leurs pensées, souriant un peu bêtement.

– Ce bouquin que vous cherchez… C'est pour votre documentation ? reprit le bouquiniste.

– Oui, c'est ça. Ça m'aiderait à reconstituer mes souvenirs. Surtout les photos.

Son interlocuteur se passa une main songeuse sur ses joues mal rasées.

– Ça doit bien se trouver, quand même… Écoutez, si vous voulez, je ferai des recherches. Vous ne partez pas tout de suite ?

– Non, je compte rester quelques jours.

– Très bien. Vous n'aurez qu'à passer dans le courant de la semaine prochaine. D'ici là, j'aurai sûrement trouvé votre bonheur dans mon bazar. Et puis, si je mets la main sur un de vos bouquins, je vous demanderai en échange de me le dédicacer.

– Avec plaisir.

Le bouquiniste lui adressa un clin d'œil malin.

– Ça donne plus de valeur aux livres !

– À condition que l'auteur soit connu, dit Chalier en souriant. Ce qui n'est malheureusement pas mon cas.

– Ne vous en faites pas, ça viendra !

– Je l'espère bien. Le succès posthume, très peu pour moi !

Ils rirent tous deux gentiment, puis Chalier se dirigea vers la porte.

– Dites ? dit-il en s'immobilisant, la main sur la poignée. Le nom de Bomaki vous rappelle-t-il quelque chose ?

L'autre réfléchit en se grattant derechef la tête.

– Bomaki ? C'est un écrivain ?

– Non, c'est une inscription qu'on voyait sur les murs de la ville au début des années 70. Enfin, dans le quartier du Panassa, en tout cas.

Le sosie de Columbo eut une moue désolée.

– Ça ne me dit rien. Rien du tout.

– Tant pis, dit Chalier. À bientôt.

– Oui, à la semaine prochaine. Et n'oubliez pas : préparez votre stylo !

Il sortit en souriant. Décidément, le marchand n'avait pas changé ; c'en était presque rassurant.

Il lui avait bien dit « À la semaine prochaine ? »

Il ne savait même pas où il serait la semaine prochaine ! Toujours à Saint-Étienne à marcher sur les traces d'un fantôme ou à Paris avec son ex-épouse, un fantôme chassant l'autre ?

Sa rencontre avec le bouquiniste lui laissait un arrière-goût bizarre, comme si toutes ces années écoulées avaient été curieusement abolies.

Pourtant l'adolescent qu'il avait été était loin à présent, et l'homme qu'il était devenu, bien différent de celui qu'il avait rêvé d'être.

Le gamin rêvait de voyages et de grandes aventures. L'adulte n'était que rarement sorti du territoire français. L'adolescent voulait être grand reporter. L'homme s'était retrouvé pigiste aux *Dernières nouvelles d'Alsace*. Pas de grand destin. Tout juste vivotait-il de ses nombreuses activités : journaliste, romancier, essayiste, conférencier, formateur, chroniqueur, critique…

Il se demanda si le jeune et bouillant Christophe Chalier aurait été fier de l'adulte qu'il était à présent et sut avec certitude que la réponse était négative. Quelque chose, à un moment donné, l'avait empêché de déployer ses ailes et de s'envoler.

Tu iras loin… si les p'tits cochons te mangent pas ! avait coutume de plaisanter l'un de ses oncles. Eh bien, il faut croire que les petits cochons l'avaient rattrapé et mangé. À moins que ce ne fût le grand méchant loup.

« Ou Bomaki… »

Il passa non loin de l'église Sainte-Marie dont les trois dômes byzantins vert-de-gris, surmontés de croix et d'étoiles, tranchaient curieusement avec l'architecture austère des immeubles alentour. Poursuivant son chemin, il arriva sur la place de l'Hôtel-de-Ville.

Je n'ai toujours pas pris mon café, songea-t-il.

Il regarda sa montre : onze heures passées. C'était plutôt l'heure de l'apéro à présent.

L'heure d'un bon canon ! comme aurait dit le rouquin de l'hôtel.

Il scruta les lieux à la recherche d'un bar. Il ne les reconnaissait pas. Autrefois, il y avait un cinéma porno à l'angle des deux rues là-bas, *Le Paris*, lui semblait-il. Aujourd'hui, c'était une banque. La librairie Dubouchet avait été reconvertie en magasin de vêtements. En fait, à bien y regarder, tous les rez-de-chaussée semblaient désormais abriter des boutiques d'habillement, de restauration rapide ou de téléphones portables !

Comme une girouette cherchant le vent, il tourna sur lui-même et aperçut enfin une enseigne familière : *Le Glasgow*.

Jadis, c'était le lieu de rendez-vous des supporters de l'ASSE. Ceux des loges, pas des tribunes nord et sud.

Comme tout le monde ici, il avait encouragé les Verts, mais à cette époque, avec ses amis, ils préféraient *Aux Jardins*. L'ambiance y était plus jeune et c'était de la bière qui y coulait à flots, pas du whisky pur malt !

« Aux *Jardins* n'existait peut-être plus, tandis que *Le Glasgow* lui tendait les bras, alors...

Cinq minutes plus tard, il s'installait à une table et commandait un Tango, en mémoire du bon vieux temps.

Le bar était calme et attendait encore sa première vague de clients. Quelques habitués étaient accoudés au comptoir : la copine d'un des serveurs apparemment, d'après le regard dont elle le couvait, une femme à l'âge incertain, très fardé discutant avec un gros type et un homme d'affaires, l'oreille collée à son portable.

Dans la salle, hormis la sienne, seules deux tables étaient occupées ; l'une par un homme qui lisait le journal en sirotant un pastis et l'autre par deux filles. De celles dont on dit qu'elles ont *mauvais genre*.

Il but une gorgée de sa bière grenadine et la trouva trop sucrée. Son regard glissa autour de lui. Il était un peu déçu L'établissement se voulait chic avec ses boiseries, ses cuivres, ses photos de joueurs et ses affiches, mais il manquait de chaleur. Il termina rapidement son verre et décida d'aller chercher ailleurs un endroit où grignoter quelque chose.

Avisant la note dans sa petite soucoupe argentée, il tira

son portefeuille de sa poche. L'enveloppe contenant le message qui l'avait ramené à Saint-Étienne vint avec.

Il la contempla pensivement, la tourna et retourna plusieurs fois dans ses mains, avant d'en soulever le rabat qu'il n'avait eu aucun mal à décoller la première fois, tant la colle était vieille et sèche. À l'intérieur, une simple feuille de papier à lettres d'un blanc passé.

Il la saisit délicatement entre ses doigts et l'ouvrit.

L'écriture était maladroite et enfantine. Il n'y avait ni lieu, ni date et encore moins de nom ou de signature.

Seuls ces mots étaient tracés à l'encre bleue : *Bomaki est de retour. Il va recommencer !*

Chalier jeta un regard à l'homme qui lisait le journal à quelques tables de lui. Le titre principal était parfaitement visible : *Un enfant disparaît dans le quartier du Clapier !*

Ça ne pouvait être un simple hasard. Celui qui avait écrit ce mot et le lui avait envoyé savait que cet enlèvement allait se produire. Peut-être même en connaissait-il l'auteur !

Peut-être en était-il l'auteur !

Holà ! tempéra la petite voix intérieure. *Tu ne vas pas un peu vite en besogne, là ?*

Peut-être. Peut-être pas. Il se demanda brièvement s'il ne devrait pas prévenir les flics.

Pour leur dire quoi ? Que tu as des informations capitales sur l'enlèvement du petit Emilio ? Que son ravisseur est un certain Bomaki, un fantôme qui a déjà fait parler de lui dans les années 70, mais dont personne ne se souvient plus aujourd'hui ?

Personne ?

Non, pas tout à fait. L'auteur de la lettre s'en souvenait. Lui-même s'en souvenait. Et ses anciens camarades aussi. Ils n'avaient pas pu oublier. Pas eux.

Ses copains d'enfance ! Ils étaient inséparables autrefois. Copains comme on peut l'être à dix ans. À la vie à la mort !

« À la mort surtout… », murmura-t-il entre ses lèvres.

Comment s'appelaient-ils déjà ?

« Allons, ne fais pas semblant de ne pas t'en souvenir ! Tu te souviens de chacun d'eux. »

Machinalement, il opina de la tête.

Pour commencer, il y avait…

CHAPITRE 4

– Nanard ! Mais qu'est-ce que tu fous ?

– J'y arrive pas ! Je glisse !

– Attrape ma main !

Nous étions trois ce jour-là : Bernard Collardo, dit Nanard ou Groscollas, Philippe Gascogne, qu'on appelait parfois Filou bien qu'il détestât ça, et moi, Christophe Chalier, dit Piozou parce que j'étais le plus petit.

« Rachitique », disait mon père.

Pour une fois, Angelo Lombardi n'était pas avec nous. Sa « mama », une plantureuse sicilienne bardée de cinq enfants (quatre filles et un seul garçon, ce pauvre Angelo !), l'avait consigné à la maison pour l'empêcher de traînailler avec les garagnas que nous étions.

Il faut bien reconnaître que notre petite bande, qui s'était constituée sur les bancs de l'école primaire, ne reculait devant aucune sottise.

– Dépêche-toi bon sang ! m'exclamai-je. Le type a dit qu'il allait appeler les flics !

– Tu crois ? gémit Collardo en finissant par attraper ma main tendue et par gravir en ahanant les derniers mètres de la pente terreuse.

– Tu parles ! Je suis sûr qu'il bluffait ! ricana Gascogne, qui

nous attendait tranquillement les mains sur les hanches et un grand sourire sur les lèvres. Ce badabeu n'a pas le téléphone !

Il n'était même pas essoufflé. C'était le plus costaud d'entre nous et aussi le plus intrépide. C'est lui qui nous avait entraînés dans cette aventure qui consistait à s'introduire chez Jeannot, *la buvette du terrain de pétanque, pour y dérober des bouteilles de bière consignées qu'on revendrait ensuite à l'épicier.*

Il était dans son élément, la rue, et visiblement savourait son bonheur.

Gascogne détestait l'école qui le lui rendait bien – il venait de redoubler son CM2 *– et il mettait le moins souvent possible les pieds à la maison. Il habitait un coin charmant surnommé* la cour des Miracles. *On y accédait par une venelle sans nom qui débouchait sur une petite esplanade de rochers et de terre battue, entourée de taudis. Je détestais m'y rendre. Les fils tendus entre les façades lépreuses ressemblaient à des toiles d'araignées auxquelles seraient restées accrochées de sinistres reliques ouvrières : bleus de chauffe, chaussettes rapiécées, maillots de corps blancs, robes fatiguées, bas étriqués et dessous misérables. Les égouts et les eaux usées se déversaient directement sur le sol et il fallait des talents d'équilibriste pour ne pas tomber dans les multiples bouillasses qui parsemaient le sol comme autant de mines nauséabondes.*

Sa mère était une brave femme, mais son père était un ivrogne notoire qui les battait, elle et les gosses, dès qu'il avait un coup dans le nez. Malheureusement, c'était fréquemment le cas.

Philippe avait une sœur, Annie. *De sept ans son aînée. Il n'en parlait jamais, mais nous savions tous qu'elle se prostituait dans les bars borgnes de la rue* Polignais *et de la rue* Tarentaize.

– Et comment tu sais qu'il n'a pas le téléphone ? demanda Collardo à bout de souffle en s'effondrant à ses pieds.

– Parce qu'il n'y a aucun fil qui va jusqu'à la buvette, badabeu !

Badabeu ! *C'était l'expression favorite de Gascogne à cette époque et, par extension, la nôtre aussi.*

Gascogne était notre chef même si cela ne s'exprimait pas en termes aussi simplistes. Élevé à la dure, c'était le plus mature de notre bande. Il en savait beaucoup plus que nous sur le monde des adultes et surtout, surtout, sur les mystères du sexe. C'était lui qui le premier nous avait montré à quoi ressemblait une capote et, sous nos yeux ébahis, l'avait gonflée comme un ballon de baudruche.

Le théâtre de nos aventures était un terrain vague situé derrière la place des Carrières. À nos pieds gisait une bonne dizaine de bouteilles de bière – de la Valstar et de la Pélican – dont nous espérions bien tirer de quoi acheter au moins trois Chupa Chups et un paquet de P4[8]*.*

– On voit vachement bien la ville d'ici, hein ? Dire qu'on ne connaît que les quartiers du Babet et du Clapier !

Je suivis le regard de Gascogne et contemplai Saint-Étienne qui s'offrait à nos yeux comme une vieille dame habillée de noir. Sur notre gauche, il y avait la gare du Clapier, et juste derrière le puits Couriot, un puits de mine où mon père avait travaillé un temps avant de déclarer : « Ce travail, c'est bon pour les bêtes et les esclaves, pas pour les hommes ! »

C'était pourtant là que, comme quelques milliers d'autres, travaillait le père de Gascogne.

Derrière l'écheveau d'acier du puits se dressaient les crassiers, deux gigantesques mamelles de scories et de résidus de charbon, de couleur brun-rouge, d'où s'échappaient des fumerolles en hiver.

Sur la droite s'étendaient les rues et les toits de Saint-Étienne, morne plaine percée ici et là de clochers pointus.

– Je connais aussi Montmartre, déclarai-je, et Jacquard où y'a le patronage.

Philippe cracha ostensiblement par terre.

---

8 *Cigarettes vendues par paquet de quatre.*

– Montmartre c'est bon pour les péquenots et ton patronage c'est rien qu'un repaire de curés ! Mon vieux y dit qu'on peut pas leur faire confiance, aux curés. Qu'ils ont toujours été du côté du manche !

Son père était communiste, ce qui lui valait pas mal de problèmes avec la direction de la mine. Ça et la picole.

– Ça va me manquer quand ça disparaîtra, dit Gascogne en contemplant la ville comme si elle lui appartenait.

– Sainté va disparaître ? s'étonna Collardo.

– Mais non, badabeu ! Pas Sainté, juste notre quartier, le Panassa.

Malgré notre jeune âge, nous avions constaté que de plus en plus de gens s'en allaient. À leur départ, les appartements étaient murés et notre univers prenait peu à peu des allures de cité fantôme.

– Ce n'est qu'un vieux quartier pourri, répliquai-je. Regarde où tu vis ! La cour des Miracles ! Ça devrait même pas exister !

Gascogne se tourna vers moi et me donna un coup de poing à l'épaule.

– Aïe ! Qu'est-ce qui te prend, t'es maboul ou quoi ? m'écriai-je.

– Ne dis pas ça ! C'est peut-être un quartier pourri, mais c'est notre quartier ! Notre territoire ! On est chez nous, ici. Mon père dit qu'ils vont nous parquer dans des HLM, comme des lapins dans des clapiers.

– Bah, fit Collardo qui s'était assis et regardait le paysage. De toute façon, ça s'appelle déjà le Clapier !

– Très drôle ! fit Gascogne en lui balançant un petit coup de pied dans les côtes. Toi, tu t'en fous Groscollas, ta maison n'est pas concernée. Y vont pas toucher à la rue Soleysel. Mais toi Piozou, il va aussi falloir que tu gicles ! La rue Eugène-Sue va être détruite.

Je haussai les épaules. Mon père était en train de construire une maison sur les hauteurs de Saint-Étienne. Une maison individuelle, rien que pour nous ! C'était quand même mieux que l'appartement sans salle de bains et sans eau chaude dans lequel nous vivions ! J'allais avoir une vraie chambre, rien que pour moi, alors que j'avais toujours dormi dans une alcôve, une pièce sombre et sans fenêtre où mon lit rentrait à peine.

– On continuera à se voir quand même, dis-je.

– Mouais, mais ça ne sera plus pareil. On ne se verra plus tous les jours. Et puis, ici on connaît chaque rue, chaque traboule, chaque maison. On est libre de faire ce qu'on veut. Comment ça sera, là-bas ?

Seul le silence lui répondit.

– Bon, on y va ? dit Collardo en se redressant. Je me ferais bien une Chupa Chups à la fraise moi !

– Et moi au citron ! m'exclamai-je.

– Et moi à la vanille ! déclara Gascogne.

Je ne savais pas à ce moment que j'étais en train de vivre mes meilleures années de jeunesse mais aussi, paradoxalement, les plus douloureuses.

CHAPITRE 5

Saint-Étienne, comme Rome, est entourée de sept collines.

Là s'arrête malheureusement la comparaison. Cette localité ouvrière, qui connut son heure de gloire à la grande époque de la révolution industrielle et jusqu'au milieu du XXe siècle, traîne derrière elle une réputation calamiteuse de ville noire et triste.

Si celle-ci était justifiée du temps des mines et des aciéries, elle l'est moins aujourd'hui. Saint-Étienne – Sainté pour les intimes – ressemble désormais à n'importe quelle autre grande ville française, avec ses rues piétonnes soigneusement pavées, ses fast-foods puants et ses magasins d'inutile.

Même le soleil, jadis si avare de ses rayons, semble faire amende honorable et vouloir contribuer à cette œuvre de réhabilitation.

C'est en tout cas ce que se disait Christophe Chalier en remontant la rue du Général-Foy. « La Grand-Rue », comme l'appellent les gens d'ici, partage la ville en deux du nord au sud. Une sorte de *mainstreet* à la française, courant sur plus de six kilomètres de la Terrasse à Bellevue, et parcourue depuis 1885 par le tramway, un moyen de transport qui revient à la mode si l'on en juge par le nombre de villes qui s'en équipent.

Chalier s'apprêtait à traverser la chaussée lorsque son attention fut attirée par une silhouette à l'angle des rues Camille-Collard et Alsace-Lorraine.

Une impression de familiarité l'envahit et c'est presque malgré lui qu'il dirigea ses pas dans cette direction.

Sa surprise fut immense de retrouver là, assise, la vieille rempailleuse de chaises de son enfance. Vieille ? Peut-être ne l'était-elle pas tant que ça à l'époque, car elle ne semblait guère avoir changé en dépit des années. Elle avait toujours les mêmes cheveux longs et raides, d'un noir corbeau. Toujours la même jupe noire, le même chemisier blanc sous une veste noire, éminemment masculine. Toujours le même visage en lame de couteau de femme corse.

Ou de bohémienne.

Enfant, il s'était souvent demandé si elle n'était pas un peu sorcière.

Saisi d'une inexplicable impulsion, il s'approcha d'elle.

La femme, entourée de dossiers et d'assises de sièges en cours de réfection ou terminés, leva la tête et lui adressa un sourire étroit comme une balafre.

– Bonjour, dit-il un peu bêtement.

Elle eut un bref mouvement du menton pour lui rendre son salut et le fixa d'un air interrogatif.

Chalier remarqua que ses yeux étaient aussi noirs que sa chevelure, petites billes d'obsidienne à l'éclat vaguement inquiétant.

– Heu... commença Chalier.

– Alors comme ça, tu es revenu ? le coupa la rempailleuse.

Elle avait un accent indéfinissable mais indéniablement étranger. D'un pays de l'Est sans doute.

Et pourquoi pas des Carpates pendant que tu y es ?

– Vous… Vous me reconnaissez ? s'étonna Chalier.
La balafre s'élargit sur le visage de la vieille femme.
– Bien sûr. Je te voyais souvent autrefois. Tu traînais avec tes copains.
– Oui, fit Chalier. On était quatre. Mais ça fait bien longtemps…
– Quatre ? s'étonna la bohémienne. C'est drôle, j'ai pourtant bonne mémoire, mais je ne me souviens que de trois. T'étais le plus petit, mais t'as bien grandi !
Chalier sourit sans rien dire.
– Qu'est-ce que tu es revenu faire par ici ?
Chalier haussa les épaules.
– J'passais dans le coin. J'ai voulu voir si la ville avait changé.
Il lui sembla que la rempailleuse le regardait d'une drôle de façon. Ses petits yeux cherchèrent les siens et il détourna le regard.
– Sûr qu'elle a changé ! Plus personne ou presque ne fait rempailler ses chaises. Les gens préfèrent acheter du neuf dans les magasins. Ça revient moins cher et tant pis si c'est de la crotte !
Chalier opina en signe de compréhension.
– Vous, en tout cas, vous n'avez pas changé ! Vous êtes comme dans mon souvenir. Ça fait bien… trente ans !
– Trente ans c'est rien, gamin ! Le temps d'un battement de cœur pour qui tu sais ! Mais ne me raconte pas d'histoires, j'ai quand même changé un peu.
Chalier fronça les sourcils. À qui faisait-elle référence avec ce *qui tu sais* ? À Dieu, ou à quelqu'un de plus… cornu.
– Et vous êtes toujours là… Au même coin de rue…
– J'ai mes habitudes et comme ça mes clients savent où me trouver. Les flics ont essayé plusieurs fois de me chasser… Sans doute que j'fais pas assez moderne dans le paysage ! Ça enquiquine les commerçants de voir une vieille gitane canner les chaises à proximité de leurs beaux ma-

gasins tout neufs !

– Ils n'ont pas réussi à vous faire partir ?

– Y risquaient pas. J'leur fais trop peur.

Chalier eut un petit signe de surprise.

– Oui, reprit la femme. J'leur ai dit que j'allais leur lancer le mauvais œil.

– Et ça a marché ? s'étonna Chalier.

Elle lui jeta un regard noir.

– Bien sûr que ça a marché, gamin ! Tu penses peut-être que le rempaillage des chaises est ma seule activité ? Tu crois que ça suffirait à me faire vivre ?

Désarçonné, Chalier demanda :

– Alors, vous dites aussi la bonne aventure ?

La vieille sourit et cette fois un peu de chaleur passa dans la balafre.

– Oui. Ça et autre chose. J'ai le don. C'est pour ça que je sais que tu m'as menti.

Chalier cilla imperceptiblement.

– Je vous ai menti ?

– Allons ne fais pas l'imbécile, gamin. Je sais très bien pourquoi tu es revenu. Si tu es là, c'est pour Bomaki !

La stupeur laissa Chalier sans voix.

– Ce n'est pas pour ça, peut-être ? ajouta la vieille femme en rivant ses yeux d'obsidienne dans les siens.

Cette fois, il fut incapable de se détourner de ce regard minéral.

– Co… Comment le savez-vous ?

Elle le libéra brusquement de son emprise.

– Je le sais, c'est tout. Je t'ai dit que j'avais certains talents. Les gens viennent me voir pour ça, parce que j'ai le don. Et pour le rempaillage aussi.

Son ton était devenu brusquement malicieux.

– Qu'est-ce que vous pouvez me dire sur Bomaki ? articula péniblement Chalier. Je croyais être le seul à m'en souvenir.

Elle émit un rire de crécelle. Sans joie.

– Tu n'es pas le seul, mon garçon, loin de là. Ils sont encore quelques-uns à ne pas pouvoir oublier. Mais le pire est à venir…

La bohémienne jeta un regard méfiant autour d'elle, comme si elle redoutait d'être entendue. Chalier n'osait plus poser de questions. La circulation automobile, les gens qui le frôlaient, il ne percevait plus rien de tout cela. Il ne restait plus rien au monde que la vieille femme et lui.

– Il va revenir, gamin ! fit celle-ci dans un sifflement.

– Bomaki ?

– Oui. Le monstre a déjà frappé, mais personne ne sait encore que c'est lui.

– Vous voulez parler de l'enfant qui a été enlevé ? dit Chalier dans un souffle.

La vieille secoua affirmativement la tête.

Chalier eut la brusque impression que le sol s'ouvrait sous ses pieds et qu'il tombait dans un trou sans fond. Alors le message avait raison : les enlèvements d'enfants allaient recommencer ! Mais pourquoi le mêler à cette histoire ? Collardo avait disparu, il y a si longtemps… Que pouvait-il faire ? Il n'était qu'un écrivain laborieux ! Pas un personnage de roman qui résout des énigmes !

– Il faut l'en empêcher, dit la rempailleuse. C'est pour ça que tu es revenu.

Chalier émergea avec difficulté de l'abîme dans lequel il était tombé.

– Co… Comment ? parvint-il à articuler.

– En retournant sur les lieux de ton enfance, là où le gosse a été enlevé.

Chalier se passa une main tremblante sur le front. Malgré le froid extérieur, il la retira moite de sueur.

– Mais j'ignore où il a été enlevé ! Ce n'était pas indiqué dans le journal. Ils ont juste parlé du Clapier.

– Ça s'est passé au Babet, rue Félix-Piat. Tu connais, non ?

En proie au vertige, il fit signe que oui. C'était son ancien quartier, non loin du lieu où Collardo avait été enlevé autrefois.

– Comment le savez-vous ? demanda-t-il.

Elle sourit de nouveau.

– Ça n'a rien de sorcier, ne t'inquiète pas. Une de mes clientes habite dans le coin. C'est elle qui m'a raconté. Il faut que tu y ailles, mon garçon.

Accablé, il acquiesça machinalement. Brusquement, il se trouvait investi d'une sorte de… mission. Comme si le sort de ce gamin – comment s'appelait-il déjà ? Ah oui, Emilio Sanchez ! – dépendait de lui.

– Très bien, murmura-t-il. Je… Je vais y aller.

Paraissant se désintéresser de lui, la bohémienne attrapa le dossier d'une chaise dans lequel il y avait un énorme trou.

– Reviens me dire bonjour à l'occasion, dit-elle en commençant à le rapiécer.

Chalier traversa la place du Peuple et passa devant la tour de la Droguerie, ultime vestige des remparts qui ceinturaient la ville au XVIe siècle.

À partir d'ici on entrait dans le vieux Saint-Étienne. Le Saint-Étienne historique.

Il prit l'étroite rue des Fossés et gagna la rue de la Ville, bordée de commerces.

Sa rencontre avec la vieille rempailleuse l'avait secoué plus qu'il ne voulait bien se l'avouer. C'était tellement irréel.

Pour un peu, il aurait pu croire qu'elle l'attendait et qu'elle était restée postée là, pendant trois décennies, pour lui délivrer un seul et unique message : retrouver Bomaki et sauver le gosse !

Insensé !

Remontant la rue piétonnière, il fit une courte halte devant un autre de ses bouquinistes d'enfance. Cette fois, pourtant, il se contenta de regarder les bacs de livres à l'extérieur et n'entra pas. Le temps des promenades oiseuses était passé et, surtout, il savait que s'il s'arrêtait, il n'aurait plus le courage de repartir.

Il arriva sur la place Boivin. La maison où, paraît-il, François 1er s'était arrêté pour dormir était toujours debout, soutenue par un lourd assemblage de madriers et d'arcs-boutants. Sur la droite, faisant face à la statue de Jeanne d'Arc en armure et à cheval, la Grand-Église était restée telle que dans son souvenir : un édifice de pierres noircies et usées par le temps à l'inquiétant aspect d'édifice troglodytique.

Il passa devant l'étal de l'épicier – où avec ses copains, ils chapardaient cacahouètes et confiseries en allant à l'école – et, comme un baigneur qui s'immerge dans une eau trop froide, s'enfonça lentement dans son ancien quartier.

Celui-ci avait toujours été populaire. Dans les années 70, Français et immigrés s'y mélangeaient dans une relative harmonie. Aujourd'hui, c'était surtout une population d'origine maghrébine qui y habitait. Les épiceries, les bazars, les boucheries halal, les centres téléphoniques, occupaient l'essentiel des rez-de-chaussée. Dans les rues circulaient des hommes et des femmes vêtus de djellabas. Dans les bistrots, les hommes – retraités pour la plupart – discutaient en prenant le thé ou le café.

C'est ici que commençait le territoire de son enfance. Le Panassa, composé des quartiers du Babet et du Clapier. Un territoire dont il ne restait rien. Les rues Polignais et Tarentaize existaient bien toujours, mais elles étaient méconnaissables. Elles ne suivaient plus le même tracé qu'autrefois et étaient bordées de HLM aux fenêtres alourdies de paraboles.

La rue Beaubrun était éventrée sur toute sa longueur et envahie d'énormes engins de chantier. Il s'y engagea le cœur lourd, longeant les murs noirs de suie, évitant les mares de boue, au milieu du vacarme des machines. Ici, l'odeur capiteuse des épices ne parvenait pas à masquer les relents d'eau croupie que remuaient les godets des pelleteuses.

Son pouls s'emballa comme il approchait de la rue Félix-Piat. C'est dans cette rue que, selon la bohémienne, avait été enlevé l'enfant. Ce drame le renvoyait à un autre, beaucoup plus ancien, commis presque au même endroit !

Il n'était pas revenu ici depuis plus de vingt ans. L'église Saint-Ennemond avec son fronton gréco-romain, ses épaisses colonnes, lui sembla plus petite que dans son souvenir. Les grilles de devant étaient fermées, empêchant l'accès aux marches et au parvis où, enfant, il jouait au foot avec ses copains.

Malgré la tension qu'il ressentait, il ne put s'empêcher de sourire : combien de fois le curé excédé les avait-ils chassés de là ?

Il regarda sur sa gauche. Au 19 de la rue Beaubrun se trouvait jadis un marchand de journaux. C'est ici qu'il achetait ses *Strange* et ses cartes à collectionner. De grands panneaux de bois en masquaient à présent la devanture. Le passage voûté, juste à côté, à l'abri duquel ils ouvraient fébrilement leurs paquets et échangeaient leurs doubles, était fermé lui aussi.

Les souvenirs, trop longtemps verrouillés et privés de lumière, remontaient à sa mémoire. Ils éclataient en bulles nostalgiques comme des exhalaisons de gaz à la surface d'un lac trop calme.

Bon sang, c'était si loin et pourtant si proche ! C'était hier et c'était un autre siècle ! Un siècle où la mine existait encore ; un siècle où il n'y avait que deux chaînes de télévision. Un siècle où les gamins n'avaient que leur seule imagination pour s'évader et ne confiaient pas à des firmes nippones l'architecture de leurs rêves.

CHAPITRE 6

Ah, le goût des Chupa Chups !

Ce jour-là nous étions assis sur le parvis de l'église Saint-Ennemond, à savourer nos sucettes rondes.

– Délichieux ! répétait à l'envi Collardo en faisant tourner la boule acidulée dans sa bouche.

– Y'a rien de tel ! renchéris-je.

– À part peut-être un bon clope après l'amour ! lança Gascogne.

Nous éclatâmes de rire.

C'était un de ces instants magiques dont on se souvient des années plus tard avec les larmes aux yeux. Un moment de totale insouciance qu'aucun souci d'adulte, qu'aucun tracas existentiel, ne vient perturber. Le genre de moments que seuls peuvent connaître de jeunes enfants heureux de vivre.

– T'as acheté le dernier Strange *? me demanda Gascogne.*

– Ouais ! Y'a une aventure géniale de l'Araignée contre le docteur Octopus. L'histoire des X-men n'est pas mal non plus.

– Super ! Tu me le passeras ?

– Bien sûr !

Gascogne n'avait pas assez d'argent pour s'acheter la revue, mais comme nous partagions tous deux la même passion pour les super-héros américains, je la lui prêtais dès que je l'avais terminée. Pardon dévorée !

Lombardi, lui, ne lisait pas de bandes dessinées (ce médium décadent était formellement interdit à la maison !) et Collardo était plutôt du genre Denis la Malice, Grand-mère Tartine ou Le Journal de Mickey. Quand je vous dirai que son feuilleton préféré était Belle et Sébastien et que le mien était Au-delà du réel, vous comprendrez qu'un gouffre nous séparait. Pourtant, nous nous entendions bien. Sans doute parce que c'était un gamin foncièrement gentil. Ses parents, d'origine espagnole, étaient Témoins de Jéhovah. Je n'ai jamais su quel métier exerçait son père, mais de nous quatre c'était le plus à l'aise financièrement. Il était bien nourri (d'où son surnom de Groscollas), changeait régulièrement de vêtements, ses chaussures étaient toujours en bon état et, tenez-vous bien, il jouait du violon !

Nous l'avions appris par hasard et avions d'abord été incrédules, puis méfiants, puis railleurs et, pour finir, estomaqués ! Le violon, ça c'était un instrument ! Un instrument réservé à la grande musique ; pas un instrument de prolétaires, comme l'accordéon !

Parfois, il nous parlait du vibrato, si difficile à maîtriser, et nous l'écoutions comme si nous avions devant nous un apprenti sorcier évoquant une formule cabalistique récalcitrante.

Je me souviens d'un après-midi pluvieux… Désœuvrés, nous étions assis sur les marches de l'escalier de son immeuble. Cédant devant notre insistance, il avait accepté d'aller chercher son violon et de nous jouer quelques morceaux sur lesquels il travaillait.

Ce fut tout simplement magique ! Les notes virevoltaient autour de nous, tissant dans les airs des paysages lointains et oniriques, aux effluves d'aventures et de liberté.

Je me rappelle avoir vu des larmes briller dans les yeux de Gascogne tandis que l'archet courait sur les cordes. Lui qui ne pleurait jamais, même lorsque son père le battait comme plâtre, avait essuyé une larme du revers de sa main.

– T'es un champion, Bernard ! avait-il dit lorsque la musique s'était tue, et dans sa bouche c'était plus qu'un compliment, cela voulait dire que Collardo avait un talent particulier que nous n'avions pas et que nous n'aurions jamais.

Tel était Bernard Collardo.

Mais revenons sur les marches de l'église Saint-Ennemond où la conversation roulait autour de nos sujets favoris qui étaient :

a) Les combats improbables entre héros de bandes dessinées (Grand-mère Tartine est-elle plus forte que Popeye ? ; Akim est-il plus balèze que Blek le rock ? Le Surfeur d'argent peut-il vaincre Hulk ?) ;

b) Les feuilletons à la télévision (« Skippy le kangourou, c'est vachement mieux que Flipper le dauphin ! » ; « Zorro c'est pour les gosses, alors que Les Mystères de l'Ouest… ») ;

c) Les cartes à collectionner (cette année-là, au moins, nous étions tous d'accord : pour rien au monde, nous n'aurions manqué les cartes Panini de la Coupe du monde de football de 1974 !) ;

d) Nos prochains jeux extrascolaires (la liste est ici trop longue pour que j'ose une énumération !).

– Ça fait un bail qu'on n'a pas vu Lombardi, remarqua finalement Collardo lorsque nous eûmes épuisé les principaux thèmes.

– C'est à cause de ses vieux, dit Gascogne. On n'est pas assez bien pour leur fils chéri !

– Dis pas ça ! intervins-je. Sa mère est sympa. Elle fait de ces gâteaux… hummm…

Les deux autres hochèrent solennellement la tête. Nous avions tous goûté au tiramisu de Mme Lombardi et nous en gardions un souvenir attendri.

– C'est la faute de son père, j'vous dis ! insista Gascogne. Y veut pas qu'Angelo traîne avec nous. Tout ça, parce que maintenant il bosse à la mairie ! Y veut péter plus haut que son cul !

– On s'en fout de son père ! Il est sympa Angelo, c'est tout *ce qui compte ! déclara avec lucidité Collardo.*

C'est vrai qu'il était sympa Angelo ! C'était le genre gosse modèle, toujours prêt à rendre service, à porter les sacs des vieilles dames, ou à faire les courses pour les uns et les autres. À l'école, c'était le premier de la classe. C'était aussi le plus raisonnable d'entre nous, celui qui nous freinait dans nos bêtises. Il nous avait aussi fait découvrir qu'il existait des jeux plus intelligents que de se lancer des cailloux à la tête ; comme jouer aux cartes ou aux échecs, par exemple.

L'animosité de ses parents à notre égard se focalisait, en réalité, essentiellement sur Gascogne ; Gascogne qui un jour, en pleine messe dominicale, avait fait irruption dans l'église pour hurler : « Alléluia ! Y'a des nouilles dans les plats ! »

La blague m'avait fait beaucoup rire. Elle avait moins fait rire mes parents et pas du tout ceux d'Angelo qui, très pratiquants, s'étaient mis à considérer Gascogne comme l'incarnation de l'Antéchrist !

Mais, malgré ses défauts – être un brillant élève et un enfant modèle étaient de sacrées tares dans le quartier ! – Angelo était notre copain. Sorti de son environnement familial un brin totalitaire, c'était le plus charmant gamin du monde : il n'avait pas son pareil pour raconter des blagues et imiter les professeurs, sans compter qu'on pouvait compter sur lui dans les bagarres.

– Bah, ça leur passera ! dis-je. Angelo est malin, il trouvera bien un moyen de nous retrouver.

Gascogne envoya un glaviot bien gras au bas des marches et lâcha d'un ton mystérieux :

– Il a intérêt, sinon nous serons obligés de nous passer de lui. Et ce serait vraiment… dommage !

Collardo et moi nous tournâmes vers lui.

– Ah ? fîmes-nous en chœur.

Gascogne regarda autour de lui comme si le curé allait tout à coup surgir de derrière l'un des piliers du parvis de l'église et nous attraper par l'épaule en s'exclamant : « Je vous y prends, petits chenapans ! »

– Ouais, dit-il à voix basse. J'ai un plan pour se faire du pognon. Un max de pognon !

– Plus qu'avec les consignes ? demanda Collardo incrédule.

– Beaucoup plus ! Ce n'est même pas comparable ! On pourra s'acheter plein de sucettes et plein de clopes. Des vrais, des Gauloises bleues ou des Royal Menthol, pas des P4 !

Des Royal Menthol ! Alors là, nous étions scotchés !

– Raconte !

Satisfait d'avoir ainsi capté notre attention, il reprit :

– Vous n'avez rien remarqué de particulier dans le quartier ces derniers temps ?

J'échangeai avec Collardo un regard lourd d'incompréhension.

– Non ! finis-je par dire.

– Vous n'avez vraiment rien vu ? Ce que font Jamel et ses copains, par exemple ?

– Heu… Ils jouent au foot ? hasarda Collardo. Mais ce n'est pas nouveau : ils jouent toujours au foot !

Gascogne exhala un soupir exaspéré devant tant d'incurie :

– Non, badabeu : ils font les démolitions !

Collardo continuait de regarder Gascogne d'un air vide, mais je commençais à comprendre.

Les démolitions, ou comment des gamins de dix ans, sans l'aide d'aucune pierre philosophale, avaient trouvé le moyen de changer le plomb en or !

CHAPITRE 7

Longeant l'église Saint-Ennemond, Christophe Chalier remonta la rue Félix-Piat en regardant autour de lui à la recherche d'un indice. Un indice ? Que pouvait-il donc espérer trouver que la police n'ait pas déjà vu ?

Il se sentait ridicule dans ce rôle de pseudo-détective.

Selon la vieille, c'est ici qu'avait disparu le gosse. Sur les lieux mêmes de son enfance. Non loin de leur terrain de jeu de prédilection : la place du Babet.

Il découvrit avec surprise que celle-ci s'appelait en réalité la place Johannes-Merlat, du nom d'un chansonnier local. Il l'avait toujours ignoré. Pour tout le monde c'était la place du Babet, parce que la fontaine qui se trouvait là était surmontée d'un ornement en forme de pomme de pin[9].

Il passa non loin du monument, traversa une rue et s'immobilisa devant la bibliothèque municipale.

C'est ici qu'il avait habité autrefois.

Il essaya de se projeter trente ans en arrière. Sur sa gauche, il y avait la rue Pierre-Sémard et là, à l'emplacement de ce parking, ce devait être… la cour des Miracles où habitait Gascogne.

Mon Dieu, l'ancien Panassa était méconnaissable !

9 Les habitants de la région stéphanoise appellent « babets » les pommes de pin.

Il se tourna sur la droite. Inutile de chercher l'emplacement de son ancienne rue. La rue Eugène-Sue avait disparu. Une voie de circulation rapide conduisait à la gare du Clapier, passant là où, autrefois, se trouvait son école maternelle. Il fit encore quelques pas. Derrière la gare, dont le hall accueillait maintenant un restaurant, se dressait la cheminée métallique du puits Couriot, transformé en musée de la Mine. Derrière encore, s'élevaient les crassiers, envahis de végétation à l'exception de leurs pointes chauves, d'un rose obscène. À leur sommet on distinguait les vestiges des voies qui avaient servi à mener les déchets.

Les rues, jadis si populeuses, étaient désertes. Les vieilles venelles mystérieuses avaient disparu pour céder la place à un paysage urbain d'où l'homme était exclu au profit des automobiles.

Comment pouvait-il espérer retrouver Bomaki ici, sur les décombres de son passé ? Le monstre de son enfance paraissait soudain bien désuet et anachronique dans cet environnement.

Il revint lentement sur ses pas et décida d'aller voir la fontaine de plus près. Au moins, les bulldozers l'avaient-ils épargnée, elle !

Lorsqu'ils étaient mômes, ils aimaient en faire le tour, accrochés comme des araignées à la minuscule corniche.

Dans le petit parc qui l'entourait, ils jouaient à la motte[10], aux billes, aux petits soldats ou aux voitures miniatures. Ils traçaient du talon un savant circuit semé d'embûches et puis, à l'aide d'une bille qu'ils jetaient à tour de rôle, faisaient la course, se disputant pour être François Cevert, Clay Regazzoni, Jackie Stewart ou Emerson Fittipaldi.

À l'heure des Game Boy, PSP, Wii et consorts, quel

10 Variante locale de « jouer à chat ».

gosse voudrait encore jouer à des jeux aussi archaïques ?

Un soupir fusa de sa poitrine et il sentit ses yeux le piquer subitement.

Que faisait-il là au juste ? Que recherchait-il exactement ?

Pourquoi avait-il écouté le délire de cette vieille folle ? Il n'y avait rien ici que les ruines saccagées de son passé. Il n'était utile à personne et certainement pas à la pauvre petite victime de l'enlèvement.

Une partie de lui-même, pourtant, refusait ce constat amer.

« Pourquoi ce gosse a-t-il été enlevé justement ici ? lui soufflait-elle. Tu crois que c'est une coïncidence ? »

Non, il n'arrivait pas à le croire. Pas après avoir reçu ce message, chez lui à Paris. Machinalement, il porta sa main à sa poche intérieure comme pour s'assurer qu'il était toujours là.

Quelqu'un essayait de faire revivre Bomaki. Mais qui et pourquoi ?

L'idée d'être, même indirectement, impliqué dans la disparition de l'enfant le bouleversait.

Vaguement hébété, il tourna sur lui-même, regardant le quartier de son enfance qu'il ne reconnaissait plus. Une femme marchait un peu plus loin, un sac à provisions dans la main et un pain (dans la région on dit une *flûte*) dans l'autre. Un vieillard avançait péniblement en s'aidant d'une canne. Dans une voiture garée le long du trottoir, un couple mal assorti discutait. La fille, de type arabe, était beaucoup plus jeune que l'homme. Il leur trouva une allure louche.

Il s'apprêtait à rebrousser chemin, lorsqu'il décida de s'approcher davantage de la fontaine et d'en faire le tour. En ultime hommage à ses années d'enfance.

Personne ne savait exactement depuis quand ce monument carré se trouvait là. Sans doute recueillait-il autrefois les eaux d'une source avoisinante. L'architecture gréco-romaine, la pierre claire utilisée, les sculptures de style antique, conféraient à l'ensemble un côté vénérable et même, oui, sacré !

Il ne se souvenait pas de cette figure grotesque dans la gueule de laquelle était emmanché un tuyau de cuivre. Ni de ce bas-relief représentant une amphore avec une tête de bœuf ni de ce caducée.

Étrange et mystérieux monument…

Il finissait de faire le tour de la fontaine lorsqu'il vit l'inscription. Un coup porté à l'estomac ne lui aurait pas fait plus d'effet.

Sur la pierre blanche, quelqu'un avait grossièrement tracé une inscription au pinceau.

Le message était bref, mais il dut s'y reprendre à deux fois pour le lire.

À la peinture rouge était écrit : *Bomaki existe, je l'ai rencontré !*

CHAPITRE 8

Bomaki est revenu. Du fond des âges il est revenu, appelant de ses vœux les ténèbres et la terreur.

Aveugle et sournois, il rampe dans les anciennes galeries et étire ses froids tentacules dans les tunnels et dans les puits.

Dans les rues aussi.

Personne ne l'entend rire encore.

Personne.

Et pourtant il est là qui caquette dans la nuit.

Son babil dément conte d'étranges histoires. Des récits de douleur et de peur, de sueur et d'angoisse, et surtout de mort.

Il parle d'âmes égarées et d'antiques sacrifices.

Il parle d'enfants disparus.

Il parle de faim. D'une faim dévorante et insatiable.

D'une faim qu'il faut calmer. Impérativement.

Je le sais. Bomaki a failli m'emporter autrefois.

Au souvenir de la tendre chair qu'ils ont déchiquetée, je suis sûr que ses crocs, infernal chaos de lames et de pics, ruissellent de plaisir, dégoulinent d'un immonde appétit.

Mais si elle est impatiente, paradoxalement, la bête n'est pas pressée.

Qu'importe le temps qu'il lui faudra pour retrouver la lumière.

Elle attend depuis des siècles, depuis l'origine du monde en fait, alors elle peut bien attendre encore un peu.

Dans son antre Bomaki glousse d'une joie démoniaque : son attente va bientôt cesser.

CHAPITRE 9

Chalier fut tiré des moites replis d'un horrible cauchemar par la sonnerie de son téléphone portable.

Se battant avec les draps dans lesquels il était empêtré, il ouvrit un œil hagard. La fresque égyptienne se mit aussitôt à danser une sarabande ironique autour de son lit.

Putain, quelle cuite !

Son crâne vibrait et résonnait comme un tambour malmené par un percussionniste fou, une perceuse invisible s'acharnait sur ses tempes.

Il bascula sur le côté et réussit à mettre les deux pieds par terre. La chambre tanguait et il se crut un instant sur le pont d'un navire un jour de tempête. Un jour gris perçait par les rideaux entrouverts.

Quelle heure pouvait-il être ?

Il essaya de trouver sa montre mais elle n'était ni à son poignet, ni sur la table de chevet. Effaré, il vit qu'il s'était endormi tout habillé. Son pied droit était toujours chaussé. L'autre arborait une chaussette dans un état lamentable et trouée de surcroît.

À son grand soulagement la sonnerie s'était tue. Il allait donc pouvoir se rendormir. De toute façon, qu'avait-il de mieux à faire avant de prendre son train ?

Prendre son train ?

Il fronça les sourcils dans un effort de concentration. Depuis quand avait-il décidé de repartir ?

Le besoin d'uriner et de boire un verre d'eau fraîche vint à bout de son désir de se recoucher. Il se mit précautionneusement debout dans un environnement hostile qui refusait de se stabiliser.

Repartir ? Retourner à Paris ?

Il tangua jusqu'à la salle de bains et dut s'asseoir sur les WC pour pisser, de crainte de manquer la cuvette.

En face de lui une belle odalisque de profil le regardait d'un œil réprobateur. Dans une espèce de brouillard érotique, il l'imagina se livrant à une danse des voiles avant de s'effondrer à ses pieds, couverte de sueur, la poitrine pantelante.

Tu délires, mon vieux ! se moqua l'infime partie de lui-même encore lucide.

« Ouais, c'est clair ! » marmonna-t-il.

Une douche froide, voilà ce qu'il lui fallait pour remettre ses idées en place !

Il jeta ses vêtements sales dans un coin et se glissa sous le jet glacé en haletant. Il y resta dix bonnes minutes sans bouger, regardant l'eau s'écouler par le siphon. Il se savonna ensuite vigoureusement. C'est seulement lorsqu'il fut rincé qu'il commença à se sentir mieux.

Bon sang, que s'était-il passé, hier soir ? Il ne s'en souvenait plus. Il avala deux aspirines et essaya de reconstituer le fil de sa soirée.

Il se rappelait avoir quitté le quartier du Babet après sa découverte de l'inscription. Pourchassé par le fantôme de Bomaki, il avait pris un premier remontant – un muscat – place Grenelle avant de poursuivre son chemin jusqu'à la rue des Martyrs-de-Vingré. Là, il était entré dans un premier bar, puis dans un second et ensuite… Eh bien ensuite, il ne se souvenait plus très bien. Il ne se rappelait pas avoir mangé. Il lui semblait vaguement être entré dans une boîte de nuit, mais c'était tellement peu dans ses habitudes qu'il se demanda s'il n'avait pas rêvé cet épisode.

Lorsqu'un moment plus tard, il trouva des traces de rouge à lèvres sur le col de sa chemise de la veille, il en était déjà moins sûr.

Il tituba jusqu'à sa veste et en sortit son portefeuille. On ne l'avait pas dévalisé, c'était déjà ça ! Certes, il manquait quelques billets, mais pas plus que ce qui lui avait été nécessaire pour s'enivrer de la sorte.

La lettre aussi était là. Dangereuse comme une vipère assoupie. Il fouilla les autres poches à la recherche de sa montre mais ne la trouva pas.

« Putain, plus jamais ça ! grogna-t-il. J'ai passé l'âge de me mettre dans des états pareils ! »

Le plus angoissant c'est qu'il avait l'impression d'avoir été dépossédé d'une partie de sa vie. C'était vraiment flippant ! Il avait pu faire n'importe quoi pendant cette période de vacance mentale : danser nu sur une table, se battre avec un pauvre type ou s'envoyer une fille facile !

Il grimaça. Au vu des traces de rouge à lèvres, c'était plutôt cette dernière solution qui paraissait la bonne !

Après s'être rasé – et coupé à deux reprises – il extirpa un jean et un vieux pull de la penderie et s'habilla.

Ainsi, songea-t-il, dans son délire éthylique il avait donc pris la décision de quitter Saint-Étienne.

Il s'assit au bord du lit pour enfiler ses chaussettes et se demanda si ce n'était pas, après tout, la meilleure solution.

Il n'avait aucune envie de se trouver mêlé à cette histoire d'enlèvement. Si un taré avait décidé de ressusciter Bomaki, le monstre de son enfance, grand bien lui fasse ! Il ne tenait pas à replonger dans ce cauchemar. Collardo était mort depuis longtemps et rien ne le ramènerait chez les vivants. Quant à venger sa mémoire… Il n'était pas

Charles Bronson, ni Clint Eastwood. Il n'était qu'un écrivain régionaliste, faisant son beurre des vieilles histoires de nos campagnes que n'aurait pas désapprouvées Jean-Pierre Pernaut.

Il en était là de ses réflexions lorsque son téléphone sonna à nouveau.

Il l'extirpa d'une de ses poches et décrocha.

C'était son ex-femme. Bien sûr.

– Chris ? Pourquoi tu ne décroches pas ? Je n'ai pas cessé de t'appeler.

– Désolé, je n'avais pas entendu la sonnerie.

– T'es sourd ou quoi ? Qu'est-ce que tu faisais ?

– Heu... je dormais.

– À cette heure ?

– Ah bon, il est si tard que ça ? J'ai perdu ma montre.

– Si tu regardais l'horloge de ton portable, tu verrais qu'il est quinze heures passées !

– Quinze heures ! s'exclama Chalier. Merde alors !

– Tu faisais quoi ? La sieste ? C'est pas dans tes habitudes !

Il envisagea un moment de mentir, puis choisit de dire la vérité.

– Non, mais je suis rentré un peu tard hier soir.

– Ah bon ? Tu as fait la fête ? dit son ex d'un ton aigre. Le retour au pays se passe plutôt bien finalement, on dirait.

Il se racla la gorge, ennuyé.

– Pas si bien que ça, en réalité.

Il lui raconta brièvement sa journée de la veille et sa découverte de l'inscription sur la fontaine du Babet.

– Es-tu sûr qu'elle a été écrite récemment ? demanda la Guinéenne. Elle ne pouvait pas dater de l'époque où ton copain a été enlevé ?

Chalier secoua la tête, ce qui lui déclencha d'affreux élancements.

– Non. Je jurerais que ça venait d'être fait. Un jour ou deux, tout au plus...

Mariama garda le silence un moment.

– Je n'aime pas ça. Tu ferais peut-être mieux de rentrer, finit-elle par dire.

– J'y ai pensé, mais...

– Mais ?

Les mots sortirent presque malgré lui de sa bouche.

– Mais si je rentre, je ne saurai jamais le fin mot de l'histoire.

– C'est peut-être préférable, Chris. À quoi bon remuer le passé ?

Il réfléchit un moment avant de répondre.

– Je crois que j'ai quitté Saint-Étienne à cause de ça. Parfois, je me demande même si ce qui est arrivé à Bernard n'est pas à l'origine de mon... instabilité chronique. Je n'ai jamais voulu d'enfants. Je ne suis bien nulle part. J'ai toujours envie d'être ailleurs...

Il entendit clairement le soupir de Mariama.

– C'est la raison pour laquelle je voulais que tu suives une thérapie et que...

– Arrête ça ! la coupa-t-il. Je ne veux pas m'allonger sur le divan d'un psy, tu le sais très bien ! On en a parlé des centaines de fois !

– Parce que tu crois pouvoir résoudre ça tout seul, c'est ça ? Eh bien, il serait temps de t'y mettre mon grand, car tu seras bientôt vieux !

Un silence tendu s'établit entre les deux ex-époux.

– Excuse-moi, Chris. Je ne voulais pas dire ça !

– Ce n'est rien Mariam. Je l'ai bien mérité et tu as sans doute raison. Le temps passe et je ne change pas. Je n'y arrive pas. Tu as essayé de m'aider et regarde ce que ça a donné : on a divorcé !

– On n'est pas les premiers, non ? Et puis l'essentiel, c'est qu'on soit restés bons amis. C'est plutôt cool, non ?

Il ne put réprimer un petit rire.

– Tu es incroyable, tu le sais ? Y'a pas deux minutes, tu me traitais presque de vieux con et maintenant tu essaies de me remonter le moral. Je n'aurais jamais dû accepter le divorce !

Cette fois, ce fut elle qui rit.

– Je ne t'ai pas laissé le choix, Chris : il en allait de ma santé mentale ! Qu'est-ce que tu vas faire, alors ?

– Je crois que je vais rester encore un peu, finalement.

– Tu vas essayer de retrouver tes anciens copains ?

– Oui, mais je ne sais pas par où commencer.

– Et si tu essayais l'annuaire ? Tu sais, ce gros bouquin dans lequel on répertorie tous les usagers du téléphone. Et il y a aussi Internet. Les Pages jaunes, tu connais ?

– Très drôle ! Mais c'est une bonne idée.

– Bien sûr ! Les femmes sont pragmatiques. C'est même ça qui nous différencie de vous, les mâles mal dégrossis.

– Tu sais ce qu'il te dit le mâle mal dégrossi ?

– Oui : *merci, chérie !*

– Oui, c'est ça. Merci. Merci pour tout.

– Tu m'appelleras ?

– Oui.

– Menteur, je te connais trop bien. Je suis sûre que tu es en train de croiser les doigts dans ton dos, selon ta puérile habitude.

– J'te jure que non ! se récria Chalier. Croix de bois, croix de fer…

Mais le pire c'est qu'elle avait raison !

Avant toute chose, Chalier décida de manger un morceau pour dissiper les derniers effets de sa cuite. Son mal de tête était passé, mais il se sentait encore nauséeux. Normal : sauf erreur, il n'avait rien avalé depuis presque deux jours !

Bien que l'après-midi fût sévèrement entamé, le restaurant de la gare accepta de le servir.

Un steack-frites et une part de tarte aux pommes plus tard, il se sentait déjà mieux. Un grand café bien noir finit de le remettre d'aplomb.

Mariama avait raison : la première chose à faire était de retrouver ses anciens copains et de vérifier s'ils avaient, eux aussi, reçu le mystérieux message.

Il regagna sa chambre en saluant Ismaël qui, derrière son comptoir, lisait *1 275 âmes* de Jim Thompson.

– Excellent choix ! lança Chalier. Et le film qu'en a tiré Bertrand Tavernier est tout aussi génial !

L'autre lui sourit.

– Sûr ! C'est même ce qui m'a poussé à acheter le bouquin. Bon, ça ne se passe pas en Afrique comme dans le film, mais c'est super quand même !

– Ouais ! Un grand bonhomme ! Si vous aimez les polars Sam, essayez donc *Nécropolis* de Lieberman, c'est aussi du très bon.

– Je note ! dit l'autre. Vous gardez toujours la chambre ?

– Ouais... Encore une nuit ou deux, au moins. Je descendrai vous payer plus tard.

– Pas de problème, M.. Ici, on est entre amis et comme y'a pas grand monde...

Chalier lui adressa un signe et regagna sa chambre égyptienne.

Il alluma son ordinateur et se connecta au réseau Internet sans fil.

Les Pages Jaunes ne lui donnèrent rien au nom de Philippe Gascogne. Par contre, il trouva plusieurs Lombardi, dont un Angelo Lombardi résidant au cours Fauriel. Une recherche plus poussée lui fournit également un maître Lombardi – avocat d'affaires – dont le cabinet était situé en centre-ville.

Chalier ne douta pas un instant qu'il s'agît de son

camarade d'enfance. Angelo avait toujours été intelligent et studieux. Ses parents avaient de grandes ambitions pour lui. Ils s'étaient « saignés aux quatre veines » pour qu'il fasse des études supérieures.

Comme on était dimanche, il décida de composer le numéro personnel.

Une voix de femme répondit au bout de trois sonneries. Il demanda à parler à Angelo Lombardi.

– C'est de la part de qui ? lui répondit-on.

– Heu… d'un copain d'enfance. Je suis de passage à Saint-Étienne. Je m'appelle Christophe Chalier.

– Christophe Chalier, répéta la femme pour mémoriser le nom. Ne quittez pas, je vais voir s'il est disponible.

Chalier sourit *in petto*.

Dis donc, il a même une secrétaire à domicile !

Il ne patienta pas longtemps.

– Allô ? fit une voix d'homme grave et posée. Le genre de voix qu'on imagine aisément résonner dans un prétoire.

– Angelo ?

– Oui. Qui est à l'appareil ?

– Un revenant ! Christophe Chalier. Je l'ai dit à la personne qui a pris l'appel. C'est ta femme ?

– Non, ma fille aînée. Bon sang, Christophe Chalier ! Je n'étais pas sûr d'avoir bien entendu. Tu es à Saint-Étienne ?

Sans savoir pourquoi, Chalier eut l'impression qu'il n'était pas particulièrement surpris de l'entendre. Ni heureux.

– Oui. Depuis deux jours.

L'explication de l'accueil maussade vint aussitôt :

– Alors, c'est que tu as reçu une lettre, toi aussi !

Chalier sentit le sang refluer de son visage.

– En effet. Toi également ?

– Oui ! dit Lombardi dans un souffle. Écoute, je n'ai pas trop envie de parler de tout ça au téléphone. Je n'ai rien dit à ma famille, tu comprends. On peut se voir ?

– Bien sûr ! Quand tu veux.

– Tu es libre là, maintenant ? Demain, je risque d'avoir une journée chargée et…

– C'est parfait, le coupa Chalier. Je suis à l'hôtel Le Terminus des voyageurs, près de la gare de Châteaucreux.

– Je vois. Je passe te chercher dans une vingtaine de minutes.

– Parfait, à tout de suite.

Songeur, Chalier referma son portable. Ainsi donc, comme il le redoutait, Lombardi avait également reçu une lettre et cela semblait l'inquiéter suffisamment pour qu'il n'en parle pas à son entourage.

Pour éviter de gamberger inutilement, il alluma la télé et fit défiler les programmes. Il n'eut pas à attendre longtemps. Quelques minutes plus tard on frappait à sa porte et il voyait entrer un Lombardi visiblement agité.

– Bonjour quand même ! fit-il en regardant passer devant lui son ami d'enfance.

Lombardi se retourna et un sourire étira son visage tendu.

– Excuse-moi, j'oublie les bonnes manières, mais tout ça est tellement… embêtant.

Ils se serrèrent maladroitement la main, sans trop oser se regarder.

Plus de trente ans s'étaient écoulés. Tous deux avaient changé. Angelo était devenu un homme mûr au visage avenant. Une fine moustache courait sur sa lèvre supérieure, lui donnant des airs d'acteur hollywoodien des années 40. Style Errol Flynn. Ses cheveux noirs, peignés en arrière, accentuaient encore cette impression. Il était grand et athlétique, même si un début d'embonpoint perçait sous le confortable pull Ralph Lauren.

– T'as l'air en forme ! dit Chalier.

– Toi aussi, sourit Lombardi. Juste quelques cheveux en moins.

– Et quelques kilos en plus !

– On en est tous là ! ricana Lombardi. Regarde-moi ! Pourtant, je m'efforce de jouer au tennis deux fois par semaine, mais que veux-tu, l'alcool et les bons gueuletons… J'ai appris que tu étais devenu écrivain.

Chalier eut un mouvement de surprise.

– Tu sais ça ? Oui, enfin j'ai écrit quelques livres…

Lombardi lui donna une petite tape sur l'épaule.

– Ne fais pas le modeste ! J'ai lu ton bouquin *La Grotte aux serfs*. Un roman historique dont l'action se déroule en Haute-Loire ! Original et plutôt pas mal.

– Alors c'était toi ! sourit Chalier. Tu dois être l'un des trois seuls acheteurs avec mon ex-femme et un pote journaliste qui n'arrête pas de me taper du fric !

Lombardi éclata de rire.

– Tu exagères !

– À peine ! fit Chalier qui était cependant surpris et content que son copain d'enfance ait pris le temps de lire un de ses ouvrages. Et toi, tu es avocat ?

– Ben oui ! Tout le monde ne réussit pas dans la vie, hein ? J'ai bien essayé d'écrire des livres de droit, mais c'était trop chiant !

– T'as l'air plutôt à l'aise en tout cas !

– J'me plains pas, et attends de voir ma caisse garée en bas ! Bon, on y va ? On sera mieux pour discuter devant un bon whisky.

– J'arrive, fit Chalier. Le temps d'enfiler mon blouson et d'aller voir si je n'ai pas laissé ma montre dans la salle de bains.

Quelques secondes plus tard, il revenait en souriant.

– La voici ! J'ai bien cru que je l'avais perdue !

Lombardi, appuyé sur le bureau, se redressa d'un coup de reins.

– Parfait ! Alors *let's go* !

Quelques minutes plus tard ils étaient dans la BMW de Lombardi et se dirigeaient vers le centre-ville.

– Le dimanche pas mal de bars sont fermés, mais je crois que le *Jean Jaurès* est ouvert, tu connais ?

Chalier secoua la tête en signe de dénégation.

– Tu verras, c'est pas mal, dit Lombardi. J'y vais souvent pour déjeuner. C'est pas loin de mon bureau.

Ils se garèrent dans un parking souterrain et émergèrent à l'air libre sur une place éclairée par un soleil froid et rasant. Sur la droite, des gamins s'amusaient sur des balançoires et des tourniquets sous le regard de leurs parents. Un peu plus haut, des gens sortaient d'un cinéma.

– Ça a changé, hein ? fit Lombardi.

– Plutôt. Autrefois, c'est ici qu'en fin de soirée je venais chercher mes sandwiches-merguez, noyés dans la harissa.

Lombardi sourit.

– Toi aussi ! Leurs gaufres noyées de chantilly n'étaient pas mal non plus !

Ils traversèrent la place jusqu'au café Jean Jaurès, situé à un angle de la Grand-Rue.

– On entre, dit Lombardi. Il fait quand même pas très chaud dehors.

Ils s'installèrent à une table non loin de la fenêtre et commandèrent respectivement un whisky et une Suze.

– Comment peux-tu boire ce truc ? fit l'avocat avec une grimace.

– Moi, j'aime bien. Et puis j'ai un peu picolé hier soir, alors il faut que je rallume lentement la chaudière.

Ils burent un moment en échangeant des banalités sur la famille, le travail, le temps qui passe, les amis perdus de vue… et en observant les gens qui marchaient dans la rue. Aucun d'eux n'osait encore franchement aborder le sujet qui les avait amenés à se retrouver ici, plus de trente ans après leur dernière rencontre.

– Bon, parle-moi de cette lettre, dit finalement Chalier.

Lombardi inspira profondément avant de commencer.

– Je l'ai reçue il y a un peu moins d'une semaine à mon bureau. Elle avait été déposée directement dans ma boîte aux lettres.

Il tira une feuille de sa poche et la tendit à Chalier qui reconnut aussitôt le papier jauni. C'était exactement les mêmes mots que ceux utilisés sur le message qu'il avait reçu – *Bomaki est de retour. Il va recommencer.* – et la même écriture maladroite.

– On m'a envoyé sa petite sœur, dit-il en rendant la lettre à son interlocuteur. Chez moi, à Paris.

– Sur le coup, j'ai cru à une mauvaise blague, mais qui pourrait faire ça, hein ? Et dans quel but ? Et voilà que maintenant j'apprends que toi aussi tu l'as reçue ! Ça veut dire quoi ?

– Je n'en sais rien ! Ce qui est curieux c'est que ça tombe justement maintenant. Le 10 février, c'est-à-dire dans moins d'une semaine, il y aura exactement trente-cinq ans que Collardo a disparu. Comme si l'auteur des messages voulait commémorer un anniversaire macabre.

– Je n'y avais pas pensé, fit Lombardi, le visage soucieux.

– Moi si. Il faudrait qu'on sache si Gascogne en a également été destinataire. Tu sais ce qu'il est devenu ?

Angelo acquiesça avec une grimace.

– Oui. J'ai malheureusement appris qu'il n'avait pas très bien tourné.

– Ah ? fit Chalier d'une voix faible.

– D'après un de mes confrères qui travaille au pénal, Philippe a viré délinquant très tôt. Il a d'abord fait un peu de prison pour une stupide affaire de vol dans un entrepôt. Quand il en est sorti, au lieu de se ranger, il s'est lancé dans des trucs plus importants. La dernière fois, il s'est fait prendre en braquant une bijouterie. Vol à main armée : il a écopé de dix ans à la Talau.

– Merde ! s'exclama Chalier sous le choc. Je ne savais pas. Alors, il est en prison ?

– Non, il a fait l'objet d'une remise en liberté anticipée pour bonne conduite. D'après mon pote, il s'était même remis aux études. Dans le temps ce n'était pourtant pas son fort !

– Ouais, opina Chalier. Faut dire qu'avec sa famille ce n'était pas du gâteau.

Lombardi ne put réprimer un mouvement d'humeur.

– Tu crois que c'était plus facile pour nous ? Moi, je vivais avec mes parents et mes quatre sœurs dans un appartement de trois pièces ! J'aurais donc dû, moi aussi, virer voyou. Ça n'a pas été le cas, car j'ai bossé dur.

Chalier tressaillit à la réaction de son ami. Tout à coup, il découvrait l'adulte, un homme qui avait réussi grâce à son travail et qui en était fier.

– Son père était alcoolique et au chômage le plus souvent ! protesta-t-il. Sa sœur se prostituait ! Avoue que ça n'arrange pas les choses !

Obstiné, Lombardi rétorqua dans un rictus :

– Quand on veut, on peut ! Mon père me l'a toujours dit !

– Et tu en es la preuve, c'est ça ? ne put s'empêcher de lancer Chalier.

L'autre se redressa sensiblement.

– Eh bien oui ! Et je n'en ai pas honte. Le fils d'immigrés est devenu avocat ! J'ai deux belles voitures, un super appartement, une résidence secondaire à la mer, une autre à la montagne, un bateau…

– Et une maîtresse aussi ? le coupa Chalier que cette énumération pleine de suffisance exaspérait.

Il s'en voulut aussitôt de cette répartie et vit Lombardi se figer.

– Ça, on ne se connaît plus assez pour que je te fasse ce genre de confidences ! fit-il d'un ton glacial.

Ils s'observèrent sans mot dire, au seuil de la dispute.

– Excuse-moi, reprit Chalier. Toute cette affaire me rend nerveux. Tu as réussi Angelo, et c'est tant mieux pour toi. Tout le monde ne peut en dire autant. Gascogne n'a pas eu cette chance, on dirait !

L'avocat se força à sourire.

– Tu le sais, j'aimais beaucoup Gascogne. On l'aimait tous. Je suis désolé de ce qui lui est arrivé, mais il n'empêche qu'à un moment de sa vie il a fait les mauvais choix !

Ils burent leur verre en silence. Chalier avait soudain envie d'être ailleurs. Loin de cet inconnu qui ressemblait si peu à son ami d'enfance.

– Tu sais qu'un gosse a été enlevé dans notre ancien quartier ? dit-il finalement.

Lombardi se raidit imperceptiblement.

– Oui, j'ai lu ça. Tu crois que ça a un rapport avec les lettres ?

– J'en suis même certain.

L'avocat se pencha en avant, visage et regard tendus.

– Qu'est-ce qui te fait dire ça ?

– Je suis retourné là-bas hier et j'ai vu une inscription sur la fontaine du Babet.

Cette fois, c'est tout le visage de l'avocat qui se crispa. Sa bouche s'ouvrit puis se referma. Visiblement, il était incapable de poser la question qui lui brûlait les lèvres.

Chalier ne le fit pas languir.

– C'était marqué : *Bomaki existe. Je l'ai rencontré !*

Lombardi attrapa son whisky et le termina d'un coup. Il reposa d'un geste un peu trop brusque son verre sur la table, faisant se retourner les consommateurs les plus proches.

– Bon sang, ça ne va pas recommencer ! bredouilla-t-il. Cette vieille histoire... Ça nous a déjà suffisamment pourri la vie comme ça ! Bomaki n'existe pas ! C'était juste un délire de gosses !

Chalier vit alors que l'avocat avait peur. Vraiment peur ! Sous ses dehors de nouveau riche, Angelo Lombardi était terrifié ! Le gamin de onze ans refaisait surface.

– Bomaki, le croque-mitaine n'existe pas, dit Chalier. Mais il y a bien quelqu'un qui inscrivait ce nom sur les murs jadis. Et quelqu'un qui l'écrit aujourd'hui encore. Il y a aussi ces lettres que nous avons reçues ! Et, surtout, il y a ce gosse qu'on a enlevé dans notre vieux quartier ! Comme autrefois !

Lombardi se passa les mains sur le visage, mâchoires crispées.

– Je n'y comprends rien, bordel ! Tu crois qu'il faut aller trouver les flics ? Je connais assez bien un commissaire… Je pourrais lui en parler.

Chalier secoua la tête.

– Pour leur raconter quoi ? Ils vont nous prendre pour des dingues !

– Tu as raison, reconnut l'avocat. Mais alors, qu'est-ce qu'on fait ?

Chalier réfléchit un moment avant de répondre.

– Il faut retrouver Gascogne et savoir si lui aussi a reçu la lettre.

L'avocat renifla nerveusement. Il parut hésiter avant de parler.

– Et si… Et si c'était lui l'auteur, hein ? murmura-t-il. Tu y as pensé ?

Chalier sursauta.

– Pourquoi ferait-il ça ? s'indigna-t-il.

Lombardi émit un rire grinçant.

– Ses raisons, je ne les connais pas. Mais qui d'autre que lui se souvient de Bomaki ? Qui d'autre que lui pouvait nous retrouver ?

Il s'interrompit. Son regard glissa sur le côté et c'est d'une voix embarrassée et honteuse qu'il reprit :

– Et si c'est lui l'auteur des lettres, est-ce qu'il n'aurait pas pu… enfin…

Chalier réprima un hoquet scandalisé.

– Tu veux dire que c'est lui qui aurait enlevé le gosse ? s'exclama-t-il. Non, Je ne peux pas y croire. Pas Gascogne !

Son compagnon se pencha vers lui par-dessus la table. Chalier pouvait voir le sang battre à ses tempes.

– C'est affreux, je sais. Mais il faut bien envisager cette possibilité. Beaucoup de temps a passé depuis l'époque où nous étions copains. Nous ne sommes plus les mêmes. Ni lui, ni toi, ni moi ! Gascogne a fait de la prison et la prison ça vous change un homme. Le gamin que nous connaissions a disparu. Déjà, reconnais-le, Philippe était de la graine de voyou. La disparition de Collardo nous a tous affectés à des degrés divers, mais, lui, il s'en est toujours voulu de ne pas avoir pu le sauver. Qui sait quels dégâts psychologiques ce drame a causés chez lui ?

Chalier renâcla. Tout son être se hérissait à l'idée de la culpabilité de Gascogne. Et pourtant… pourtant n'était-ce pas ce même garçon qui avait braqué une bijouterie et fait de la prison ?

Il s'efforça de se reprendre et de raisonner calmement.

– Très bien, finit-il par dire. Tu peux essayer de te renseigner auprès de tes collègues du tribunal et voir si on peut le localiser ?

– D'accord, fit Lombardi. Et toi ?

– Moi ? Je vais traîner dans le coin. Je finirai peut-être par trouver quelque chose. Celui qui a écrit ces lettres – Gascogne ou un autre – essaie d'attirer notre attention. Je suis sûr qu'il se manifestera de nouveau.

– Sans doute, dit Lombardi le visage blême.

Il sortit son portefeuille et en tira un billet pour régler l'addition, ainsi qu'une carte de visite.

– Tu peux me joindre quand tu veux. Tu as aussi mon portable. N'hésite pas si tu as du nouveau. J'espère vraiment que notre ami n'a rien à voir dans tout ça ! Et excuse-moi pour tout à l'heure...

– Ce n'est rien, dit Chalier en prenant la carte. Je ne suis pas mieux. Je ne bougerai pas de l'hôtel. Tu sais où me trouver. Si je n'y suis pas, tu n'as qu'à laisser un message à la réception. Je te rappellerai aussitôt.

– On fait comme ça, dit Lombardi en se levant. Je te ramène ?

Chalier secoua la tête.

– Non, j'ai besoin de me changer les idées. Je vais aller au cinéma.

– Bonne idée. Le Gaumont est juste à côté.

Ils se serrèrent la main devant le bar. Le soleil avait disparu et un vent froid s'était levé. Le ciel se couvrait de nuages.

– À bientôt alors, dit Lombardi. J'aurais aimé te revoir dans d'autres circonstances...

– Je comprends, dit Chalier.

Il regarda son ami d'enfance traverser la rue et s'éloigner jusqu'à l'entrée du parking.

« Saloperie de temps ! » grommela-t-il, sans qu'il soit possible de savoir s'il parlait de la météo ou des ravages des années.

CHAPITRE 10

Le film qu'il était allé voir, *Je suis une légende,* était un navet, triste adaptation du chef-d'œuvre de Richard Matheson, lorgnant sans talent du côté de *28 jours plus tard.* La version de 1971 avec Charlton Heston avait une autre gueule ! Elle l'avait même terrifié quand il était gosse.

Mais peut-être n'était-ce tout simplement pas le moment de voir un film d'épouvante.

En réalité, il n'avait cessé de penser à ce que lui avait dit Lombardi : Gascogne, un criminel ! Gascogne, un ravisseur d'enfants !

Il en avait mal au ventre.

Gascogne avait été son modèle, tout au moins pendant leurs années d'enfance. Plus tard, ils s'étaient perdus de vue, mais les souvenirs n'avaient fait que magnifier leurs exploits et leur amitié. Et là, brusquement, la statue qu'il avait élevée à la mémoire de son copain était déboulonnée de son piédestal et se brisait en mille morceaux.

Il traversa la ville sous un fin crachin, les épaules rentrées, la tête basse. La nuit était tombée. Les rues étaient désertes comme un dimanche soir. Ça tombait bien, on était justement dimanche soir.

Quel serait le prochain acte à présent ?

Bomaki, le monstre tapi au fond de la mine, émergerait-il brusquement d'une bouche d'égout pour l'emporter à son tour ? Ou enverrait-il ses sinistres sbires, éboueurs aux visages de têtes de mort, qui avaient jadis enlevé Collardo ?

Il aurait presque aimé que l'un ou l'autre se produisît pour se coltiner, enfin, avec ses terreurs profondes.

Il évita soigneusement la rue des Martyrs-de-Vingré. Ce n'était pas le moment de prendre une cuite. Il avait mieux à faire. Comme jeter sur le papier – « sur l'ordinateur », rectifia-t-il mentalement – ses impressions. Il avait déjà commencé à le faire avec ses souvenirs d'enfance. Peut-être cela déboucherait-il sur quelque chose et l'aiderait à mieux comprendre la situation actuelle. Si ce n'était pas le cas, eh bien il pourrait toujours s'en servir pour un prochain livre. Un polar bien glauque sur une ville glauque. Les lecteurs aiment ça, les histoires glauques et malsaines. Ça les sortait de leur morne quotidien. Qui sait, peut-être même rencontrerait-il la renommée à l'instar d'un Jean-Christophe Grangé ou d'un Maxim Chattam ?

Il sourit à cette idée.

« Tu rêves, mon vieux ! »

Mi-sérieux, mi-amusé, il se mit à chercher un titre pour son futur bouquin. *L'écrivain enquête* ? *Le Retour de Bomaki* ? *Le Monstre du Babet* ?

Il poursuivit son chemin en égrenant des noms de romans, tous plus improbables les uns que les autres : *Docteur Philippe et Mister Gascogne, La Ville maudite, Les Enfants du Clapier, Les Éboueurs de l'enfer*...

Perdu dans ses pensées, il arriva à son hôtel et passa devant la réception sans lever la tête.

– Hé ! M'sieur Chalier. Y'a un courrier pour vous ! l'interpella l'employé à la réception.

Chalier se tourna vers le rouquin qui brandissait une enveloppe.

– Un courrier ? Qui l'a déposé ? demanda-t-il, méfiant.

– J'en sais fichtre rien, répondit l'autre. J'étais à l'étage pour récupérer un plateau et quand j'suis descendu y'avait cette lettre à votre nom sur le comptoir et pas la queue d'un chat à l'horizon !

Chalier s'approcha à contrecœur et reconnut aussitôt l'enveloppe jaunie et l'écriture maladroite.

– Vous ne la prenez pas ? dit l'employé en lui tendant la lettre.

Chalier ne faisait pas un geste, comme si c'était un serpent que lui tendait le garçon.

– Si, dit-il finalement en prenant l'enveloppe du bout des doigts.

Il s'éloigna sous le regard dubitatif du rouquin et prit l'escalier sans cesser de tourner et retourner la lettre entre ses mains, la regardant sous toutes ses coutures.

Parvenu sur son palier, il composa le code d'accès et entra dans sa chambre. Ses vêtements étaient imprégnés d'humidité. Il avait froid. Une goutte tomba sur l'enveloppe, brouillant le *c* et le *h* de son prénom.

Il avait peur de l'ouvrir et la posa sur la table.

Il se débarrassa ensuite de son blouson et alla prendre une serviette dans la salle de bains pour se sécher les cheveux. Puis, il revint se planter devant l'enveloppe.

Après un moment, il s'en empara de nouveau. Le rabat à l'arrière se décollait tout seul. Du pouce, il le détacha tout à fait.

La feuille à l'intérieur provenait du même papier à lettres que la précédente.

Il la retira précautionneusement et l'ouvrit.

Bomaki t'attend demain rue Laval, lut-il.

CHAPITRE 11

« Faire les démolitions », c'était le nom que nous donnions au pillage des appartements promis à la pelle et à la pioche des démolisseurs.

La réhabilitation du Panassa – le vieux Saint-Étienne – passait, en effet, par la destruction de plusieurs quartiers déclarés insalubres. Le secteur situé entre le Babet et le Clapier faisait partie de ceux-là.

« Insalubre ». L'adjectif fait froid dans le dos. Il évoque la crasse, la misère, les taudis, les squats. Les bidonvilles.

Nous n'avions pourtant pas le sentiment d'habiter dans des lieux aussi sordides. Certes, nous n'avions pas l'eau chaude, ni de salle de bains et les toilettes étaient souvent sur le palier, mais comme nous n'avions rien connu d'autre, il ne nous venait pas à l'idée de nous plaindre.

Les maisons étaient anciennes et vétustes – des immeubles de rapport construits à la va-vite pour loger la population ouvrière – mais, pour les gamins que nous étions, elles étaient pleines de recoins magiques. Les caves, imprégnées d'une forte odeur de salpêtre, au sol charbonneux, étaient un lieu idéal pour jouer à cache-cache. Les greniers – d'anciennes chambres de bonne utilisées après-guerre – recelaient des merveilles.

Les rues du Panassa étaient semblables à celles d'un petit village. Tout le monde se connaissait et nous pouvions bague-

nauder et nous amuser, sans crainte. Des populations venues d'horizons divers s'y côtoyaient plutôt bien : ouvriers stéphanois, fils de paysans descendus de l'Ardèche et de la Haute-Loire, immigrés italiens, espagnols, portugais et arabes… Les grands ensembles qui allaient grandement contribuer à cloîtrer les communautés dans des ghettos n'étaient pas encore très répandus.

Nos terrains de jeu préférés étaient la place du Babet qui, avec ses bancs et ses platanes, se parait de petits airs de jardin public, et la place des Carrières – officiellement la place Renaudel – beaucoup plus sauvage, qui donnait, quant à elle, sur un terrain vague en pente où il faisait bon faire des glissades sur des bouts de cartons.

C'était ce quartier qui était condamné à disparaître. Un grand rectangle compris entre les rues Marthourey et Tarentaize d'un côté, et Dupré et Polignais de l'autre.

Tout le monde n'acceptait pas de gaieté de cœur de vider les lieux. Des groupes de mécontents s'étaient constitués pour tenter de préserver le Panassa historique et son patrimoine ouvrier. Le plus connu d'entre eux était le comité de défense du Panassa. Mais, malgré ces résistances, rien ne put entraver la marche du progrès. Des centaines de familles furent expulsées, parfois de force. Inexorablement, le mouvement s'accéléra, jusqu'à son apogée en 1974, date à laquelle les premiers bulldozers firent leur apparition.

Si nous percevions ces changements, ils ne nous affectaient guère, à l'exception peut-être de Gascogne. Au contraire, nous avions l'impression que notre terrain de jeu – la rue – ne cessait de s'agrandir et de nous offrir de nouvelles possibilités d'amusement.

En quelques mois, mes trois amis et moi étions devenus de vrais pros des démolitions, efficaces et toujours sur le qui-vive pour trouver avant les autres gosses du quartier de nouveaux lieux de rapine.

Il y en avait cependant pour tout le monde et il était rare que nous nous disputions nos découvertes, une grande tolé-

rance régnant entre les gamins.

Équipés comme nous l'étions de marteaux, massettes, hachettes, cisailles, barres à mine et d'un chariot à bras, nous ne passions guère inaperçus. Pourtant, personne jamais ne nous interpella, ce qui paraît impensable de nos jours.

À leur façon, nos raids ressemblaient à ceux des pilleurs de tombes. Nous étions les nécrophages d'une cité en voie d'abandon, profanant non pas d'antiques sépultures, mais d'anciens logis et foyers à la recherche de trésors cachés.

Nous récoltions surtout le plomb et le cuivre des canalisations, parfois le zinc des chéneaux, que nous revendions ensuite à un ferrailleur de la rue Pierre-Semard. Un franc le kilo de plomb, un franc cinquante le zinc et deux francs le cuivre. Beaucoup plus que ce que nous rapportaient les bouteilles consignées !

Nous récupérions aussi quelques objets, livres, bibelots, jouets, que nous vendions à la « Ferraille », un marché aux puces qui avait lieu tous les dimanches sur l'avenue Dupré.

Parfois il m'arrive de songer à toutes les merveilles et raretés devant lesquelles nous sommes sans doute passés sans nous arrêter et qui ont fait le bonheur et la fortune de brocanteurs avisés.

Bien sûr, les gens qui habitaient là étaient d'origine modeste, mais leurs biens, transmis de génération en génération ou trouvés sur place lorsqu'ils avaient emménagé – on appelait ça « la reprise » – n'étaient pas tous dépourvus de valeur.

C'est surtout de leurs vieux meubles qu'ils se débarrassaient, empressés qu'ils étaient de céder aux premières sirènes du consumérisme et de s'équiper de magnifiques produits de série en contreplaqué, Skaï et Formica. Il n'était pas rare de trouver aussi toutes sortes d'ustensiles anciens sur lesquels on jetait l'opprobre en ne leur pardonnant pas d'être le symbole d'un temps révolu.

J'ai encore dans mon salon un vieux bronze représentant une lionne rugissante, trouvé dans un appartement presque intact. Je me souviens aussi de cette moto d'avant-guerre découverte dans une cave, ou de ce tableau – une marine représentant une bataille navale – que j'avais laissé gisant par terre car la peinture était craquelée.

Des trésors qui n'ont pas été perdus pour tout le monde et qu'on retrouve aujourd'hui à prix d'or chez les antiquaires. Des vieilleries sacrifiées sur l'autel de la modernité, qui font le charme des résidences d'été des bourgeois bohèmes.

Ce jour-là, c'était une période de vacances scolaires, il me semble, nous étions tous réunis dans un petit appartement au deuxième étage d'un immeuble de la rue Jean-François-Gonon.

À l'aide de la massette et du marteau, nous étions parvenus à percer une ouverture dans le mur de parpaings censé empêcher l'intrusion des pillards.

Après cet effort intense, c'était l'heure de la pause syndicale et nous partagions une P4 issue du paquet commun, avant de nous remettre au travail.

– Y'a pas grand-chose ici ! Juste un vieil évier. Si on en tire deux ou trois kilos de plomb, ce sera bien tout ! disait Collardo. Et pas une trace de cuivre !

– Ouais ! fit Gascogne en soufflant une longue volute de fumée bleue. On peut pas gagner à tous les coups ! Peut-être que ça sera mieux dans les autres apparts.

Il fit circuler la cigarette et j'aspirai trop vite une bouffée qui me fit tousser et venir les larmes aux yeux.

– Eh ! Vas-y mollo, Piozou ! rigola Gascogne en me tapant dans le dos. On a encore besoin de toi pour porter le trésor !

– C'n'est pas avec ce qu'on va trouver ici qu'on deviendra riches ! parvins-je à articuler entre deux quintes.

– J'ai entendu mon père dire qu'on allait bientôt faire déguerpir les habitants de la rue Beaumes, intervint Lombardi. On se rattrapera là-bas.

– Déguerpir ? Ça veut dire quoi ? Qu'on va les foutre dehors ? dit Collardo.

Gascogne donna un coup de pied à un vieux casier à bou-

teilles qui traînait sur le sol.

– J'aime pas cette expression ! C'est pas... heu... c'est pas correct, je trouve.

Lombardi eut un haussement d'épaules.

– J'y peux rien si c'est comme ça qu'on dit.

Je lui tendis mon clope et il tira brièvement dessus avant de le passer à Collardo.

– Ton père est rudement bien renseigné, poursuivit Gascogne. Comment il sait tout ça ?

– Ce sont ses collègues qui le lui ont dit.

– Super ! s'exclama Collardo. Comme ça, on pourra y être avant tout le monde !

Nous fumâmes un moment en silence, puis Collardo reprit la parole.

– C'est pas dans la rue Beaumes qu'il habite M. Saucisse ?

Nous nous tournâmes tous vers lui, comme s'il venait de lâcher un horrible blasphème ou un pet monstrueux !

– Ben, qu'est-ce que j'ai dit ? s'étonna-t-il.

M. Saucisse, puisque c'est ainsi que tous les gosses du quartier le surnommaient, était notre croque-mitaine favori. C'était un étranger de grande taille, toujours vêtu d'un imperméable informe, qu'on voyait parfois passer d'un pas traînant.

La rumeur, largement colportée par tous les gamins, était qu'il aimait bien les petits garçons. Les histoires les plus affreuses circulaient sur son compte et dès que nous l'apercevions, même de loin, nous nous empressions de détaler et de mettre la plus grande distance possible entre lui et nous.

Ses épaules basses, ses lèvres charnues, ses joues mal rasées, son regard furtif sous ses lourdes paupières nous terrifiaient, et nous redoutions plus que tout de tomber sur lui au détour d'une ruelle.

– M. Saucisse est partout ! dit Gascogne d'une voix sinistre en projetant le mégot de la cigarette contre un mur où il explosa en une gerbe d'étincelles. L'autre jour, ma sœur l'a aperçu vers Raspail.

– Et moi, je l'ai vu une fois en montant à Montmartre ! confirmai-je.

– Ouais. Il est partout. Si ça se trouve… il est en train de monter les escaliers pour nous surprendre !

Nous nous retournâmes tous d'un bloc en direction de l'ouverture dévastée.

Gascogne éclata de rire.

– Bande de froussards ! Vous avez tous eu les jetons !

– T'es con ! lança Lombardi.

– Badabeu ! m'exclamai-je.

– Tu nous as foutu une de ces trouilles ! dit Collardo.

Gascogne se planta devant nous les mains sur les hanches, dans une attitude bravache probablement copiée dans un film de cape et d'épée ou dans un western.

– Moi, y me fait pas peur, M. Saucisse ! se vanta-t-il.

– Tu parles ! dis-je. Tout le monde en a les foies. Même les grands ! Alors toi…

Gascogne se saisit de la hachette que j'avais empruntée à mon père et la brandit d'un air sauvage.

– Il n'a qu'à venir ! Je l'attends et, moi, je la lui coupe sa saucisse !

Mi-narquois, mi-amusé, nous éclatâmes de rire.

C'est vrai que notre copain avait l'air superbe avec sa hachette, mais M. Saucisse était un adulte. Plus que ça : c'était le monstre dans le placard, l'ogre qui fait bien pire que de dévorer les enfants.

À cette époque on ne parlait pas de pédophilie, surtout dans les familles, mais nous n'étions pas totalement ignorants pour autant. De mon côté, je connaissais au moins deux types qu'il fallait fuir comme la peste : M. Saucisse tout d'abord, et l'un des curés du patronage où je me rendais les samedis après-midi. Ce type, sinueux comme un serpent, avait la sale manie de vous planter ses ongles longs et sales dans les bras, en vous bavant dans le cou.

– Vous ne me croyez pas ? dit Gascogne en abattant brusquement la hachette sur le cageot de bois et en le faisant voler en éclats. Il n'a qu'à essayer de nous faire du mal et vous verrez : je le découpe comme un goret !

Il fit un brusque demi-tour sur lui-même et lança la hachette en direction d'une porte intérieure. Par le plus grand des hasards l'outil n'ayant pas été conçu pour être lancé – le tranchant se ficha dans le bois.

– Vous voyez ? s'exclama-t-il triomphant et pas le moins du monde surpris de sa bonne fortune.

Nous coulâmes vers lui des regards admiratifs. Si quelqu'un pouvait venir à bout de M. Saucisse, c'était assurément Gascogne. Gascogne qui semblait n'avoir peur de rien, mis à part son ivrogne de père.

– Vous croyez que c'est M. Saucisse qui a enlevé le petit Antonio ?

Collardo avait vraiment le chic pour formuler tout haut ce que nous pensions tout bas ! Trois jours plus tôt un gamin du quartier, un petit Portugais, avait disparu sans laisser de traces.

Antonio Alves habitait quelques rues plus loin. Nous avions eu l'occasion de le croiser à l'école primaire de la rue Descours, mais il était trop jeune pour jouer avec nous. La police était venue dans le quartier pour interroger les gens, mais trois jours après sa disparition il n'était toujours pas réapparu.

– Qui sait ? dit Gascogne. Moi, en tout cas, ça ne m'étonnerait pas. Tout le monde sait très bien ce que ce sale type fait aux enfants, mais il est toujours en liberté. Vous trouvez ça normal vous, alors que les mineurs qui veulent empêcher la fermeture des puits, on leur donne des coups de matraque et on les fout en prison ? Pareil pour les gens du quartier qui refusent de… comment t'as dit déjà, Lombardi ? Ah oui : de déguerpir ! C'est pas juste ! J'suis sûr qu' c'est M. Saucisse qui a fait le coup. Un de ces jours, on va retrouver ce pauvre gosse au fond d'un terrain vague ou dans le Furan, vous verrez !

Un frisson traversa la petite assemblée à l'idée de tomber nez à nez avec le cadavre du petit Portugais.

– C'est pour ça qu'on doit rester ensemble, poursuivit Gascogne. Ensemble, il ne peut rien nous arriver.

– Ouais ! s'exclama Collardo. Comme les quatre mousquetaires !

– Tu seras Portos, dit Lombardi et moi Aramis. Gascogne sera d'Artagnan.

– Et moi, je serai qui alors ? demandai-je après avoir vainement essayé de retrouver le nom du quatrième mousquetaire.

– Athos.

– Ah ? fis-je un peu déçu. Et qu'est-ce qu'il a de particulier ?

J'imaginais, en effet, assez bien le fringant et fougueux d'Artagnan, le jovial et solide Portos, le beau et suave Aramis, mais Athos ? Quels étaient ses dons et aptitudes à celui-là ?

– Eh bien… commença Lombardi. C'est d'abord un excellent escrimeur et puis… heu…

– Et puis ? insistai-je.

– Et puis, c'est le copain des trois autres ! intervint Gascogne. On s'en branle de savoir ce qu'il sait faire ! L'important c'est qu'il fasse partie de la bande. C'est l'un des quatre !

– Oui, mais… commençai-je.

Il est évident que j'aurais préféré être d'Artagnan ou Aramis (l'attribution du rôle de Portos ne se discutait évidemment pas !) et que je n'appréciais guère de me retrouver dans la peau d'un personnage falot dont les qualités étaient ignorées de tous.

– Et si on choisissait plutôt d'être des X-men ? tentai-je. Je pourrais être…

D'Artagnan ignora délibérément mon intervention et se tourna vers Aramis :

– C'était comment déjà leur cri de guerre ?

– Cri de guerre ? Tu veux sans doute parler de leur devise ? corrigea le subtil spadassin.

– Oui, c'est ça : leur devise !

– « Un pour tous et tous pour un ! »

– C'est ça ! C'est exactement ce qu'il nous faut ! En plus, on est quatre, comme eux !

Gascogne alla récupérer la hache plantée dans le battant de la porte et revint vers nous.

– Prenez chacun votre arme ! Nous allons prêter serment.

Après un moment de flottement nous nous ruâmes vers les outils que nous avions emmenés.

Je me saisis d'un arrache-clou, Lombardi d'un marteau et Collardo de la massette.

– Un pour tous et tous pour un ! rugit Gascogne en tendant sa hachette devant lui.

Chacun notre tour nous avançâmes le bras – deux bras pour Collardo qui tenait l'instrument le plus lourd – et nous reprîmes en chœur :

– Un pour tous et tous pour un !

– Les quatre mousquetaires du Clapier, c'est nous ! dit avec emphase Gascogne. Inséparables comme les doigts de la main.

– Amis pour toujours ! s'exclama Collardo.

– À la vie, à la mort ! surenchéris-je.

– Et que celui qui rompt son serment se retrouve en enfer ! paracheva dignement Lombardi.

CHAPITRE 12

La rue Michel-Laval se trouve dans l'un des quartiers chics de Saint-Étienne, Bel Air, situé nord-ouest de la ville.

Pour s'y rendre, Chalier prit d'abord le tramway et continua ensuite à pied parmi les immeubles de standing et les pavillons résidentiels entourés de clôtures et de hauts murs.

Le contraste était saisissant avec les quartiers du Babet et de Boivin visités la veille. Ici, Saint-Étienne se donnait des airs de grande bourgeoise pour essayer de ressembler à sa rivale, Lyon.

Les rues étaient désertes ou presque. Quelques retraités occupés à tailler leurs rosiers ou à entretenir leur jardin lui lançaient des regards suspicieux derrière leurs grilles. D'élégantes petites voitures de ville et de gros 4X4 étaient garés dans des allées gravillonnées exemptes de tout brin d'herbe.

Chalier avait quitté l'hôtel sans avertir Lombardi du message qu'il avait reçu. *Que pouvait-il lui arriver en plein jour dans un tel quartier ?*

Pourtant s'il ne pensait pas courir de risques en se rendant seul au rendez-vous, il était davantage préoccupé par le fait que quelqu'un ait déposé ce nouveau message à la réception de l'hôtel. Cela ne pouvait signifier qu'une chose : ce quelqu'un savait qu'il se trouvait actuellement à Saint-Étienne, il était surveillé !

Mais par qui ? Par Bomaki ?

Il s'ébroua.

« Tu délires, mon vieux ! Bomaki n'existe pas ! Ce n'était que le réceptacle de nos peurs enfantines. »

Pas si sûr ! lui souffla une petite voix maligne. *Si ce n'est pas Bomaki, alors qui a enlevé le petit Emilio Sanchez ?*

Les notes qu'il s'était efforcé de prendre la veille ne lui avaient été d'aucun secours. En fait, l'histoire dans laquelle il se trouvait plongé semblait tout droit sortir d'un roman de gare. Tout y était : le retour au pays de l'enfant prodigue, le traumatisme de jeunesse, un crime nouveau se rattachant aux événements passés, l'énigmatique interlocuteur – ami ou ennemi ? – qui oriente le personnage principal dans son enquête. Il ne restait plus qu'à trouver la belle héroïne, blonde, plantureuse de préférence et peu avare de ses charmes, pour se couler dans le lit du héros et le trahir à la fin.

Excellent scénario pour un film hollywoodien ! songea-t-il avec amusement.

Tout à ses pensées, il remonta la rue Barra, longeant un haut mur soutenu par d'imposants contreforts. Le ciel s'était assombri depuis qu'il avait quitté l'hôtel. Une odeur de pluie à venir flottait dans l'air.

Il ne manquait qu'un peu de brouillard pour donner à la scène l'indispensable atmosphère d'angoisse propice à éveiller les frissons. Comme dans ces vieux films expressionnistes allemands dont il se régalait autrefois au *Cinéma de minuit* ou comme dans les films d'épouvante de la Hammer.

Sauf qu'ici on était à Saint-Étienne, ville noire et industrielle certes, mais qu'aucune imagination romanesque n'avait encore peuplée de tueurs sournois, de sinistres abominations ou de démons souterrains.

« Londres a son Jack l'Éventreur, Boston son Étrangleur, pourquoi Saint-Étienne n'aurait-elle pas son Bomaki ? » songea-t-il.

Il sourit intérieurement. Les images de cadavres de prostituées disséquées ou de visages congestionnés aux yeux exorbités étaient autrement plus efficaces que les disparitions d'enfants !

Il s'arrêta à un croisement pour s'orienter. Selon le plan consulté sur Internet, la rue Michel-Laval devait se situer un peu plus loin.

Il allongea le pas avec la désagréable impression d'être le pion impuissant d'un incompréhensible jeu de l'oie.

Machinalement, il tâta son téléphone portable au fond de la poche de son blouson. Peut-être, après tout, aurait-il dû prévenir quelqu'un de son rendez-vous.

Il eut un haussement d'épaules et poursuivit son chemin.

Après plusieurs détours, il arriva enfin dans la rue Laval. C'était une belle voie pavillonnaire, calme et bordée d'arbres comme toutes celles qu'il avait traversées jusqu'à présent. Les maisons étaient toutefois plus rares et espacées par ici.

Il s'avança lentement, mains dans les poches de son blouson, en se demandant ce qu'il était censé trouver ici.

Seuls quelques rares véhicules étaient garés le long des trottoirs, les habitants du quartier préférant sans doute les ranger dans des garages, bien à l'abri des intempéries, des vols et des déprédations.

Il était presque parvenu au bout de la rue, de plus en plus dubitatif sur les raisons de sa venue ici, lorsqu'il remarqua les traces de peinture rouge sur le mur d'enceinte de la dernière villa. L'inscription n'était pas lisible depuis sa position, mais il savait déjà qu'elle lui était destinée.

Son cœur fit une brusque embardée et il dut rassembler toute sa volonté pour continuer d'avancer.

Se déplaçant comme dans un cauchemar, il arriva devant le mur.

Le message était aussi lapidaire que le précédent, mais plus terrifiant encore parce qu'il détournait et souillait un jeu innocent : *Bomaki a dit : l'enfant est ici !*

Saisi d'une intuition, Chalier toucha la peinture rouge. Elle était encore fraîche et adhérait aux doigts. Les mots n'avaient été écrits que depuis peu.

Il se retourna brusquement à la recherche d'un observateur éventuel, mais il eut beau fouiller les environs du regard, il ne vit rien de suspect. Seule une vieille DS Citroën, garée de l'autre côté de la rue, paraissait déplacée dans cet environnement et il n'y avait personne à l'intérieur.

Il s'approcha de la grille d'entrée de la maison. C'était une grande demeure cossue de deux étages, visiblement plus ancienne que ses voisines. Les volets en façade étaient tous fermés. Leur peinture écaillée partait par plaques. Le jardin n'avait pas été entretenu depuis longtemps et ici et là se dressaient, tels des vestiges antiques, des copies de statues gréco-romaines. Il se dégageait de l'ensemble une poignante impression d'abandon.

Il regarda le nom sur la boîte aux lettres, Richard Viallard, qui ne lui dit rien.

La douloureuse vision d'un petit cadavre meurtri étendu dans un coin obscur de la maison s'imposa à lui et il eut peur d'aller plus loin.

C'est alors qu'il entendit le bruit. Des coups sourds portés contre quelque chose de creux, une cloison sans doute. Il se pencha davantage, saisissant la grille à pleines mains, mais il eut beau scruter les volets lépreux, il ne vit rien.

Le bruit se produisit de nouveau et il réalisa soudain

qu'il ne provenait pas de la propriété, mais de *derrière* lui. Il se retourna et son regard se posa sur la DS 21 garée de l'autre côté de la chaussée.

D'un pas hésitant, il traversa la rue.

« Hé ! Y'a quelqu'un ? » lança-t-il.

Les coups redoublèrent et des gémissements étouffés lui parvinrent.

En deux enjambées, il fut près de la Citroën. Un rapide coup d'œil lui confirma qu'il n'y avait effectivement personne dans l'habitacle.

C'est du coffre que provenaient les bruits !

Il appuya sur le bouton chromé qui s'enfonça sans difficulté et tira la poignée. Le coffre s'ouvrit comme une grande bouche avide. Une grande bouche qui contenait une petite forme, ligotée et bâillonnée, mais vivante ! Une forme dans laquelle il n'eut aucune difficulté à reconnaître l'enfant du journal : Emilio Sanchez, disparu depuis bientôt trois jours !

CHAPITRE 13

– M. Chalier, est-ce qu'on peut reprendre depuis le début ?

Le policier se tenait derrière un bureau encombré de paperasse et le fixait avec une intensité qui ne lui plaisait pas. Devant lui se trouvaient les deux lettres anonymes.

La petite pièce dans laquelle ils étaient sentait la poussière, la cigarette froide et les vieux papiers. Des armoires métalliques, placardées d'affiches cornées, de cartes postales et de vieux autocollants, occupaient tous les murs et empiétaient sur l'unique fenêtre crasseuse pourvue de barreaux.

– Je vous ai déjà raconté tout ce que je savais. Que voulez-vous que je vous dise de plus ?

L'homme attrapa un crayon à papier dans un mazagran ébréché marqué : « À mon papa chéri ! »

– Un détail vous a peut-être échappé, dit le flic. C'est que votre histoire est plutôt étrange, vous ne trouvez pas ? Récapitulons : un mystérieux inconnu vous laisse un message à votre hôtel, message qui vous envoie tout droit au petit Emilio Sanchez, enlevé il y a trois jours et recherché par toutes les polices.

Chalier se passa la main dans les cheveux et réprima

un soupir d'exaspération. Depuis près de deux heures, il expliquait et réexpliquait à ce policier, ainsi qu'à un autre avant lui, comment les choses s'étaient passées.

Il n'ignorait pas que les flics, en le forçant à répéter son histoire, vérifiaient qu'il ne se contredisait pas et n'oubliait rien. Il commençait pourtant à en avoir par-dessus la tête. Il avait envie de rentrer à son hôtel. Il avait envie de parler à quelqu'un de compréhensif – son ex-femme par exemple – et peut-être, ensuite, d'aller vider un verre ou deux.

– Je vous l'ai dit, le message a été déposé à mon hôtel. Le réceptionniste a dû vous le confirmer et vous préciser aussi qu'il n'avait pas vu le porteur. Je me suis simplement rendu sur les lieux.

– Pourquoi ? demanda le policier. Pourquoi y être allé seul ? Vous auriez pu nous prévenir.

– Et vous dire quoi ? s'énerva Chalier. Que j'avais rendez-vous avec Bomaki, le monstre de mon enfance ? Vous m'auriez ri au nez ! Et puis, je ne pouvais pas savoir que le gamin serait là !

– Hmmm... Donc vous vous rendez sur place, continua le flic imperturbable en faisant tourner le crayon entre ses doigts. Et là...

– Et là, comme je vous l'ai expliqué, j'ai d'abord vu l'inscription sur le mur. Ce n'est qu'après que j'ai entendu le gosse. La malle arrière de la voiture était ouverte. J'ai sorti l'enfant et j'ai tout de suite appelé la police avec mon portable. En vous attendant, je lui ai enlevé son bandeau et son bâillon et je l'ai libéré de ses liens. C'est tout.

Le policier remua patiemment la tête.

– Oui. Nous savons tout ça. Mais ce que je ne comprends pas, c'est pourquoi notre mystérieux inconnu vous a adressé cette lettre, à *vous* ? Qui est ce Bomaki et quels rapports entretenez-vous avec lui ?

Cette fois, Chalier ne cacha pas son exaspération.

– Écoutez inspecteur...

– Lieutenant. On dit lieutenant, aujourd'hui.

– Inspecteur, lieutenant, c'est pareil, non ? Je ne sais pas qui m'a envoyé cette lettre, pas plus que la précédente et…

– Ce sont les deux seules que vous avez reçues ?

– Vous le faites exprès ou quoi ? s'emporta Chalier. Je vous ai déjà dit tout ça, cent fois.

Bien sûr qu'il le fait exprès. Il essaie de te pousser à bout !

Il envisageait d'opposer un silence cinglant à ce mur d'incompréhension, lorsqu'une jeune femme entra dans le bureau.

– Tu me laisses lui parler ? demanda-t-elle à son collègue.

L'autre tourna des yeux fatigués vers elle.

– Oui, bien sûr, vas-y, lâcha-t-il dans un soupir.

Il se leva et sans un regard pour Chalier quitta la pièce.

– Tenez, je vous ai apporté un café, dit la nouvelle venue en lui tendant un gobelet en plastique.

– Merci, dit Chalier en le posant sur le bureau. Vous êtes la gentille, c'est ça ?

Elle s'assit en face de lui et éclata de rire. Un rire un peu forcé, mais agréable quand même.

– Vous voyez trop de films, M. Chalier. Le méchant et le bon flic, c'est un truc de cinéma. Ce n'est pas comme ça que ça se passe en réalité.

– Ah bon ?

– Non. Nous n'avons rien contre vous. Au contraire, nous vous sommes même très reconnaissants de nous avoir appelés aussi rapidement. Grâce à vous, le petit Emilio Sanchez est sain et sauf et va retrouver ses parents.

– Je n'ai pas fait grand-chose… J'étais là, c'est tout. Il va bien au moins ?

– Oui. Apparemment, on ne lui a fait aucun mal. Il semble avoir été plutôt bien traité.

– Tant mieux. Est-ce qu'il a vu son ravisseur ?

La jeune femme – il sembla à Chalier qu'elle était d'origine maghrébine – eut une petite moue.

– Non, l'homme – car il semble que ce soit un homme, d'après l'enfant – portait une cagoule. Il s'est montré gentil avec lui et n'a pas eu de gestes déplacés. Il lui a donné à manger et à boire et lui a assuré qu'il reverrait bientôt sa famille. Il lui a même refilé une PSP pour l'occuper ! On l'a retrouvée dans la poche de son blouson.

– Ah ?

– Oui, c'est curieux, n'est-ce pas ? Mais le môme ne nous a peut-être pas encore tout dit. Un psychologue s'occupe de lui en ce moment. M. Chalier, ce qui nous intéresse tous ici, ce sont vos liens présumés avec le ravisseur.

Chalier réprima un sursaut.

– Mes liens présumés ! Comme vous y allez ! Je ne le connais pas !

– Vous pensez peut-être ne pas le connaître, rectifia la femme flic, mais de toute évidence, lui vous connaît ! C'est pour cette raison qu'il vous a adressé ce message. Réfléchissez bien, s'il vous plaît. Quelque chose vous a peut-être échappé qui pourrait nous mettre sur la voie. Pour commencer, dites-moi ce que vous savez de ce… Bomaki.

Nouveau soupir de Chalier qui but une gorgée de café avant de répondre.

– Très bien. Comme je l'ai expliqué à vos collègues, tout a commencé il y a moins d'une semaine, lorsque j'ai reçu une lettre anonyme à mon domicile parisien.

– Celle-ci ? fit la policière en montrant une des deux lettres posées sur le bureau.

– Oui. J'ai grandi à Saint-Étienne. Le quartier où j'habitais au début des années 70 – entre le Babet et le Clapier – a été entièrement démoli. C'est à cette époque que j'ai entendu parler pour la première fois de Bomaki. Des gamins ont commencé à disparaître. Au même moment, une inscription est apparue sur les murs : *Bomaki doit exister !* – ou *Bomaki, existe !* des trucs de ce genre. Il n'a pas fallu longtemps pour que tout le monde – et surtout nous, les gosses – fasse le lien entre les disparitions et les graffitis.

– On n'a jamais retrouvé les enfants ? demanda la jeune femme.

– Non. Et pas davantage le ou les ravisseurs. Mais vous devez avoir ça dans vos archives.

– On fait des recherches, lui assura-t-elle. Avez-vous une idée de qui pouvait être ce... Bomaki ?

Chalier secoua la tête.

– Pour les mômes du quartier, Bomaki était une sorte de monstre... Un truc qui sortait la nuit pour manger les enfants. Le méchant croque-mitaine dans le placard, quoi !

La jeune femme sourit légèrement. Chalier nota qu'elle était plutôt séduisante avec son visage rond à la peau légèrement olivâtre et ses yeux en amandes.

« Comme ceux des odalisques de la fresque égyptienne de ma chambre », se dit-il.

Bizarrement, elle ne lui semblait pas inconnue. Il se demanda s'il ne l'avait pas déjà vue quelque part.

– Quand j'ai reçu cette lettre – presque trente-cinq ans jour pour jour après les faits – ça a été un choc. Qui pouvait avoir intérêt à remuer le passé ? Alors, j'ai décidé de revenir. Pour voir. Pour en savoir davantage. Et voilà qu'à peine arrivé, j'apprends la disparition de ce gamin et je découvre qu'il a été enlevé dans mon ancien quartier. Au Babet. Je m'y rends et, là, je découvre sur la vieille fontaine une inscription : *Bomaki existe, je l'ai rencontré !*

– C'est pour cette raison que vous rôdiez place Johannes-Merlat, avant-hier ?

Chalier la regarda avec stupéfaction. Son front se plissa tandis qu'il essayait de se souvenir.

– C'était vous dans la voiture, avec ce type ! s'exclama-t-il. Je me disais bien que votre visage m'était familier !

La jeune femme hocha la tête.

– Oui. On surveillait les lieux. Il faut croire qu'on n'a pas été très discrets, si vous nous avez remarqués !

– Que faisiez-vous là-bas ?

– Vous connaissez le proverbe : *L'assassin revient toujours sur les lieux du crime* ? Ce n'est pas toujours vrai, mais ça marche quelquefois. Les criminels aiment parfois se repaître de la douleur qu'ils ont causée.

– Et vous m'avez vu ?

Elle sourit et il aima son sourire. Ses cheveux tirés en arrière lui donnaient un genre sévère qu'elle ne méritait pas.

– Bien sûr. Un homme qui marche avec l'air de chercher quelque chose se remarque facilement. C'est d'ailleurs vous qui nous avez mis sur la piste de ce Bomaki. Nous avions bien vu l'inscription, mais n'avions pas fait le rapport avec l'enlèvement. Les gosses marquent n'importe quoi sur les murs… Vous sembliez tellement bouleversé qu'on vous a ensuite filé. Mmmm… Vous avez pris une sacrée cuite ce jour-là !

Chalier se sentit rougir.

– Ah ? Vous m'avez suivi ?

Elle acquiesça.

– Oui, et on ne vous a pas lâché depuis. C'est d'ailleurs pour cette raison que nous sommes arrivés si vite sur les lieux aujourd'hui ! Un de nos gars était dans votre sillage depuis que vous avez quitté l'hôtel.

– Alors, je suppose que le lendemain de ma cuite, vous m'avez vu rencontrer quelqu'un ?

– Pas personnellement, mais un collègue oui. Angelo Lombardi, c'est ça ? Un avocat d'affaires. Vous aviez un problème juridique à régler, M. Chalier ?

Elle savait très bien que ce n'était pas ça. C'était juste une façon de l'amener à parler.

– Un dimanche ? Non. C'est un de mes copains d'enfance. Il faisait partie de notre petite bande.

– Ah ? Et qui étaient les autres ?

– Philippe Gascogne et Bernard Collardo.

Elle nota rapidement les noms sur un bout de papier. Comme l'avaient déjà fait ses collègues précédemment.

– Où peut-on les trouver ?

– Bernard Collardo est l'un des quatre enfants disparus en 1974. Comme je vous le disais, ça fera exactement trente-cinq ans le 10 février prochain. Quant à Gascogne, je ne sais pas ce qu'il est devenu. Je n'ai plus eu de contacts avec lui depuis le lycée. Lombardi m'a dit qu'il avait fait de la prison, mais qu'il était en liberté conditionnelle actuellement.

– On va faire des recherches, lui assura la policière. Pensez-vous qu'il ait quelque chose à voir avec l'enlèvement d'Emilio Sanchez ?

Chalier fronça les sourcils.

– Je ne sais pas... hésita-t-il. À l'époque, c'était un bon garçon.

La jeune femme lui adressa une moue contrite.

– Hitler aussi a été enfant. Les gens changent et pas toujours en bien.

– Rarement en bien ! confirma Chalier.

– Bon... Je crois qu'on va vous laisser partir maintenant. La prochaine fois, s'il y a une prochaine fois, appelez-nous avant d'entreprendre quoi que ce soit !

– Je n'y manquerai pas.

– Merci de votre coopération, M. Chalier.

Elle se leva et il fit de même, posant son gobelet vide sur le bureau. Elle lui tendit sa main droite, qu'il trouva chaude et ferme.

– Vous ne comptez pas quitter la ville immédiatement ? s'enquit-elle.

– Non, dit-il en se demandant s'il était soupçonné.

Les flics soupçonnent tout le monde, mon vieux. C'est leur métier !

– Tant mieux. Nous aurons sans doute d'autres questions à vous poser.

Il se força à sourire.

– Pas de problème. J'espère seulement que ce sera vous, parce que vos collègues…

Elle lui rendit son sourire.

– Le bon flic et le mauvais flic, hein…

– Je préfère le bon, surtout quand c'est une jolie femme.

Il ne savait pas pourquoi il avait dit ça. Une impulsion soudaine et un peu stupide. Il le regretta aussitôt, en voyant son visage vide d'expression.

Elle l'accompagna jusqu'au couloir sans rien dire.

Il s'apprêtait à partir lorsqu'il se tourna vers elle.

– Dites-moi… Qui est ce Richard Viallard, dont la maison porte l'inscription ?

Une brève lueur passa dans le regard de la jeune femme, qui parut hésiter à répondre.

– Un vieil homme malade.

– Mais encore ?

Elle eut un haussement d'épaules.

– On sait qu'il était entrepreneur par le passé. À la tête d'une grosse société de construction jusqu'au début des années 90. Il a ensuite passé la main à son fils.

Ces informations firent tilt sous le crâne de Chalier.

– Est-ce qu'il s'occupait aussi de démolitions ? demanda-t-il doucement.

Le regard de la jeune femme dévia sur le côté, signe qu'il venait de tomber juste.

– Pourquoi me posez-vous cette question ?

Chalier eut un haussement d'épaules faussement désinvolte.

– Comme ça. Une intuition. Mais peut-être que vous devriez vérifier si son entreprise n'a pas joué un rôle dans la démolition des vieux quartiers au début des années 70.

– Nous vérifierons, soyez-en sûr, dit la jeune femme.

Quelque chose disait à Chalier que c'était même déjà chose faite.

CHAPITRE 14

Le lendemain après-midi, Christophe Chalier décida de retourner sur les lieux mêmes où il avait retrouvé Emilio Sanchez.

Il y avait bien réfléchi et il était convaincu que ce n'était pas un hasard si l'inscription *Bomaki a dit : l'enfant est ici !* avait été laissée sur le mur de la propriété de Richard Viallard. Il était donc décidé à rencontrer celui-ci et à lui poser quelques questions.

Il n'avait pas appelé Angelo Lombardi et se promit de le faire dès que possible.

Le quartier était toujours aussi paisible, mais l'atmosphère paraissait plus pesante. Sur son passage, des rideaux bougeaient sans qu'aucun souffle de vent ne les agite, des ombres furtives apparaissaient puis disparaissaient derrière les carreaux. Même les merles paraissaient suspendre leur chant en attendant qu'il s'éloigne.

« Tout le monde est au courant de ce qui s'est passé ici, songea-t-il. La méfiance et la vigilance sont plus que jamais de rigueur. »

Comme il l'avait déjà fait à plusieurs reprises, il se retourna pour s'assurer qu'il n'était pas suivi. Personne. Apparemment, les flics avaient décidé de laisser tomber leur filature.

« Cela veut peut-être dire qu'ils ne te considèrent pas comme suspect », songea-t-il.

Chalier constata que, comme la veille, les volets de la maison étaient clos et que l'inscription défigurait toujours le mur de la propriété de Viallard.

Il sonna à la grille d'entrée et attendit un long moment avant qu'une voix de femme lui réponde par interphone interposé.

Il se présenta et demanda à voir Richard Viallard.

– C'est pour quoi ? demanda la voix désincarnée.

– C'est au sujet de l'enfant qu'on a retrouvé devant la maison et de cette mystérieuse inscription.

– La police est déjà venue pour interroger M. Viallard. Qu'est-ce que vous voulez encore ?

– Heu… Je suis… journaliste. J'enquête sur l'affaire.

Il y eut un bref silence.

– Désolée, mais M. Viallard ne peut pas vous recevoir.

– Vous pourriez lui demander, s'il vous plaît. Vous êtes sa femme ? Sa fille ?

– Ni l'une ni l'autre, je suis infirmière à domicile. M. Viallard est très malade. Il ne reçoit personne.

Il insista, mais l'infirmière ne voulut pas en démordre et coupa la communication.

« Merde ! » jura-t-il entre ses dents.

Il recula d'un pas, scrutant la façade aveugle comme s'il pouvait percer du regard le secret caché derrière celle-ci. Mais c'est bien connu : les pierres sont muettes, quels que soient les drames auxquels elles assistent.

Il ne lui restait donc plus qu'à repartir.

Il commençait à s'éloigner lorsqu'il vit arriver une petite fille en vélo. Elle s'arrêta à quelques pas de lui et le dévisagea.

– Vous êtes de la police ? demanda-t-elle.

Elle ne devait pas avoir plus de huit ans. Ses cheveux

blonds bouclés tombaient en cascades sur ses épaules.

– Non, répondit Chalier avec un sourire. Je ne suis pas de la police. Et toi, tu n'es pas à l'école ?

– Non, je suis malade ! répliqua-t-elle.

– On ne dirait pas !

Elle rejeta ses cheveux en arrière avec un brin de maniérisme.

– Ce matin j'étais malade, mais ça va mieux, maintenant. C'est pour ça que Nannie m'a laissée sortir. Vous êtes venu voir le vieux M. ?

– Oui ? Tu le connais ?

La fillette remua affirmativement la tête.

– Oui, fit-elle. Ne le répétez pas, mais c'est un fantôme.

Chalier fronça les sourcils.

– Un fantôme ? Comment ça ?

Descendant de sa bicyclette, la gamine s'approcha davantage de lui.

– Chut, souffla-t-elle. Il ne faut pas qu'il nous entende. C'est un fantôme, mais il n'est pas sourd !

Il s'accroupit sur ses talons pour être à sa hauteur :

– Et moi qui croyais que ce n'était qu'un vieux M. malade.

– Non, non, dit la gamine avec énergie. On voit bien que vous n'êtes pas d'ici et que vous ne l'avez jamais vu traîner dans son jardin avec sa grande chemise blanche ! C'est un fantôme, je vous dis !

– Eh bien, tu m'en diras tant ! Mais dis-moi, si c'est un fantôme tu devrais avoir peur !

– Non, je n'ai pas peur parce que avec mon vélo je peux aller très très vite ! Même un fantôme ne pourrait pas me rattraper !

Il sourit.

– C'est vrai que tu as un joli vélo. Il est sûrement très rapide, mais tu ne devrais quand même pas traîner toute seule dans la rue. Ce n'est pas prudent.

Elle eut un mouvement d'épaules insouciant et charmant.

– Mon papa est juge, je ne crains rien !

Puis, forte de cette certitude, elle enfourcha son vélo et s'éloigna en pédalant.

La vision de ses cheveux blonds flottant dans le vent fit l'effet d'une bouffée d'oxygène à Christophe Chalier. Soudain, l'air autour de lui paraissait moins lourd, plus respirable. Vivifiant.

Il allait partir lorsqu'il entendit claquer la porte de la maison de Viallard. Fugitivement, entre les barreaux de la grille, il vit une femme descendre les marches du perron.

Saisi d'une impulsion soudaine, il se glissa derrière un arbre et regarda sortir de la propriété une dame corpulente d'une cinquantaine d'années. L'infirmière, à n'en pas douter.

Celle-ci descendit prestement la rue et disparut au premier carrefour.

Le cerbère était parti ! Il tenait sa chance !

Le cœur battant comme un sale gosse sur le point de faire une bêtise, il revint sur ses pas. Il posa la main sur la poignée du portail et essaya en vain de la faire tourner. L'ouverture était commandée par un digicode.

Il regarda le haut de la grille. Deux mètres cinquante tout au plus et des barres transversales pour en faciliter l'escalade.

Un jeu d'enfant pour un gamin.

Sauf qu'il n'était plus un gamin. Il allait sur ses quarante-cinq ans et n'avait jamais été très porté sur la pratique du sport.

– *Tu sais que tu t'apprêtes à commettre un délit ?* lui souffla une petite voix désagréable qu'il reconnut pour être celle de la raison.

– Oui.

– *Intrusion dans une propriété privée. Je me demande com-*

bien ça va chercher !

– Oh, ta gueule ! grommela-t-il.

Il jeta un rapide regard aux alentours et s'élança à l'assaut de la grille.

Ce fut plus facile qu'il ne se l'était imaginé. Le seul passage délicat avait été lorsqu'il avait enjambé les fers de lance dressés vers le ciel couleur ardoise. Il avait alors eu une pensée inquiète pour ses testicules, mais aucune d'elles ne resta accrochée aux pointes et c'est finalement sans encombre qu'il s'était laissé retomber de l'autre côté.

« Pas mal pour un vieux ! », soliloqua-t-il.

Attends que le fantôme lâche son chien ! lui souffla avec perversité la petite voix.

Une brusque sueur froide l'envahit. Bon sang, il n'avait pas pensé un seul instant qu'il puisse y avoir un clebs !

Mais il ne vit rien. Aucun monstre écumant ne jaillit des fourrés pour lui sauter à la gorge.

« Pas étonnant que les gosses du quartier aient les jetons, songea-t-il, cette baraque a tout d'une maison hantée. Ces statues ressemblent à une armée de revenants et, pour couronner le tout, un vieillard sénile se promène en chemise de nuit ! »

Chalier rejoignit l'allée et grimpa les quelques marches qui conduisaient à la porte d'entrée vitrée et grillagée. Il chercha en vain un bouton de sonnette : il n'y en avait pas. Il se résolut donc à frapper du poing contre le panneau.

Les coups sourds n'éveillèrent aucune réponse.

Il posa sa main sur le pommeau rond et le tourna doucement.

Le pêne glissa sans bruit dans la gâche et la porte s'ouvrit presque d'elle-même.

Un couloir sombre s'ouvrait devant lui.

– Il y a quelqu'un ? appela-t-il.

Toujours pas de réponse.

– M. Viallard ? Je peux entrer ?

Il fit deux pas en avant et referma derrière lui.

Une odeur âcre de médicaments lui sauta au visage.

Il avança silencieusement avec l'impression d'entrer dans un mausolée. Les meubles et les bibelots étaient couverts d'une fine pellicule de poussière. Le ménage n'était pas fait ici tous les jours ! Sur les murs, la tapisserie fanée se décollait par endroits. Le plafond, jadis blanc, était d'un jaune nicotine.

De part et d'autre du couloir, les portes étaient fermées. Chalier en poussa une au hasard pour découvrir une pièce sombre, dont tous les meubles étaient recouverts de bâches plastifiées.

– M. Viallard ? Je m'appelle Christophe Chalier. J'aimerais vous parler !

Il avança encore de quelques pas et aperçut un escalier qui montait à l'étage. Les marches étaient couvertes d'un tapis fané retenu par des baguettes dorées. Les murs, ornés de tableaux pompeux, témoignaient d'une opulence bourgeoise passée.

Il commença à monter en se demandant vaguement ce qu'il ferait si l'infirmière revenait ou si quelqu'un d'autre survenait.

Il écarta cette pensée et arriva sur le palier du premier étage. Un long couloir s'ouvrait devant lui, percé sur la droite par un rectangle de lumière.

– M. Viallard ?

Cette fois, il crut percevoir une sorte de râle, comme le grognement d'une bête dans sa tanière. Saisi d'une sourde appréhension, il s'approcha de la porte ouverte. Des bustes, tous aussi sinistres que les portraits qu'il avait contemplés tout à l'heure, l'escortèrent de leurs yeux aveugles.

Il s'immobilisa sur le seuil de la pièce et plongea son regard à l'intérieur.

Deux grandes fenêtres, donnant sur le jardin et donc invisibles depuis la rue, inondaient de clarté la chambre de Richard Viallard. Contrairement au reste de la maison, la pièce avait été refaite et était d'une propreté parfaite. Le sol était couvert de linoléum. Les murs étaient peints en blanc. Une télévision – en veille pour l'instant – était suspendue à un mur par un bras métallique comme dans une chambre d'hôpital. Une penderie, une table basse encombrée de médicaments, deux fauteuils pour les visiteurs, complétaient cet ensemble résolument dépouillé.

Le lit étroit était placé contre l'un des murs, face à la télévision, juste au-dessous d'un crucifix. Dans ce lit gisait une forme immobile recouverte par un drap.

Richard Viallard était si maigre que Chalier crut d'abord avoir affaire à un cadavre. Et puis, il vit que la poitrine se soulevait régulièrement, presque mécaniquement, et il remarqua le respirateur situé sur la droite. De l'appareil,partait un tuyau terminé par un masque posé sur le nez et la bouche du vieillard. Il aperçut aussi le goutte-à-goutte, de l'autre côté, qui plongeait son dard dans l'avant-bras affreusement décharné.

– M. Viallard ?

L'ancien entrepreneur n'avait plus que la peau sur les os. Ses cheveux blancs, diaphanes comme des toiles d'araignées, tombaient de part et d'autre de son crâne cireux.

– M. Viallard ? répéta Chalier s'approchant presque à contrecœur.

Les paupières du vieillard s'écartèrent lentement, semblables aux membranes fripées couvrant les yeux d'un vautour. Au fond des orbites creuses, deux billes bleues roulèrent, étincelantes de méchanceté.

Un horrible borborygme filtra sous le masque respiratoire.

– M. Viallard ? Pardonnez-moi cette intrusion mais il fallait que je vous parle. Je m'appelle Christophe Chalier et…

Une serre d'oiseau de proie émergea de dessous les draps et arracha le masque.

– Qu... Qu'est-ce que... vous foutez là ? croassa le vieillard. Qui... vous a permis d'entrer... chez moi ? Gisèle ! Gisèle !

Il fut secoué par une quinte de toux et Chalier vit distinctement des filets de bave sanguinolente éclabousser les draps.

Résistant à une irrépressible envie de s'enfuir, Chalier fit deux pas en avant, les mains levées dans un geste qu'il espérait rassurant.

– Votre infirmière est sortie. Je ne voulais pas vous déranger...

– Alors foutez le camp de ma maison ! cracha Viallard. Je ne veux voir personne ! Personne !

La carcasse du vieil homme fut agitée de convulsions. Chalier s'attendait presque à ce que le malade se dresse tout à coup sur son lit, arrache ses tubes, et s'avance en titubant vers lui comme un mort-vivant d'un vieux film d'horreur.

– Sortez d'ici ! éructa le vieillard dans une nouvelle gerbe de postillons sanglants.

Chalier s'immobilisa à quelques mètres du lit.

– Calmez-vous, je vous en prie. Je veux juste vous poser quelques questions. C'est très important.

– J'en ai rien à foutre de vos questions ! J'ai déjà tout dit aux flics !

– Je le sais, mais j'espérais que vous pourriez me parler de Bomaki.

Richard Viallard se raidit brusquement. Son visage de vieille momie fut déformé par une horrible grimace, ses lèvres se retroussèrent comme celles d'une goule.

– Je ne sais rien ! Je ne sais rien ! dit-il d'une voix sifflante. Rien ! Qui êtes-vous, d'abord ? Qu'est-ce que vous me voulez ? Vous êtes journaliste ? C'est ça, hein ? Je n'ai rien à vous dire, espèce de charognard ! Je dirai à mon fils de vous coller un procès au cul !

Épuisé, il se laissa retomber contre son oreiller et attrapa d'une main tremblante le respirateur qu'il se colla sur le visage. Sa poitrine montait et descendait horriblement, tendant et détendant le tissu du drap comme une sinistre baudruche.

– Non, ce n'est pas ce que vous croyez... C'est une enquête personnelle que je mène, vous comprenez ? J'habitais autrefois la rue Eugène-Sue.

Les yeux de cobalt du vieux le transpercèrent, surpris et, sembla-t-il à Chalier, vaguement inquiets.

– Je suis sûr que vous pouvez m'aider. Le nom de Bomaki est apparu dans les années 70, juste avant la démolition du quartier. Des enfants ont été enlevés... Vous vous souvenez d'un gamin du nom de Collardo ? C'était mon ami.

Cette fois, les yeux papillotèrent et l'inquiétude laissa la place à une peur sans nom.

– Ce nom vous dit-il quelque chose ? Collardo ? Bernard Collardo ? insista Chalier.

La bouche du vieillard s'ouvrit hargneusement puis se referma tout à coup. Subitement, Viallard se laissa retomber en arrière et, sous le regard étonné de Chalier, parut s'endormir.

– Vous feriez mieux de vous en aller avant que j'appelle la police ! dit soudain une voix dans son dos.

Il se retourna vivement et se retrouva face à l'infirmière. Elle le foudroyait du regard. Elle paraissait du genre à l'attraper par la peau du cou et à le jeter dehors.

– C'est vous qui avez sonné à la porte tout à l'heure, hein ? Je vous avais pourtant bien dit que M. Viallard ne recevait personne !

– Je voulais juste...

– Vous n'avez pas le droit d'entrer ici, journaliste ou

pas ! le coupa l'infirmière en se portant au chevet de son malade. Les gens ont le droit au respect de leur vie privée et les malades plus encore que les autres. Comment avez-vous osé…

Chalier se sentit rougir comme un enfant pris en faute.

– Je suis désolé. Vraiment. Je voulais juste lui poser une ou deux questions. J'ignorais qu'il était malade à ce point et…

– Sortez d'ici ! gronda l'infirmière. M. Viallard a besoin de calme et de repos. La police l'a déjà suffisamment fatigué hier.

– Très bien, dit Chalier en battant en retraite. Qu'est-ce qu'il a ?

– Cancer broncho-pulmonaire, dit la femme. M. Viallard a toujours été un gros fumeur. Ça, plus l'amiante…

Elle passa une main apaisante sur le front du vieillard qui, les yeux toujours fermés, parut se détendre.

– Vous avez failli le tuer, dit-elle en réglant la molette de la perfusion.

– Je suis désolé, murmura Chalier.

– Comme si le pauvre homme ne souffrait pas suffisamment comme ça, avec tous ces sales gosses qui n'arrêtent pas de jeter des pierres aux fenêtres. Si vous voulez mon avis, ce sont eux qui ont écrit ce graffiti sur le mur ! C'est à cause d'eux qu'on a installé la chambre de M. Viallard de ce côté de la maison et que les volets, côtés rue, sont toujours fermés ! Si ce n'est pas malheureux de s'acharner ainsi sur un pauvre homme !

– Et pour le gosse dans la voiture ?

Elle le regarda sans comprendre.

– Quoi le gosse ?

– Vous savez bien, celui qu'on a retrouvé juste devant la maison. Vous pensez que c'est un hasard ?

– Bien sûr ! répliqua-t-elle d'un ton indigné. Qu'est-ce que vous croyez, que c'est ce pauvre diable qui l'a enlevé ?

Vous les journalistes, vous êtes vraiment prêts à tout pour vendre vos salades. Même à inventer des insanités ! Mais assez parlé ! Je dois m'occuper de mon malade, alors débarrassez le plancher avant que j'appelle la police !

– Je m'en vais, confirma Chalier.

– Je ne vous raccompagne pas, vous connaissez le chemin !

Chalier dévala les escaliers et sortit de la sinistre demeure.

Après l'odeur de maladie qui y régnait, l'air frais lui fit du bien. Il respira un grand coup. Loin de le démoraliser, cette entrevue écourtée le confortait dans sa conviction : Viallard était tout sauf étranger à l'affaire.

Il jeta un coup d'œil à sa montre. 16 h 30. S'il se dépêchait, il pourrait encore glaner quelques renseignements avant la fin de la journée !

CHAPITRE 15

L'arrivée d'une fête foraine en ville, avec son cortège de manèges, d'attractions sensationnelles et d'attrape-nigauds, est toujours un événement. Les plus jeunes s'y enivrent de bruits et de lumières, les adolescents y échangent des baisers et les plus âgés, qui accompagnent souvent les premiers, se souviennent avec nostalgie – et perplexité – du plaisir qui était le leur autrefois.

À Saint-Étienne, on appelle ça « la vogue ».

La vogue débarquait deux fois par an dans notre petit quartier, en juin et en décembre, et s'installait en face de la gare du Clapier, dans l'avenue Dupré.

C'était, bien sûr, le lieu de rendez-vous favori de tous les gosses des environs, qui s'y précipitaient dès la sortie de l'école.

Notre petite bande ne faisait pas exception à la règle.

Malgré le manque d'argent de poche, nous arrivions toujours à grappiller un tour d'autotamponneuses par-ci, un tour de chenille par-là ; nous nous régalions d'une barbe à papa partagée, tirions des bagues à tête de mort, des pendentifs avec le signe de la paix ou des araignées en caoutchouc des distributeurs à tiroirs Plaisir d'offrir-Joie de recevoir, *mais surtout, surtout, nous profitions du seul plaisir parfaitement gratuit : celui des yeux !*

Nous pouvions rester des heures à déambuler dans les couloirs de la fête, regardant tourner les manèges, respirant l'odeur sucrée des beignets, nous étourdissant de couleurs, de musiques et de magie factice.

La vogue de cet hiver 73-74 était toutefois différente des précédentes. Grâce à nos lucratives activités de négoce de plomb et de cuivre, nous avions réussi à nous constituer un joli pactole que nous étions déterminés à dilapider jusqu'au dernier centime.

Pour la première fois de notre vie nous n'avions que l'embarras du choix et pouvions nous amuser tout notre saoul. Nous ne nous en privions pas et, de tours de manèges en confiseries, notre trésor fondait comme neige au soleil.

Notre bonne humeur était à peine entachée par une nouvelle disparition, portant ainsi à deux le nombre des gamins disparus.

Le dernier en date s'appelait Kamel Benkachouch. Il habitait dans la même rue que moi, à moins de cent mètres. C'était un grand dadais d'une quinzaine d'années, pas très éveillé, que son père avait coutume d'appeler d'un retentissant « À la maison, Kamel ! », en brandissant sa ceinture.

Nous avions tellement l'habitude d'entendre cet appel que c'était devenu pour nous un gag récurent. On en oubliait presque que le malheureux payait ensuite à coups de ceinturon son étourderie chronique.

Des policiers étaient venus enquêter, des fouilles et des perquisitions avaient été entreprises, des suspects avaient même été embarqués à grand renfort de sirènes dans le « panier à salade » et puis discrètement relâchés, les patrouilles d'hirondelles[11] *étaient devenues plus fréquentes, mais les deux gamins étaient restés introuvables.*

« Si c'étaient des gosses de riches, la police mettrait plus d'énergie dans ses recherches ! » avait un jour commenté mon

11 Policiers à vélo allant généralement par deux.

père en constatant que l'affaire était reléguée à la troisième page du journal.

Les théories sur les disparitions allaient bon train dans le quartier mais, à ma connaissance, personne encore n'avait fait le rapprochement avec les mystérieuses inscriptions – « Bomaki existe ! », « Bomaki reviendra ! » – qui commençaient à fleurir sur les murs.

L'hypothèse la plus répandue dans les cours de récréation était que les mômes avaient été enlevés par un monstre souterrain. Les descriptions de la créature étaient aussi fantaisistes que terrifiantes. Selon certains, c'était un monstre préhistorique, dernier survivant de son espèce ; selon d'autres, dont je faisais partie, une sorte de pieuvre dotée de longs tentacules ; les plus imaginatifs affirmaient qu'il s'agissait d'un gros vers aveugle et blanc qui avalait ses proies pour les transformer en charbon à l'autre bout !

Quelques-uns plus réalistes, dont Philippe Gascogne, prétendaient, mordicus, que c'était M. Saucisse le responsable. D'ailleurs, assenait-il, celui-ci ne se montrait-il pas délibérément discret ces derniers temps ? On ne le voyait plus qu'à la tombée de la nuit. N'était-ce pas là le signe évident de ses intentions malfaisantes ? Aucun doute pour notre copain : c'était l'ignoble M. Saucisse, l'auteur de ces enlèvements !

La dernière théorie émanait d'un garçon passablement étrange. Selon lui, les enlèvements étaient le fait d'extraterrestres désireux d'étudier la race humaine. Je dois reconnaître que je trouvais l'idée plutôt séduisante : être kidnappé par de petits hommes verts et pouvoir ainsi voyager dans l'espace, quelle aventure ! Le seul inconvénient à l'affaire c'est que, toujours d'après l'auteur de la rumeur, les spécimens enlevés servaient de cobayes et étaient systématiquement disséqués !

Pour l'heure toutefois notre soif d'émotions fortes était focalisée sur des attractions plus immédiates et notamment l'incontournable manoir hanté. Un monstre de Frankenstein d'au moins trois mètres de haut essayait de nous convaincre d'en-

trer en agitant son bras depuis l'aile droite de la lugubre demeure, tandis qu'un Dracula géant, dormant debout dans son cercueil, clignait de l'œil à notre intention, l'air de dire : « Ne me dites pas que vous avez les jetons, les enfants ? »

– Qu'est-ce qu'on fait les gars ? On y va ? demandai-je.

– J'ai pas trop envie, dit Collardo qui grignotait le trognon d'une pomme d'amour, dont l'enrobage carmin n'était plus qu'un lointain souvenir.

– Moi non plus, fit Lombardi. Tout ça c'est du chiqué, ça fait même pas peur !

– Alors pourquoi t'as sursauté la dernière fois, quand l'abominable homme des neiges a posé une main sur ton épaule ? interrogeai-je.

– J'ai été surpris, c'est tout !

– Mon œil, oui ! T'as eu la pétoche !

– Même pas vrai !

Gascogne ne disait rien. Les mains dans les poches, les épaules rentrées, il avait l'air ailleurs.

– Qu'est-ce que t'en penses ? lui demandai-je. On fait un tour ou on va plus loin ?

– M'en fous ! lâcha-t-il sans même se tourner vers nous.

– Qu'est-ce que t'as ? demanda Lombardi. Tu t'amuses pas ?

– Non ! répliqua notre copain.

– Ah bon ? C'est pourtant super ! fit Collardo en contemplant d'un air attristé le bâtonnet parfaitement propre à présent, qui avait servi à embrocher la pomme d'amour.

-Tu veux qu'on aille faire un tour aux autotamponneuses ? proposai-je, sachant que c'était l'attraction préférée de notre copain.

Je le vis se hérisser.

– Non ! s'exclama-t-il de nouveau, en jetant un coup d'œil furtif vers le stand concerné.

Je suivis son regard et compris aussitôt la raison de son brusque changement d'humeur. Sa sœur Annie se trouvait là-

bas. Elle était avec deux types – des adultes – qui la serraient de près. Elle riait fort à ce qu'ils disaient et tirait de façon affectée sur sa cigarette. Un des hommes se pencha et essaya de l'embrasser dans le cou. Elle se déroba. L'autre lui posa dans le creux des reins une main que je vis descendre vers ses fesses moulées dans une minijupe si courte que je rougissais rien qu'à la regarder.

– Allez, on se casse ! gronda Gascogne. On va du côté de la grande roue pour voir les stands de tir !

– Moi, j'referais bien un tour de chenille, dit Collardo. À moins qu'on se tape un bon beignet tout dégoulinant de confiture !

– Laisse tomber Groscollas, t'as assez mangé comme ça ! lançai-je. Gascogne à raison, changeons de coin !

Nous nous faufilâmes dans la marée humaine. Malgré le froid sec de décembre, c'était un jour de grande affluence. Le soir commençait à tomber et les lumières de la fête, toute cette profusion d'ampoules multicolores, évoquaient déjà Noël qui aurait lieu dans deux semaines.

– Passons par là ! dit Gascogne en nous entraînant entre les caravanes des forains.

– Gaffe aux chiens ! prévint Lombardi. Y sont pas commodes en général !

Nous parvînmes sans encombre dans l'autre allée. À droite, des grands tiraient sur des cibles en carton. À gauche, un bonimenteur invitait le chaland à participer à sa grande tombola en jurant ses grands dieux qu'« ici on gagne à tous les coups ». Devant nous, la grande roue attirait son habituel flux d'amoureux pressés de s'embrasser et de se peloter au-dessus de la ville.

– On monte ? proposai-je.

– T'es fou ! J'ai le vertige, dit Collardo.

– Et j'ai pas envie que tu me roules une pelle ! rigola Lombardi.

– Badabeu !

Gascogne était toujours aussi nerveux. Il regardait autour de lui, comme s'il craignait de voir apparaître sa sœur et les deux hommes.

– On n'a pas essayé la fusée Apollo ! déclarai-je. Vous savez, l'espèce de balançoire géante qui vous propulse en l'air, la tête à l'envers.

Gascogne se tourna vers moi et son visage se détendit légèrement.

– Ça me tente bien ce truc ! Ça a l'air de faire drôlement peur. T'as vu la gueule des gens qui en sortent ?

– Ouais, blancs comme des craies ! ricanai-je.

– Moi j'monte pas là-dedans, dit Collardo. J'tiens pas à tout dégobiller !

– De toute façon, ils nous laisseront pas entrer. C'est interdit aux moins de treize ans, remarqua Lombardi.

– On peut toujours tenter le coup, non ? s'exclama Gascogne, soudain ragaillardi par la perspective d'essayer une nouvelle attraction, interdite de surcroît.

– Ça marchera pas ! Ils verront qu'on n'a pas l'âge !

– Ça coûte rien d'essayer ! dis-je. Qui ne tente rien n'a rien !

Un sourire éclaira le visage de Gascogne.

– Bien parlé, mon pote ! Alors ?

– Après tout, pourquoi pas ? dit Lombardi. Ça peut être marrant.

– Marrant, mon œil, oui ! grommela Collardo.

– Tu viens, oui ou non ? demandai-je.

– Un pour tous… commença Gascogne.

– Tous pour un ! Ouais, je sais, soupira Collardo. Allez, on y va !

Le type qui vendait les billets n'était pas trop regardant sur l'âge de ses clients – l'était-il jamais ? – et accepta sans sourciller notre argent.

Après de longues et savoureuses minutes d'attente, riches en angoisses, fanfaronnades et ricanements imbéciles, nous prîmes enfin place dans la nacelle, conçue pour quatre personnes, deux de chaque côté et dos à dos.

Un employé vint s'assurer que nos ceintures étaient bien attachées et tendues, attention inhabituelle qui eut pour effet de faire monter sensiblement l'aiguille de notre trouillomètre. À côté de moi, Gascogne était plutôt pâle. Il parvint quand même à m'adresser un sourire bravache et une dernière boutade avant que la machine infernale démarre : « Essaie de ne pas te chier dessus, Piozou ! »

Cinq minutes plus tard nous étions de retour sur terre, les jambes molles, l'estomac au bord des lèvres. Tout à coup, j'avais beaucoup moins envie d'être enlevé par des extraterrestres et de partir dans l'espace. Mon bref séjour dans la fusée Apollo m'avait suffi.

– Ça va les gars ? fit le premier Gascogne en aspirant une grande bouffée d'air. On recommence ?

– Non ! hoqueta Collardo qui était carrément vert. Plus jamais de ma vie je ne monterai dans ce machin. J'ai failli vomir tripes et boyaux !

– Et moi, j'ai failli mourir ! dis-je.

– Et moi, c'est bien simple je suis mort ! déclara Lombardi en simulant un évanouissement.

La foule goguenarde se referma autour de nous. Déjà un autre équipage s'apprêtait pour le grand départ.

– Ils ne savent pas ce qui les attend ! ricana Lombardi.

– Sûr que non ! Sinon, y monteraient pas ! confirma Collardo.

– T'as raison ! approuvai-je.

– C'était super génial ! résuma Gascogne. Tout le reste, la chenille, les autotamponneuses, c'est de la gnognotte !

– De la super gnognotte même !

En riant, nous assistâmes au décollage de la nacelle.

Nous étions tellement absorbés par le spectacle que nous n'entendîmes pas tout de suite qu'on nous interpellait.

– Alors les p'tits pédés, on s'amuse bien ?

À la seconde apostrophe nous nous retournâmes. Paul Dufour et sa bande de gosses de riches étaient derrière nous. C'étaient nos ennemis jurés. Enfin, le genre d'ennemis qu'on peut avoir à onze ans ! Ils n'étaient pas du même quartier et, entre eux et nous, c'était la guerre. Une guerre d'intimidation pour l'essentiel, car nous n'en étions jamais venus aux mains. Les causes de cette haine réciproque, pour autant qu'elles aient jamais existé, étaient depuis longtemps oubliées. Pour paraphraser un auteur classique, je dirais : « Parce que c'était eux, parce que c'était nous ! »

Jamais encore ils n'étaient venus nous narguer sur notre terrain.

– Qu'est-ce que vous faites chez nous, morveux ? Vous avez perdu votre chemin ? les défia Gascogne. On peut vous raccompagner, si vous voulez !

– J'aimerais bien voir ça, péquenot ! dit Dufour, un grand rouquin aux dents de cheval.

Comme de petits coqs dressés sur leurs ergots, nous nous faisions face, prêts à nous voler dans les plumes au moindre geste menaçant.

– On est venus visiter votre trou à rats avant qu'il soit détruit ! dit un des copains de Dufour, un dénommé Martin, qui était en classe de cinquième.

Nous blêmîmes sous l'affront.

– C'est pas un trou à rats ! s'exclama Collardo.

– Toi, le gros, on t'a pas causé ! Retourne dans les jupes de ta mère !

– Tu sais ce qu'elle te dit, ma mère ?

Gascogne fit un pas en avant, indiquant ainsi clairement que s'il devait y avoir de la castagne, il faudrait commencer par lui.

– T'insultes pas mon copain, grand con ! dit-il en se plantant devant Martin. T'es pas content ?

Il fit alors ce que tous les gosses faisaient à l'époque pour frimer, mais qu'il réalisait mieux que quiconque : il effleura sa *narine droite de son pouce droit, dans un geste immortalisé par Bruce Lee, notre idole.*

– Si tu veux te battre, j't'attends !

Martin, qui lui rendait bien une tête, aurait sans doute relevé le défi, si Dufour ne l'avait retenu.

Un pas derrière, nous n'en menions pas large car ils étaient cinq, soit un de plus que nous. Nous étions néanmoins déterminés à nous battre s'il le fallait.

– Laisse tomber ! ricana le rouquin. De toute façon, ces petits branleurs n'en ont plus pour longtemps ! D'ici peu la ville va les déloger et les parquer dans des cages ! Et si c'est pas la ville, c'est Bomaki qui s'en chargera !

– Bomaki ? dit Lombardi. C'est qui ça ? Quelqu'un de ta famille ? On l'attend !

L'autre éclata d'un rire de crécelle. À ses côtés, ses copains se poussèrent du coude en se marrant.

– Tu connais pas Bomaki ? Tu feras moins le malin quand y viendra te chercher et qu'il t'emmènera comme les autres gosses !

– Tu dis n'importe quoi ! grognai-je, mal à l'aise.

– C'est ce que tu crois, merdeux ! dit Dufour parfaitement sérieux. Tu penses qu'ils sont passés où, les gamins qui ont disparu ? Bomaki les a bouffés !

Nous restâmes bouche bée. Tout à coup, le rouquin venait de donner un nom à notre peur. Il venait, simplement en le nommant, d'habiller de chair le monstre imaginaire.

– C'est des conneries ! cracha Gascogne.

– Ah ouais ? Alors dis-moi pourquoi y'a que dans votre quartier pourri qu'on voit cette inscription ? Dis-moi pourquoi y'a qu'ici que des gosses disparaissent ?

Nous échangeâmes un long regard perplexe, tandis que Dufour triomphait.

– J'vais te le dire, moi : Bomaki, il aime pas les immigrés ! Il les bouffe au petit déjeuner ! Et il aime pas non plus les prolos et les cocos ! On en a retrouvé un dans le Furan, y'a pas

longtemps ! Sans doute qu'il n'était pas comestible !

Il éclata de rire, aussitôt imité par ses horribles copains.

Nous étions ébranlés. Et si c'était vrai ?

Percevant notre doute, le rouquin exulta :

– J'vous l'dit, bande de pouilleux, Bomaki y va tous vous éjecter de votre trou puant, comme la sale vermine que vous êtes !

– J't'emmerde, sale bourge ! cracha Gascogne. Tes histoires sentent la merde comme toi ! On n'est pas de la vermine !

– Ah ? T'as vu avec qui tu traînes ? Un rital, un espingouin et une demi-portion !

– C'est mes copains et tu ferais bien de faire gaffe à ce que tu dis, si tu veux pas que j't'appège ! dit Gascogne, poings serrés.

Emporté par son élan, le rouquin commit alors l'irréparable.

– Mais, dans ton cas, les mauvaises fréquentations c'est de famille, non ? lâcha-t-il fielleusement.

– Qu'est-ce que tu veux dire par là ? fit Gascogne d'une voix sourde.

– N'me dis pas qu'tu l'ignores ! Tout le monde est au courant : y paraît que ta sœur fricote avec les bicots ? Qu'elle se fait payer pour ça. J'ai un franc ou deux en poche, si tu la vois t'as qu'à lui dire que je veux bien qu'elle me…

Il n'alla pas plus loin. Ce fut la goutte d'eau qui fit déborder le vase. La limite à ne pas dépasser.

Avant que Dufour ait pu esquisser un geste, Gascogne lui asséna un coup de poing. Le rouquin partit en arrière et alla valdinguer les quatre fers en l'air sur le sol jonché de détritus.

Mais ça ne suffisait pas à Gascogne qui, ivre de fureur, bondit sur lui et commença à le bourrer de coups de pied.

C'était le signal ! Nous n'avions plus le choix : il fallait nous lancer dans la bataille à notre tour ! Profitant de l'effet de surprise, nous nous jetâmes à bras raccourcis sur nos adversaires.

Ils étaient peut-être cinq, mais ce soir-là les quatre mous-

quetaires remportèrent une éclatante victoire. Après un bref échange de coups de poing et de coups de pied, nos ennemis s'enfuirent sous nos lazzis et nos insultes !

Je rentrai à la maison avec un bel horion et les vêtements déchirés, certain d'écoper d'une bonne correction en prime. Mais, à ma grande surprise, lorsque je racontai ce qui s'était passé à mon père, celui-ci ne me punit pas. Au contraire, il me félicita et me donna même une pièce de cinq francs !

C'est la seule fois où j'eus la certitude que mon père était fier de moi !

CHAPITRE 16

– … et devine ce que j'ai découvert ?

Christophe Chalier était au téléphone avec son ex-épouse. Deux jours bien remplis s'étaient écoulés depuis sa visite à Richard Viallard, et il essayait de mettre Mariama au courant de ce qui s'était passé depuis leur dernière conversation.

– Pas si vite ! Pas si vite ! dit celle-ci. Je n'y comprends rien ! Qu'est-ce que tu as fait ensuite ?

Chalier allait d'un mur à l'autre de sa chambre, comme un papillon se cognant à une lampe.

– Je suis allé aux archives du journal et là, j'ai fait de sacrées découvertes !

– Mais de quoi parles-tu ?

Chalier se força à rester immobile.

– Lorsque je suis sorti de chez Viallard, j'étais sûr d'être sur la bonne piste. Il existe un lien entre ce type, Bomaki et les enlèvements d'enfants, j'en suis convaincu. L'inscription sur le mur m'en fournissait, si ce n'est la preuve, tout au moins la certitude. Bon Dieu, si tu avais vu la gueule du vieux schnock, quand j'ai prononcé le nom de Bomaki ! J'ai cru qu'il allait s'étrangler ! Et quand j'ai mentionné Collardo ! Et puis l'infirmière est arrivée et il s'est subitement calmé. J'ai eu l'impression qu'il faisait semblant d'être plus mal en point qu'il ne l'était en réalité, laissant à sa nounou le soin de me mettre dehors.

– C'est après ta visite que tu as décidé d'aller aux bureaux de ce journal...

– Oui, *La Tribune-Le Progrès*, le quotidien local. Avec ma carte de presse, je n'ai eu aucune difficulté à accéder à leurs archives. J'ai même retrouvé sur place un type que j'avais rencontré il y a quelques années, lorsque je couvrais une affaire de pollution industrielle pour les *Dernières nouvelles d'Alsace*. Bref, je me suis mis au travail et là, en fouillant dans tous ces vieux articles... Bingo !

– Raconte !

– J'ai d'abord eu la confirmation que Richard Viallard avait bien été à la tête d'une des principales entreprises de bâtiment public de la région dans les années 70 et 80, La Forézienne de travaux publics et de bâtiment. J'ai ensuite découvert que c'est grâce aux projets de réhabilitation des vieux quartiers qu'il avait bâti sa fortune. Et même, tiens-toi bien, que c'est la démolition de mon ancien quartier qui lui avait mis le pied à l'étrier !

– Et alors ?

– Et alors ! s'enflamma Chalier. Alors, ça a été la chance de sa vie ! Sans démolition, pas de contrat, pas d'argent ! Il avait tout intérêt à ce que le projet se réalise ! Et c'est là que ça devient intéressant. J'ai découvert, toujours dans les archives du journal, qu'un collectif avait été créé pour empêcher la démolition du plus ancien quartier de Saint-Étienne, le Panassa. Une poignée d'habitants, entraînée par quelques activistes communistes, refusait de vider les lieux. Ces gens-là n'entendaient pas se faire éjecter comme des malpropres de l'endroit où ils étaient nés. Ils flairaient sans aucun doute une affaire de gros sous derrière tout ça ! Des heurts ont eu lieu à plusieurs reprises entre les ouvriers de Viallard et les « irréductibles » comme les appelaient les journalistes de l'époque. Ces échauffourées étaient extrêmement violentes puisque l'un des leaders ouvriers a fini à l'hôpital et un autre, un jeune communiste d'origine polonaise, a été tué. On a repêché son corps dans le Furan. Son ou ses meurtriers n'ont jamais été retrouvés.

– Heu… Quel rapport avec les enlèvements ? interrogea Mariama, un peu perdue dans tous ces détails.

Christophe Chalier inspira profondément avant de reprendre.

– Le rapport ? Le voici : tu sais comment s'appelait cet ouvrier polonais ?

– …

– Bertrand Omiak !

– Bertrand Omiak ? répéta son ex-femme de plus en plus dubitative. Tu m'en diras tant !

– Tu ne vois pas ? Réfléchis un peu !

Quelques secondes s'égrenèrent, rythmées par une invisible pendule.

– Bon, je suis sans doute trop conne ! dit finalement la Guinéenne. Mais je ne vois vraiment pas où tu veux en venir !

Chalier reprit la parole avec l'avidité d'un chien sautant sur son os.

– C'est simple : Bertrand Omiak. B. Omiak. Si tu changes les lettres de place, ça donne BOMAKI !

– Wow ! fit son ex-femme. Chapeau, Sherlock Holmes ! Alors, tu as découvert d'où venait ce mystérieux nom. Finalement, ce n'est pas le nom d'un monstre, mais celui d'un malheureux ouvrier. Mais… pourquoi l'écrire sur les murs ?

– Je ne peux pour l'instant que me livrer à des conjectures. Peut-être les membres du comité ont-ils voulu faire de l'ouvrier un martyr, un symbole de la résistance contre le capitalisme et ses bulldozers !

– Il n'y aurait donc aucun lien entre les disparitions et Bomaki ? Ce ne serait que le fruit du hasard ?

Chalier laissa fuser un soupir ennuyé.

– On dirait bien… J'ai vérifié, les inscriptions ont commencé à fleurir juste après la mort du jeune communiste en octobre 1973. Le premier gosse a, quant à lui, disparu en novembre.

– Qu'est-ce que tu vas faire, maintenant ? demanda Mariama après un silence.

– En fouinant dans les coupures de presse, j'ai découvert le nom du conseiller municipal qui suivait le dossier de réhabilitation de mon quartier à l'époque. Il s'agit d'un certain Marius Lefebvre. J'aimerais lui parler. Il sait peut-être quelque chose. Mais pour l'instant je n'ai pas réussi à le localiser.

– Tu as essayé à la mairie ?

– Tu penses, c'est même par là que j'ai commencé ! À force d'insistance, j'ai quand même fini par avoir l'actuel conseiller en charge des questions d'urbanisme et d'habitat.

– Qu'est-ce qu'il t'a dit ?

– Rien d'intéressant. Il m'a confirmé que Lefebvre avait bien travaillé à la mairie il y a quelques années, mais je n'ai pas pu en savoir davantage. Quand je lui ai posé la question, il m'a dit qu'il ne savait pas où habitait Lefebvre, ni même s'il était toujours vivant ! Tu parles ! Visiblement, il n'avait aucune envie de me parler du bonhomme.

– Alors c'est que tu es sur la bonne piste, mon grand ! s'exclama Mariama. Ce type, ce Marius Lefebvre, n'a pas laissé un excellent souvenir, on dirait.

Elle se tut un moment avant de reprendre :

– Tu sais, Chris, j'ai l'impression que tu es en train de remuer un joli paquet de merde !

Chalier rit.

– Tant mieux ! J'espère bien que l'odeur deviendra vite insupportable !

Son ex laissa échapper un long sifflement mi-sarcastique, mi-admiratif.

– Mais écoutez le célèbre journaliste d'investigation, Christophe Chalier ! Tu cours après le Pulitzer français ou quoi ?

– Non, je cours après la vérité ! Il faut maintenant que je mette la main sur ce Lefebvre !

– Tu as essayé les Pages jaunes ? fit l'Africaine, narquoise.

Il rit de nouveau.

– Ça ne marche pas à tous les coups, ma jolie !

– Tu ne connais personne qui pourrait te renseigner ? Ta fliquette, par exemple ?

Chalier ne put s'empêcher de sourire. Il lui avait raconté ses mésaventures au commissariat et tout ce qu'elle en avait retenu, c'est qu'il avait trouvé la fille qui l'avait interrogé plutôt mignonne ! Ah, les femmes !

– Je me vois mal lui demander d'enquêter sur un vénérable conseiller municipal à la retraite, mais c'est peut-être une idée.

– Tu pourrais aussi demander à ton copain l'avocat, suggéra Mariama. Avec ses relations, il n'aura sans doute aucun mal à retrouver la trace de ton type !

– Alors ça, c'est génial ! Comment n'y ai-je pas pensé plus tôt ! Surtout que je dois l'appeler ! Ma chérie, je me demande bien ce que je ferais sans toi !

– Rien, tu le sais bien ! Je te suis in-dis-pen-sa-ble !

– Et tellement modeste ! Allez, je t'embrasse. J'appelle tout de suite mon pote l'avocat !

– À bientôt, chaton !

Dès qu'il eut raccroché, Chalier composa le numéro de portable d'Angelo Lombardi. Malgré l'heure tardive – il était vingt heures passées à sa montre – celui-ci était encore au bureau travaillant sur, dixit Angelo « un délicat dossier de défiscalisation à Saint-Martin ».

Lombardi lui proposa de le rejoindre à son hôtel.

– De toute façon je n'en peux plus, expliqua-t-il, et ma femme ne va pas tarder à me rappeler à mes devoirs familiaux !

Une demi-heure plus tard, l'avocat pénétrait dans la chambre de Chalier, cravate défaite, l'air exténué.

– Ce boulot me tuera ! lâcha-t-il en serrant vigoureusement la main de son ami d'enfance. Alors quoi de neuf ?

Chalier le mit au courant des derniers événements et de ses découvertes.

– Chapeau mon vieux ! le félicita l'avocat qui s'était assis sur un coin de la table. Tu as bien bossé. Je n'en reviens pas ! Alors c'est toi qui as découvert le môme ? Les journaux n'ont pas cité ton nom. Tu n'aurais pas dû y aller seul ! Pourquoi ne m'as-tu pas appelé ?

Chalier détourna le regard.

– Désolé, Angelo… Je ne voulais pas te déranger pour rien. J'ignorais ce que j'allais trouver là-bas.

L'avocat leva les bras au ciel.

– Putain, tu ne me déranges pas ! Imagine qu'il te soit arrivé quelque chose, hein ?

Chalier garda un silence coupable.

– Bon, oublions ça ! dit finalement Lombardi. De toute façon, c'est aussi de ma faute : j'aurais dû t'appeler avant, mais j'ai eu une semaine de dingue ! En tout cas, la prochaine fois, ne laisse pas ton vieux copain sur la touche, OK ?

– OK, fit Chalier qui se sentait dans la peau d'un gamin fautif et détestait ça.

L'avocat lui adressa un sourire style *sans rancune !* et reprit d'une voix songeuse.

– Alors comme ça le monstre de notre enfance, Bomaki, n'était que l'anagramme de Bertrand Omiak ! Merde alors ! C'est tellement prosaïque que… que j'en suis presque déçu ! C'est fou comme on peut s'inventer des trucs ! Pendant toutes ces années, nous avons cru que Bomaki était un monstre affreux, responsable des enlèvements de ces gosses et de… notre pote. Et maintenant, voilà que tu m'annonces qu'il s'agit d'un ouvrier polonais victime des gros bras de Viallard !

– Ça m'a fait un coup à moi aussi. Mais peu importe le nom, quelqu'un a bien enlevé ces gamins ! D'accord, Bomaki n'est pas le coupable, mais il y a un lien entre les deux affaires, j'en mettrais ma main à couper. La résurrection soudaine de Bomaki, le récent enlèvement d'Emilio Sanchez, le fait de l'avoir retrouvé justement devant chez Viallard, tout ça va dans le même sens. Le vieux sait quelque chose, mais il ne parlera pas. Il est coriace. C'est pour cette raison qu'il faut qu'on retrouve ce Marius Lefebvre avec lequel il était probablement en cheville à l'époque !

Lombardi ferma les yeux, le front plissé. Il paraissait essayer de se souvenir de quelque chose.

– Le nom ne me dit rien, mais ne t'en fais pas, Piozou, je vais te le retrouver, ce bonhomme !

Cela fit une drôle d'impression à Chalier de s'entendre appeler par son ancien surnom, Piozou. Personne ne l'avait plus appelé ainsi depuis ses douze ans !

– Et toi, tu as trouvé quelque chose de ton côté ? demanda-t-il.

L'avocat laissa filtrer un soupir entre ses lèvres.

– Oui, mais pas de très bonnes nouvelles. Gascogne a été libéré il y a six mois avec obligation de se présenter devant son contrôleur judiciaire tous les quinze jours. Il l'a fait pendant trois mois et puis… pff !… on ne l'a plus revu. Envolé ! Disparu ! Inutile de te dire que la police est à sa recherche.

– Quelle merde ! ne put s'empêcher de s'exclamer Chalier.

– Ouais ! Je sais que tu n'aimes pas que je dise ça, mais

je ne peux m'empêcher de penser qu'il n'est pas étranger à ce qui arrive.

– Tu crois vraiment qu'il aurait pu enlever ce gosse ?

Lombardi eut une grimace ennuyée.

– Je ne sais pas… Mais avec son casier et sa récente disparition, il faut reconnaître qu'il constitue un suspect sérieux !

– Mais pourquoi faire ça ? s'emporta Chalier.

L'avocat haussa les épaules.

– Pour foutre les jetons au vieux, peut-être.

Chalier se mordit les lèvres. Il n'arrivait pas à imaginer Gascogne en ravisseur d'enfant.

– Pourquoi alors nous a-t-il adressé ces putains de lettres, hein ?

Lombardi exhala un nouveau soupir.

– Je n'en sais foutre rien !

– Tu as pourtant l'air déjà convaincu de sa culpabilité !

Le ton n'était pas exempt de reproches et l'avocat le sentit.

– J'espère que je me trompe, Piozou. Je l'espère vraiment. Mais alors pourquoi a-t-il disparu ? Pourquoi s'est-il mis hors-la-loi ?

– Il doit y avoir une autre explication ! Si c'est lui, je suis certain qu'il devait avoir une bonne raison pour faire ça !

– Tu as raison, fit Lombardi. Ne le jugeons pas trop vite. Je vais continuer mes recherches. Mon pote commissaire m'a dit qu'il me rappellerait dès qu'il aurait du nouveau.

– Très bien… Et pour Marius Lefebvre ?

– J'en fais mon affaire ! Un des adjoints au maire me doit un service…

– Tu as beaucoup d'amis, dis donc !

Ce n'était apparemment pas une critique pour Lombardi.

– Il le faut dans ce métier, dit-il en regardant sa montre. Bon, faut que j'y aille, sinon ma femme va me tuer.

Il se redressa et s'approcha de la porte.

Une main sur la poignée, il se retourna vers Chalier :

– Lorsque j'aurai retrouvé ce type, j'aimerais qu'on lui rende visite ensemble cette fois, d'accord ?

– D'accord, Angelo. Pas de problème.

– Je suis avocat, ça lui mettra la pression. Et puis ça nous rappellera nos escapades d'antan ! Les conneries qu'on a pu faire ! Tu te souviens de la fois où on avait coupé cette canalisation de gaz ?

Oui, Chalier s'en souvenait très bien. De celle-ci et de beaucoup d'autres.

– On croyait que l'immeuble avait été évacué alors qu'il restait encore deux familles. C'est Gascogne qui a écrasé le tuyau de plomb pour éviter que le gaz ne s'échappe. Sans lui, on aurait pu faire exploser tout le quartier !

Lombardi ouvrit la porte. Sur le seuil, il se retourna vers son ami d'enfance et le fixa d'un air songeur.

– Tu as toujours admiré Gascogne, Piozou, c'est pourquoi tu manques d'objectivité. C'est vrai qu'il a eu le bon réflexe sur ce coup-là, mais ce que tu oublies de dire c'est que c'est lui qui nous avait entraînés dans cette aventure ! Ce n'était ni la première fois ni la dernière. Et, si j'en juge par les événements en cours, on dirait que ça n'a guère changé !

CHAPITRE 17

Lorsque Chalier sortit de son hôtel, vingt-deux heures avaient sonné et il mourait de faim. Comme il avait envie de changer d'air et de cadre, il prit la direction du centre-ville.

Après son coup de fil à Mariama et sa conversation avec Lombardi, il s'était installé devant son ordinateur pour mettre à jour ce qu'il appelait désormais son « carnet de bord ».

Cet exercice, au cours duquel il rassemblait ses souvenirs, notait ses réflexions, consignait les événements de la journée, devait en principe l'aider à y voir plus clair sur « l'affaire Bomaki ».

Pour l'instant, il ne lui était pas d'une grande utilité. Il se disait toutefois qu'il pouvait y avoir là matière à un livre ou, au moins, à un reportage d'investigation, occasion pour lui de redorer un amour-propre terni par des années de rubriques « chiens et chats écrasés » et de bouquins alimentaires caressant dans le sens du poil la fibre nostalgique des lecteurs.

Il avait toujours eu envie de se lancer dans le roman noir et là, enfin, il avait la substance. Sa seule inquiétude venait de sa grande proximité avec le sujet. N'était-il pas trop impliqué émotionnellement ? Serait-il capable de prendre le recul nécessaire pour mener à bien son projet et écrire un récit digne de ce nom ?

Il esquissa un haussement d'épaules.

« On verra bien, se dit-il. Essaie de ne pas te mettre la pression et ça finira par prendre forme. »

Le plus étonnant c'est qu'il se sentait étonnamment bien. Bien mieux, en tout cas, que lorsqu'il était arrivé en ville il y a quelques jours. À la réflexion, cela faisait même longtemps qu'il ne s'était pas senti aussi bien. Son entrevue avec Viallard, puis ses recherches, lui avaient donné l'impression de reprendre le contrôle des événements, alors que, jusqu'à présent, il avait surtout été bringuebalé d'un côté et de l'autre par eux.

« L'écrivain mène l'enquête ! » Pourquoi pas après tout ?

Si Lefebvre était encore de ce monde, Lombardi, sans aucun doute, retrouverait sa trace. Ils iraient alors lui rendre une petite visite. Cet entretien éclairerait d'un jour nouveau les événements passés et actuels. Il en était sûr. Il le sentait, comme un chien de chasse flaire la trace du gibier. Il espérait juste que ce qu'ils apprendraient ne contribuerait pas à accuser davantage Gascogne.

Il s'ébroua mentalement. Inutile de s'inquiéter à l'avance, hein ?

À chaque jour suffit sa peine ! avait coutume de dire sa mère. Paix à son âme !

Un froid insidieux pénétrait le mince rempart de son blouson. Il leva les yeux vers le ciel noir, bas et menaçant. Il ne se souvenait pas avoir vu les étoiles au-dessus de Saint-Étienne lorsqu'il était enfant. La ville était perpétuellement enfermée sous une chape de nuages et de pollution.

La Roumanie à trois heures de Paris ! n'est-ce pas ce qu'avaient dit un jour de la ville les Guignols de l'Info ?

Un traitement injuste mais révélateur. Saint-Étienne avait quelque chose de particulier, de différent. Comme si... comme si ténèbres et angoisse suintaient de ses murs. Comme si la cité, à chaque respiration, exhalait un nuage toxique de menace et de désespoir.

Chalier regarda sa montre. La nuit débutait à peine et les rues étaient déjà désertes. Les rares passants se pressaient sous les abris d'autobus en roulant des regards inquiets. Les voitures bondissaient de feu rouge en feu rouge comme des bêtes affolées. Les rideaux des magasins étaient hermétiquement clos. Sur sa gauche, la Grand-Poste ressemblait à un château fort claquemuré sur un inavouable secret.

« Tu as trop d'imagination, mon vieux ! Tu es en province, c'est tout ! Il n'y a qu'à Paris que les gens déambulent le nez au vent à n'importe quelle heure du jour et de la nuit. Et encore ! Va faire un tour à Strasbourg, Nantes ou Marseille, ce n'est pas mieux. Surtout en hiver ! »

Il passa devant Tadduni, le Tati local. « Tadshop », c'est comme ça qu'ils appelaient le magasin quand ils étaient gamins. À l'époque, c'était plutôt mal vu de s'y habiller. C'était réservé aux pauvres. Aujourd'hui, tout le monde venait y faire ses achats. Paupérisation de la société, disparition des classes sociales ou simple changement de mentalité ? Il n'aurait su dire.

Le magasin originel ne se trouvait d'ailleurs pas à cet emplacement. Autrefois, il y avait là un cinéma de quartier – le Kurssal ? l'Alhambra ? – il ne se rappelait plus. C'était pourtant ici qu'il avait vu son premier film d'épouvante sur grand écran. *Dans les griffes du loup-garou* ou un titre dans ce genre. Le film était interdit au moins de treize ans mais, accompagné d'un cousin plus âgé, il était parvenu à se faufiler dans la vieille salle. Il ne se souvenait plus du film mais, en revanche, parfaitement du bonheur qui avait été le sien de voir, enfin, un « film de grands ».

Ses pas le conduisirent à l'angle de la rue de la Résistance et des Martyrs-de-Vingré, cette même rue où, quelques jours plus tôt, il avait pris une *sacrée cuite* (dixit la jolie fliquette). Il fronça les sourcils en se rappelant les traces de rouge à lèvres sur sa chemise. Il ne se souvenait toujours pas de ce qu'il avait fait cette nuit-là !

Pathétique !

« Hors de question de te remettre dans un état pareil ! » se tança-t-il.

De toute façon, il n'en éprouvait pas le besoin. La situation était différente. Son désarroi des premiers jours avait cédé la place à de la curiosité et aussi, mais oui, à une certaine forme d'impatience !

Il s'engagea dans la petite rue avec l'intention de dénicher un restaurant ou un troquet dans lequel il pourrait boire une bière et grignoter quelque chose.

Après avoir été une rue malfamée, la rue des Martyrs-de-Vingré était devenue l'une des plus « hype » de la ville. Les magasins de fringues, les boutiques *New Age,* les pubs et les restaurants branchés s'y succédaient, sans discontinuité.

Chalier décida de s'éloigner de la foule d'étudiants bruyants et de jeunes bobos qui constituaient la majeure partie de la clientèle de ces établissements, et s'engagea dans une ruelle transversale.

Là, les bars étaient moins chics, plus provinciaux, et – c'était ce qu'il cherchait – les restaurants servaient des spécialités locales.

Il poussa la porte d'une gargote presque déserte. Derrière le comptoir, le patron lui adressa un signe de tête en guise de bienvenue.

Il regarda autour de lui et, n'ayant que l'embarras du choix, alla s'asseoir près d'un mur de pierres apparentes.

Une serveuse maussade vint chercher sa commande.

– Il vous reste de la fricaude ? demanda-t-il après avoir parcouru la carte.

La fille, une blonde sans attraits, secoua la tête.

– Désolée, mais nous ne la faisons que pour deux personnes au minimum et puis, là, il commence à se faire tard…

Comprendre : « C'est déjà bien beau qu'on vous ait accepté ! »

– Très bien, alors je prendrai une râpée et des caillettes. C'est possible ?

– Oui. Vous boirez du vin ?

Il commanda un pichet de coteaux-du-lyonnais, *coup de cœur du patron,* et regarda la serveuse s'éloigner d'un pas traînant.

Cela faisait une éternité qu'il n'avait pas goûté à la cuisine locale. Elle était certes plutôt riche mais souvent succulente. Quand il était môme, sa mère le régalait de petits plats doucement mijotés, aux arômes capiteux, qui vous mettaient les papilles en danse. Aujourd'hui, ce type d'alimentation était bannie par la diététique et les nutritionnistes. Trop riche ! Trop gras ! Trop lourd ! Trop… démodé ! À la décharge de ces empêcheurs de manger en rond, il fallait bien reconnaître que les emplois de bureau ne nécessitent pas les mêmes apports calorifiques que les travaux des champs ou de la mine !

Ah ! L'odeur d'un bon civet de lapin au sang, ou d'une soupe aux choux dans laquelle a cuit un morceau de lard – le *bacou,* comme disait son paternel.

Le souvenir de son père assombrit fugitivement ses pensées. Cela faisait bientôt une semaine qu'il était à Saint-Étienne et il ne lui avait encore donné aucun signe de vie.

La serveuse lui apporta le pichet.

Il se servit et but une gorgée de vin âpre et riche en tanin. « J'espère que la nourriture sera de meilleure qualité ! » se dit-il.

Il revint à ses pensées. Pourquoi devrait-il appeler son père ? Après tout, il ne le faisait jamais ! Le téléphone se moque bien de la distance, alors qu'il soit à Paris ou à Saint-Étienne…

Certes, mais là, ça pourrait être l'occasion d'aller lui rendre visite !

Il renâcla à cette idée. Depuis combien de temps n'avait-il pas parlé à son père, ni ne l'avait vu ? Cinq ans ? Plus ? Depuis le décès de sa mère ?

Ils ne s'étaient jamais bien entendus. Ils avaient des façons trop différentes de voir les choses. Son père était un animal social. Il ne s'épanouissait qu'en compagnie d'autres gens. La cellule familiale était trop exiguë pour lui. Il préférait sortir avec ses copains pour jouer aux cartes ou aux boules. Ou aller aux matchs, voir les Verts.

Mais peut-être existait-il d'autres motifs à cette désertion systématique du foyer conjugal. Peut-être fuyait-il une relation de couple dans laquelle il étouffait. Peut-être que lui-même avait sa part de responsabilité.

Leurs rapports n'avaient cessé de se dégrader au fil du temps. Surtout après la disparition de Collardo et leur déménagement de leur ancien quartier.

Nouveau quartier, nouvelle école, nouveaux copains.

Chalier s'était peu à peu replié sur lui-même, se réfugiant dans les livres et les bandes dessinées. Les HLM qui entouraient sa maison n'avaient rien à voir avec les terrains de jeu de son enfance. La violence y était omniprésente. La seule fraternité qui y régnait était celle des bandes, et comme il ne faisait partie d'aucune d'entre elles…

Les super-héros avaient longtemps été ses seuls amis. Puis, ça avait été la découverte de la science-fiction. Du concentré de rêve et d'évasion sous de merveilleuses couvertures.

Son père n'arrivait pas à comprendre qu'il pût rester enfermé des heures dans sa chambre à lire *ces conneries*. Le fossé qui les séparait s'était agrandi tout au long de son adolescence, jusqu'à atteindre les dimensions d'un abîme lorsque ses parents avaient divorcé.

« Toujours le nez fourré dans tes bouquins ! avait coutume de dire son paternel. C'est pas comme ça que tu réussiras dans la vie ! »

L'arrivée des plats le ramena au présent, mais ne parvint pas à lui rendre le sourire. La râpée était trop épaisse et pas suffisamment croustillante. La farce des caillettes était fade.

On était loin de la cuisine de maman !

Il prit une assiette de fromages – fourme d'Ambert, saint-nectaire et bleu de Montbrison – pas assez faits pour la plupart, et renonça au dessert.

Seule l'addition se révéla sans mauvaise surprise.

Il était plus de minuit lorsqu'il sortit du restaurant, beaucoup moins enjoué et optimiste que lorsqu'il y était entré.

Il avait dû pleuvoir pendant qu'il mangeait : l'air était frais et humide. Il releva le col de son blouson et décida de rentrer à l'hôtel en rasant les murs.

Les rues étaient carrément désertes, à présent. Pas un quidam. Les véhicules filaient ventre à terre dans un suintement de pneus humides. On aurait pu croire qu'un couvre-feu avait été décrété, qu'il était le seul à ignorer. Il jeta un regard nerveux par-dessus son épaule, s'attendant presque à voir émerger à l'angle d'une rue la soldatesque en armes.

Eh vous, là ! Qu'est-ce que vous faites encore dehors ? Vous avez un laissez-passer ?

Ridicule !

Il envisagea un instant de prendre le tramway pour retourner à son hôtel, mais à cette heure tardive les rotations devaient être forcément rares. À coup sûr, il serait plus vite arrivé à pied.

Et puis, il n'avait pas envie d'attendre seul dans la nuit.

On ne sait jamais, si la patrouille fantôme débarque ! se

moqua une petite voix. *Ou bien Bomaki en personne !*

« Bomaki n'existe pas ! C'était juste un ouvrier polonais qui s'est trouvé là où il ne fallait pas au mauvais moment ! Une victime lui aussi ! Comme Collardo ! »

Collardo… C'est par une nuit de février comme celle-ci qu'avait disparu Collardo. Enfin, pas tout à fait. La soirée n'était pas aussi avancée et il neigeait. Il faisait plus froid aussi, mais sous leurs cagoules, leurs bonnets et leurs écharpes, les quatre mousquetaires du Babet résistaient vaillamment.

Il n'avait aucune envie d'affronter ces souvenirs mais, tout en longeant le lycée Claude-Fauriel, il ne put leur échapper.

Ils rentraient chez eux au terme d'un invraisemblable après-midi, lorsque le drame s'était produit. Lombardi et Collardo venaient de partir d'un côté. Gascogne et lui d'un autre.

Il y avait eu ce cri terrible…

Ils avaient couru pour rejoindre leurs amis et avaient vu le camion des éboueurs – les *gandous* comme on dit ici – arrêté au milieu de la route. Autour de lui, il y avait deux créatures de cauchemar. Gascogne avait bondi au secours de Collardo gisant sur le sol, mais les… monstres s'étaient jetés sur lui et l'avaient roué de coups.

Quant à lui, il n'avait même pas pu bouger tant il était terrifié.

Le passage d'un trolleybus vide arracha Chalier à ses terribles souvenirs. Il réprima un frisson et respira un grand coup pour essayer de chasser l'émotion qui lui broyait le cœur.

Plus rien n'avait été comme avant, après ça. Plus rien. Ils avaient tous laissé une part de leur innocence dans cette maudite rue.

Il traversa la place Fourneyron sans croiser âme qui

vive et s'engagea à grands pas dans l'avenue Denfert-Rochereau. Il avait hâte de rentrer à présent. Son hôtel n'était plus qu'à deux pas. Dans quelques secondes, il serait au chaud.

De l'autre côté de la rue, un homme sortit d'un sex-shop, la tête rentrée dans les épaules.

« C'est l'heure idéale pour faire ses emplettes sans se faire remarquer », songea Chalier.

Il envisagea fugitivement d'aller voir ce que cachait la lourde tenture de velours.

Un p'tit porno pour te changer les idées, ça ne te tente pas ?

« Laisse tomber ! se rabroua-t-il. Un bain chaud et une bonne nuit de sommeil, voilà tout ce dont tu as besoin ! »

Pour le conforter dans sa décision, l'enseigne de l'hôtel clignait de l'œil à son intention.

Il n'était plus qu'à quelques mètres de l'entrée, lorsqu'une forme indistincte surgit d'une porte cochère et se jeta sur lui. L'attaque fut si rapide et inattendue qu'il ne put rien faire d'autre que de lever le bras gauche pour se protéger. Une douleur fulgurante explosa dans celui-ci et remonta jusqu'à son cerveau.

Sous le choc, il partit en arrière.

Bomaki ! Cette fois, il est venu pour toi ! fut sa seule pensée.

L'ombre se jeta sur lui, terrifiante, brandissant dans son poing la mort.

Chalier se jeta maladroitement de côté et par miracle parvint à éviter l'assaut. Il entrevit une tête ronde, lisse et affreusement brillante.

Il ne lui vint pas à l'esprit de crier et d'appeler à l'aide. À quoi cela aurait-il bien pu servir, face à la matérialisation soudaine de toutes ses peurs enfantines ?

Quelque chose l'atteignit à l'épaule, le brûlant comme un fer rouge.

Des griffes ?

Il s'effondra sur le trottoir. La créature le dominait de toute sa taille. Sa silhouette luisante se découpait contre la lumière d'un réverbère. Il ne pouvait voir ses traits, mais il était certain qu'ils étaient hideux, masque de mort, de ténèbres et de terreur.

« Je ne reverrai pas les odalisques de ma chambre ! » se dit-il stupidement.

Il vit le bras du monstre se lever. À son extrémité, quelque chose de brillant et de glacé accrocha un reflet de lumière.

C'était la fin. Il allait enfin rejoindre Collardo et les autres enfants disparus. Il songea qu'il aurait préféré le faire dans un corps d'enfant, mais il n'avait guère le choix.

Il ferma les yeux pour ne pas voir le coup de grâce, et… les rouvrit aussitôt en entendant un rugissement.

Une ombre incroyablement véloce traversa son champ de vision et renversa le noir démon.

« C'est le fantôme de Collardo qui vient à mon secours ! » pensa Chalier, complètement hébété.

Les deux formes touchèrent le sol à quelques mètres de lui, dans un enchevêtrement de membres.

De pattes ?

Les grognements bestiaux qui émanaient de ce chaos n'avaient rien d'humain. Et puis il y eut un choc sourd et un cri de douleur. Parfaitement humain cette fois, même si étouffé.

Une voiture apparut, remontant l'avenue. Chalier, qui jusqu'alors était resté tétanisé, leva son bras indemne pour signaler sa présence. Le véhicule passa devant eux comme s'ils n'existaient pas. Comme s'ils étaient invisibles.

Mais peut-être étaient-ils effectivement invisibles. Ou dans un autre monde. Dans un univers de cauchemar.

« Secoue-toi, imbécile ! se rabroua-t-il. Ce n'est pas la

cité de l'indicible peur, mais Saint-Étienne ! Et ce n'est pas Bomaki ! Bomaki est mort ! Ce n'est qu'un voyou et quelqu'un a pris des risques pour venir à ton secours ! Il faut que tu l'aides ! »

Mais comment ? Il avait si mal !

Il se mit à genoux avec difficulté. À quelques pas de lui le combat continuait, étrangement silencieux. Son regard se posa sur l'enseigne de l'hôtel.

Le Terminus des voyageurs.

« Non ! Ce n'est pas la fin ! Ça ne peut pas s'arrêter là ! » s'indigna-t-il.

Alors, dans un long cri déchirant, Christophe Chalier libéra d'un seul coup toutes les terreurs accumulées en lui depuis plus de trente ans.

DEUXIÈME PARTIE

CHAPITRE 18

À une quinzaine de kilomètres à l'ouest de Saint-Étienne, après avoir laissé la commune de Roche-la-Molière, l'agglomération stéphanoise se dévoile sous un jour différent.

Les mornes cités ouvrières, les crassiers et autres friches industrielles se dissipent pour laisser place à des collines boisées et riantes, à de verts pâturages dans lesquels paissent, dès la fin de l'hiver, de belles vaches noir et blanc aux pis bien remplis.

La vallée de la Loire vous accueille, indique un panneau en bordure de route.

La qualité de la lumière elle-même est différente. Plus claire, plus riche, elle donne un relief particulier aux anciennes fermes couvertes de chaume, reconverties en résidences secondaires et aux villas cossues blotties dans leur écrin de verdure soigneusement entretenu.

Le petit village de Saint-Victor-sur-Loire se niche sur les hauteurs autour d'une église romane du XIe siècle. Une forteresse bâtie sur un oppidum gaulois surplombe le cours sinueux du fleuve et la presqu'île de Grangent, elle-même parée d'un château à fleur d'eau.

C'est là, à vingt minutes de la pollution de la grande ville, que sont venus s'installer beaucoup de notables et de riches hommes d'affaires en quête d'espace et de tranquillité.

En contrebas, la Loire, dernier grand fleuve insoumis de France, serpente entre des rives abruptes et sauvages, en se donnant des allures de rivière de montagne. L'été, les familles se retrouvent autour de la base nautique pour y pique-niquer et s'y baigner.

Christophe Chalier gardait intact le souvenir de ces sorties dominicales, des paniers d'osier remplis de victuailles, des glacières accueillant, pêle-mêle, salades composées, tranches de rôti de porc froid, cornichons et bouteilles de limonade et de piquette.

Son père avait encore sa Dauphine bleue à l'époque et son oncle, une Peugeot 203 noire à la calandre américaine.

Enfin, c'est ainsi qu'il la voyait alors.

Avec ses cousins qui avaient approximativement le même âge que lui, ils se régalaient de chips, d'œufs durs et de sandwiches au saucisson, se barbouillaient de pêches et de melons bien mûrs. Puis, en attendant de pouvoir se baigner – *il faut attendre que la digestion se fasse !* répétaient d'une même voix sa mère et sa tante – ils couraient sur les berges, s'amusant à suivre le sentier de plus en plus étroit qui longeait le fleuve, jouant aux explorateurs intrépides s'enfonçant dans de mystérieuses jungles. Perchés sur les rochers, brandissant des morceaux de bois en guise d'épées ou de poignards, ils lançaient de vigoureux cris de Tarzan, que leur renvoyait l'écho bienfaisant. Ensuite, couverts de sueurs et de poussière, ils se jetaient enfin dans l'eau boueuse et, luttant contre le courant, s'amusaient à faire la course sous le regard amusé de toute la famille.

– Ça va ? Tu ne dis rien. Tu as toujours mal ?

Chalier s'arracha à la contemplation du paysage.

Lombardi le regardait avec sollicitude, sourcils froncés.

– Non, ça va. Je me rappelais les sorties que nous faisions avec mes cousins dans le coin.

L'avocat reporta son attention sur la route et hocha la tête.

– Oui. Nous y venions parfois, nous aussi. Mais, sans voiture, ce n'était pas facile. Nous étions sept à la maison. Il fallait prendre le car et, avec les sacs et les cabas chargés de nourriture, c'était une vraie galère.

Lombardi était venu le chercher à l'hôtel et ils roulaient à présent en direction de la maison de Marius Lefebvre, l'ancien conseiller municipal, chargé jadis de la réhabilitation de leur vieux quartier.

Comme il l'avait promis, l'avocat avait réussi à retrouver sa trace.

– Ton bras, ça va ? s'enquit Lombardi.

Trois jours s'étaient écoulés depuis l'agression. Chalier leva le bras gauche, retenu par une écharpe, en grimaçant.

– Ça pourrait aller mieux, mais ç'aurait pu être pire ! Ils m'ont fait des radios. Dieu merci, il n'y a rien de cassé. Juste de gros hématomes. Selon le médecin j'ai été frappé avec une matraque, mais sur le coup j'ai cru qu'on m'arrachait l'épaule. Heureusement que ce type est venu à mon secours !

– Heureusement ! répéta l'avocat.

La veille, ils s'étaient déjà longuement entretenus au téléphone de l'agression dont avait été victime Chalier. Mais ils éprouvaient le besoin d'en parler de nouveau, peut-être pour meubler le silence qui s'était installé depuis qu'ils avaient quitté Saint-Étienne.

– Tu te rends compte que je ne sais même pas qui est mon sauveur ! reprit Chalier. Quand j'ai crié, des fenêtres se sont ouvertes. Le gardien de nuit de l'hôtel est sorti et les deux types se sont carapatés, mon sauveur coursant mon agresseur. Je ne sais pas s'il est parvenu à le rattraper, ni ce qui s'est passé ensuite. Dommage, car je lui dois une fière chandelle et j'aurais bien aimé le remercier. J'espère qu'il ne lui est rien arrivé de fâcheux.

– Et ton agresseur ? Tu as dit qu'il était masqué...

– Casqué, plus exactement. C'est en tout cas ce qu'a affirmé l'employé de l'hôtel qui l'a vu passer non loin de lui. Cet enfant de salaud portait un blouson de cuir et un casque intégral. C'est pour cette raison que je n'ai pas vu son visage. Bon sang, un moment j'ai cru que c'était une sorte de... monstre qui m'attaquait ! C'était tellement soudain et inattendu que je n'ai rien pu faire. J'étais paralysé, comme si...

Il s'interrompit, hésitant à confier à son compagnon ce qui avait traversé son esprit.

Mais celui-ci avait parfaitement compris.

– Comme si c'était Bomaki qui était revenu, c'est ça ? dit-il le visage tendu sans lâcher la route sinueuse des yeux.

– Oui, confirma Chalier dans un soupir. Je sais, ça paraît complètement dingue...

– Pas du tout. C'est probablement ce que j'aurais pensé moi-même. Tu sais, il m'arrive encore parfois aujourd'hui de rêver à cette... fameuse nuit. Nous avons tous été... traumatisés par l'enlèvement de Collardo.

Ils roulèrent un moment en silence. Tout en bas, la Loire, luisante et souple, se frayait un chemin entre les failles et les diaclases.

– Tu te souviens de quelque chose ? murmura finalement Chalier. Enfin, je veux dire, concernant cette nuit-là ?

L'avocat secoua la tête, dents serrées.

– Non. Rien de précis. Rien que je ne t'aie déjà dit. Et puis, tout ça est tellement vieux... Je me rappelle que nous marchions dans la rue, Collardo et moi. On se dépêchait de rentrer. On savait déjà qu'on allait se prendre une sacrée avoinée en arrivant à la maison. Bon Dieu, on n'avait pas douze ans ! Il faisait nuit. La rue était déserte. Je crois même qu'il neigeait. J'ai entendu un véhicule derrière nous. Je me suis retourné et j'ai vu le camion des *gandous*, ou plutôt ses phares éblouissants, comme deux gros yeux. Je me souviens de silhouettes se détachant dans la lumière, de cris et d'un choc brutal. Et puis… Et puis, le néant.

– Tu étais dans les vapes, confirma Chalier. Il y avait un camion-poubelle effectivement et tout autour, il y avait ces… enfin, ces choses ! Bon sang, aujourd'hui encore je n'arrive pas à savoir ce qui est réel ou non. C'était comme un cauchemar éveillé. J'ai vu ou j'ai cru voir les visages hideux des ravisseurs. Des visages pourvus de mufles énormes et d'yeux immenses et brillants. Des visages inhumains. Des visages de monstres. J'entends encore les cris de Collardo, les grognements bestiaux et étouffés… Gascogne, qui était devant moi, a voulu s'interposer, mais les créatures l'ont frappé. Je n'ai… rien pu faire. Et puis le camion est reparti. Collardo avait disparu et toi… toi on t'a retrouvé allongé sous un porche. On t'a raccompagné chez toi. Tu étais en état de choc.

Lombardi tourna nerveusement sur la droite et s'engagea sur une route secondaire.

– Je ne sais pas pour tes monstres mais, en tout cas, personne n'a voulu nous croire au sujet du camion ! Trois gamins victimes d'hallucinations, c'est tout ce qu'ils ont vu ! grogna-t-il.

– Ouais. L'enquête n'a jamais rien donné. Ils ont affirmé qu'aucun camion-poubelle n'était de service à cette heure dans le quartier.

– Conneries ! cracha l'avocat.

La route, bien qu'encore goudronnée, était devenue cahoteuse. Ils roulaient doucement à présent. Les prés lumineux et riants avaient cédé la place à un paysage de lande et de roches. Ici et là, des plaques de neige accentuaient encore ce côté sauvage. Les maisons étaient devenues plus rares, moins luxueuses aussi.

– Ton agression… Ce n'est pas juste un hasard, hein ? Ça a un rapport avec cette affaire… murmura Lombardi.

Chalier ne répondit pas. Il faisait si beau à l'extérieur, la campagne était si belle, si pure, qu'il avait du mal à croire que ce qui lui était arrivé l'autre soir était bien réel. Que ce n'était pas qu'un simple cauchemar.

– Je ne sais pas. Ce type n'en voulait peut-être qu'à mon argent. Ça arrive.

Il vit la grimace sur le visage de l'avocat.

– Tu crois ? Drôle de coïncidence, tu ne trouves pas ?

– Des gens qui se font agresser, y'en a plein les journaux ! Sinon, pour quelle raison aurait-il fait ça ?

– Pour te faire peur ! Pour t'empêcher de poursuivre ton enquête ! Ça me paraît pourtant évident !

Chalier secoua la tête.

– Je ne sais pas… Tu as peut-être raison. Ma visite à Viallard n'est pas passée inaperçue.

– C'est clair ! confirma l'avocat. Qu'ont dit les flics ?

– Que voulais-tu qu'ils disent ? Ils ont enregistré ma plainte et ils m'ont informé qu'ils ouvraient une enquête et me tiendraient au courant, c'est tout. Des cas comme le mien, ils en ont en pagaille.

Lombardi se tourna vers lui. Son visage était grave. Ses yeux déterminés.

– En tout cas, moi j'ai pris mes précautions. Je ne vais pas attendre tranquillement qu'on me fasse la peau ! Ouvre la boîte à gants !

Chalier s'exécuta et découvrit un revolver posé sur une carte routière.

– Merde ! Qu'est-ce que tu fais avec ça ?

Lombardi lui lança un regard dur.

– On n'est jamais trop prudent, mon vieux ! Si quelqu'un

me cherche des noises, il trouvera à qui parler ! Je ne me laisserai pas faire, sois-en sûr !

– Tu sais t'en servir, au moins ? demanda Chalier en prenant l'arme à deux mains et en la considérant avec curiosité.

– Bien sûr ! J'ai fait du tir, il y a quelques années. Fais gaffe, il est chargé. C'est un Manurhin MR93 Sport. Calibre 357 magnum. Belle bête, non ?

– Ouais. Tu as un port d'arme ?

– Bien sûr !

Chalier reposa soigneusement l'arme dans la boîte à gants.

– Je crois qu'on approche, dit Lombardi en regardant le GPS intégré au tableau de bord. L'ancien conseiller municipal Lefebvre s'est trouvé un coin vraiment tranquille pour finir ses vieux jours.

– Il est au courant de notre arrivée ? demanda Chalier.

– Non. J'ai pensé qu'une petite visite à l'improviste aurait plus d'effet. Comme ça, il n'aura pas le temps de préparer ses réponses.

– Et s'il ne veut pas nous recevoir ?

Lombardi eut un sourire dur.

– Il nous recevra sois-en sûr ! N'oublie pas que je suis avocat ! Je vais lui servir un petit numéro qu'il n'est pas prêt d'oublier !

Chalier admira l'assurance de son ami. Rien ne semblait pouvoir lui résister. Le *bambino* italien avait bien changé !

– Tu ne doutes jamais de rien ? interrogea-t-il.

– Si je doute, j'essaie de ne pas le montrer. C'est la base pour un avocat !

– Déjà, tu étais certain de retrouver sa trace, se rappela Chalier.

– Bien sûr ! Tout s'est passé comme je te l'avais dit. Il a suffi que je donne un petit coup de fil.

– Ça sert les connaissances !

Lombardi se tourna brièvement vers lui. Seules ses lèvres souriaient.

– Si tu veux progresser dans la vie, il n'y a que ça qui compte, mon vieux ! Je l'ai réalisé très tôt, heureusement.

Chalier ne put réprimer une petite moue.

– Je ne vois pas les choses de cette manière. Je n'aime pas beaucoup cette idée de chaîne d'intérêts, d'individus reliés entre eux par les services qu'ils se rendent les uns aux autres. D'ailleurs, je déteste être redevable. Je préfère faire mon chemin seul, sans rien demander à personne.

Lombardi laissa échapper un petit ricanement cynique. Il engagea lentement sa voiture sur un chemin étroit bordé de haies d'églantiers. Un peu plus haut, on apercevait un mur d'enceinte et, derrière, le toit pentu d'une grande maison. Leur lieu de destination sans aucun doute.

– Bravo, mon vieux ! C'est très noble. On dirait une déclaration de foi !

– Tu ne me crois pas ?

– Si, mais regarde où ça t'a mené !

– Que veux-tu dire ? grinça Chalier.

L'avocat hésita avant de reprendre.

– Je ne voudrais pas paraître désagréable, mais il est clair que tu ne roules pas sur l'or.

Chalier se sentit piqué au vif dans son amour-propre.

– Ça me convient parfaitement ! Je fais ce que je veux. Je n'ai pas de contraintes.

Lombardi lui jeta un regard aigu.

– Tu penses vraiment ce que tu dis ? Tu n'aurais pas aimé faire une vraie carrière d'écrivain ? Figurer dans les meilleures ventes de *L'Express* ? Recevoir l'Interallié ?

Même si ce n'était pas entièrement faux, Chalier ne pouvait accepter de se laisser rabaisser ainsi.

– Qu'est-ce que j'en ai à faire de l'Interallié et des prix littéraires ! répliqua-t-il vivement. Tu penses que j'ai raté ma vie, c'est ça ? Il n'y pas que le fric qui compte, Angelo. Je ne roule peut-être pas dans une BMW, mais j'aime ce que je fais et je ne dois rien à personne !

– Si c'est ce que tu penses vraiment, tant mieux ! Je vois que je t'ai blessé, excuse-moi. Après tout, ce ne sont pas mes affaires.

Chalier s'apprêtait à le lui confirmer sèchement, lorsqu'ils aperçurent le mur de la propriété de Lefebvre.

La grille était ouverte. Une allée bordée d'arbres s'ouvrait devant eux. La maison, invisible, devait se trouver derrière.

Roulant au pas dans un silence tendu, ils pénétrèrent dans la propriété de l'ancien conseiller. Ils n'avaient pas fait cent mètres qu'ils se retrouvèrent nez à nez avec un véhicule de la gendarmerie.

CHAPITRE 19

– Je n'aime pas ça, murmura Lombardi en immobilisant la BMW.

Saisi lui aussi d'un mauvais pressentiment, Chalier ne répondit pas.

– Allons jeter un coup d'œil, proposa son compagnon.

À peine étaient-ils sortis du véhicule, qu'un gendarme s'approcha d'eux.

– Stop, on ne va pas plus loin ! Qui êtes-vous ?

L'avocat prit la parole le premier :

– Je suis Angelo Lombardi et voici Christophe Chalier. Qu'est-ce qui se passe ?

Le gendarme ignora la question et les inspecta du regard.

– Que faites-vous ici ? interrogea-t-il.

– Nous sommes venus rendre visite à M. Lefebvre, répondit l'avocat.

Le gendarme fronça les sourcils. Un petit carnet à spirales et un crayon à papier apparurent comme par enchantement entre ses doigts.

– Ah ? Vous pouvez me répéter vos noms ?

Lombardi répondit avec une impatience non dissimulée :

– Maître Angelo Lombardi, avocat, et Christophe Chalier, journaliste.

À l'énoncé de leurs noms et titres complets, le gendarme marqua une brève hésitation.

– Qui vous a prévenus ?

Les deux amis échangèrent un regard perplexe.

– Personne ne nous a prévenus ! dit Lombardi. Nous sommes venus voir Marius Lefebvre, c'est tout. Vous nous laissez passer, oui ou non ?

Il fit un pas en avant, mais l'autre l'arrêta d'un geste.

– Je crains que non. En revanche, vous allez devoir répondre à quelques questions. Simple formalité.

Lombardi se planta devant le représentant de la loi. L'autre ne parut pas le moins du monde intimidé.

– Écoutez, je connais très bien le commissaire divisionnaire Martial et…

– Commissaire divisionnaire, c'est la police ça, répliqua le gendarme, impavide. Moi, j'appartiens à la gendarmerie, alors vos relations…

S'écartant légèrement des deux protagonistes, Chalier risqua un œil derrière la fourgonnette. Il découvrit une grande demeure à la façade recouverte de lierre. Plusieurs voitures, dont une ambulance, étaient garées dans l'allée gravillonnée, juste devant. Des gendarmes allaient et venaient, l'air affairé.

Chalier aperçut une silhouette émerger de la maison. Elle était engoncée des pieds à la tête dans une combinaison en plastique translucide comme si elle sortait d'un bloc opératoire, mais il la reconnut aussitôt. C'était la femme flic qui l'avait interrogé quelques jours plus tôt. Comment s'appelait-elle déjà ? Il ne s'en souvenait plus. Lui avait-elle d'ailleurs seulement dit son nom ?

– Hep ! Mademoiselle ! cria-t-il en désespoir de cause.

La jeune femme tourna la tête pour voir qui l'apostrophait ainsi.

– Ici ! s'exclama-t-il en faisant un pas en avant et en agitant son bras valide.

– Eh, vous ! Restez là ! s'exclama le brigadier.

La policière venait de l'apercevoir. Son visage, sous le vilain bonnet dissimulant ses cheveux, marqua la surprise. Puis elle s'avança vers eux.

– Reculez, je vous dis ! lança le gendarme en attrapant Chalier par l'épaule.

Celui-ci grimaça de douleur.

– Ça va, brigadier ! dit la femme en approchant. Je connais cet homme.

Elle lança un regard au bras en écharpe de Chalier, mais ne dit rien.

– Ah ? fit le gendarme. L'autre aussi ?

– Non, pas encore, mais je suis certaine que M. Chalier ne va pas tarder à nous présenter. Je m'en occupe maintenant, merci.

– Très bien, lieutenant, dit le gendarme. Je suis là, juste derrière, au cas où vous auriez besoin de moi.

– Merci, brigadier.

L'homme s'éloigna et la femme flic se tourna vers les nouveaux venus.

« Même ainsi attifée, elle reste charmante », se dit Chalier. Il nota qu'elle avait un petit grain de beauté sur la joue droite.

– M. Chalier, comme on se retrouve ! Que faites-vous ici et qui est votre ami, même si j'en ai déjà une petite idée.

Avant que Chalier ait pu le présenter, Lombardi se porta en avant, main tendue, sourire aux lèvres.

– Je m'appelle Angelo Lombardi. Je suis avocat. Christophe et moi sommes amis d'enfance.

La jeune femme retira ses gants et serra la main qu'on lui présentait, tout en dévisageant son interlocuteur d'un œil acéré, puis elle se tourna vers Chalier :

– Que faites-vous ici ?

– Nous sommes venus rendre visite à Marius Lefebvre, commença-t-il. Nous avons… enfin, nous avons découvert qu'il avait peut-être un lien avec notre affaire.

La jeune femme opina doucement.

– On dirait bien, en effet. Mais vous êtes arrivés un peu tard.

– Pourquoi ? demanda Chalier tout en redoutant la réponse.

– Parce qu'il est mort ! répondit abruptement la femme flic.

Les deux amis échangèrent un regard désappointé. Leur espoir d'en apprendre davantage sur Bomaki et sur l'enlèvement de Bernard Collardo, partait en fumée.

– Merde ! s'exclama Lombardi. S'agit-il d'un… meurtre ?

– On lui a fracassé le crâne. La thèse du suicide est donc écartée, dit le lieutenant avec un sourire aussi froid que ses paroles.

– Très drôle ! grommela l'avocat. Qui vous a prévenus ? La famille ?

Elle secoua la tête et, de manière totalement incongrue, Chalier se prit à imaginer l'effet que produirait ce geste si ses cheveux étaient libérés.

– Non. La gendarmerie a reçu un appel anonyme.

– Un appel anonyme ? Mais qui a bien pu… ? dit Chalier en revenant à la réalité. La maison est loin de tout et…

Il s'interrompit.

– Oui, c'est étrange, n'est-ce pas ? confirma la jeune femme. Peut-être s'agit-il d'un visiteur qui a préféré ne pas se faire connaître… Ou, pourquoi pas, de l'assassin lui-même !

Chalier et Lombardi méditèrent sur ces paroles. Autour de la maison des hommes en uniforme continuaient à s'affairer à la recherche d'indices.

– Comment se fait-il que vous soyez là sur les lieux ?

Ce n'est pas votre secteur, s'enquit finalement Lombardi.

Elle se tourna vers lui.

– Vous devriez savoir que Saint-Victor-sur-Loire appartient à la communauté urbaine de Saint-Étienne, maître. Et puis, nos collègues gendarmes ont trouvé quelque chose qui rattachait le meurtre de Lefebvre à l'enlèvement d'Emilio Sanchez. Ils nous ont donc appelés. Quoi qu'on en dise, la coopération inter-services ne marche pas si mal que ça, vous voyez…

– Et qu'ont-ils découvert ? questionna Chalier.

– Vous n'en avez pas une petite idée ?

Malgré la boule qui lui obstruait la gorge, il parvint à articuler :

– Une nouvelle… inscription ?

Elle acquiesça.

– Et, cette fois, quel était le message ? demanda Chalier.

La policière les observa tour à tour, hésitant peut-être à leur confier un élément déterminant de l'enquête.

– *Bomaki, n'oublie pas !* Voilà ce qui est écrit sur le mur du salon de ce pauvre bougre.

– Nom de Dieu ! jura Lombardi. Qu'est-ce que ça veut dire ?

– Ça, je n'en sais rien, mais vous, vous allez peut-être pouvoir éclairer ma lanterne. Après tout, vous n'êtes pas ici par hasard. Je me trompe ?

Avant qu'ils aient pu répondre, un homme vêtu lui aussi d'une combinaison de plastique descendit de manière pataude la petite volée de marches de la maison et vint les rejoindre. Il sembla à Chalier que c'était le même type qui était avec la jeune femme dans la voiture l'autre jour, place du Babet, mais il n'aurait pu en jurer.

– On a terminé les premiers relevés, Kima. On peut embarquer le corps ? dit-il après leur avoir accordé un vague regard.

– Le photographe a fini ?

– Oui.

– Eh bien OK, emmenez-le. Tu as découvert s'il avait de la famille ?

Le flic secoua la tête.

– Pas de femme et pas d'enfant apparemment. On a dégoté le numéro de la femme de ménage sur un Post-it collé au frigo. D'après elle, pépère vivait seul et n'avait plus personne. Pas même un clebs !

– Très bien, Jean-Jacques. Je termine avec ces messieurs et je te rejoins. Continuez de fouiller la maison. Quant à toi, regarde plus particulièrement dans les vieux papiers.

– Qu'est-ce que je cherche au juste ? demanda son collègue.

– Je ne sais pas exactement. Mais d'après l'inscription et la présence de ces deux messieurs, quelque chose en rapport avec la rénovation des vieux quartiers de Saint-Étienne dans les années 70, et aussi avec ces anciennes disparitions d'enfants sur lesquelles nous avons récemment fait des recherches.

Le flic grimaça.

– Ça va être coton, ma belle ! Y'a un de ces merdiers, là-dedans !

– On est payés pour ça, J-J !

– Parce que t'appelles ça être payé ! grogna l'autre en tournant les talons.

La jeune femme reporta son attention sur les deux hommes.

– Excusez-moi. Où en étions-nous ? Ah oui, les raisons de votre présence ici !

Chalier lui expliqua comment il avait déniché le nom du conseiller dans les vieux journaux de l'époque. Il lui révéla également que Bomaki était l'anagramme de Bertrand Omiak, un activiste communiste tué en 1974 lors d'une bagarre opposant les partisans du Panassa et les ouvriers chargés de démolir le quartier. Il omit cependant de lui parler de sa visite à Richard Viallard et de ses soupçons sur l'implication de celui-ci dans le meurtre du Polonais.

La policière lui lança un regard admiratif.

– Vous avez fait du bon travail, on dirait. Vous auriez dû entrer dans la police, M. Chalier. Dommage, toutefois, que vous n'ayez pas pensé à nous prévenir comme je vous l'avais demandé. On aurait peut-être pu éviter ce meurtre.

Chalier se gratta nerveusement le lobe de l'oreille.

– Ne nous rendez pas responsables de ce qui est arrivé à ce type ! intervint Lombardi volant à son secours. Nous n'avions que des présomptions. C'est pour cette raison que nous voulions le rencontrer. Nous vous aurions ensuite, bien sûr, tenue informée.

Le lieutenant planta ses yeux noisette dans ceux de l'avocat.

– Bien sûr. Mais en attendant nous avons un cadavre sur les bras. Y a-t-il autre chose que vous auriez oublié de me dire, messieurs ? Ceci, juste pour éviter de trébucher sur un autre macchabée.

Lombardi se tourna vers son ami.

– Tu devrais peut-être lui parler de... l'agression dont tu as été victime, souffla-t-il.

Soudain très attentive, la jeune femme pivota vers Chalier, sourcils froncés.

– J'ai vu que vous aviez le bras en écharpe, que vous est-il arrivé ?

– Rien... dit Chalier. Un petit voyou s'en est pris à moi, l'autre soir.

– Racontez-moi ça !

En quelques mots, il lui relata les faits.

– Et vous dites que ce type était casqué ? s'étonna le lieutenant. C'est curieux ! En général, les voleurs ne prennent pas de telles précautions ! Pourquoi ne nous avez-vous pas appelés ?

– Mais je l'ai fait ! J'ai même déposé plainte.

– Je voulais parler de moi ou de l'un de mes collègues ! fit la jeune femme, visiblement contrariée.

Chalier balaya l'air de sa main libre, d'un geste un brin trop désinvolte.

– J'ai pensé que c'était sans importance. Une agression comme il en arrive malheureusement trop souvent…

Les yeux du lieutenant étincelèrent de colère.

– Vous avez pensé ! gronda-t-elle. Eh bien, évitez de penser la prochaine fois et laissez aux flics le soin de le faire ! Ce type a peut-être essayé de vous tuer ! Vous êtes totalement inconscient ou quoi ? Vous voulez, vous aussi, vous retrouver avec le crâne défoncé ? Il s'agit d'une affaire criminelle, M. Chalier, pas d'une partie de Cluedo entre amis ! Est-ce que vous avez d'autres surprises comme celle-ci ?

Chalier se racla la gorge avant de reprendre :

– Heu… vous devriez peut-être surveiller la demeure de Richard Viallard. On ne sait jamais, c'est peut-être lui le prochain sur la liste.

Le regard de la fliquette vira au noir.

– C'est déjà fait ! Surtout depuis qu'un individu s'est introduit chez lui pour l'importuner.

Chalier blêmit.

– Qui vous a informée ?

– Son fils, lui-même prévenu par la garde-malade. Ce n'était pas très malin de votre part, M. Chalier. Je pourrais vous faire arrêter pour ça.

– Attendez ! s'exclama Lombardi. Mon ami ne faisait que son métier de journaliste ! Il n'a pas forcé la porte de M. Viallard et…

La femme flic leva la main pour interrompre l'avocat.

– J'ai dit que je *pourrais* le faire arrêter. Pas que je le ferai. Alors, s'il vous plaît, maître, gardez vos effets de manches pour vos plaidoiries.

Elle se détourna de lui pour fixer de nouveau Chalier, de plus en plus mal à l'aise.

– C'était vraiment stupide de votre part. Heureusement pour vous que j'ai pu convaincre le fils de ne pas porter plainte. Ça n'a pas été facile, croyez-moi, car il était furax ! Je vous le répète : ce n'est pas un jeu ! Il y a eu enlèvement d'enfant et aujourd'hui meurtre. Celui qui a fait ça est tout sauf un enfant de chœur.

L'air parut soudain glacial à Chalier qui se força à demander :

– Vous pensez que c'est une seule et même personne ?

– Pas vous ? répliqua la jeune femme.

Derrière elle, deux hommes en blanc sortirent de la maison en poussant un brancard. Sur le plateau, Chalier discerna une forme recouverte d'une housse. Le cadavre de l'ancien conseiller disparut dans l'ambulance.

– Vous pensez que c'est Gascogne, c'est ça ?

Le silence de la fliquette était à lui seul une accusation.

– Alors pourquoi n'a-t-il pas tué Lefebvre plus tôt ? Pourquoi attendre jusqu'à maintenant ? Et, surtout, pourquoi m'avoir conduit jusqu'à Viallard ? Il aurait tout aussi bien pu le tuer, lui aussi !

La femme flic eut un sourire.

– L'enquête serait bouclée si nous connaissions toutes les réponses, M. Chalier. Et puis, Richard Viallard est peut-être un bonhomme difficile, mais ça n'en fait pas nécessairement un kidnappeur ou un assassin. Pour l'instant, Gascogne est en effet notre principal suspect. On est toujours sans nouvelles de lui et puis il me semble que vous oubliez quelque chose, messieurs…

Chalier et Lombardi échangèrent un regard.

– Vous ne vous souvenez pas de ce que vous m'avez dit

l'autre jour au commissariat, M. Chalier ?

Chalier fronça les sourcils dans un effort de concentration.

– Non… Je ne vois pas.

– Que votre ami avait disparu le 10 février 1974. Et savez-vous quelle est la date d'aujourd'hui ?

Les deux hommes étouffèrent une exclamation de surprise.

– Le 10 février ! confirma la femme flic. Ça fait exactement trente-cinq ans, jour pour jour, que votre ami Collardo a été enlevé !

CHAPITRE 20

Je me souviens, c'était la fin des vacances de février. L'hiver étalait encore ici et là quelques plaques de neige sale, qui ressemblaient davantage à des tas de cendre froide qu'au fameux « manteau blanc » de la chanson.

Malgré le froid piquant, il faisait presque beau. Nos parents nous avaient donc autorisés à sortir sans autres consignes que d'être rentrés avant la tombée de la nuit.

Lundi, nous retournerions en classe. Lombardi et moi au collège Jules-Michelet, Collardo dans une école privée et Gascogne rue Descours, où il repiquait son CM2. Notre petite bande se trouverait dispersée jusqu'au mercredi suivant. Autant dire pour une éternité !

Nous avions décidé de nous retrouver une dernière fois pour enterrer dignement notre liberté perdue.

Comme toujours, c'était Gascogne qui avait eu l'idée :

– Chacun de nous devra apporter quelque chose de spécial pour l'occasion, avait-il proposé la veille.

– Spécial ? Spécial, comme quoi ? avait demandé Collardo. Un jouet qu'on aime bien par exemple, pour constituer un trésor secret ?

– Mais non, badabeu ! Quelque chose de vraiment... balaise et inhabituel ! Un truc de grands !

J'étais plutôt dubitatif et Lombardi aussi. Nous le fîmes savoir :

– Tu pourrais pas être un peu plus précis ? C'est quoi ton idée ?

Gascogne s'était marré.

– Débrouillez-vous, bande de nazes ! Vous n'avez qu'à vous creuser le ciboulot, et honte à celui qui ne sera pas au rendez-vous ou qui ne ramènera rien !

C'était tout Gascogne ça : il avait l'art et la manière de nous embarquer dans des aventures que nous n'aurions pas eu l'idée ou le courage de tenter sans lui. Il s'agissait souvent de bêtises, comme l'ascension des crassiers, les razzias chez le marchand de bonbons, l'attaque du train de marchandises à coups de cailloux (ce qui nous avait valu une mémorable course-poursuite sur la voie ferrée avec le garde-barrière), ou bien encore, plus récemment, les lucratives démolitions. Mais, à leur façon, ces défis qu'il nous amenait à relever étaient nos rites de passage vers l'âge adulte. Ce sont ces « épreuves initiatiques » qui ont contribué à construire les hommes que nous sommes devenus. Sans aller jusqu'à affirmer que ce sont elles qui firent de Gascogne un bandit, de Lombardi un avocat et de moi-même un écrivain, je soutiens qu'elles y participèrent.

« Honte à celui qui ne ramènera rien ! » avait dit Gascogne.

Le problème c'était que j'avais beau me torturer les méninges, je ne trouvais rien d'intéressant à apporter à mes copains ! Rien de rien !

Le jeu de cartes de mon père sur lesquelles figuraient des femmes nues ? Je le leur avais déjà montré ! Son couteau suisse avec ses quatorze lames différentes, dont l'utilité de la plupart demeurait parfaitement hermétique pour moi ? Certainement pas ! Le pistolet à patates offert pour mon anniversaire, un jouet idiot qui projetait des morceaux de pommes de terre en guise de balles ? Ridicule !

Plus le temps passait et plus grandissait mon angoisse de devoir comparaître devant mes copains sans rien... d'honorable.

Jusqu'à ce qu'un mauvais diable me souffle l'idée la plus déraisonnable qui soit.

Le dimanche, juste après La Piste aux étoiles, *je me rendis à notre lieu de rendez-vous, un terrain vague entouré de palissades, situé sur la place des Carrières. L'objet que j'avais choisi pesait lourd au fond de ma poche. Tout en marchant, je ne cessais de regarder par-dessus mon épaule, et ce n'est que lorsque je m'engouffrai dans le trou de la barricade que je commençai à respirer plus librement.*

Nous avions l'habitude de nous retrouver à l'intérieur d'une vieille épave de voiture – une Chambord si ma mémoire est bonne – qui trônait avec majesté au milieu du terrain. Le pare-brise était brisé, le toit et l'avant enfoncés par plusieurs générations d'enfants, les sièges étaient éventrés, les garnitures arrachées, le volant était cassé, mais c'était notre repaire secret. Notre quartier général. Notre « QG », comme on disait.

Chacun avait sa place attitrée. Gascogne derrière le volant bien sûr, moi à sa droite et Lombardi et Collardo à l'arrière. Ces deux-là ne s'en plaignaient d'ailleurs pas, car leur banquette était autrement plus confortable que les sièges avant. Quant à moi, malgré les ressorts qui me labouraient le postérieur, je n'aurais échangé ma place pour rien au monde. J'avais en effet une vue imprenable sur le capot bosselé de notre bolide (bon sang, mais de quelle couleur était-il ?) et sur les fantastiques paysages qui, avec un peu d'imagination, ne demandaient qu'à défiler sous mes yeux.

Et de l'imagination j'en avais à revendre. J'en avais même assez pour quatre ! J'étais tout à la fois le copilote et le conteur. Au gré de mes envies, j'emmenais mes camarades sur des pistes africaines défoncées ou sur les grandes highways *américaines. Un jour, des lions d'or affamés venaient gratter à nos portières. Le lendemain nous faisions la course avec une Ford Mustang remplie de bandits patibulaires qui nous canardaient avec des mitraillettes Thompson. Parfois même, à la tombée de la nuit, j'emmenais mes compagnons vers les étoiles invisibles ; notre voiture devenait la fusée de Guy l'Éclair et nous crevions la barrière de nuages pour nous élancer vers des planètes inconnues peuplées de monstres abominables et de belles amazones.*

Ce jour-là, toutefois, c'était Gascogne le chef de cérémonie et j'étais pressé et anxieux de découvrir à quel jeu il nous avait conviés.

Comme d'habitude il était déjà là, assis derrière le volant de notre voiture-tanière, le regard fixé sur une route imaginaire dont lui seul connaissait la destination. Les autres n'étaient pas encore arrivés. J'ouvris la portière grinçante et me glissai à ses côtés.

– Salut ! lançai-je.

– Salut ! me répondit-il et, au son de sa voix, je sentis immédiatement que quelque chose n'allait pas.

Je remarquai ses yeux gonflés et, aussi, des traces humides sur ses joues.

Je n'osai d'abord rien dire – appelons ça de la pudeur – et me plongeai dans la contemplation du terrain vague que l'hiver et un soleil froid comme un disque d'argent rendaient presque sinistre.

– Un jour, il va nous tuer !

Sa voix était si basse que je ne compris pas tout de suite ce qu'il avait dit.

– Hein ? fis-je.

– Un de ces quatre, mon père va tous nous tuer ! répéta mon ami. Ma sœur s'est barrée et il a encore cogné ma mère. Je le hais ! Je le hais, ce sale con !

Tout le monde dans le quartier connaissait le père de Gascogne. Je l'ai déjà dit, c'était un ivrogne qui, en plus, avait le vin mauvais. Lorsqu'il ne parvenait pas à épancher sa colère sur l'un de ses compagnons de beuveries, c'est à la maison qu'il le faisait. J'avais souvent vu mon ami arriver à l'école avec un œil au beurre noir ou la lèvre fendue, et je savais que le sort réservé à sa mère et à sa sœur n'était pas plus enviable.

– Ta sœur est partie ? répétai-je bêtement.

– Ouais, elle a foutu le camp hier soir. Elle voulait m'emmener avec elle, mais j'ai refusé. Je ne pouvais quand même pas laisser ma mère toute seule avec ce taré !

Que pouvais-je dire ? Rien. Les gosses ne sont pas préparés à ce genre de situation. Ce n'était pas dans les habitudes de Gascogne de se confier et pas dans les miennes de réconforter un ami malheureux. Sans doute aurais-je pu essayer, comme dans les films, de lui manifester ma sympathie en lui passant un bras autour des épaules, mais il y aurait eu de fortes chances qu'il me colle alors un pain en s'exclamant : « T'es pédé ou quoi ? »

Alors, je ne fis rien. Je restai muet et horriblement gêné.

– Hier, ma mère n'a pas arrêté de pleurer et de dire que c'était de sa faute si Annie était partie. Le vieux a quitté la maison en claquant la porte. Quand il est revenu, il était rond comme une queue de pelle et il lui a foutu une dérouillée. J'ai voulu l'en empêcher, alors c'est moi qui ai pris une rouste. L'enculé ! Si seulement je pouvais tuer ce vieux salaud ! Il ne nous a jamais rien apporté de bon. Juste des emmerdes ! C'est à cause de lui, si ma sœur… enfin si elle est partie.

Je savais ce qu'il avait failli dire. Sa sœur se prostituait depuis qu'elle avait quitté l'école à seize ans. J'avais même entendu des commères du quartier raconter qu'une partie du fric qu'elle ramenait servait aux dépenses de la famille, le salaire du père passant en grande partie dans la boisson.

– C'est un beau salaud ! T'as de la chance, toi, d'avoir un père normal.

Il ne m'était jamais venu à l'esprit que je pouvais avoir un père normal. Je n'en avais guère l'impression, en tout cas. Mais qu'est-ce qu'était un père normal à cette époque ? Et même aujourd'hui ? Dans les années 60 et 70, la figure paternelle était toute puissante, seigneur incontesté de sa maisonnée avec, presque, le droit de vie ou de mort sous son toit.

Mon père n'était pas violent comme celui de Gascogne, heu-

reusement. Il ne s'occupait pas de moi et je ne m'occupais pas de lui. C'est tout. Il préférait sortir avec ses copains ! J'aimais d'ailleurs mieux ça que l'époque où il me traînait de force sur les terrains de football et hurlait : « Ne perds pas la balle ! Passe ! Fais la passe ! Mais qu'est-ce que t'es maladroit ! »

En mon for intérieur, je savais pourtant que ça n'allait pas fort à la maison. Mon père était trop souvent absent et ma mère avait trop souvent les yeux rouges. Même si je refusais d'y penser, je voyais bien qu'ils se parlaient à peine. Le soir, parfois, dans la minuscule alcôve qui me servait de chambre, j'entendais leurs disputes. Des éclats de voix, immanquablement suivis des pleurs de ma mère. Était-ce cela avoir un père normal ? Certes, c'était préférable au fou furieux avec lequel vivait mon ami, mais il devait bien exister une alternative, non ?

Je m'apprêtais à dire quelque chose, n'importe quoi, même une bêtise, même la dernière et pire blague de Toto, pour remonter le moral de mon copain, lorsque nous vîmes Lombardi se faufiler entre deux planches de la palissade qui fermait le terrain vague. Il tenait un sac en papier. Derrière lui gambadait un Collardo visiblement surexcité.

« Ils arrivent ! On ne parle pas de ça, compris ? » me lança Gascogne en s'essuyant vigoureusement le visage.

Je hochai gravement la tête. Je serai muet comme une tombe.

Mon ami renifla une dernière fois avant de passer la tête par la portière.

– Eh ! Bougez-vous un peu, les gars ! rugit-il avec un enthousiasme feint que je fus le seul à remarquer. Qu'est-ce que vous branlez ? On attend plus que vous pour appareiller ! Le vaisseau va bientôt partir ! En route pour la grande aventure ! Destination : la quatrième dimension !

CHAPITRE 21

Allongé sur la courtepointe de son lit, Chalier feuilletait d'un air distrait plusieurs livres illustrés de photographies, consacrés au vieux Saint-Étienne.

Deux jours s'étaient écoulés depuis la visite manquée à l'ancien conseiller. Deux jours de doutes et d'interrogations. Deux jours au cours desquels il avait essayé de démêler, en vain, le fil d'une incompréhensible énigme.

Ses rares sorties s'étaient limitées à aller chercher de quoi se nourrir dans les environs – un grec, un panini ou une pizza, selon son humeur – et à une brève visite au bouquiniste de la rue de la République, d'où il avait ramené les livres.

La mort du conseiller Lefebvre et les soupçons de plus en plus grands qui pesaient sur Philippe Gascogne lui avaient porté un rude coup au moral.

Il n'avait pas rappelé Lombardi. Après un voyage retour terriblement silencieux et maussade, ils s'étaient quittés devant l'hôtel en proie à un curieux malaise.

Depuis, hormis quelques banalités d'usage avec Sam le réceptionniste et le marchand de bouquins de son enfance, il n'avait parlé qu'à son ex-femme, et encore, pour ne pas l'inquiéter avait-il soigneusement passé sous silence son agression.

Les bouquins ouverts devant lui ne lui avaient rien appris de nouveau. On y parlait surtout de la mine, de la manufacture *Armes et cycles*, de l'incroyable boom économique qu'avait connu Saint-Étienne pendant la première moitié du vingtième siècle. Les années 60 et 70 étaient quant à elles curieusement absentes. Peut-être les auteurs n'avaient-ils pas encore le recul nécessaire pour écrire sur cette époque. De ces années, ils ne semblaient avoir retenu que l'épopée des Verts. Le reste – la fermeture de la mine, les soubresauts de la métallurgie moribonde, l'agonie de Manufrance, le chômage galopant – avait été éclipsé ou relégué au second plan.

Il avait bien trouvé quelques lignes par-ci, quelques photos par-là. Sur l'une d'elles on voyait la place du Babet telle qu'elle était à l'époque. Sur une autre, la rue Tarentaize, étroite et pavée, mais il n'y avait aucun cliché de sa rue, la rue Eugène-Sue. Les rares auteurs, eux, dressaient le portrait d'une ville triste et noire, soulignaient la vétusté des immeubles dépourvus de confort, évoquaient *la nécessaire réhabilitation des quartiers insalubres*. Nulle part n'était fait mention de la résistance d'une poignée d'habitants à cette éviction forcée et pas davantage des affrontements qui avaient entraîné la mort de Bertrand Omiak.

Les années 70 semblaient n'être qu'une période charnière entre un passé honteux et un futur scintillant de fausses promesses.

« C'est pourtant important une charnière ! songeait Chalier. Une charnière, c'est ce qui rattache deux éléments hétérogènes, l'indispensable articulation sans laquelle l'ensemble constitué ne tient pas. »

Il repoussa les livres et se renversa sur son lit avec un soupir.

Tout rattachait Philippe Gascogne au récent enlèvement et au récent meurtre. Ce simple énoncé ne permettait cependant pas de comprendre les raisons de ses actes.

Du temps de leur jeunesse, Gascogne avait été le protecteur de Collardo. Fidèle à son code d'honneur, peut-être avait-il décidé de faire justice lui-même, puisque celle de son pays s'était révélée incapable de punir le coupable.

Les lettres adressées à Lombardi et lui, tout comme les messages laissés sur les murs, seraient alors de flamboyants reproches. Une façon de leur dire : *Vous voyez, les gars, moi je n'ai pas oublié. Vous vous souvenez ? « Un pour tous et tous pour un ! »*

Mais pourquoi attendre tout ce temps ? Pourquoi attendre trente-cinq ans ? Qu'est-ce qui avait bien pu provoquer ce déclic meurtrier ? L'anniversaire de la disparition de Collardo ? Il y en avait eu trente-quatre avant !

« Et merde ! jura Chalier en se redressant. Ça ne sert à rien de te creuser la cervelle ! Va plutôt prendre l'air, ça te fera du bien ! »

Il jeta un œil à son réveil de voyage. Dix-huit heures trente. Il était temps de se préparer pour dîner. Et ce soir, il avait envie d'autre chose que d'un simple sandwich !

Il sortait de la douche, encore ruisselant d'eau, lorsque le téléphone intérieur retentit.

– Oui ? demanda-t-il en décrochant.

– C'est la réception, dit la voix d'Ismaël. Il y a quelqu'un qui souhaite vous parler.

– Qui ça ? demanda Chalier.

Il y eut un bref silence ponctué d'échanges de paroles à l'arrière-plan.

– Une dame. Elle dit qu'elle s'appelle Hakima Messaoudi.

– Qui ça ?

– Le lieutenant Messaoudi, dit soudain une voix féminine. Je peux monter ?

De toute évidence, elle avait pris le récepteur des mains de l'employé.

– Oh ! Bien sûr !

Il raccrocha, enfila précipitamment un jean et un tee-shirt et alla ouvrir la porte.

Il eut la surprise de voir apparaître dans le couloir une jeune femme vêtue d'un ensemble de jogging, la tête couverte par une capuche.

– Je vous dérange ? dit-elle.

– Non, pas du tout ! Entrez, je vous en prie, fit-il en s'écartant.

Elle passa devant lui et il perçut la fragrance d'un parfum épicé mêlée à sa transpiration. L'ensemble était plutôt agréable.

– Charmant ! déclara-t-elle lorsqu'ils furent dans la chambre.

Elle désignait du menton la fresque et les gravures égyptiennes.

Chalier ramassa la serviette qui traînait sur le lit et la lança dans la salle de bains.

– Ouais. J'avais le choix entre cette chambre et la suite danoise avec de grosses walkyries rougeaudes chevauchant des canassons ailés ! J'ai préféré celle-ci !

Elle eut un petit rire.

Heureux de son effet, il poursuivit :

– Vous êtes venue incognito ?

Elle rabaissa la capuche de son sweat et une masse de cheveux noirs et épais cascada sur ses épaules.

« J'étais sûr qu'ils étaient magnifiques ! » songea Chalier.

– En quelque sorte. Je faisais mon jogging dans le coin, en fait, j'habite non loin d'ici, rue Ferdinand, et je me suis dit : pourquoi ne pas aller voir M. Chalier ?

Il hocha la tête, l'air pensif.

– Bien sûr. Je suppose que ça vous arrive couramment

d'aller rendre visite aux personnes impliquées dans des affaires de meurtre. Surtout après les heures de bureau.

– Les heures de bureau ? Qu'est-ce que c'est que ça ? Y'a pas d'heures quand on travaille dans la police. Les flics sont peut-être des fonctionnaires, mais les trente-cinq heures, nous, on connaît pas !

Elle désigna d'un geste du menton le bras de Chalier dépourvu d'écharpe :

– On dirait que vous allez mieux.

– Oui, fit Chalier en faisant bouger son épaule. Il reste juste un vilain hématome.

– Mmmm. Vous avez eu de la chance. Je peux enlever ça ?

Elle montrait son sweat-shirt.

– J'ai un peu chaud à présent, expliqua-t-elle.

– Bien sûr, faites ! Mais vous avez sans doute soif. Je n'ai pas grand-chose à vous offrir…

– Un verre d'eau suffira.

Elle fit passer son vêtement par-dessus sa tête. Le geste fit remonter le tee-shirt qu'elle portait dessous, révélant un ravissant rectangle de ventre caramel.

– Je vais vous en chercher un, dit-il gêné en disparaissant dans la salle de bains.

– Merci.

Lorsqu'il revint, elle était penchée la tête en bas. Ses cheveux ondulés balayaient presque le sol.

– Excusez-moi, fit-elle. Je fais juste quelques étirements pour éviter les crampes.

– Je… je vous en prie, bafouilla-t-il sans parvenir à détacher ses yeux de la taille ambrée du lieutenant. Je pose le verre là… sur la table.

– Merci.

Il la regarda terminer ses mouvements et se redresser, un grand sourire aux lèvres.

– Je sais, ça paraît un peu bizarre, mais si je ne le fais

pas, j'ai des crampes affreuses pendant la nuit. J'aurais peut-être dû effectuer mes mouvements avant de monter vous voir, mais comme il se préparait à pleuvoir…

Les mains de Chalier battirent l'air.

– Non, non ! J'adore quand une jolie femme entre dans ma chambre et fait des exercices d'assouplissement. En fait, pour tout vous dire, ça m'arrive tous les jours ! Justement, je regardais ma montre y'a pas cinq minutes, en me disant : bon sang, mais qu'est-ce qui se passe aujourd'hui ? Personne n'est encore venu faire sa gym sur ma moquette ! Je vais me plaindre à la réception !

Elle éclata de rire et son rire était aussi frais et agréable que son sourire.

– Merci pour le verre d'eau, dit-elle en le levant vers lui.

– À votre santé !

Il attendit qu'elle eût terminé de boire pour lui poser la question qui lui brûlait les lèvres :

– Alors, lieutenant… comment déjà ?

– Hakima Messaoudi.

– Alors, lieutenant Messaoudi, que me vaut le plaisir de votre visite ?

Elle reposa le verre vide sur le meuble et le regarda sérieusement.

– J'ai des choses à vous dire au sujet de notre affaire.

Il se garda bien de lui demander pourquoi ça ne pouvait pas attendre le lendemain. Quelles que soient les raisons qui avaient amené la jeune femme ici, il en était ravi.

– Je suis à votre disposition. Mais je m'apprêtais à sortir pour grignoter quelque chose… Ça ne vous dirait pas de dîner avec moi ? On discuterait tranquillement autour d'un plat. D'ailleurs, vous devez avoir faim après tout ce sport !

Il la vit hésiter et, pour achever de la convaincre, montra la pièce d'un geste.

– D'un autre côté, ma chambre est très bien aussi. Le lit est confortable, on peut s'asseoir dessus et…

Un sourire malicieux fleurit sur les lèvres bien dessinées de la jeune femme et il sentit son cœur battre plus vite. Cette femme lui faisait de l'effet, c'était indéniable, et quelque chose lui disait que ce n'était pas à sens unique.

– C'est une bonne idée, enfin je veux dire le restaurant, mais je suis toute suante et…

– Qu'à cela ne tienne ! Vous n'avez qu'à prendre une douche, si vous voulez.

Elle hésita.

– Je n'ai pas d'habits de rechange.

– Désolé de vous décevoir, mais je ne vous emmène pas dans un quatre étoiles ! Et puis, vous êtes très bien comme ça. Je peux même vous prêter un tee-shirt si vous voulez. Il sera un peu grand, mais à la guerre comme à la guerre, hein ?

Il la vit fléchir et finalement accepter.

– D'accord.

– Des serviettes propres sont dans la salle de bains. Ne faites pas attention au désordre, vous savez comment sont les hommes…

– Non, pas trop. En fait, ça fait un moment que je n'en ai plus à la maison, lança-t-elle en refermant la porte derrière elle.

CHAPITRE 22

Ils se rendirent dans une brasserie alsacienne à deux pas de l'hôtel. Le cadre était classique mais confortable, et le personnel accueillant.

Ils choisirent un box isolé. Ce ne fut guère difficile car seuls quelques rares couples et une poignée de voyageurs étaient installés pour dîner.

Le lieutenant Hakima Messaoudi paraissait très jeune avec ses cheveux lâchés. Chalier lui confia qu'il avait peine à croire qu'il dînait avec un représentant de la police.

– C'est pour cette raison que j'attache mes cheveux, répondit-elle. Sinon, je ressemble à une gamine et mes collègues n'arrêtent pas de se foutre de ma gueule. Sans parler des prévenus ou des victimes qui croient avoir affaire à une stagiaire !

Chalier rit.

– On les comprend. Je vous préfère néanmoins comme ça. Quel âge avez-vous, si ce n'est pas indiscret ?

– Pas du tout. J'ai trente-six ans.

– Vous ne les faites pas.

Elle lui sourit et ses yeux aussi sourirent. L'espace de quelques secondes, Chalier oublia pourquoi ils étaient ici.

– Je prends ça comme un compliment, dit la jeune femme.

– C'en était un !

Un garçon vint leur remettre les cartes et leur proposer un apéritif.

– Que choisissez-vous ? demanda Chalier.

– Un Coca.

– Comme on dit dans les films, vous n'êtes plus en service, lieutenant. Vous pouvez vous lâcher, un peu.

Elle remua doucement la tête.

– Je ne bois jamais d'alcool à cause de ma religion.

– Oups, je comprends ! fit Chalier. Mais nous ne sommes peut-être pas entrés dans le bon restaurant. Il y a beaucoup de cochonnaille ici, choucroutes, charcuteries...

Elle haussa les épaules avec désinvolture.

– Ne vous inquiétez pas, j'ai l'habitude, le rassura-t-elle. Ils ont sûrement du poisson.

Elle se tourna vers le serveur qui confirma avec le sourire.

– Très bien, fit Chalier. Ce sera donc un Coca pour mademoiselle et un Picon bière, pour moi.

Le garçon s'éloigna, leur laissant parcourir la carte en silence. En catimini, Chalier observait la jeune femme, se demandant ce qu'elle avait à lui dire. Il ne pouvait s'empêcher d'être ravi d'être assis ici avec elle. Il y avait en elle un mélange d'énergie et de fragilité qui lui plaisait. Son visage fin et sensible aurait simplement été joli s'il n'avait été rehaussé par deux pommettes pleines de détermination. Ses mains étaient délicates mais fermes comme il avait déjà pu le constater en lui serrant la main. Ses lèvres...

– Vous avez choisi ? demanda-t-elle en l'arrachant à sa rêverie.

– Heu, oui. Je sais que ce n'est pas très original, mais je vais prendre une choucroute. Mais de poissons. Et vous ?

– Le saumon à l'oseille me tente assez.

– Choix classique également, mais de bon aloi. J'ai vu un vivier à langoustes à l'entrée. Ça ne vous tente pas ?

Elle secoua énergiquement la tête, ce qui eut pour effet d'animer la volumineuse masse noire de ses cheveux.

– Brrr ! Non ! Je n'en ai jamais mangé et, surtout, je ne veux pas qu'ils tuent cette pauvre bête pour moi. Ça a quelque chose d'horrible de choisir l'animal que l'on va manger et de le retrouver ensuite dans son assiette ! Imaginez qu'on fasse de même avec un bœuf !

Il sourit, tout en jugeant surprenant et agréable que cette réflexion émane d'un flic confronté quotidiennement à la violence et à la mort.

– C'est vrai, mais c'est quand même sacrément bon ! Aux Antilles, on mange la langouste avec ce qu'on appelle là-bas de la « sauce chien » – c'est une sorte de vinaigrette – et c'est un régal ! Vous êtes déjà allée aux Antilles ?

Elle fit signe que non.

– Je n'ai pas beaucoup eu l'occasion de voyager jusqu'à présent, mais je ne suis pas très attirée par ces îles touristiques, les Antilles, Maurice, tout ça… Ce n'est pas le genre de voyage que j'ai envie de faire.

Il n'en fut guère surpris. Ça cadrait bien avec l'image qu'il commençait à se faire d'elle.

– Vous préférez des lieux plus authentiques ?

– Oui, c'est ça !

– Alors, vous aimeriez la Guyane. J'ai eu l'occasion d'y faire un bref séjour une fois pour un reportage sur un des derniers bagnards. C'est un pays vraiment incroyable. Et puis, vous avez raison, aux Antilles, il n'y a que des vieux ! C'est la Floride des retraités français.

Elle rit.

– Ce n'est pas comme ça que je me représentais les îles, M. Chalier. C'est vrai que j'irais bien en Guyane. Ça doit être merveilleux toute cette nature, ces animaux…

– Ces insectes surtout !

Il sourit à sa moue délicate.

– Je plaisante, il n'y en a pas tant que ça ! Mais ne vous attendez pas non plus à trouver des caïmans, des jaguars ou des aras à chaque coin de rue !

Le serveur revint avec les apéritifs, interrompant ainsi leur inoffensif babillage, et prit leur commande.

Après son départ, ils restèrent un moment silencieux. Le charme était rompu. Le temps de l'insouciance était passé. Les propos qu'ils s'apprêtaient maintenant à échanger seraient moins innocents.

N'y tenant plus, Chalier se jeta à l'eau :

– Alors lieutenant, que me vaut l'honneur de cette visite agréable certes, mais dont je pressens qu'elle risque de ne pas le rester longtemps ?

– Ce soir, Hakima suffira si vous voulez bien, M. Chalier. Comme vous le disiez, je ne suis pas en service.

– Parfait, si de votre côté vous arrêtez de me donner du M. Chalier long comme le bras. Appelez-moi Christophe, puisque c'est mon prénom.

Elle acquiesça d'un sourire.

– Alors Hakima, dois-je m'attendre à de bonnes ou à de mauvaises nouvelles ?

La jeune femme s'humecta les lèvres avant de parler.

– À de mauvaises malheureusement ! Plusieurs. Nous avons découvert certaines choses chez Marius Lefebvre.

– Quel genre de choses ?

– Des photos. Des tirages papier assez anciens pour la plupart, mais aussi des images plus récentes sur l'ordinateur.

– Des photos ? répéta Chalier la bouche subitement sèche.

Elle jeta un regard autour d'elle et baissa instinctivement la voix.

– Oui, des photos pornos mettant en scène des enfants.

Un frisson glacé parcourut l'échine de Chalier.

– Nous travaillons dessus. Nous sommes tombés sur une affaire de pédophilie. Peut-être sur un réseau, si l'on en juge le volume de photos découvertes et leurs origines variées.

Tout à coup, Chalier avait beaucoup moins faim.

– Parmi ces photos... avez-vous retrouvé celles de... balbutia-t-il.

Il ne put aller plus loin.

– Votre ami d'enfance ? Non, mais il y en a tellement... Nous rapprochons actuellement ces photos des signalements d'enfants disparus ces dernières années. C'est un travail énorme. Nous aurons peut-être besoin de vous...

Chalier déglutit avec difficulté. Son métier de journaliste l'avait parfois amené à être confronté à de vilaines choses, mais les affaires de pédophilie provoquaient chez lui une profonde et incontrôlable répulsion.

– Je ne sais pas si je pourrai...

Les grands yeux en amande se posèrent gentiment mais fermement sur lui.

– C'est important. Peut-être reconnaîtrez-vous un des gamins de votre ancien quartier.

Il acquiesça, mâchoires crispées.

– Très bien. Je ne peux pas faire moins.

– Merci.

Chalier lui adressa un sourire qui ressemblait à un rictus.

– Vous avez parlé de réseau tout à l'heure, reprit-il. Lefebvre avait donc certainement des complices. Il faut les retrouver.

– Nous nous y employons, répondit la jeune femme. Mais ça ne sera pas facile. Pour l'instant, nous n'avons rien trouvé qui nous mette sur la trace de ces ordures. Par ailleurs, nombre de ces crimes sont déjà prescrits.

– Quoi ? s'étouffa Chalier.

– Oui. En matière de crime, l'action publique est généralement prescrite au bout de dix ans à compter du jour où le crime a été commis. Sauf si, dans ce laps de temps, des actes d'instruction ou de poursuites ont été faits. Ce n'est malheureusement pas le cas dans notre affaire. Par contre, au civil, le délai de prescription est de trente ans. Mais là, le but est d'obtenir réparation du préjudice subi. De toute façon, dans un cas comme dans l'autre, on est baisés !

– On ne peut donc rien faire ? Vous voulez dire que ces salauds ne risquent plus rien ? Que Collardo et Omiak ne seront jamais vengés ? Mais c'est… insensé !

– Je n'y peux rien, c'est la loi. Il y a bien une infime chance…

– Laquelle ?

– Il faudrait qu'on découvre des crimes plus récents. C'est-à-dire non encore prescrits. Dans le cas, par exemple, de Fourniret le tueur en série, la cour a retenu un lien de connexité entre les différents assassinats et a considéré que les actes accomplis au titre d'un seul des crimes interrompaient la prescription pour l'ensemble.

– Vous pensez que c'est faisable ? grimaça Chalier.

Son interlocutrice eut un haussement d'épaules.

– Je ne sais pas. Nous avons aussi mis la main sur de vieux agendas de l'époque. Certains noms reviennent régulièrement. Nous ne désespérons pas de faire certains recoupements.

– Richard Viallard y figure-t-il ? C'est quand même devant chez lui qu'on a retrouvé Emilio Sanchez !

La jeune femme acquiesça.

– Son nom revient en effet fréquemment. Le problème, c'est que son fils s'oppose désormais à toute visite. On a envoyé quelqu'un interroger le vieux et il s'est fait jeter. Richard Viallard est soi-disant très mal et ne peut répondre à aucune question. Ordre du médecin !

– Je suis sûr que c'est de la comédie ! s'exclama Chalier.

Il vit les regards des clients les plus proches se tourner vers eux et baissa d'un ton.

– Excusez-moi, mais ce vieux rapace m'a fait le coup.

La femme flic lui adressa un sourire contrit.

– C'est possible, mais on ne peut pas l'approcher sans une ordonnance du juge. Les démarches sont en cours.

– Avez-vous essayé du côté de son fils ?

Une charmante grimace déforma le visage d'Hakima Messaoudi.

– Bien sûr, et ça n'a pas été du gâteau ! Il n'a rien pu ou, plus certainement, rien voulu nous dire. Ce gars est à peine plus commode que son père ! Il n'a pas dissimulé son mécontentement et nous a même ouvertement menacés de représailles !

– Merde ! jura Chalier. Ces deux-là nous cachent des choses, j'en suis certain ! Avez-vous pu interroger les amis, les connaissances du conseiller Lefebvre ?

– Il semble qu'il n'en avait guère, mais on s'en occupe, ne vous inquiétez pas.

La jeune femme s'interrompit pour boire un peu de Coca. Il y avait dans son attitude une tension qui n'échappa pas à Chalier.

– Qu'y a-t-il ? finit-il par demander. J'ai l'impression que vous ne m'avez pas encore tout dit. Ce n'est pas seulement pour me raconter ça que vous êtes venue me voir, n'est-ce pas ? Vous avez parlé de plusieurs mauvaises nouvelles…

Elle reposa doucement son verre et le fit tourner sur la table entre ses doigts fins.

– Oui, reconnut-elle. Un autre nom revient fréquemment sur les carnets de Lefebvre.

– Lequel ?

– Celui de Lombardi. Salvatore Lombardi. Le père de votre ami.

Chalier ne put s'empêcher de pousser un soupir de soulagement.

– Normal, il travaillait à la mairie autrefois. Toutes les personnes qui ont été en contact avec Marius Lefebvre ne sont pas nécessairement des pédophiles !

Le regard d'Hakima Messaoudi se fit plus perçant.

– Certes, mais ce qui est plus curieux c'est que nous avons découvert qu'il existait aussi un lien entre le fils Lombardi, Angelo, et la société de Viallard.

Cette fois, Chalier fronça les sourcils.

– Je ne comprends pas…

– Votre ami est conseiller juridique de la Forézienne de travaux publics et de bâtiment, l'entreprise fondée par Richard Viallard et actuellement gérée par son fils, Charles.

Chalier secoua la tête en signe d'incompréhension.

– Je ne vous suis pas. Angelo est un avocat renommé au plan local. Il connaît tout le gratin de Saint-Étienne et même, soit dit en passant, le commissaire divisionnaire Martial. Il n'y a rien d'aberrant à ce qu'il travaille pour la société de Viallard. Ce n'est probablement qu'un client parmi tant d'autres de son cabinet.

La jeune Arabe le regardait fixement.

– Vous ne pensez quand même pas qu'il puisse être impliqué dans cette affaire ? finit-il par demander d'une voix sourde.

La femme flic cessa de jouer avec son verre et haussa les épaules.

– Je tenais juste à vous en informer et voir si vous étiez au courant.

Il fit signe que non. Subitement assoiffé, il prit son verre et le vida à moitié. Pourquoi Angelo ne lui avait-il rien dit ?

– Vous avez d'autres révélations du même genre ? murmura-t-il.

– Malheureusement.

D'instinct, il sut de qui la jeune femme allait maintenant lui parler.

– Il s'agit de Gascogne, n'est-ce pas ?

– Oui, fit-elle. Mais avant d'aller plus loin, j'aimerais que vous reveniez sur votre agression. J'ai lu votre déposition… Y a-t-il un élément que vous auriez oublié de mentionner et qui vous serait revenu par la suite ?

– Je n'ai presque rien vu, dit Chalier en secouant la tête. Ce type m'a sauté dessus à deux pas de l'hôtel. Il m'aurait sans doute fracassé le crâne si un inconnu n'était pas venu à mon secours. Je n'ai vu les visages ni de l'un ni de l'autre. Mon agresseur était grand et baraqué. Il portait un casque et une combinaison de moto. C'est tout ce que je peux vous dire. Les deux hommes se sont ensuite enfuis vers la gare. Fin de l'histoire !

– Je crains que ça n'en soit que le début, au contraire. Est-ce que vous vous souvenez de l'arme dont s'est servi votre agresseur ? demanda Hakima Messaoudi.

Chalier secoua la tête.

– Non. Mais, d'après le médecin qui m'a soigné, c'était probablement un objet contondant, comme on dit dans votre jargon.

– Ça aurait pu être une matraque ? Style tonfa ? insista la jeune femme.

– Ces bâtons dont sont équipés les policiers et les vigiles ? Oui, peut-être. Mais pourquoi me demandez-vous ça ?

– Parce qu'on a découvert hier après-midi un tonfa non loin de la maison de Marius Lefebvre. Les traces de sang qui le maculent prouvent sans conteste qu'il s'agit de l'arme du crime. Quant aux empreintes relevées dessus, les mêmes qu'on a retrouvées sur les lettres anonymes, ce sont celles de votre ami… Philippe Gascogne !

La nouvelle laissa Chalier sans voix. Il avait espéré contre toute logique que Gascogne serait innocent et maintenant il avait la certitude du contraire. On avait retrouvé ses empreintes sur l'arme du crime ; cette même arme qui avait servi à le frapper, lui, l'ami d'enfance !

Bon Dieu ! Non seulement Gascogne était un assassin, mais aussi – et c'était peut-être bien ça le pire – c'était lui qui l'avait agressé l'autre soir devant son hôtel !

Il se sentait trahi et misérable et, aussi, honteux d'avoir été fidèle à la mémoire d'un homme qui n'était plus qu'un voyou et un meurtrier.

– Ce n'est pas tout, reprit Hakima Messaoudi. On a découvert que Lefebvre n'avait pas seulement été assassiné, mais qu'on avait aussi dévalisé sa maison. Le but poursuivi par Gascogne ne semble donc pas être la seule vengeance.

L'esprit de Chalier n'était plus qu'un chaos de pensées désordonnées. S'il pouvait, à la limite, comprendre que Gascogne ait voulu venger leur ami d'enfance, il ne pouvait admettre que l'appât du gain pût faire partie de ses motivations.

Une petite voix lucide s'imposa dans sa tête : *Et pourquoi pas ? Les hommes changent ! Regarde ce qu'est devenu Lombardi. Et toi, regarde ce que tu es devenu !*

Oui, les hommes changent…

– Nous faisons actuellement des recherches pour vérifier si Lefebvre faisait l'objet d'un chantage, poursuivit la jeune femme.

Les questions s'agitaient sous le crâne de Chalier comme un millier d'abeilles devenues folles.

– Vous pensez que Gascogne faisait chanter le conseiller Lefebvre ? s'entendit-il demander depuis un autre univers.

Hakima Messaoudi haussa les épaules.

– Ce n'est pas impossible. Il a peut-être voulu faire

d'une pierre deux coups : s'en mettre plein les poches et venger son vieux copain. N'oubliez pas que c'est un truand récidiviste. Par ailleurs, on vient de découvrir que notre affaire tombe au moment même où un nouveau grand projet de réhabilitation est en cours. Un projet qui concerne le quartier Beaubrun, voisin de votre ancien quartier, et qui avait jusqu'ici échappé aux démolisseurs.

– Je ne vois pas le rapport, fit Chalier, en reprenant peu à peu ses esprits.

– Il y a beaucoup d'argent en jeu. L'entreprise de Viallard sera bien sûr sur les rangs pour l'obtention des principaux marchés. Elle fait même partie des favorites. Je ne serais pas autrement surprise que Gascogne ait essayé de faire chanter Viallard. Ça expliquerait le gosse retrouvé devant sa maison. Votre copain d'enfance a dû penser que c'était un bon moyen pour foutre la frousse au vieux et à son fils. Ça expliquerait aussi l'attitude disons... peu coopérative de ce dernier.

Chalier s'ébroua, s'efforçant de mettre de l'ordre dans ses idées.

– Mais dans ce cas pourquoi m'avoir mis sur leur piste ?

– Je suppose que l'arrivée d'un journaliste fouillant la merde ancienne ne pouvait qu'accroître la pression pesant sur le vieux Viallard et son fils.

Chez Chalier, l'incrédulité le disputait maintenant à l'écœurement.

– Et mon agression ?

La jeune femme haussa les épaules.

– Là encore, je ne peux faire que des suppositions. Peut-être a-t-il fini par trouver un arrangement avec les Viallard. Dans ce cas, il n'avait plus besoin de vous. Vous deveniez même gênant.

Chalier secoua sombrement la tête.

– Alors tout ça ne serait qu'une histoire de gros sous ?

– Je suis désolée, mais on dirait bien que oui.

Une profonde tristesse envahit Chalier.

– Quel gâchis ! murmura-t-il.

On leur apporta leur plat. Chalier regarda d'un air dégoûté la choucroute fumante posée devant lui.

Il n'avait plus du tout faim. Pour tout dire, il avait même plutôt envie de vomir.

CHAPITRE 23

Hakima Messaoudi le raccompagna jusque dans le hall de son hôtel.

L'employé de nuit, Ismaël, leur porta un regard discret avant de se replonger dans sa lecture.

– Je ne tiens pas à ce que l'un de mes principaux témoins se fasse de nouveau agresser ! tenta de plaisanter la jeune femme.

Mais le cœur n'y était plus. Ils avaient à peine touché leurs assiettes. La soirée qui avait débuté sur un ton enjoué s'était terminée de sinistre manière.

Cette preuve de la culpabilité de Gascogne avait laissé Chalier groggy. Il se sentait dans la peau d'un boxeur émergeant d'un knock-out.

Pourtant, peu à peu, la colère succédait à la tristesse et à l'incompréhension. Il s'en voulait d'avoir été aussi crédule et de s'être ainsi laissé manipulé. Il n'avait été qu'un pion dans un jeu qui lui échappait totalement.

Décidément, songea-t-il avec cynisme, Gascogne avait fait des progrès aux échecs ! Lombardi – leur ancien professeur – n'avait qu'à bien se tenir.

Cette pensée en entraîna une autre. Soudain inquiet, il se tourna vers sa compagne.

– Si Gascogne est vraiment capable de faire ça, il ne s'arrêtera pas en si bon chemin. Vous avez dit que Lombardi travaillait comme conseiller juridique pour la société de Viallard. S'il est au courant, Gascogne essaiera peut-être de le faire chanter également. C'est peut-être même déjà le cas !

Hakima Messaoudi opina de la tête.

– Nous y avons pensé. Votre ami avocat est sous surveillance et, à propos, vous aussi.

Depuis l'entrée, elle lui montra un véhicule garé de l'autre côté de l'avenue. Chalier vit une ombre à l'intérieur.

– Un de nos agents, expliqua-t-elle. Vous ne craignez rien, mais l'idéal serait quand même que vous restiez dans votre chambre. Si jamais Gascogne se manifeste, nous lui mettrons la main dessus.

Chalier ne put refouler un ricanement mi-nerveux, mi-désespéré.

– Le vieux truc de la chèvre attachée à son piquet pour attirer la bête féroce ! lâcha-t-il amèrement.

– Il ne s'agit pas de ça, mais d'une simple mesure de précaution, dit doucement Hakima Messaoudi. Nous savons maintenant de quoi Gascogne est capable, même si sincèrement, je doute qu'il s'en prenne de nouveau à vous.

– Pas assez riche… grommela Chalier.

Elle lui tendit un petit rectangle de papier :

– Voici ma carte. Si vous avez besoin de me joindre, n'hésitez surtout pas.

– Je n'arrive toujours pas à y croire ! gronda Chalier en prenant le bristol et en le glissant machinalement dans sa poche.

Elle posa une main compatissante sur son bras.

– Je comprends, mais je vous en prie, ne compliquez pas les choses. Je vous demande de rester tranquillement ici quelques jours, le temps qu'on l'arrête. Je ne tiens pas à avoir un autre cadavre sur les bras.

– Ça ferait tache dans le dossier, c'est ça ?

La main quitta son bras aussi vite qu'un oiseau effrayé et il vit la jeune femme se rembrunir.

– Désolé, se reprit-il. J'ai été stupide de dire ça. Je dis toujours des choses stupides. Je ne voulais pas vous blesser… Il n'y a aucune raison que je m'en prenne à vous, bien au contraire. Vous avez été vraiment gentille de venir jusqu'ici et… ces mauvaises nouvelles… enfin… ce n'est pas de votre faute.

– Ce n'est rien.

Cette fois, c'est lui qui posa une main sur l'avant-bras de la jeune femme.

– À vrai dire, vous êtes la seule chose de bien qui me soit arrivée depuis que j'ai remis les pieds dans cette foutue ville.

Le visage d'Hakima Messaoudi s'empourpra et il s'en voulut aussitôt de cette sortie intempestive.

Il recula en remuant la tête d'un air affligé.

– Qu'est-ce que je vous disais ! Je raconte vraiment n'importe quoi ! C'est plus fort que moi.

Elle agita les mains.

– Ça va… Je… heu… je repasserai pour vous rendre votre tee-shirt.

– Oh ? Ah oui ! Ça ne presse pas… D'ailleurs, il vous va mieux qu'à moi.

Ses yeux en amande plongèrent dans les siens et un frisson le parcourut. En d'autres circonstances…

Alors, avant qu'il ait pu faire le moindre geste, elle fit un pas en avant, se dressa sur la pointe des pieds et déposa un rapide baiser sur ses lèvres.

L'instant d'après elle disparaissait dans la nuit.

CHAPITRE 24

« Alors, qu'est-ce que vous avez apporté ? » demanda Gascogne.

Lombardi et Collardo nous avaient rejoints. Nous étions tous réunis dans la vieille guimbarde qui nous tenait lieu de QG, le nez et les oreilles rougis par le froid, mais les yeux brillants d'excitation.

Comme convenu, chacun avait apporté une surprise dont il espérait qu'elle couperait le souffle aux autres.

– Toi d'abord ! dit Lombardi en cachant derrière son dos le sac dont il s'était muni.

– Très bien ! Voilà ce que j'ai apporté !

Gascogne fouilla dans la poche de son blouson et en extirpa une petite boîte rectangulaire de couleur jaune pâle.

– Des cigarettes ? s'esclaffa Lombardi. C'est tout ? Tu parles d'une surprise !

Collardo et moi partagions sa déconvenue.

Gascogne ne se laissa pas démonter. Il exhiba fièrement la boîte devant nos yeux, comme un prestidigitateur qui s'apprête à réaliser un tour de magie. Je me souviens qu'il y avait des épées entrecroisées dessus et puis un nom…

– Des cigarettes ? Non, les gars, c'est bien plus que ça ! Il s'agit de cigares ! Et pas n'importe quels cigares. Des vrais, en

provenance directe de La Havane. Des Montecristo !

Et pour nous prouver ses dires, il nous montra du doigt l'étiquette : « Habanos-República de Cuba ».

– La Havane ? C'est où ? demanda Collardo.

– La Havane ? répéta Gascogne comme s'il se délectait de ce mot. La Havane ? Eh bien, les amis, La Havane, ça se trouve… Ça se trouve… loin, très loin… de l'autre côté de la terre !

– C'est une île ! J'ai entendu mon père en parler. Paraît que c'est un repaire de communistes !

Gascogne ricana.

– Ton vieux, il dit n'importe quoi ! C'est pas des communistes d'abord, c'est des révolutionnaires ! Et puis, y'a un truc que j'arrive toujours pas à piger, c'est pourquoi ton père il est du côté des patrons ? C'est un ouvrier non, même s'il travaille à la ville ? Qu'est-ce qu'il leur trouve aux richards ? Ça lui plaît de faire le larbin ?

Celle-là, on sentait qu'il l'avait entendue à la maison !

– Mon père, c'est le larbin de personne ! répliqua Lombardi. Il aime pas les bolcheviks, c'est tout ! C'est à cause d'eux qu'on est venus en France, d'abord !

La température chuta de plusieurs degrés dans la Chambord et ce n'était pas dû au climat extérieur.

– Et qu'est-ce qu'ils ont de particulier tes cigares ? intervins-je pour éviter que la discussion – et par cela même notre dernier jour de vacances – ne prenne une tournure désastreuse.

Gascogne se tourna vers moi, l'œil brillant :

– D'abord, ce sont de vrais cigares roulés entre les cuisses de superbes señoritas !

– Beurk ! fit Collardo.

– Et surtout ce sont des cigares de révolutionnaires, poursuivit-il. Les mêmes que fume le Che !

Nous ouvrîmes des yeux ronds.

– Qui ça ?

– Le Che, badabeux ! Le prince des révolutionnaires. Une sorte de Zorro, mais en vrai ! Mon père a une photo de lui. Il est barbu et il porte un béret avec une étoile rouge. Et il fume des cigares ! Ce paquet, les gars, c'est un type de la mine qui l'a refilé à mon père. Il le tenait de son beau-frère qui est marié avec une fille de là-bas. Paraît que c'est le Che en personne qui le lui avait donné.

Nous échangeâmes des regards appréciateurs.

– Ton père ne va pas te tuer pour les avoir pris ? demanda fort justement Collardo.

Gascogne haussa les épaules.

– Rien à foutre ! Il croira qu'il l'a paumé un soir qu'il était complètement cuche[12] *!*

Il fit sauter le sceau de papier vert et sortit un cigare de la boîte. Théâtralement, il le fit rouler sous son nez.

– Sentez-moi ça, les copains ! C'est pas de la gnognotte ! Ça, c'est un vrai truc de grands. Cent fois mieux que la meilleure des Chupa Chups !

Il me le fit passer et, un à un, religieusement nous humâmes le parfum corsé du cigare.

Le vrai *cigare d'un* vrai *révolutionnaire, roulé sur les cuisses d'une* vraie *femme, ça ne se voit pas tous les jours, quand même !*

– Il y en a cinq dans la boîte. Un pour chacun de nous. Le dernier, je le garde pour plus tard. Pour une super grande occase ! Je le fumerai avec ma première fille ! Ou mieux encore : sur la tombe de mon père !

Collardo et Lombardi éclatèrent de rire, sans réaliser que Gascogne pensait vraiment ce qu'il disait.

– Eh bien, moi, j'ai apporté ça ! dit Lombardi en brandissant son sac en papier. Avec des cigares, il faut de l'alcool, non ? J'ai piqué cette bouteille dans la cave de mon père. C'est de la grappa. « Le nectar des dieux ! » comme il dit. Les dieux

12 Saoul.

romains, c'est mieux que les révolutionnaires, non ?

En guise de dieux, l'étiquette montrait surtout un gros type en train de se bâfrer une grappe de raisins, entouré de nymphettes.

– Et comment ! s'exclama Collardo. De l'alcool ! C'est géant !

– Tu as pensé à prendre un tire-bouchon ? demandai-je.

Lombardi se tapa le front du plat de la main.

– Merde, j'ai complètement oublié ! Comment on va faire ?

– Vous inquiétez pas. Je péterai le goulot, nous rassura Gascogne. J'ai vu mon père faire ça une fois, avec une bouteille de mousseux. Ça marche sûrement avec « le nectar des dieux » ! Bon et toi, Collardo, qu'est-ce que t'as apporté ?

Notre ami rougit jusqu'aux oreilles, tandis que nos visages convergeaient vers lui.

– Moi ? Oh, rien d'intéressant, les gars.

On voyait bien qu'il ne demandait qu'à se faire prier.

– Allez accouche, Groscollas ! dit Gascogne.

– Allez ! Allez !

– Allez !

Nous le chahutâmes deux bonnes minutes avant qu'il extirpe enfin de son pantalon ce qu'il y cachait.

– Des revues de femmes à poil !

L'exclamation avait été lancée à l'unisson.

– Et pas que de femmes ! s'enorgueillit notre copain, rouge comme une pivoine. Y'a des hommes avec et ils font ça pour de vrai ! J'ai piqué les bouquins chez mon oncle ! Il en a plein chez lui. Même que ma mère dit que c'est un cochon et qu'il sera damné ! J'avais une de ces frousses que mes parents les découvrent ! Ça fait trois jours que je les cache dans mon froc !

– Ça doit puer, alors ! rigola Lombardi.

Nous n'en plongeâmes pas moins avec avidité dans les revues salaces.

Je ne garde qu'un souvenir vague des photos que nous vîmes alors. Je me rappelle de corps enchevêtrés, de seins et de fesses *pétris par des mains puissantes. Je me souviens d'une fille noire avec une invraisemblable coupe afro faisant l'amour avec un Blanc. Cette négresse splendide, aux seins lourds, à la taille étroite et aux fesses rebondies, est restée, aujourd'hui encore, mon idéal féminin. Sans doute ne faut-il pas aller chercher plus loin l'origine de mon tropisme pour les femmes exotiques.*

– Des femmes, de l'alcool et des cigares ! Pas mal, les mecs ! lança Gascogne. Pas mal du tout ! Et toi Piozou, qu'est-ce que tu as ?

Tous leurs yeux étaient tournés vers moi. Sans rien avoir prémédité – comment l'aurais-je pu d'ailleurs ? – je savais déjà que ma contribution constituerait le couronnement logique de toutes les autres. Qu'elle clôturerait en apothéose notre petite cérémonie.

Je plongeai ma main dans la poche de mon blouson et en extirpai l'objet placé au panthéon de tous les petits mecs en puissance : une arme à feu !

CHAPITRE 25

Comme Hakima Messaoudi le lui avait recommandé, Christophe Chalier ne quitta pas sa chambre.

Tirer un livre de cette affaire ne lui apparaissait plus seulement comme une excellente idée, mais aussi et surtout comme une nécessité, un moyen de réagir aux derniers événements et, aussi, d'exorciser les démons du passé, toutes ces émotions et toutes ces peurs refoulées depuis son enfance.

Poussé par un besoin impérieux, il passa les trois journées suivantes penché sur son ordinateur à prendre des notes, à élaborer un synopsis et à caractériser les personnages de son futur bouquin.

Au début, il éprouva de sérieuses difficultés à mettre la distance nécessaire entre ceux-ci et les protagonistes réels, et puis, petit à petit, ses héros trouvèrent leur place à mi-chemin entre la fiction et la réalité. La trame d'un roman se dessinait. Les idées, d'abord réticentes, affluèrent. Les mots vinrent d'eux-mêmes. Ils se bousculaient sur son clavier et il devait faire un effort pour les contraindre à un semblant d'ordre.

Il sortait épuisé de ces journées, mangeait à peine, et le soir venu s'endormait comme une masse. Pour recommencer le lendemain.

Au matin du quatrième jour pourtant, le flux se tarit brusquement. Ses mains restaient figées au-dessus du clavier. Son regard ne parvenait pas à se détacher de l'écran blanc. C'était terminé.

Il n'en ressentit aucun soulagement, mais plutôt une sensation de vide et de mal-être total.

Sur un coin de la table, la carte de visite d'Hakima Messaoudi paraissait cligner de l'œil à son intention, semblant dire : « Appelle-moi, si tu en as envie ! »

Il repensa au baiser qu'ils avaient échangé et hésita un long moment.

À plusieurs reprises déjà, il avait failli composer le numéro de la jeune femme, mais quelque chose l'en avait empêché. Cela avait été tellement rapide et inattendu ! Peut-être, aussi, préférait-il lui laisser l'initiative de ce qu'elle avait amorcé et prolonger ainsi encore un peu le rêve...

Finalement, c'est le numéro de téléphone de son ex-épouse qu'il composa, comme il le faisait souvent lorsqu'il avait besoin de parler à quelqu'un.

– Tiens, tu te rappelles que j'existe ? lui lança-t-elle moqueuse.

Il ignora ses railleries et revint sur les événements des derniers jours. Il lui relata – en la minimisant fortement – son agression et lui fit part des présomptions accablantes qui pesaient désormais sur Philippe Gascogne.

– Merde ! s'exclama-t-elle catastrophée lorsqu'il eut terminé. Pourquoi ne m'as-tu pas prévenue plus tôt ?

– J'étais occupé à écrire et puis je ne voulais pas t'inquiéter pour rien...

– Pour rien ? s'emporta Mariama. Ce n'est pas rien !

– Ça va, la coupa-t-il. Tout va bien.

– Et... et s'il t'était arrivé quelque chose de grave, hein ?

Il essaya de dédramatiser la situation.

– C'était plus impressionnant qu'autre chose. Je t'assure que je suis en parfaite santé !

– Le salaud ! gronda l'Africaine. Et toi qui le prenais pour un héros !

– Oui… C'est sans doute la prison qui l'a transformé ainsi.

– Ne lui cherche pas d'excuses, Chris ! Le gosse que tu connaissais n'existe plus. L'adulte est un voyou. Pire : un assassin sanguinaire !

Chalier était bien forcé de l'admettre.

– Tu as raison, Mariam. Mais, tu vois, ce que je n'arrive pas à accepter, ce qui me reste *vraiment* au travers de la gorge, c'est qu'il se soit servi de moi !

La Guinéenne garda un moment le silence. Il pouvait presque l'entendre penser.

– Écoute, chéri, dit-elle finalement. Je ne crois pas à cette explication selon laquelle il se serait froidement servi de toi pour foutre les jetons aux Viallard. Ça me paraît un peu trop… compliqué. Après tout ce n'est qu'un petit truand. Je ne veux pas faire de psychologie sommaire, mais j'ai une autre théorie.

Chalier n'en fut guère surpris. Son ex-femme avait toujours des explications alternatives pour tout. Le pire, c'est qu'elle avait souvent raison, même si le raisonnement qui menait à sa conclusion était généralement erroné. Il s'était d'ailleurs fréquemment demandé comment elle parvenait à un tel résultat. « Processus de pensée différent », avait-il fini par conclure.

– Vas-y, je suis curieux de l'entendre, murmura-t-il.

Son ex-femme ne se fit pas prier.

– Pour commencer, il est évident que comme toi Gascogne a été traumatisé par la disparition de Collardo. Ces lettres anonymes en sont la preuve, tout comme l'enlèvement de ce gamin. Il se sent coupable de n'avoir pas pu sauver votre copain et, inconsciemment, il t'en veut à toi aussi. Le fardeau de la culpabilité est trop lourd pour lui seul, tu comprends ? Alors, il veut le partager. Avec toi. Et avec ton copain avocat. Je crois qu'il ne t'a mis sur la piste de Viallard que pour que tu le devances et que tu l'empêches de commettre l'irréparable. Mais tu n'es pas remonté assez vite jusqu'à Lefebvre et il l'a tué. CQFD : ce type est un malade !

Mariama ne put voir, fort heureusement, la moue dubitative de son ancien époux.

– Ouais... Mais alors, pourquoi m'a-t-il agressé ?

La Guinéenne n'était jamais à court d'explications, même les plus dramatiques.

– Sans doute a-t-il franchi un nouveau cap dans sa folie. Il souhaite maintenant effacer toutes les traces de son passé. Tout ce qui lui rappelle ces souvenirs affreux... Comme si les événements n'étaient jamais arrivés, tu vois ? C'est une réaction de rejet assez classique en psychiatrie. Lefebvre n'est que le premier de la liste.

– Tu es vraiment très rassurante, ma chérie ! ricana Chalier. Mais ta théorie cadre assez mal avec le cambriolage de la maison de Lefebvre.

– Pas du tout, répliqua Mariama sans se démonter. C'est un ancien taulard. Un bandit. Il n'allait quand même pas s'en aller les mains vides ! Compensation pécuniaire en quelque sorte. Mais, selon moi, l'argent est secondaire. Il a cédé à une pulsion irrésistible et c'est cette date anniversaire qui a été le facteur déclenchant.

Chalier se souvint comment lui-même s'était senti obligé de coucher par écrit ses souvenirs, comme s'il y était poussé par une force extérieure. Il n'avait jamais été un homme d'action, c'était donc logique que sa catharsis ait pris une forme purement intellectuelle. Cette pulsion s'était sans doute manifestée de façon plus primaire et radicale pour Gascogne le truand.

– Après tout, tu as peut-être raison, chérie, mais tu me dresses là le portrait non plus d'un truand roué, mais d'un parfait sociopathe ! De quelqu'un de complètement imprévisible et incontrôlable. Ce n'est pas mieux !

– Oui et c'est bien ce qui m'inquiète ! Chris, je voudrais que tu rentres à Paris et que tu laisses la police s'occuper de cette affaire !

– Mais elle s'en occupe déjà ! Gascogne a déjà tous les flics de France au cul.

– On dirait presque que tu le plains ! s'exclama son ex. Tu oublies qu'il a essayé de te tuer !

Chalier émit un grognement contrarié.

– Je sais ! Mais… mais je me souviens du gosse qu'il était… C'était mon meilleur ami. Je n'en ai plus jamais eu d'autre comme lui, ensuite. Je ne peux pas oublier ça aussi facilement, tu comprends ?

La Guinéenne soupira.

– Tu ne changeras jamais ! Je suppose que ce n'est pas la peine d'insister ?

– Non.

– Promets-moi au moins de faire attention.

– Promis, ma belle ! Mais je ne crains rien, j'ai un policier en permanence devant mon hôtel.

– Ta petite fliquette ?

– Heu… non. Un de ses collègues.

Mariama perçut-elle quelque chose dans sa voix ? Une intonation différente ? Un subtil changement ? Quoi qu'il en soit, sa question fut directe :

– Tu l'as revue ?

– Qui ça ?

– Ne fais pas l'imbécile, Chris ! Tu sais très bien de qui je parle.

Il avait délibérément omis de lui dire que c'est d'Hakima Messaoudi qu'il tenait ses informations, pour éviter justement d'en arriver là.

« Les femmes ont un sixième sens pour ces choses ! » pensa-t-il.

Malgré lui, lui revint en mémoire un épisode vieux d'une vingtaine d'années.

Sa copine du moment, une étudiante en droit prénommée Sylvie, était partie en week-end chez ses parents. Il avait décidé de profiter de son absence pour revoir de vieux copains trop longtemps négligés. La soirée entre célibataires avait été bien arrosée et s'était poursuivie en boîte de nuit. Il y avait fait la connaissance d'une fille, drôle et mignonne, le type même de l'aventure d'un soir, qu'il avait ramenée chez lui.

C'est le téléphone qui l'avait arraché du lit au milieu de la matinée. Sylvie, en proie à une singulière excitation, tenait absolument à lui parler de l'étrange rêve qu'elle venait de faire. Un rêve dans lequel il sortait avec une fille qui roulait en Peugeot 205 rouge.

Ils étaient restés longtemps en ligne et, assis sur le rebord des toilettes, l'esprit encore embué par les excès de la nuit, il avait eu toutes les peines du monde à la rassurer. Lorsque, enfin, il avait rejoint la blonde qui s'étirait nonchalamment dans son lit, il n'avait pu s'empêcher de lui demander de quelle couleur était sa voiture.

« Rouge, lui avait-elle répondu. Pourquoi me poses-tu cette question ? »

« Pour rien, » avait-il menti, en proie à un étrange vertige.

La blonde, dont il avait aujourd'hui complètement oublié le nom, avait alors souri de toutes ses quenottes carnassières.

« C'est drôle que tu me demandes ça, parce que je m'apprête à la vendre ! Ça ne t'intéresse pas une Peugeot 205 GTI ? Je te ferais un bon prix ! »

– Chris ?

Ce n'était pas la voix de la blonde. Ni celle de Sylvie.

– Hein ? fit Chalier en revenant brusquement au présent.

– Tu l'as revue ?

Le ton était plus tendu et il fut instantanément sur ses gardes. Du temps de leur mariage, Mariam avait toujours été jalouse et possessive. Certes, ils n'étaient plus dans la même situation – ils avaient quand même divorcé depuis plus de deux ans ! – mais il savait reconnaître les prémices d'une crise de jalousie. Et là, son instinct lui recommandait d'être prudent car, malgré tout, un lien fort et charnel demeurait entre eux.

Vaguement honteux, Chalier se résolut donc à mentir comme il l'avait déjà fait maintes fois par le passé.

– Non. Je l'ai juste aperçue lorsque nous nous sommes rendus chez Lefebvre. C'est tout. Qu'est-ce que tu crois ? C'est un flic, pas une *escort girl* !

– Avec toi, on ne sait jamais, dit la Peule, mais il sentit un apaisement dans sa voix. Qu'est-ce que tu vas faire maintenant ? Continuer sur ton bouquin ?

Il secoua machinalement la tête.

– Je ne crois pas. Je suis à court d'idées. Comme si le reste attendait d'être joué avant d'être écrit.

– Tu pourrais peut-être aller voir ton père…

Il réprima un mouvement d'impatience.

– Pourquoi me tannes-tu toujours avec ça ? Je n'ai pas envie de le revoir. Je n'ai rien à lui dire et je ne lui dois rien !

– Juste la vie ! répliqua-t-elle.

C'était bien le genre de réflexion de son ex, ça ! Durant leur mariage, elle avait tout fait pour les réconcilier et, même maintenant, elle ne semblait pas y renoncer. Atavisme africain sans doute !

– Ce n'est pas très difficile à donner, rétorqua-t-il rageusement. C'est ensuite qu'on devient père ! Et là, il a tout faux !

– Eh bien, justement ! C'est peut-être l'occasion de tirer

un trait sur le passé. Il a vieilli et toi aussi. Tu ne penses pas qu'au soir de sa vie, il a peut-être envie de revoir son fils ?

– Comme c'est touchant et joliment dit ! ricana Chalier. Mais tu sais ce que je pense ? Que c'est des conneries ! Comme dit la chanson, *l'âge ne fait rien à l'affaire, quand on est con, on est con !*

Mais elle refusait de s'avouer aussi facilement vaincue :

– Chris, grandis un peu ! Vous êtes deux adultes ! Vous devez être capables de vous parler et de laisser de côté les rancœurs du passé.

Chalier émit un petit rire aigre.

– On n'efface pas le passé comme ça ! Les rapports restent faussés, biaisés. Chacun sur sa position. Le fils d'un côté et le père de l'autre. Je crois d'ailleurs qu'on ne devient réellement adulte qu'à la mort de ses parents.

La Guinéenne poussa un soupir d'exaspération.

– Maintenant, c'est toi qui te lances dans la psychologie de bazar ! Ça ne te coûte rien d'aller le voir. Et puis, qui sait, peut-être t'apprendra-t-il quelque chose sur ce qui est arrivé à l'époque. Il y était, non ? En avez-vous déjà parlé, au moins ?

– Non, jamais, reconnut Chalier.

– C'est pourtant un témoin privilégié ! Tu n'as qu'à te dire que tu poursuis ton enquête... Peut-être connaissait-il le Polonais qui a été assassiné. Il doit aussi se souvenir de Bomaki. Les vieux sont la mémoire du passé. Tu sais ce qu'on dit en Afrique, hein ?

– Oui, bien sûr : lorsqu'un vieux meurt, c'est toute une bibliothèque qui disparaît !

– Exactement ! Et puis, ça vous fera au moins un bon sujet de conversation.

Quand ils raccrochèrent quelques minutes plus tard, Chalier avait capitulé.

Elle l'avait même si bien convaincu que, pour un peu, il était impatient de revoir son père !

CHAPITRE 26

Son père habitait sur les hauteurs de Saint-Étienne, pas très loin de l'endroit où ils avaient vécu en famille après avoir quitté le Clapier. Le coin lui plaisait et, après son divorce, il avait choisi d'y rester.

Chalier prit un grand bus à soufflet pour s'y rendre. Il constata que son ange gardien le suivait non loin derrière dans sa voiture banalisée.

C'était le début de l'après-midi. Il faisait presque beau, n'eût été un petit vent frisquet.

Son paternel n'avait pas paru particulièrement surpris de l'entendre au téléphone, ni même de le savoir à Saint-Étienne. Lorsqu'il lui avait proposé de passer le voir, le vieux s'était contenté d'un simple : « Quand tu veux, fiston. De toute façon, je ne bouge pas de la maison ! »

Sur le chemin, tout en contemplant les HLM en enfilade, Chalier repensait à sa conversation du matin avec Mariama. Il avait du mal à l'admettre mais, comme souvent, elle avait eu raison : il *devait* voir son père, ne serait-ce que pour recueillir de sa bouche ses souvenirs de l'époque.

Par contre, ce qui le gênait davantage, c'était sa propre réaction infantile à propos de sa relation avec Hakima.

« Relation ? Quelle relation ? se moqua-t-il. Tu es sûr que tu ne l'as pas tout simplement rêvé ce baiser ? Que ce n'est pas le fruit de ton imagination ? »

Non, ce baiser, aussi fugace qu'il ait pu être, avait bien été réel ! Il y avait pensé chaque soir en se couchant comme à un précieux talisman, garant d'une nuit calme et sans cauchemar.

Il songea qu'il avait déjà trop tardé à rappeler la jeune femme, trop joué avec le plaisir de l'attente, et se promit de le faire dès le soir même.

– *Pourquoi n'as-tu pas parlé d'elle à Mariam ?* interrogea une partie de lui-même avec lucidité.

– *Pour ne pas lui faire du mal !*

– *Vous êtes divorcés ! Tu ne lui dois plus fidélité ! D'ailleurs, tu ne lui as jamais été fidèle ! Et puis, depuis votre séparation, vous avez eu des aventures chacun de votre côté sans vous en cacher, alors pourquoi, là, tu ne lui as rien dit ?*

– *Parce que… parce que…*

– *Parce que cette fois, tu es mordu. Avoue-le donc !*

L'absurdité de cette affirmation lui arracha un ricanement cynique.

– *À cause d'un simple baiser, aussi chaste qu'un bisou d'adolescent ? N'importe quoi ! Il n'y a rien entre cette fille et moi !*

– *Tu en es bien sûr ?*

– *Certain !*

– *De quelle couleur sont ses yeux ?*

– *Marron !*

– *Et ses cheveux ?*

– *Noirs. Ils sont noirs et longs. Superbes, quand ils sont détachés.*

– *A-t-elle un grain de beauté ?*

– *Oui, sur la joue droite. Très jolie et…*

– *Tu vois ! Tu vois ! T'es amoureux, pauvre cloche !*

« Oh, la ferme ! »

Il vit la façon bizarre dont le regardaient les autres passagers. Deux ados ricanaient même sur sa droite !

« Zy va ! L'aut' bouffon ! L'est complètement ouf ! »

Chalier retourna au paysage urbain dans lequel il avait passé son adolescence. Quittant Beaulieu, le bus enjamba l'autoroute et s'engagea dans la côte de Montchovet.

Il ne reconnaissait plus le quartier. Le Centre de l'hospitalisation privée de la Loire étalait ses bâtiments blancs là où s'élevait autrefois la sinistre *Muraille de Chine*, surnom donné à une gigantesque barre de béton de dix-neuf étages et de deux cent soixante-dix mètres de long, abritant plus de quantre cent cinquante logements, détruite en 2000.

Un nouveau Saint-Étienne voyait le jour, plus beau, plus clair, plus accueillant.

Il descendit du bus à l'arrêt de l'Angélus et s'engagea dans une petite rue pavillonnaire.

La maisonnette de béton entourée d'une haie de troènes était telle que dans son souvenir.

Malgré le vent piquant, son père était dans le jardin. En bleu de travail, il bêchait un petit rectangle de terre. Christophe Chalier poussa la grille d'entrée branlante.

– Tu fais le jardin maintenant ? J'ai toujours cru que tu détestais ça ! dit-il en approchant.

– Faut bien s'occuper quand on devient vieux, sinon on a vite fait de lâcher la rampe !

– Et le bistrot et les cartes ?

– Fouilla ! M'en parle pas ! Dans les bistrots, on peut même plus fumer tranquille ! Et puis, pour jouer aux cartes, il faut des copains.

Son père avait vieilli. Son visage s'était creusé. Il se tenait voûté. Ça lui faisait quel âge à présent ? Soixante-quinze ans ? Plus ?

– Avant t'en manquais pourtant pas ! dit le fils en s'arrêtant au bord du jardin, tandis que son père venait à sa rencontre.

– Avant, c'était avant ! Maintenant y sont tous morts, ou c'est tout comme ! J'suis un des derniers !

– Et solide comme le roc à ce que je vois, dit Chalier en serrant la main que son père lui tendait.

Une main ferme qui ne tremblait pas.

– Pas si solide que ça, fiston ! J'me fais vieux comme tout l'monde. J'ai d'l'arthrose partout et ma guibole m'fait un mal de chien ! Mais c'est le lot des vieux ! Quand j'aurai plus mal, c'est que je serai mort ! Mais je suppose qu'c'est pas pour prendre des nouvelles d'ma santé, qu't'es passé m'voir, n'est-ce pas ?

Le vieux le rejoignit dans l'allée gravillonnée. Il lui parut plus petit qu'autrefois, moins imposant. Ses cheveux étaient blancs comme neige, mais son visage restait étonnamment peu ridé.

– Et pourquoi pas ? J'étais dans le coin, je me suis dit que ça serait bête de ne pas passer te dire un petit bonjour.

Son père lui jeta un regard dubitatif. Ses yeux bleus étaient toujours aussi perçants.

– Vraiment ? C'est-y pas plutôt ta bourgeoise qui t'a dit de venir ?

– Mariam ? Au cas où tu l'ignorerais, on est divorcés depuis deux ans !

Une grimace réprobatrice déforma le visage de son père.

– Tss tss ! Là, t'as fait une sacrée connerie, mon gars ! C'te fille, c'était une perle !

Chalier ricana :

– Et toi, c'était peut-être pas une belle connerie de divorcer d'avec maman ? Et puis, tu la connais même pas, Mariam !

– C'est c'que tu crois ! Elle m'a appelé plusieurs fois par le passé. Elle voulait me connaître. Même qu'une fois, elle est venue me rendre visite.

Chalier tombait des nues. Mariam ne lui avait jamais parlé de ça. Mais ce n'était pas impossible après tout.

– J'crois bien qu'elle voulait qu'on se rabiboche ! Mais t'y avais pas bien le cœur, hein ?

Ce n'était pas un reproche, juste une constatation.

– En tout cas, c'était une chouette fille. Et mignonne avec ça ! De superbes cheveux ! Et pourtant, j'aime pas les noiraudes, tu l'sais !

Chalier ne put s'empêcher de sourire. Le vieux n'avait pas changé : il n'aimait pas les étrangers. Les Polonais parfait, les Portugais et les Espagnols passe encore, les Italiens à la rigueur, mais les Noirs et les Arabes, alors ça non !

– Et si on rentrait boire un canon, plutôt que de jabiasser[13] dehors ? proposa le vieux.

Sans attendre de réponse, il se dirigea vers la maison d'un pas alerte.

Ils gravirent une petite volée de marches et entrèrent dans le pavillon. La maison était bien entretenue. Mieux, en tout cas, que ce à quoi s'était attendu Chalier, qui se souvenait que son paternel était peu soigné et plutôt bordélique.

– J'ai une aide ménagère ! dit le patriarche comme s'il lisait dans ses pensées. Elle vient deux fois par semaine. C'est une Noire elle aussi, mais elle travaille bien quand même. De toute façon, y'a plus que ça dans l'quartier !

Il guida son fils jusqu'à une petite cuisine et lui montra une chaise en Formica.

– T'as qu'à t'asseoir là. On va pas s'installer dans la salle à manger, hein ? J'vais pas faire de chichis avec toi ! Et puis, la salle à manger j'y vais jamais. La télé est ici et c'est aussi bien. J'vis dans la cuisine, la chambre et le jardin. Et aussi les chiottes de temps en temps.

En riant sous cape, il se dirigea vers un placard mural

13 Parler pour ne rien dire.

et en tira une bouteille de vin entamée.

– J'ai pas grand-chose d'autre. Mais j'peux peut-être te trouver un fond de pastaga, si tu préfères.

– Non, ça sera parfait, dit Chalier en s'asseyant. Mais t'en buvais pas mal avant du pastis, non ?

Son père s'empara de deux verres dans un autre placard et vint le rejoindre.

– Le pastis, c'est une boisson à boire à plusieurs ! Le pinard, ça c'est un truc de solitaire. Tiens, pour preuve, t'as qu'à regarder les poivrots dans les bistrots : c'est toujours au pinard qu'y tournent !

Sans trembler, il servit deux verres Duralex à ras bord et s'assit à son tour.

– À la bonne nôtre ! lança-t-il en levant son verre.

– À la tienne, p'pa ! dit Chalier en faisant de même.

Le mot lui était tombé de la bouche. Il n'avait pas appelé son père ainsi depuis son adolescence et tous deux s'en étaient rendu compte.

– Allez ! dit son père en portant son verre à ses lèvres. À nos retrouvailles !

Ils burent chacun une gorgée.

Chalier fit la grimace en goûtant le vin de table.

– Tu peux y aller mon gars, c'est du bon ! Du douze degrés ! Pas de la piquette !

Son père vida la moitié de son verre et le reposa sur la table en faisant claquer sa langue de satisfaction.

– Alors qu'est-ce qui t'amène à Sainté, gamin ?

Chalier hésita, puis se jeta à l'eau.

– J'ai reçu une lettre il y a quelque temps. Une lettre anonyme.

Il vit son père froncer ses sourcils noirs parsemés d'épais fils blancs.

– Sur la lettre, c'était écrit : *Bomaki est de retour. Il va recommencer !*

Les yeux de son père se plissèrent davantage.

– Et c'est tout ? Juste ça ?

– Ouais.

Son paternel but d'un trait le reste de son verre et s'en resservit aussitôt un autre.

– Ça a-t'y pas un rapport avec le gosse qui a disparu l'autre jour ? demanda-t-il.

Chalier sursauta.

– Comment as-tu deviné ?

Le vieux haussa les épaules.

– Bah ! C'est évident ! Faut pas être sorti de Saint-Cyr pour trouver ça !

– Les flics, eux, n'avaient pas fait le rapprochement !

– Les flics y pouvaient pas savoir ! fit modestement le vieil homme. Z'étaient même pas nés à l'époque, si ça se trouve ! Tu n'veux pas m'raconter toute l'histoire ?

Chalier fils s'exécuta de bonne grâce et lui expliqua en détail ce qui lui était arrivé ces derniers jours sans rien omettre, pas même son agression.

– Ben ça alors ! s'exclama le vieil homme quand il eut terminé. J'aurais jamais cru un seul instant qu'le p'tit Gascogne tournerait aussi mal ! Tu sais, j'm'en souviens d'ce gamin. Vous couratiez[14] toujours ensemble, à faire des bêtises dans le quartier. Et puis j'connaissais son père. Un ivrogne fini et un faiseur d'embrouilles ! Mais l'pauvre gosse, lui, l'était bien brave… Et y'avait sa sœur, qui…

– Oui, je sais p'pa.

– Ah bon, tu sais ? Z'ont pas eu de chance dans c'te famille. La mère non plus. Mais j'aurais jamais pensé que c'gamin deviendrait un voyou ! Enfin, on peut pas savoir c'qui s'passe dans la tête des gens, hein ?

– Non.

– Et ton deuxième copain, Lombardi, ça roule plutôt bien pour sa pomme, à c'qu'on dirait ?

---

14 Traîner les rues.

– Oui, il a réussi, lui. Il est devenu avocat.

– C'est bien ! dit son père. Mais tu dis ça comme si je te reprochais què'que chose. J'te reproche rien ! T'écris des livres, c'est très bien ! J'ai même essayé d'en lire un, une fois.

– Ah bon ? s'étonna Chalier. T'en as acheté un ?

Son père secoua sa tête blanche.

– Non, quand même pas ! J'ai jamais foutu les pieds dans une librairie, c'est pas à mon âge que je vais m'y mettre ! C'est ta bourgeoise, enfin ton ex-bourgeoise, qui me l'avait envoyé avec un petit mot gentil. J'dois encore l'avoir què'que part…

– Et comment l'as-tu trouvé ?

Le vieux se passa sur les joues une main râpeuse comme du papier de verre, l'air songeur.

– Bien ma foi, même si je ne suis pas allé jusqu'au bout. Tu sais, moi et la lecture… Et puis, j'ai pas compris pourquoi c'était pas ton nom qu'était sur la couverture. T'as honte ou quoi ? Qui c'est d'abord ce Limousin ?

– Ce n'est rien. C'est juste un pseudonyme. Ça se fait fréquemment dans le monde de l'édition.

Le regard d'azur de son père se fit nettement réprobateur.

– Ah, ça se fait ? Eh bien, j'trouve pas ça correct ! Tu crois p't-être que, moi, j'allais bosser à l'usine sous un faux blaze ? T'aurais dû garder ton vrai nom. Y'a pas de salissure dessus ! Y'a p't-être pas d'quoi en être fier, mais y'a pas d'quoi en avoir honte, non plus ! Lombardi, lui, il l'a bien gardé, alors que… hein !

– Alors que quoi ? interrogea Chalier, l'intérêt soudain éveillé.

– J'aime pas dire du mal des gens, tu l'sais, mais là c'est rien que la vérité vraie : son père c'était un sale type, un… mafioso !

Son fils sursauta.

– Qu'est-ce que tu me chantes, papa ? Il travaillait à la mairie. Et puis, lui et sa femme étaient toujours fourrés à l'église !

Son paternel éclata de rire.

– Laisse-moi m'marrer ! Alors selon toi, parce qu'il travaillait à la ville et qu'il allait à l'église, Salvatore Lombardi était un type bien ? Eh bien, heureusement qu't'es pas l'bon Dieu, parce qu'y aurait du beau monde au paradis, j'te l'dis !

Chalier fils cilla.

– Qu'est-ce que tu lui reproches ?

Son père finit son verre et jeta un regard ambigu à la bouteille. Finalement, il renonça à se resservir et fixa son fils par-dessous ses sourcils broussailleux.

– Lombardi, y faisait le sale boulot de certains à la mairie ! Il allait peut-être à confesse le dimanche ce salaud-là, mais ça l'empêchait pas de casser du rouge le lundi !

Chalier fils but une petite gorgée de vin en méditant les paroles de son père. Voilà qui expliquait pourquoi on retrouvait aussi fréquemment le nom de Lombardi sur les calepins du conseiller Lefebvre, chargé de la réhabilitation des vieux quartiers.

– Est-ce que tu crois qu'il aurait aussi pu participer aux bagarres contre les communistes du comité de sauvegarde du Panassa ?

Son père se passa la main dans ses cheveux dégarnis, l'air de peser le pour et le contre.

– Pour sûr, car ça embêtait pas mal de gens à la mairie, c'te résistance ! Pas possible de reconstruire si on n'a pas d'abord démoli, et pas possible de démolir si y'a encore des gens dans les maisons ! Mais puisque tu me parles du comité, j'peux te dire qu'y'en avait pas tant que ça des communistes, dedans ! La plupart, c'étaient des ouvriers comme toi et moi ! Enfin, plutôt comme moi parce que toi t'es un gratte-papier ! Sans vouloir te vexer, hein ! S'ils ont dit que c'étaient des communistes, c'était pour mieux leur taper dessus, c'est tout !

– Qui ça « ils » ?

– Les gens de la mairie, les entrepreneurs, les politiciens, que sais-je encore ! J'étais pas dans l'secret des dieux !

– Alors comment sais-tu tout ça ?

Le père Chalier se redressa sur sa chaise et prit un air malin et sage. Style Jean Gabin dans ses derniers films.

– Tu sais fiston, quand on sait tendre l'oreille, on en entend dans les bistrots ! Et mes esgourdes, elles en ont entendu ! Sûr ! J'sais pas exactement qui était derrière tout ça, mais ça doit pas être bien difficile à trouver : t'as qu'à chercher du côté de ceux qui s'en sont mis plein les fouilles ! Le fric, y'a qu'ça qui compte depuis qu'le monde est monde ! Alors, le comité de sauvegarde du Panassa, on a prétendu qu'c'était qu'un ramassis de communistes, parc'que c'était plus facile pour s'en débarrasser. Lombardi qui détestait les cocos s'est sans doute pas fait prier !

– Et Bertrand Omiak ?

– Holà, gamin ! Me fais pas dire c'que j'ai pas dit ! J'dis pas qu'c'est lui qui l'a tué ! Ça serait aller un peu vite en besogne ! Omiak, c'était un fils d'immigrés polonais. De ceux qui sont arrivés en 1920. Je le connaissais pas personnellement, mais j'en ai toujours entendu que du bien. Travailleur, sérieux, honnête, bon compagnon et pour un Polonais y picolait même pas ! Y travaillait à la mine et c'est vrai que, lui, il était communiste. À fond ! C'était un des plus acharnés à défendre le quartier. Un jour, il a disparu et on a retrouvé son cadavre dans le Furan, c'est tout ce que je sais !

– Est-ce que tu te rappelles si c'est à partir de ce moment-là que sont apparues les inscriptions *Bomaki existe ! Bomaki reviendra !* sur les murs ?

– Pour sûr que j'm'en souviens ! répliqua son père. Les gens ont suffisamment bavassé là-dessus ! Ça y allait, j'peux te le dire ! Personne ne savait, mais tout le monde avait sa petite idée…

– Comme quoi, par exemple ? interrogea Christophe Chalier, curieux de voir si les souvenirs de son père recoupaient les siens.

– La plus grosse connerie, je l'ai entendue quand les gosses ont commencé à disparaître. J'sais pas d'où c'est venu, hein ! Les rumeurs, tu sais jamais comment ça naît, mais c'est toujours… comment dire ? Négatif ! Dans les cafés, les gars parlaient plus qu'de ça ! La rumeur disait que c'était Bomaki qui avait enlevé les gamins. Y'en a même qui prétendaient que c'était un monstre ! Ou le diable ! Des âneries, dans ce genre… Mais tu sais déjà tout ça, non ?

Chalier réprima la petite boule d'angoisse qui commençait à se former au creux de son ventre.

– Oui, articula-t-il. Dis-moi, est-ce que tu savais que Bomaki était l'anagramme de Bertrand Omiak ?

Le vieux marqua un temps de surprise, secoua sa tête blanche comme un cheval qui renâcle.

– Non, je m'en serais souvenu. Mais qui a fait ça et pourquoi ?

– Je ne sais pas. Ses camarades sans doute. Peut-être que Bomaki c'était une sorte de nom de code, comme les résistants pendant la guerre…

Une grimace tordit la bouche du vieillard.

– Mouais… Eh bien, j'trouve pas ça très malin ! C'est pour ça que tu n'devrais pas signer tes livres avec un autre nom que le tien, on ne sait jamais quelles conséquences ça peut avoir ! Tiens, par exemple, pour ces graffitis, ça a eu l'effet inverse ! Bomaki est devenu le méchant loup qui dévore les enfants. Ça t'a d'ailleurs marqué parce que t'as toujours dit que c'était Bomaki qui avait emmené ton copain. Comment il s'appelait déjà ?

– Collardo.

– Ouais, c'est ça, Collardo. T'arrêtais pas de dire que c'étaient des monstres qui l'avaient enlevé. Des monstres avec des têtes de mort, j'm'en souviens très bien ! Et que Bomaki c'était leur chef, mais qu't'avais pas pu voir son visage.

Un frisson parcourut Chalier à cette évocation, mais il ne put s'empêcher de déclarer :

– C'était la vérité papa ! Je ne suis pas le seul à les avoir vus. Gascogne aussi !

– Vous étiez fin saouls, bon Dieu ! À onze ans ! Si c'est pas malheureux ! Même que j'ai plus touché un verre pendant trois mois, parce que je croyais que j'te donnais le mauvais exemple ! Ta mère m'en a voulu à mort, après ça ! Quoi qu'il en soit, la milice anti-Panassa, la mort de Bertrand Omiak, les disparitions d'enfants, le monstre, les bulldozers..., ça faisait beaucoup pour les habitants du quartier. Tout à coup, plus personne ne voulait rester. Tout le monde a décampé et sans demander son reste ! Nous aussi on a déménagé plus tôt que prévu. La maison n'était même pas finie, tu te souviens ? J'sais que Salvatore Lombardi a été relogé avec sa famille dans un HLM tout neuf. Pas un grand ensemble, non ! Un joli petit immeuble de trois étages près de Centre-Deux. J'ai su ensuite qu'il était monté en grade. À la fin de sa carrière, il s'occupait des cantines scolaires. Un poste idéal pour nourrir sa famille ! Pas mal, hein, pour un Calabrais qui savait à peine écrire son nom en arrivant en France !

Chalier réalisait qu'il y avait beaucoup de choses importantes dans ce qu'avait dit son père. Il regrettait presque de ne pas avoir pris de notes et espérait se souvenir de l'essentiel une fois de retour à son hôtel.

Il resta encore un peu plus d'une heure avec son père,

parlant de tout et de rien. De la pluie et du beau temps. Des politiciens véreux et des immigrés. Des Verts et des sportifs trop payés. Des vivants et des morts. Finalement, la conversation tomba d'elle-même. La bouteille était vide et le soleil amorçait sa descente.

– Bon ! Je crois que j'vais y aller, p'pa ! dit Christophe Chalier en se levant.

Son père l'imita.

– J'te dirais bien de rester manger un morceau, mais j'ai rien prévu et le frigo est aussi vide que les rêves d'un vieil homme.

– Laisse tomber ! De toute façon, j'ai un rendez-vous ! mentit son fils.

– Bon… Une prochaine fois alors !

– Pourquoi pas !

Ils se serrèrent la main sur le pas de la porte.

– Fais gaffe à toi, fiston !

– T'en fais pas, p'pa ! Toi aussi prends soin de toi ! Je t'appellerai pour te tenir au courant !

– D'accord.

Il y eut un instant de flottement entre les deux hommes, comme s'ils s'apprêtaient chacun à dire quelque chose. Mais rien ne vint. Le fils crut apercevoir une brillance inhabituelle dans les yeux de son père. Mais les yeux des vieux larmoient facilement, n'est-ce pas ?

Il s'engagea sur l'allée de gravillons.

– Gamin ?

Christophe Chalier se retourna.

– Oui, p'pa ?

Son père était en haut des marches. Silhouette voûtée que ne tarderaient plus d'engloutir les ténèbres.

– Le fils Gascogne, c'était un bon bougre. Ça m'embête qu'y soit devenu comme ça ! Mais c'est pas entièrement sa faute : c'est celle de son père. Un foutrac de première !

Dieu merci, fiston, toi… t'as pas mal tourné !

– Oui, p'pa ! fut tout ce que trouva à dire Chalier en franchissant le portail.

CHAPITRE 27

Le véhicule du flic chargé de le surveiller était garé de l'autre côté de la rue. Chalier se dirigea vers lui sans hésiter. Il lui restait une chose à faire avant de retourner à son hôtel.

Il salua d'un geste le policier. Celui-ci fit descendre sa vitre et l'interrogea d'un regard circonspect.

– Bonsoir. J'ai oublié mon portable à l'hôtel. Pouvez-vous me mettre en contact avec le lieutenant Messaoudi, s'il vous plaît ? demanda poliment Chalier.

– Heu… fit l'autre surpris. C'est-à-dire que…

– C'est important, j'ai des renseignements à lui communiquer.

Le policier décrocha sa radio.

– Lieutenant ? dit-il après quelques manipulations. Je suis avec Chalier et il voudrait… heu… vous parler.

– Passez-le moi, sergent, fit la voix déformée mais néanmoins reconnaissable de la femme flic.

L'agent tendit le combiné-radio à Chalier.

– Bonjour lieutenant, dit celui-ci en s'appuyant à la portière. Je sors de chez mon père. Il vient de m'apprendre un tas de choses intéressantes et notamment que Salvatore Lombardi, le père de mon ami avocat, a sans doute autrefois participé aux affrontements opposant les membres du comité de sauvegarde du Panassa aux ouvriers chargés de démolir le quartier. Je ne serais pas autrement surpris qu'il ait été... comment dire... « télécommandé ».

– Par le conseiller Lefebvre ? fit le lieutenant Messaoudi.

– Oui. Ça expliquerait pourquoi son nom figurait si fréquemment sur les carnets de celui-ci. Ça conforte aussi l'idée d'un lien entre Lefebvre et Viallard. Ce qu'il faudrait maintenant, c'est vérifier si les dates correspondent avec celles, connues, des affrontements. Si c'est le cas, nous aurons ainsi la preuve qu'ils ont été commandités par Lefebvre.

– La preuve ? On en est encore loin ! corrigea son interlocutrice. Des présomptions, tout au plus. OK, je vais voir ce que je peux faire. Mais même si on parvient à trouver une concordance, j'ai bien peur que Lefebvre n'ait emporté le secret dans sa tombe !

– Il reste encore Richard Viallard et Salvatore Lombardi. Il faut les interroger. Vous pouvez trouver l'adresse de ce dernier ?

Chalier perçut un raclement de gorge ennuyé à l'autre bout de la ligne.

– Mmm... Écoutez M. Chalier, j'apprécie votre aide, mais je vous avais demandé de ne pas vous mêler de cette affaire et de rester à l'hôtel.

– Je ne suis pas assigné à résidence, quand même ? tenta de plaisanter Chalier.

– Non bien sûr, mais Gascogne est toujours dans la nature. Ce type vous a déjà attaqué une fois et a tué quelqu'un. Je préférerais que vous évitiez de jouer au détective amateur.

– Désolé lieutenant, mais je commençais à m'ennuyer ferme dans ma chambre. Et puis, je suis sous bonne garde. N'est-ce pas, sergent ?

Le policier dans la voiture grimaça, l'air morose.

– Écoutez, reprit Chalier, je suis convaincu que c'est en y voyant clair sur ce qui est arrivé au Clapier dans les années 70, que nous comprendrons les événements récents. Salvatore Lombardi détient peut-être des informations essentielles, il faut que nous lui parlions.

– On ne peut pas débarquer comme ça chez les gens.

– Vous peut-être, mais moi rien ne m'en empêche ! Dites-moi juste où le trouver !

– Impossible. Je ne peux pas faire ça !

– Vous ne pouvez pas ou vous ne voulez pas ? De toute façon, s'il est toujours de ce monde, je finirai par le découvrir.

Chalier ignora le regard appuyé du sergent.

– Il est dans un hospice de vieillards, finit par dire Hakima Messaoudi. Pas très loin de l'endroit où habite Viallard.

– Comme par hasard !

– Vous voyez des liens de causalité partout ! s'énerva la policière. Vous ne seriez pas un peu parano ? Il s'agit d'un établissement réputé qui s'occupe des personnes âgées en difficulté. Le meilleur de Saint-Étienne, à ce qu'on dit. En bon fils, votre ami l'avocat a souhaité ce qu'il y a de mieux pour son père.

– Personnes âgées en difficulté ? répéta doucement Chalier. Qu'est-ce qu'il a ?

– La maladie d'Alzheimer. On ne pourra rien en tirer !

La déception de Chalier était proportionnelle à l'espoir qu'avait suscité une rencontre avec le vieil Italien.

– Merde ! Quelle poisse ! J'ai entendu dire que les malades ont parfois des moments de lucidité...

Son interlocutrice ricana.

– Dans son cas, j'en doute. D'après mes renseignements, la maladie en est à un stade très avancé. Le stade où on ne se reconnaît même plus quand on se voit dans un miroir, si vous voyez ce que je veux dire !

Dépité, Chalier observa un long silence. Étaient-ce les nuages, mais la lumière semblait avoir brusquement décru.

– Écoutez lieutenant, finit-il par dire, ça ne coûte rien d'essayer. J'irai lui rendre visite demain. Peut-être parviendrai-je à lui soutirer quelque chose.

– Vous savez que vous n'en avez pas le droit ! s'exclama la jeune femme.

– Vous comptez m'en empêcher ? Il me revient tout à coup à l'esprit que j'ai justement une vieille tante dans cet établissement !

– Je ne peux vous laisser faire ça !

– Alors, on pourrait y aller ensemble. En plus, nous serons à deux pas du domicile de Richard Viallard. Ce sera parfait pour lui poser deux ou trois questions.

– Vous êtes têtu quand vous vous y mettez ! Je vous ai dit qu'on ne pouvait pas l'approcher ! Je n'ai pas encore obtenu l'autorisation du juge.

– Je n'ai pas besoin, moi, de cette autorisation. De toute façon, je compte y aller avec ou sans vous, alors…

Il sentit que son interlocutrice hésitait, aussi enfonça-t-il le clou.

– Allez… et puis comme ça vous pourrez me surveiller. Vous m'aurez même sous la main !

Il entendit distinctement un soupir à l'autre bout de la ligne.

– Très bien, à quelle heure je passe vous prendre demain ?

– Heu… quinze heures, ça vous convient ?

– On fera aller ! Rentrez à votre hôtel, maintenant !

Avant qu'il ait pu la remercier ou lui souhaiter bonsoir, le lieutenant Hakima Messaoudi interrompit la communication.

Chalier rendit la radio au sergent dont l'arc des sourcils

marquait une nette désapprobation.

– Dites, puisque de toute façon vous devez y aller, ça vous embêterait de me déposer à mon hôtel ? demanda-t-il.

CHAPITRE 28

– Un flingue ! Mais comment t'as eu ça ?

Les yeux de mes copains leur sortaient de la tête. Pour un peu, je les aurais ramassés sur le sol de notre vieille guimbarde !

Dans l'habitacle pourtant ouvert aux quatre vents, l'air était brusquement devenu étouffant. L'arme noire reposait sur mes genoux, dangereuse et menaçante, le canon pointé en direction du tableau de bord.

– C'est à mon vieux, expliquai-je. Un soir, je l'ai vu qui cachait quelque chose au-dessus du buffet de la cuisine. Il croyait que je dormais, mais j'ai tout vu par une fente de la porte de mon cagibi.

– Wow ! fit Collardo admiratif. C'est un vrai ?

– Qu'est-ce que tu crois, badabeu ? Que mon père joue encore aux cow-boys et aux Indiens à son âge ?

Je les tenais ! Tous les regards étaient vrillés sur moi, ou plutôt sur l'arme. Je pouvais presque palper leur incrédulité, leur excitation et leur impatience. Tout à coup, j'étais devenu le centre du monde et, comme la grenouille de la fable, il s'en fallut d'un cheveu que je n'explose de vanité !

Sans le savoir, je venais de boucler la sacro-sainte trinité de tous les petits machos en herbe : de l'alcool, des femmes et des flingues ! C'était beau comme un titre de film ! Et, pour cou-

ronner ce tableau viril, cerise sur le gâteau, on avait de vrais cigares de guérilleros !

– J'peux le prendre ? demanda Gascogne le premier, presque avec timidité.

– Oui, mais fais gaffe parce que je ne sais pas s'il est chargé ou non.

Je lui tendis l'arme, qu'il prit religieusement entre ses mains.

– Putain, c'est lourd ! souffla-t-il.

Il la retourna et la regarda dans tous les sens avant d'oser refermer son poing autour de la poignée.

– Ça fait un drôle d'effet ! J'arrive pas à croire que c'est un vrai. Où est-ce que ton père l'a eu ?

J'eus un haussement d'épaules.

– J'en sais rien. Je l'ai entendu dire, une fois, qu'il avait des copains dans la résistance pendant la guerre, mais j'ai toujours pensé que c'était des cracks !

– C'est pas impossible, murmura Gascogne en fermant un œil pour viser les mamelons noirs des crassiers.

– Peut-être bien qu'il l'a trouvé, dit Lombardi. Sur un soldat mort.

– Ou peut-être qu'en vrai c'est un truand ! s'exclama Collardo. Un tueur à gages !

Je me tournais vers lui :

– Tu veux une beigne ? Mon père, c'est pas un assassin ! Tout c'qu'il aime, c'est jouer à la belote ou aux boules avec ses potes !

Collardo hocha la tête d'un air entendu.

– Mouais… Les cow-boys aussi y jouent aux cartes. Ça les empêche pas de se battre en duel ! Moi, j'dis qu'ton père, il est peut-être pas aussi innocent qu'on le croit !

Je ravalai un ricanement. Comme tous les gosses, j'aurais bien aimé que mon père soit un héros, mais là vraiment, c'était difficile à avaler.

– Merde Groscollas, il travaille à l'usine ! Tu crois vraiment

que si c'était un bandit, il irait s'emmerder à bosser huit heures par jour et qu'il rentrerait tous les soirs bien gentiment à la maison ?

Lombardi se mit aussi de la partie.

– J'crois pas que ce soit un bandit, non. Pour moi, c'est plutôt un agent secret ! Il est très malin ! Son boulot, c'est juste une couverture pour passer incognito. J'ai vu ça dans un film. Reste à savoir s'il travaille pour les Soviétiques ou pour le gouvernement. Des espions, y'en a partout ! C'est ce que mon père n'arrête pas de répéter.

Je m'apprêtai à lui dire deux mots sur ce que je pensais des espions en bleus de chauffe, mais y renonçai tout à coup. Après tout, si mes copains préféraient croire que mon père était une sorte de James Bond, pourquoi pas ? C'était mieux que fraiseur à Creusot-Loire ! J'éprouvais même une certaine fierté, sentiment tout à fait inhabituel à son égard.

Gascogne qui n'avait pas participé à l'échange ne cessait de toucher, de caresser le flingue, comme s'il essayait de l'apprivoiser.

– C'est un Colt, dit-il. C'est marqué sur le canon. Et puis c'est pas un revolver, c'est un pistolet.

– C'est quoi la différence ? demanda Lombardi.

– Les revolvers, c'est les armes des cow-boys et les pistolets, c'est les armes des flics. Ou des bandits.

Comme si nous n'étions pas déjà suffisamment impressionnés par son savoir, il poursuivit :

– Regardez, y'a deux sécurités. Ce bouton-là, tout d'abord, et puis ici, je crois.

Il nous montra une partie mobile à l'arrière de la poignée.

– Et c'est par là, je pense, que les balles vides sont éjectées. Par ce petit rectangle.

– Comment tu sais ça ? demandai-je.

Il me regarda, aussi surpris que moi.

– J'en sais rien.

Il pointa l'arme devant lui visant une cible imaginaire au-

delà du pare-brise absent.

– Bang, bang ! Putain, ça fait un drôle d'effet… T'imagines qu'avec ça on peut tuer quelqu'un ?

Certes on l'imaginait, mais ça demeurait quand même plutôt abstrait. Ça restait une sorte de jouet. Mais pour les grandes personnes.

– J'peux le tenir ? demanda Collardo.

Gascogne s'arracha à sa rêverie.

– Ouais, mais attention, tu touches pas la gâchette Groscollas, sinon tu risques de nous flinguer tous.

– Hé ! fit Collardo inquiet, t'as dit qu'il y avait des sécurités !

– Oui, mais je ne sais pas si elles sont mises. Faudrait vérifier.

– On n'a qu'à l'essayer ! proposa Lombardi. On a toute la place pour ça.

Gascogne se tourna vers moi, s'efforçant de maîtriser son excitation :

– C'est le flingue de Piozou. C'est lui qui décide. Et puis, il faut des balles…

Je n'hésitai pas plus d'une poignée de secondes. C'était la première fois de ma jeune existence que j'étais ainsi le centre d'intérêt. Mes meilleurs copains me regardaient tous comme si j'étais le mec le plus important du monde ! Que pouvais-je faire d'autre, hein ? Et puis à quoi sert une arme, si on ne s'en sert pas ?

D'ailleurs, dès l'instant où je l'avais subtilisée, ne savais-je pas qu'on en arriverait là ?

– OK ! dis-je crânement en fouillant dans ma poche et en exhibant quatre balles dorées.

En moins de temps qu'il n'en fallut pour le dire, Gascogne avait saisi le fonctionnement de l'arme.

D'abord relever le cran de sûreté. Ensuite saisir fermement la crosse pour enfoncer la pédale de poignée.

Le mécanisme d'armement ne lui résista guère plus longtemps : il comprit très vite que les petites rainures de part et d'autre de la glissière étaient là pour faciliter la prise.

Il tira celle-ci en arrière jusqu'à ce qu'elle se bloque, puis visa un arbre non loin de là. Le déclic du percuteur dans le vide n'était rien comparé au claquement d'un coup de feu, mais nous n'en sursautâmes pas moins tous.

L'éjection du chargeur ne lui posa pas davantage de difficultés. Lorsque ce fut fait, il glissa une à une les quatre balles à l'intérieur.

Et tout ça sans jamais avoir tenu une seule arme, autre qu'en plastique, dans ses mains ! Après ça, parlez-moi de l'inné et de l'acquis !

Nous allâmes poser une bouteille vide sur un bidon d'huile à une vingtaine de pas. La bouteille de grappa, dont on avait cassé le goulot (plutôt mal, répandant ainsi une partie du divin nectar !), circulait depuis un petit moment. Les cigares brasillaient à qui mieux mieux.

L'honneur de commencer me revint naturellement. Pour les autres, ce fut le tirage au sort qui décida de leur tour.

Ma main tremblait. Que dis-je ? Tout mon corps tremblait ! Je n'arrivais pas à tenir mon bras raide. J'avais peur que ce truc ne m'explose au visage ou ne me projette en arrière. Pour un peu, j'aurais cédé mon tour à Gascogne, mais la peur du ridicule et une fierté de petit coq m'en dissuadèrent. Il était trop tard pour reculer devant mes copains !

Au moment de tirer je fermai instinctivement les yeux et, bien sûr, manquai la bouteille. Le bruit de la détonation me surprit. Cela ressemblait davantage au claquement d'un fouet dans le vide, bref, sec et puissant, qu'aux pétarades que j'avais l'habitude d'entendre dans les westerns du dimanche. Le recul était faible, à peine une secousse. Les trois autres se précipitèrent pour récupérer la douille que l'arme venait d'éjecter.

– Je l'ai ! triompha Collardo en brandissant le petit cylindre de cuivre. Hé ! C'est chaud !

– Chacun aura la sienne, dit Gascogne. Ça nous fera un super souvenir.

Je ne sais pas pour les autres, mais j'ai longtemps conservé la mienne. Il m'arrivait de la regarder parfois. Surtout dans les moments de déprime. Un jour, elle a disparu. J'ai eu beau fouiller partout, je ne l'ai jamais retrouvée. Je me suis souvent demandé si ce n'était pas une de mes copines qui, inquiète de cette fascination morbide, l'avait jetée à la poubelle.

– On ferait bien de rapprocher la cible, proposai-je. Je crois que c'est trop loin.

Personne n'y trouvant à redire, ce fut aussitôt fait.

Le tirage au sort avait ensuite désigné Collardo. Il resta cinq bonnes minutes à viser la langue entre les dents comme un élève appliqué, mais au final il ne fit pas mieux que moi.

Gascogne prit l'arme à son tour. Il refusa avec hauteur d'avancer davantage la bouteille, comme nous le lui proposions. Il se mit de côté, tendit le bras et tira rapidement. Il ne toucha pas la bouteille mais, en revanche, creva le bidon qui se trouvait en dessous. La fragile installation s'écroula sous l'impact.

Surexcités, nous courûmes voir le trou laissé par le projectile. C'était petit et pour tout dire décevant. Chacun de nous y mit le bout de son index.

– Un trou si petit peut vraiment tuer quelqu'un ? demanda Collardo en résumant la pensée de tous.

Nous échangeâmes un regard empreint de perplexité et de malaise.

Enfin, vint le tour de Lombardi. Il décida d'approcher la cible à cinq pas et fit ce qu'aucun de nous n'avait pensé à faire : il s'allongea à plat ventre sur le sol. Et là, coudes en appui, il pulvérisa la bouteille.

– C'est qui le roi des cow-boys ? s'exclama-t-il, triomphant, en se redressant.

Beaux joueurs, nous saluâmes son exploit à grands renforts de cris et de claques dans le dos.

Si quelqu'un entendit les détonations, personne en tout cas ne vint nous voir. Le jour déclinait. Un vent froid soufflait du nord. Des nuages gris annonciateurs de neige s'amoncelaient. Les honnêtes gens préféraient rester chez eux et s'occuper de leurs affaires. D'ailleurs, à cette époque à cause des démolitions, les maisons autour de la place des Carrières étaient déjà pratiquement toutes désertes.

Une fois déchargé, le pistolet perdit beaucoup de son attrait. Nous jouâmes un moment avec, le faisant percuter dans le vide, essayant de nous rappeler les sensations que nous avions éprouvées lorsqu'il était chargé. Je regrettais de ne pas avoir pris plus de balles. La bouteille de grappa était bien entamée. La tête nous tournait un peu. Des cigares, il ne restait plus que des tronçons que nous mâchonnions comme de vieilles chiques.

Bientôt, nous en eûmes assez de jouer avec une arme vide. Nous avions mieux à faire. Dans la voiture, nonchalamment étendues sur la banquette arrière, ne demandant qu'à être dévorées des yeux, nous attendaient en quatrième et dernière surprise de la journée : les voluptueuses créatures sur papier glacé de l'ami Collardo !

CHAPITRE 29

Le lieutenant Hakima Messaoudi de la police nationale vint le chercher comme convenu à quinze heures devant son hôtel. Elle ne monta pas et le fit appeler par la réception.

Pour tout dire, elle faisait franchement la gueule !

Chalier s'en rendit compte aussitôt au regard en coin dont elle le gratifia lorsqu'il s'installa dans le véhicule banalisé, une Mégane bleu nuit.

– Vous n'avez pas l'air très contente de me voir ! fit-il.

Elle démarra sur les chapeaux de roue, sans répondre.

Ils roulaient depuis quelques minutes sous un ciel d'encre, lorsqu'il reprit la parole :

– Merci de vous soucier de ma santé. Ça va très bien merci !

Mâchoires serrées, front buté, yeux réduits à l'état de fente, il la trouva plus belle que jamais.

– Vous m'en voulez pour quelque chose ? demanda-t-il.

Elle déboîta rageusement derrière un camion et poussa à fond l'accélérateur. Comme un cheval aiguillonné par des éperons, la Renault bondit en avant.

– Je ne vois vraiment pas pourquoi je vous en voudrais ! Vous mobilisez un lieutenant de police pour rendre visite à deux vieillards séniles, au lieu de rester bien tranquillement dans votre chambre à écrire vos bouquins !

Sur la droite les platanes du boulevard Thiers défilaient à une vitesse inquiétante.

– Vous n'étiez pas obligée de m'accompagner ! rétorqua-t-il.

– C'est vrai. Le sergent aurait très bien pu s'en occuper !

Instinctivement, il appuya sur un frein imaginaire lorsqu'ils faillirent s'encastrer dans le véhicule qui les précédait.

– Alors pourquoi ne lui avez-vous pas demandé de le faire ?

Elle grommela une réponse inaudible entre ses dents.

– Pardon ? fit-il. Je n'ai pas compris.

– Je disais : je me demande bien pourquoi, en effet !

Il connaissait la raison et elle aussi.

– C'est à cause de l'autre soir ? hésita-t-il.

La voiture pila à un feu rouge près de l'esplanade de la Plaine-Achille. Chalier tendit malgré lui les mains vers le tableau de bord.

– Et que s'est-il passé l'autre soir ? lui lança-t-elle avec une agressivité gênée.

– Vous savez bien… le baiser !

– Le baiser ? Quel baiser ? dit la conductrice, sans quitter des yeux le feu tricolore.

Une pluie grasse commença à tomber, souillant le pare-brise de postillons visqueux et collants.

– Allons, Hakima, vous savez très bien de quoi je parle. Je n'ai pas arrêté d'y penser, moi aussi.

D'un mouvement rageur, la jeune femme enclencha les essuie-glaces qui peinèrent à balayer les gouttes épaisses.

– Moi aussi ! répéta-t-elle. Vous ne manquez pas de culot ! Qui vous dit qu'il en a été de même pour moi ?

– Je le sais ! dit-il avec une certitude feinte.

Pour la première fois depuis qu'il s'était assis à côté d'elle, elle se tourna vers lui et le dévisagea longuement. Ses yeux semblaient le sonder, cherchant une réponse à une question informulée mais cruciale.

Il ne parvint qu'à lui adresser un sourire.

L'examen ne dut pas être probant, car elle répondit :

– Vous ne savez rien ! Il ne s'est rien passé ou, s'il s'est passé quelque chose, j'ai bien envie de l'oublier !

Il s'apprêtait à lui répondre mais elle accéléra si brutalement qu'il fut renvoyé au fond de son siège tel un boxeur dans les cordes.

– Hé ! Doucement ! s'insurgea-t-il en attrapant la poignée de plafond.

Sans écouter, elle tourna sur la droite en direction du stade Geoffroy-Guichard.

– Heu… et si vous ralentissiez un peu ! Sinon nous serons morts avant nos deux vieux bonhommes !

Presque à contrecœur, elle leva le pied.

– Je vous avais demandé de ne pas vous mêler de cette affaire ! l'accusa-t-elle.

Il observait son profil et le délicat grain de beauté qui agrémentait sa joue. Soudain, il eut envie d'arrêter ce petit jeu absurde.

– Est-ce que vous vous feriez du souci pour moi ?

– Prétentieux ! Je vous rappelle que mon travail c'est de protéger les citoyens, pas de les envoyer au casse-pipe !

Malgré l'interdiction de tourner à gauche, elle vira sèchement dans la rue Barroin. La voiture tressauta au passage d'une ligne de chemin de fer.

– Je comprends, fit Chalier. Quoi qu'il en soit, moi je suis content de vous voir.

Elle ne répondit pas, mais la crispation de sa mâchoire se relâcha quelque peu. Ils roulaient entre des murs noirs et luisants à présent. La Mégane avançait plus lentement, contrainte de se plier aux exigences d'une circulation de plus en plus dense à mesure qu'ils s'approchaient de la Grand-Rue. Sur les trottoirs des ombres grises glissaient sans grâce sous des parapluies noirs.

– Vous avez de nouvelles informations concernant Gascogne ? demanda Chalier, histoire de changer de conversation.

– Non, rien pour l'instant. Nous avons lancé un avis de recherche. Nous sommes également allés rendre visite à sa sœur, mais elle n'a rien pu – ou rien voulu – nous dire.

– Annie ? s'étonna-t-il. Elle habite dans le coin ? Qu'est-elle devenue ?

– Elle tient un bar à Roche-la-Molière avec son mari. Citoyenne sans histoires. Elle prétend ne pas avoir vu son frère depuis sa sortie de prison. Mais je suis sûre qu'elle ment ! Nous faisons surveiller sa maison. On ne sait jamais.

– Et du côté de ses parents ?

La policière parut sincèrement surprise.

– Ses parents ? Comment, vous ne saviez pas ? Morts tous les deux, il y a des années ! Le père a cogné une fois de trop son épouse. Quelques heures après, pris de remords ou accablé par la stupidité de son acte, il se jetait sous un train.

– Merde ! lâcha Chalier. Je l'ignorais… Pas étonnant que Gascogne ait mal tourné.

Elle lui jeta un regard perplexe.

– Vous le plaignez malgré ce qu'il a fait ? Malgré ce qu'il *vous* a fait ?

Il réprima un sourire sans joie : c'est drôle, mais il avait l'impression d'avoir déjà eu cette conversation !

– Ce n'est peut-être pas entièrement sa faute.

La jeune femme éclata d'un rire incrédule.

– Vous rêvez ! Que faites-vous de ses empreintes sur l'arme du crime ? Laissez tomber vos idées romanesques :

ce type est un assassin, un point c'est tout ! Son parcours est d'ailleurs un modèle du genre. C'est d'une tristesse et d'une banalité... Y'en a des centaines comme lui à la Talau et ils ont tous de bonnes excuses. Si on les écoute, ce sont eux les victimes !

– C'est plutôt curieux de vous entendre dire ça !

Le véhicule s'immobilisa entre deux fourgonnettes. Hakima Messaoudi lui lança un regard de côté.

– Pourquoi ? Parce que je suis algérienne, c'est ça ?

Il ne répondit pas.

– Vous savez, j'ai grandi à Montreynaud, reprit-elle. Alors je sais de quoi je parle ! Les petits caïds de quartier, je connais. Mes frères zonaient avec. Je n'ignore rien de leurs petites combines : vols à la tire, chourave dans les entrepôts, trafics de voitures, fourgue de dope... Je voyais ça tous les jours. J'en ai même profité : notre premier magnétoscope était tombé d'un camion. Les Adidas de mon douzième anniversaire aussi ! Aujourd'hui, la plupart de ces types sont en zonzon. Pour certains, c'est même moi qui ai contribué à les y envoyer ! Je sais ce qu'ils valent. Ils ne peuvent pas me tromper. Pas moi ! Ils peuvent pleurer leur mère, accuser un sort injuste, rejeter la faute sur la société... Ça ne prend pas ! On peut s'en sortir si on veut. Si votre ami Gascogne a mal tourné, il ne doit s'en prendre qu'à lui-même ! Il n'est pas le seul à avoir eu une enfance malheureuse !

Elle s'était échauffée en parlant. Visiblement le sujet lui tenait à cœur. Une nouvelle fois, ces propos en rappelèrent d'autres à Christophe Chalier. Ceux d'Angelo Lombardi.

– Ça n'a pas dû être facile pour vous, fit-il d'une voix douce.

– Vous pouvez le dire ! J'ai été éduquée pour rester bien sagement à la maison et faire des gosses, pas pour exercer un métier public ! Et encore moins celui de flic !

La voiture recommença à avancer au pas. De gros grumeaux humides tapissaient le pare-brise.

– Beau sujet de débat... murmura Chalier. J'aimerais vraiment que ce soit aussi simple... Que le destin de chacun repose entre ses propres mains...

– Toutes les actions humaines sont commandées par des mobiles précis : amour, haine, vengeance, volonté de pouvoir, etc. Ensuite, tout n'est qu'une question de choix.

– Et quels sont les mobiles de Gascogne selon vous ?

Elle hésita.

– En tout cas ce n'est pas la seule vengeance. Ça ne colle pas avec le fait qu'il vous ait agressé. Ni avec le vol chez le conseiller Lefebvre.

Chalier se garda bien d'évoquer la théorie élaborée par son ex-femme.

– Avez-vous trouvé quelque chose concernant un éventuel chantage ?

– Non, rien pour l'instant, dut admettre Hakima. Mais ça ne veut rien dire, car nous avons découvert que le bonhomme avait aussi des comptes ouverts dans plusieurs paradis fiscaux, au Liechtenstein notamment. Les recherches se poursuivent...

– Si Gascogne est réellement un maître chanteur, alors pourquoi a-t-il tué la poule aux œufs d'or ?

La jeune femme eut une petite moue qui ne parvint pas à l'enlaidir.

– Peut-être que Lefebvre ne voulait plus ou ne pouvait plus raquer. À moins que le désir de vengeance n'ait pris le dessus !

C'étaient presque les mêmes mots que ceux utilisés par Mariama, ce qui eut pour effet d'énerver prodigieusement Chalier.

– Vous avez réponse à tout, hein ? C'est le métier de flic qui vous a rendue aussi dure ou vous êtes née comme ça ?

Elle lui adressa un regard indéchiffrable.

– Disons que je ne me fais plus guère d'illusions sur les êtres humains.

– C'est bien triste. Des sentiments nobles existent quand même. L'amitié, l'amour...

Comme pour confirmer ses propos, la pluie s'arrêta aussi brusquement qu'elle était venue. Un soleil irréel perça la couverture nuageuse, dardant ses rayons sur le sol humide comme sur un tableau religieux.

Le visage de la jeune fille se détendit un peu. L'ombre d'un sourire parut même le parcourir, mais peut-être n'était-ce qu'une impression.

– J'aimerais y croire.

Ils parvinrent à un feu rouge. Le monde autour d'eux, les passants, les autres véhicules, semblaient faire partie d'une scène de cinéma dont on aurait oublié de faire retentir le clap de fin.

– Et sur Lefebvre... qu'avez-vous trouvé ? demanda Chalier. Des enfants ont-ils pu être identifiés ?

Elle secoua la tête.

– C'est encore trop tôt pour en parler. Rien en tout cas qui nous ramène aux enlèvements des gamins du Clapier. Nous faisons des recherches sur les noms retrouvés dans les vieux agendas mais, pour l'instant, on n'a pas pu les relier aux gamins. La fouille a permis de trouver d'autres photos pornos et de nombreux films. D'après nos spécialistes, certains pourraient avoir été réalisés par Lefebvre lui-même.

– L'enfoiré ! jura Chalier en se frappant le genou du poing.

– Comme vous dites ! Une équipe est en train de trier ces saloperies par date et de les recouper avec les photos de nos fichiers. C'est un travail énorme.

Le feu passa au vert. Ils traversèrent le segment de la Grand-Rue appelé rue Bergson et s'engagèrent dans la rue

Revollier. Les véhicules qui les précédaient disparurent peu à peu comme par enchantement.

– Avez-vous pu établir un lien entre Salvatore Lombardi et les bagarres de chantier ?

– Non, c'est si vieux... Ce qui est clair, c'est que le nom de Salvatore Lombardi est l'un de ceux qui apparaissent le plus souvent dans les carnets de Lefebvre. Ces deux-là se connaissaient, c'est certain.

Ils se turent tandis que la voiture s'enfonçait davantage dans le quartier résidentiel. Les murs noirs de suie, aux allures de forteresse médiévale, avaient cédé la place à des crépis immaculés. La crasse urbaine, à la nature. Ils s'engagèrent sur une petite route bordée d'arbres et gravirent une côte abrupte. Sur leur droite, Saint-Étienne s'étalait comme un organisme malade déployant des ramifications empoisonnées dans la campagne environnante.

Par une étrange association d'idées, Chalier se souvint qu'on avait retrouvé l'arme du crime dans un buisson, non loin de la propriété de Lefebvre.

– Hakima ? dit-il. Vous ne trouvez pas curieux que Gascogne se soit débarrassé de la matraque si près de la maison ?

La conductrice eut un haussement d'épaules.

– Elle n'était pas vraiment à proximité du domicile de Lefebvre. Nous aurions très bien pu ne jamais la trouver. Ce sont les chiens de la gendarmerie qui l'ont dénichée. Il l'a probablement jeté par la portière de sa voiture en s'enfuyant.

– Mais pourquoi a-t-il fait ça ? Pourquoi prendre le risque qu'on la retrouve ? S'il voulait s'en débarrasser, il pouvait la jeter plus loin dans la Loire !

– On ne sait pas ce qui se passe dans la tête d'un homme qui vient de commettre un crime, dit la jeune femme. Peut-être a-t-il paniqué. Peut-être même a-t-il eu envie qu'on la retrouve ! Tout est possible !

– Ça fait beaucoup de peut-être, non ? On pourrait en rajouter un autre, murmura Chalier.

– Que voulez-vous dire ?

– Tout simplement que quelqu'un essaie de lui faire porter le chapeau !

Elle éclata d'un rire sans joie.

– Ça, c'est encore le romancier qui parle. La bonne vieille théorie de la machination machiavélique avec bouc émissaire à la clé... Le complot d'État... Tiens, si ça se trouve c'est encore un coup du FBI ou de la CIA !

– C'est ça ! Foutez-vous de ma gueule ! grogna Chalier, vexé.

– Vous l'avez bien mérité !

Elle lui adressa un petit sourire :

– Allez ne vous fâchez pas, je faisais juste un peu d'humour !

– Humour de flic ! cracha Chalier.

Le véhicule s'engagea dans un dédale de rues pavillonnaires. Au détour d'une courbe apparut devant eux un bâtiment blanc posé comme une perle dans un écrin de verdure.

– Voilà on y est, fit Hakima en ralentissant.

L'instant d'après la voiture franchissait le portail et, dans un bruit de papier froissé, s'engageait sur une allée de graviers.

Chalier avait du mal à croire qu'ils se trouvaient encore à Saint-Étienne. La luminosité elle-même était différente, comme si la demeure bénéficiait d'un éclairage spécial.

La femme flic dirigea le véhicule vers un petit parking visiteurs désert sur lequel veillaient de gigantesques séquoias.

– Je ne veux pas d'histoires, dit-elle en garant la Mégane. On y va en douceur. Je ne tiens pas à ce que votre copain avocat nous colle un procès sur le dos.

CHAPITRE 30

Salvatore Lombardi était installé dans une belle chambre individuelle avec vue sur le parc. Compte tenu de son état de santé, il n'en profitait malheureusement pas.

Ils le trouvèrent assis dans un fauteuil et fixant d'un œil vide la télévision. Un filet de bave reliait la commissure de ses lèvres à son pyjama bleu ciel.

– Voici M. Lombardi, leur dit l'infirmière blonde qui les avait accompagnés. Je crains que vous ne puissiez établir de contact avec lui. Il est atteint de la maladie d'Alzheimer. Comme vous le savez sans doute, il s'agit d'une maladie neurodégénérative du tissu cérébral. Elle affecte en premier lieu la mémoire avant d'atteindre les fonctions exécutives, puis le langage et la reconnaissance visuelle.

– Vous voulez dire qu'il ne se souvient plus de rien et ne reconnaît personne ? demanda sans ménagement Hakima Messaoudi.

L'infirmière hocha tristement la tête.

– Exactement. Même ses enfants sont pour lui de parfaits étrangers.

– Ils viennent souvent ? interrogea Chalier.

L'infirmière eut un sourire contrit qui parut un peu surjoué à ce dernier. Elle était impeccable et presque trop parfaite dans sa blouse blanche et ses chaussures Scholl.

– Non, soupira-t-elle. Une de ses filles vient quand même une fois par semaine.

– Et son fils, Angelo ?

Elle dodelina doucement du chef, s'efforçant d'exprimer par ce simple geste toute la tristesse et toute la compassion du monde.

– C'est un homme très occupé. Il appelle cependant régulièrement pour prendre de ses nouvelles.

Ils pénétrèrent plus avant dans la chambre. Il y flottait une odeur douceâtre et écœurante d'urine, de médicaments et de détergent. Hormis quelques photos sur la table de nuit et un bouquet de fleurs près de la fenêtre, la pièce était froide et impersonnelle.

L'infirmière se tourna vers eux, toujours souriante. Chalier songea qu'il y avait presque quelque chose d'inconvenant dans ce sourire. C'était le sourire artificiel d'une hôtesse d'accueil, pas celui d'une infirmière.

– Je vais vous laisser à présent, susurra-t-elle. Si vous avez besoin de quoi que ce soit, n'hésitez surtout pas à m'appeler.

Ils la remercièrent d'un sourire beaucoup moins professionnel que le sien.

– Nous n'y manquerons pas, fit Hakima Messaoudi.

Tournant les talons dans un chuintement, l'infirmière s'éloigna avec la componction d'un employé des pompes funèbres abandonnant deux proches auprès d'un défunt.

– Bon, qu'est-ce qu'on fait maintenant ? demanda Hakima. Vous allez l'hypnotiser pour faire resurgir les souvenirs enfouis ? C'est ça votre truc ?

Elle semblait hésiter à s'approcher davantage du vieillard comme s'il était contagieux.

Chalier lui lança un regard noir et s'avança vers le malade. Il prit une chaise et s'installa à côté de lui pendant que la jeune femme inspectait sans enthousiasme la chambre.

– Bonjour M. Lombardi. Je suis Christophe Chalier. Vous vous souvenez de moi ? Je suis un ami de votre fils, Angelo.

Le regard du vieux restait fixé sur l'écran de télévision, mais sans le voir. Seul le mouvement de sa poitrine, se levant et s'abaissant régulièrement, témoignait qu'il ne s'agissait pas que d'un mannequin de cire. Ses joues étaient terriblement creuses, ses yeux profondément enfoncés... Sa peau tirée, jaune, adhérait comme un parchemin à son crâne. Le sinistre visage de la mort était tapi juste derrière, ne demandant qu'à surgir.

« Une mort qui ne tardera certainement plus », pensa Chalier atterré par les ravages infligés au fringant Italien qu'il avait connu lorsqu'il était enfant. Le casseur de communistes n'était plus aujourd'hui qu'une enveloppe fragile qu'une simple chiquenaude aurait suffi à briser en mille morceaux.

– M. Lombardi ? Vous m'entendez ? Je suis un ami d'Angelo. J'habitais au Clapier, rue Eugène-Sue. Vous vous rappelez ? Il y avait aussi Philippe Gascogne et Bernard Collardo. Vous vous souvenez de Collardo ?

Le masque funèbre n'eut pas le moindre frémissement à l'énoncé de ces noms. Le regard demeurait parfaitement vide.

– Continuez ! On dirait que ça marche ! le railla la jeune femme.

Ignorant la remarque, Chalier posa sa main sur celle décharnée du vieillard. Elle était curieusement fraîche et douce. Elle lui fit songer à un grand papillon de nuit duveteux.

– Est-ce que vous m'entendez, M. Lombardi ? poursuivit-il. C'est au sujet des enfants qui ont autrefois disparu au Panassa. Vous vous souvenez ? Est-ce que le nom de Marius Lefebvre évoque quelque chose pour vous ?

– Risible ! lança la policière qui regardait à présent le

paysage par la fenêtre. On ferait mieux de s'en aller.

Chalier se tourna vers elle avec agacement.

– Si vous pensez que vous pouvez faire mieux que moi, ne vous gênez surtout pas !

– C'était votre idée, je vous le rappelle, répliqua-t-elle.

Chalier se redressa et fit quelques pas rageurs dans la chambre.

– Bordel ! jura-t-il. Et dire que les réponses à nos questions se trouvent peut-être sous ce crâne !

– Vous voulez un canif ? proposa la jeune femme. Un sourire désamorçait toutefois la dureté de ses paroles.

– Humour de... commença Chalier. Pfff ! Laissez tomber ! Vous avez raison : on n'apprendra rien ici ! J'avais espéré que... En fait, je ne sais pas ce que j'avais espéré ! Mais c'est baisé, Collardo, Bomaki... tout ça n'évoque plus rien pour lui !

Un léger soubresaut agita tout à coup le vieillard.

– Vous avez vu ? s'exclama Chalier. Il a bougé !

La jeune femme se retourna et lui adressa une moue dubitative :

– Le hasard ou alors un simple spasme musculaire.

– Non ! s'impatienta Chalier. C'est juste au moment où j'ai dit... Bomaki.

La réaction fut cette fois encore instantanée. La tête de momie bascula en arrière et les yeux roulèrent affreusement.

– Bomaki ! s'exclama Chalier.

Salvatore Lombardi se tendit comme un arc. Ses yeux étaient de plus en plus révulsés.

– Bomaki ! Bomaki !

Des convulsions secouèrent la carcasse du vieillard.

– Bomaki ! Bomaki ! Bomaki !

– Arrêtez ça, vous allez le tuer ! intervint Hakima.

Chalier posa une main sur l'épaule du malade afin de le maintenir sur son siège.

– Il m'entend ! Bon Dieu, il comprend ! Il faut qu'il nous dise quelque chose ! Écoutez-moi, M. Lombardi ! Vous m'entendez, n'est-ce pas ? Dites-moi ce que vous savez sur Bomaki et sur les enfants ! Je dois savoir ! C'est important ! Il faut que vous parliez !

Une bulle de morve gonfla à la narine droite du vieil Italien et creva avec un petit « ploc » dégoûtant. Puis, comme une machine qu'on débranche, son corps se détendit et sa tête retomba sur sa poitrine pour ne plus bouger.

Chalier s'écarta vivement.

– Merde ! jura-t-il. M. Lombardi ? M. Lombardi ? Putain, je l'ai tué !

Affolé, il se tourna vers la jeune femme. Celle-ci s'approcha et toucha la gorge fripée du vieillard du bout des doigts.

– Non, il respire encore, le rassura-t-elle. Mais le petit jeu a assez duré ! On appelle l'infirmière et on fout le camp d'ici !

– Vous parlez d'une peur ! J'ai cru que je l'avais tué !

Ils étaient sortis de la maison de retraite et regagnaient à grands pas leur véhicule. Là-haut, le personnel médical s'empressait autour de Salvatore Lombardi.

– Ben oui... Ce n'est pas un jouet, non plus ! rigola Hakima Messaoudi. Mais ne vous inquiétez pas, il va s'en tirer.

Elle tourna la tête vers le bâtiment et vit que l'infirmière qui les avait accueillis les observait depuis la fenêtre de la chambre du vieillard, toute trace de sourire artificiel évanouie sur son visage lisse.

Nonchalamment, Hakima lui adressa un petit signe de la main.

– Si vous vous étiez vu : « Bomaki ! Bomaki ! » le singea-t-elle hilare, l'instant d'après.

Chalier s'immobilisa, forçant ainsi la jeune femme à en faire autant.

– Foutez-vous de ma gueule ! En tout cas, nous avons maintenant la certitude qu'il n'est pas étranger à l'affaire !

Hakima lui lança un regard faussement admiratif.

– Alors là, bravo M. le détective ! Grâce à votre sagacité, notre enquête a fait un pas décisif ! Je propose qu'on inculpe immédiatement ce vieux débris.

Elle se gratta théâtralement le sommet du crâne, simulant une intense réflexion, avant de poursuivre :

– Le seul hic, c'est qu'on va avoir besoin d'un expert en langage corporel, pour décoder son témoignage !

Chalier repartit en direction de la Mégane.

– Vous avez un de ces humours…

– De flic… Oui, je sais, vous me l'avez déjà dit.

Ils montèrent dans la voiture.

– Après un tel fiasco, vous tenez vraiment à aller voir Viallard ? interrogea la jeune femme.

– On est à deux pas ! Qu'est-ce que ça coûte ?

– Dans le genre obstiné, vous vous posez là ! D'accord, on y fait un saut rapide, mais essayez de ne pas le tuer celui-là !

Quelques minutes plus tard, ils s'arrêtaient devant la maison de l'entrepreneur. Le mur d'enceinte avait été repeint en blanc. Il ne restait plus aucune trace de l'inscription accusatrice qui y avait été portée.

– Ce serait bien si on pouvait effacer aussi facilement toutes les séquelles du passé, remarqua Chalier.

– Pas sûr. Vous savez ce qu'on dit : *Celui qui oublie son passé est condamné à le revivre !*

– Tiens, vous faites aussi dans la philosophie ! Ça change !

Hakima Messaoudi alla saluer le policier de faction de l'autre côté de la rue, tandis que Chalier sonnait au portail. Elle s'approchait lorsque résonna une voix féminine désincarnée.

– Oui ?

– Police. Vous voulez bien ouvrir, s'il vous plaît ?

Au bourdonnement, ils poussèrent le battant et s'avancèrent jusqu'à la porte d'entrée. La garde-chiourme qui avait surpris Chalier la première fois les accueillit en haut des marches. Elle lança un regard brûlant à celui-ci. Quand elle parla, son ton était rien de moins que glacial :

– Je peux vous aider ?

Le lieutenant Messaoudi exhiba sa carte tricolore.

– Oui, nous souhaitons parler à Richard Viallard.

Tel un catcheur s'apprêtant à engager le combat, l'infirmière se raidit.

– Ce n'est malheureusement pas possible. M. Viallard est encore très faible. Il ne va pas bien du tout depuis… depuis la visite de ce M. !

Un doigt accusateur à l'ongle carré se porta sur Chalier.

– Ce ne sera pas long, dit Hakima en essayant d'écarter la femme. Juste quelques minutes…

La garde-malade tendit un bras gros comme un jambon pour l'empêcher de passer.

– Son fils m'a expressément demandé de ne laisser entrer personne !

L'Arabe se planta devant la grosse femme, rivant ses yeux dans les siens. Malgré la différence de taille – et de poids – l'autre cilla.

– Nous ne sommes pas « personne » ! Je suis lieutenant de police et ce M. m'accompagne. Ça vous pose un problème ?

– Non, mais…

– Vous savez ce qu'il en coûte d'entraver la justice ? la coupa la jeune femme d'une voix lourde de menace. Vous voulez être inculpée de complicité dans une affaire d'enlèvement et de pédophilie ? Oui, j'ai bien dit de pé-do-phi-lie !

À ces mots, la grosse infirmière blêmit et vacilla. Brusquement, elle fit demi-tour et s'élança dans le couloir, faisant résonner le parquet à chacune de ses lourdes enjambées.

– Je vais prévenir son fils !

– Eh bien allez-y, je vous en prie ! Nous vous attendons là-haut.

Comme l'infirmière disparaissait, ils se précipitèrent à l'intérieur.

– Vite ! s'exclama Hakima, nous n'aurons sans doute pas beaucoup de temps devant nous.

Montant les marches quatre par quatre, ils parvinrent à l'étage où se trouvait Richard Viallard.

– Gisèle ? C'est vous ? entendirent-ils.

Chalier attrapa la jeune femme par le bras.

– Laissez-moi lui parler ! dit-il. J'ai une petite idée.

Les yeux en amande sondèrent les siens.

– D'accord, mais essayez d'être plus efficace que tout à l'heure !

L'instant d'après, ils passaient le seuil de la chambre et se présentaient devant le vieillard.

Celui-ci était allongé mais ne dormait pas. Il parut même plus en forme à Chalier que lors de sa précédente visite. Un livre était ouvert sur un siège placé au chevet du lit. Sans doute l'infirmière lui faisait-elle la lecture lorsqu'ils étaient arrivés.

– Vous ? Que faites-vous ici ! s'exclama Richard Viallard en les voyant. Gisèle ! Gisèle ! Pourquoi avez-vous laissé monter ces gens !

Il s'empara de son masque à oxygène et se le colla sur le nez.

– Cette fois, personne ne viendra vous aider, M. Viallard ! dit Chalier en s'approchant. Je suis avec la police. Nous venons au sujet de Bomaki.

Le vieil homme écarta le masque.

– Bomaki ? Je ne sais pas de quoi vous parlez ! Je suis malade, vous m'entendez ? Malade ! Vous n'avez pas le droit de me harceler.

Fermant les yeux, il se laissa retomber sur son oreiller. De petits vaisseaux sanguins dessinaient une mosaïque complexe sur ses paupières.

Chalier écarta le livre posé sur la chaise, *Mémoires de guerre* du général de Gaulle, et s'assit.

– Allons M. Viallard, dit-il d'une voix douce. Cessez cette comédie, ça ne vous ressemble pas. Salvatore Lombardi lui au moins a eu le courage de parler ! bluffa Chalier.

L'autre ouvrit aussitôt les yeux.

– Lombardi ? ricana-t-il. C'est un légume ! Il n'a rien pu vous dire !

– Vraiment ? Alors comment se fait-il qu'il nous ait avoué que c'est sur votre ordre que lui et quelques autres avaient matraqué les « irréductibles » du Panassa ?

Les yeux du vieillard fulminèrent.

– Vous mentez ! Il n'a pas pu vous dire ça !

Chalier éclata d'un rire sonore en y mettant toute la morgue et le mépris dont il était capable.

– Vous croyez ? Certains médicaments sont pourtant drôlement efficaces, M. Viallard ! Ils font même des miracles ! Certes la maladie d'Alzheimer s'attaque à la mémoire mais elle n'efface pas les souvenirs pour autant. Ils sont comme qui dirait… enfouis, et il suffit de les déterrer. Le thiopental sodique, plus connu sous le nom de Pentothal, a des effets surprenants chez les malades d'Alzheimer. Le fameux sérum de vérité, vous connaissez ? On ne l'utilise pas que dans les films !

Le doute voila le regard du vieillard. Chalier poursuivit, profitant sans vergogne de l'ignorance et de l'état de faiblesse de l'ancien entrepreneur :

– En fait, il nous a presque tout raconté. L'histoire de ce

malheureux Bertrand Omiak... Ce communiste que vos hommes ont si méchamment malmené qu'il en est mort. Il faut croire que le vieil Italien voulait libérer sa conscience avant de mourir ! Il a toujours été si chrétien... Il doit savoir qu'on n'entre pas au paradis sans s'être sincèrement repenti.

Comme tiré par un fil invisible, Viallard se redressa. Son visage était crispé. Ses yeux exorbités brûlaient d'une colère noire.

– Ce sale métèque ! postillonna-t-il. Je ne sais pas ce qu'il est allé vous raconter, mais vous ne pouvez rien contre moi ! Vous n'avez aucune preuve !

Un ricanement haineux jaillit de la balafre de sa bouche.

– Et puis, que comptez-vous me faire ? Me mettre en prison ? Y'a prescription ! Et d'ailleurs j'y suis déjà ! Rester toute la journée dans son lit en attendant la mort, c'est même pire que la prison !

Hakima Messaoudi, qui était retournée sur le pas de la porte, fit un signe discret à Chalier et lui montra sa montre.

Il hocha brièvement la tête.

– Sûr que ça ne doit pas être facile pour un homme comme vous de rester couché, reprit-il. L'époque où tout le monde vous craignait doit vous manquer, hein ? Vous êtes vieux maintenant... Vous avez tout le temps de songer au passé et aux saloperies que vous avez commises, et surtout, à ce qui vous attend... après !

Viallard éclata d'un rire qui se mua aussitôt en toux grasse. Des perles de sang vinrent maculer les draps blancs et il se laissa retomber sur son lit.

– Vous croyez que j'ai peur du Jugement divin ? haleta-t-il d'une voix sifflante. Mon cul ! Tout ce que j'ai fait, je le referais, morveux ! Tout ! Je ne regrette rien. Rien du tout !

– Même les enlèvements d'enfants ?

L'ex-entrepreneur marqua un temps d'hésitation.

– Ça, je n'y suis pour rien. Ce n'était pas mon idée.

– Qui alors ?

Viallard observa un silence buté. Son front luisait d'une pellicule de sueur grasse. Il porta le masque à oxygène à son visage et le regarda haineusement.

– Vous tenez vraiment à emporter le secret dans votre tombe ? reprit Chalier. Songez aux parents des victimes… Ces gens veulent savoir. Maintenant que Lefebvre est mort, vous êtes peut-être le dernier à connaître la vérité… Et puis, comme vous l'avez si bien dit vous-mêmes il y a maintenant prescription.

Une lueur passa dans les yeux bleus du vieillard.

– Tiens, on dirait que vous ne saviez pas que Marius Lefebvre était mort, fit Chalier comme un joueur d'échecs avançant un pion décisif. C'est pourtant le cas. Il a été assassiné par un ancien gosse du Clapier : Philippe Gascogne. C'était, comme moi, un copain de Bernard Collardo, enlevé en 1974.

Cette fois, le vieux marqua le coup.

Du coin de l'œil, Chalier vit Hakima Messaoudi disparaître dans le couloir.

– Il est vraiment mort ? demanda Viallard à travers son masque.

– Oui. Paraît que ce n'était pas beau à voir. Mais je ne vais certainement pas plaindre ce vieux pédophile !

Richard Viallard repoussa rageusement l'appareil respiratoire.

– Vous croyez me faire peur ? Qu'il y vienne ce saligaud ! Je n'ai jamais eu peur de personne ! Vous m'entendez ? De personne ! Et ce n'est certainement pas maintenant, sur mon lit de mort, que je vais trembler devant la vermine prolétaire !

– Cette même vermine que vous avez chassée du Panassa ?

– Exactement ! s'excita le vieil homme. Ces gens-là vivaient comme des bêtes ! Dans une promiscuité horrible, dégoûtante ! Sans eau courante, sans électricité, parfois. On leur offrait des logements neufs avec le chauffage central et toutes les commodités, et eux, ils préféraient rester dans leur merde ! Ce quartier, c'était la honte de Saint-Étienne ! C'étaient des bêtes qui vivaient là, pas des êtres humains !

Ces propos firent l'effet d'une gifle à Chalier. Viallard les ravalait, lui, ses parents et tous les gens qu'il avait connus à cette époque, au rang d'animaux. À ses yeux, ils n'étaient que des cancrelats que l'on chasse ou que l'on écrase !

– J'habitais ce quartier, M. Viallard, dit-il en s'efforçant de rester calme. C'est curieux, mais je n'ai pas les mêmes souvenirs. Je n'ai jamais eu l'impression de vivre dans une porcherie ou une écurie.

Le vieillard détourna les yeux.

– Vous n'étiez qu'un gosse. Vous ne saviez pas ce qui se tramait dans les arrière-cours ! Toutes ces prostituées ! Tous ces lieux malsains et malfamés !

– Tout ça c'est des conneries ! gronda Chalier qui avait de plus en plus de mal à se contenir. Ou plus exactement un prétexte. C'était tellement plus simple de se convaincre du caractère inférieur de ces gens ! Pendant la guerre, on a rempli des trains entiers de ces prétendus « sous-hommes ». La vérité, c'est qu'ils gênaient vos projets ! Ce qui vous intéressait, c'était l'argent ! L'argent que vous pouviez gagner avec les démolitions et, plus tard, avec les reconstructions. Le reste n'est qu'accommodement de l'esprit, un petit arrangement avec votre conscience ! Car c'est comme ça que vous êtes devenu riche, n'est-ce pas, M. Viallard ? Grâce à cette vermine que vous méprisez tant ! Et c'est pour cette raison, la seule importante à vos yeux, que vous avez fait assassiner Omiak et enlever les enfants !

– Je n'ai jamais fait enlever ces gosses ! éructa le vieux. J'étais contre !

Chalier entendit des bruits de voix au rez-de-chaussée, dont l'une était indiscutablement masculine. Il ne lui restait plus beaucoup de temps.

– Alors qui ? rugit-il en se penchant sur Viallard.

– Vous l'avez dit ! C'était Lefebvre ! Lefebvre, ce sale pervers ! postillonna le malade. Il avait ainsi trouvé le moyen rêvé d'assouvir ses plus vils instincts, tout en terrorisant les habitants du quartier. Ce n'était pas mon idée !

– Mais vous saviez ! Vous saviez et vous n'avez rien fait pour l'en empêcher ! Parce que ces enlèvements servaient vos affaires ! Comme le meurtre d'Omiak ! Là, vous n'aurez quand même pas le culot de vous prétendre innocent !

– C'était un sale communiste ! Je l'avais prévenu de ce qui lui arriverait s'il ne se tenait pas à carreau. C'était lui le meneur de cette racaille !

Les éclats de voix provenaient du couloir maintenant.

– Alors vous avouez que c'est bien vous qui…

– Je n'avoue rien du tout ! s'époumona le vieillard, les yeux exorbités, le menton maculé de sang et de bile. C'était une idée de Lefebvre, encore.

– Comme c'est pratique ! ricana Chalier. Surtout maintenant qu'il est mort ! Il peut tout endosser !

– Allez vous faire foutre ! C'est la vérité ! Lui et Lombardi étaient…

– Vas-tu te taire, espèce de vieux fou !

Un homme venait de faire irruption dans la chambre, entraînant dans son sillage Hakima Messaoudi et la garde-malade. Chalier n'eut aucun mal à reconnaître le fils de l'entrepreneur : même visage rougeaud et sanguin, même regard froid, même bouche mince et cruelle. Plus grand que Chalier, qu'il dépassait d'une bonne tête, il devait avoir une petite quarantaine d'années et ressemblait davantage à un lutteur qu'à un homme d'affaires.

– Ne dis pas un mot de plus ! s'exclama-t-il.

Il attrapa Chalier par l'épaule et le rejeta en arrière. La brutalité du geste réveilla la douleur dans le bras de celui-ci et lui arracha une grimace.

– Vous ! De quel droit êtes-vous ici ? hurla Charles Viallard.

– Celui de la vérité ! grogna Chalier.

Un rictus mauvais apparut sur le visage de l'autre qui, poings fermés, fit un pas en avant. Une main posée sur son revolver, Hakima Messaoudi s'interposa pour éviter que les deux hommes ne se sautent à la gorge.

Viallard fils la fusilla du regard :

– Vous n'avez pas le droit ! Montrez-moi votre mandat !

– Je n'ai pas besoin de mandat pour interroger votre père ! rétorqua-t-elle. Nous enquêtons sur l'enlèvement d'Emilio Sanchez, ainsi que sur la mort du pédophile Marius Lefebvre ! On a retrouvé le premier devant cette maison et nous savons que votre père connaissait le second. Vous trouvez que ce n'est pas suffisant ?

Un silence assourdissant enveloppa les protagonistes comme une brume glacée. L'infirmière se tenait sur le seuil, se dandinant d'un pied sur l'autre. Richard Viallard observait la scène, l'œil mauvais, raide sur son lit.

Le visage de son fils était un masque de fureur froide. Il semblait prêt à se jeter sur la jeune femme qu'il écrasait du haut de son mètre quatre-vingt-dix.

– Mon père n'a rien à voir avec tout ça ! Il est la victime de vos persécutions policières ! Je peux vous assurer, mademoiselle, que vous allez entendre parler de moi ! Votre petit cul sera bientôt si rouge que vous ne pourrez plus vous asseoir dessus ! Quant à vous le pseudo journaliste, je n'ai pas porté plainte la première fois, mais cette fois vous n'y couperez pas !

– Je ne demande que ça ! répliqua Chalier. Ce sera sans doute très instructif d'évoquer le passé de votre père devant un juge. Ses liens avec un pédophile notoire, son implication dans l'assassinat de Bertrand Omiak…

Charles Viallard renifla hargneusement. Sa mâchoire était si crispée que ses maxillaires formaient un angle droit saillant. Il fit un effort visible pour retrouver son calme. Derrière lui, son père se saisit de son respirateur et l'appliqua sur son visage.

– Vous ne pourrez rien prouver ! dit-il finalement. D'ailleurs, il n'y a rien à prouver ! Ça va vous coûter votre poste, mademoiselle ! J'ai le bras long et mon père a encore pas mal d'amis ! Vous êtes finis ! Tous les deux ! Mes avocats vont vous foutre à poil et je n'aurai même pas à me salir les mains !

– Je les attends ! dit calmement la jeune femme. Mais c'est à mon tour de vous prévenir M. Viallard : je ne sais pas encore quel est votre rôle dans cette affaire, mais je vous jure bien que je vais le découvrir. Mes fesses seront peut-être rouges, mais ce sont bel et bien les vôtres qui iront moisir en prison si vous nous cachez quelque chose !

Ils se défièrent du regard, chacun refusant de baisser les yeux. Finalement, ce fut Viallard qui céda le premier.

– Dehors ! hurla-t-il.

La jeune femme pivota sur elle-même et attrapant Chalier par le bras l'entraîna à sa suite.

– Allez, on se tire ! lança-t-elle.

CHAPITRE 31

Le chemin du retour fut d'abord silencieux, Chalier réprimant à grand-peine un enthousiasme que ne partageait visiblement pas sa partenaire.

Ils remontaient la Grand-Rue sous une pluie tenace, lorsqu'il se décida enfin à parler.

– Vous avez entendu ça, Hakima ? Il a pratiquement avoué ! Il savait pour les enlèvements ! Il savait pour Omiak ! Certes, il a prétendu que c'était Lefebvre qui était à l'origine de son élimination, mais il mentait, j'en suis certain ! Si son fils n'était pas arrivé…

– Désolé de ne pas partager votre optimisme, fit Hakima. Mais au risque de vous décevoir, je crois qu'on va surtout au-devant de gros ennuis !

Chalier écarta les inquiétudes de la jeune femme d'un geste :

– Vous voulez parler de ces menaces ridicules ? Charles Viallard ne pourra rien faire. Plus maintenant. Son père est trop impliqué. Personne ne se mouillera pour le couvrir.

Elle lui jeta un regard en coin.

– Cool ! On va peut-être – je dis bien peut-être ! – résoudre deux affaires vieilles de plus de trente ans et donc prescrites, mais on n'avance pas d'un centimètre sur le meurtre de Lefebvre et l'enlèvement du petit Sanchez.

Un sentiment d'indignation saisit Chalier.

– Ces affaires sont liées et vous le savez ! Les familles des victimes vont enfin savoir ce qui est arrivé ! Après toutes ces années, elles vont pouvoir mettre des noms et des visages sur les responsables de leur malheur. Lefebvre est mort, mais Richard Viallard peut encore être inquiété.

Le lieutenant Messaoudi ne dissimula pas son scepticisme.

– Bien sûr, on peut essayer de mouiller le vieux, mais ça nous rapportera quoi au juste ? Des emmerdes !

Chalier grimaça de perplexité.

– Je ne vous comprends pas. Et la justice dans tout ça ?

Ils passèrent devant la galerie marchande de l'Hôtel-de-Ville, dans laquelle les gens s'étaient massés pour se protéger de la pluie.

– La justice ? On va remuer la merde, voilà ce qu'on va faire, oui ! Réveiller de vieilles douleurs… Ces gens dont vous parlez ont sans doute fait leur deuil et n'ont aucune envie de replonger dans tout ça. Jamais Viallard ne reconnaîtra son implication. Ses avocats n'auront aucun mal à nous contrer. Ils plaideront la sénilité et si, par miracle, on arrive à le traîner devant un tribunal, cet enfoiré, compte tenu de son état de santé, suscitera la compassion des jurés. Enfin et pour conclure, ses avocats mettront tout sur le dos de Lefebvre. Et comme celui-ci est mort, il ne risque pas de les contredire… Franchement, je ne sais pas si le jeu en vaut la chandelle, surtout que pendant ce temps j'ai toujours un assassin en cavale. C'est après lui que je suis censée courir, pas après des fantômes du passé.

– Les fantômes du passé, comme vous le dites si bien, reprit aigrement Chalier, vont enfin pouvoir dormir en paix ! Et moi aussi, par la même occasion ! Si vous croyez que je vais lâcher l'affaire sous prétexte que nous avons en face de nous deux vieillards ! Klaus Barbie était vieux et on l'a quand même jugé ! Nous devons bien ça aux... fantômes !

Elle s'arracha un pauvre sourire.

– Vous mélangez tout, mais vous avez peut-être raison, après tout. Mais la partie est loin d'être gagnée. Dieu sait sur quoi – et surtout sur qui ! – nous allons tomber. La réhabilitation du Panassa n'a sans doute pas profité qu'à ces deux ordures. Charles Viallard a raison : son père a le bras long et des appuis politiques en ville. Le fils lui-même doit arroser pas mal de gens...

– Tel père, tel fils, fit Chalier.

Le regard perdu dans le vague, il se tut soudain, paraissant réfléchir à quelque chose.

– Hakima... dit-il d'un ton songeur.

– Oui ?

– J'y pense... Vous ne trouvez pas qu'il est drôlement costaud, le fils Viallard ? J'ai bien cru qu'il allait nous jeter dehors *manu militari* ! C'est le genre de type à ne reculer devant rien...

Elle le regarda avec curiosité.

– Vous, vous avez une idée derrière la tête, dit-elle.

Il opina. À l'extérieur, la pluie semblait avoir dissous tous les passants. Avec ses rues désertes, la ville ressemblait plus que jamais à un gigantesque décor de film d'épouvante.

– Eh bien, oui... Si on écarte l'hypothèse Gascogne, c'est peut-être lui mon agresseur de l'autre soir. Il en a le physique et, j'en suis sûr, l'audace. Il a très bien pu m'attendre près de mon hôtel pour essayer de me décourager de poursuivre mon enquête.

La policière réfléchit un moment à cette possibilité.

– Si on écarte, comme vous dites, l'hypothèse Gascogne,

ce n'est pas impossible, convint-elle. Mais, hélas, il y a Gascogne. Gascogne et ses empreintes !

Chalier poursuivit comme s'il n'avait rien entendu :

– Ma visite à son père a pu l'inquiéter suffisamment pour qu'il décide de passer à l'action.

Le lieutenant Messaoudi ne put réprimer une grimace narquoise :

– Vous n'en démordez pas, hein ? Que vous faut-il de plus pour vous convaincre ? L'ADN de votre ami d'enfance ?

Il eut un haussement d'épaules :

– Que voulez-vous, on ne se refait pas ! Hakima, je vous le demande comme une faveur, pourrez-vous vérifier l'emploi du temps de Charles Viallard, ce soir-là ?

Elle lui adressa un sourire. Le premier authentique sourire depuis le début de cette longue journée. Un sourire dans lequel passait plus que de l'empathie, plus que de la sympathie, quelque chose d'intangible qui, pourtant, accéléra le rythme cardiaque de Chalier et lui fit du bien.

– D'accord, je le ferai.

– Et aussi, pendant que vous y êtes, celui du jour de l'assassinat de Lefebvre. Car s'il connaissait les liens unissant son père au pédophile, et je suis sûr qu'il n'en ignorait rien, il a peut-être décidé de faire disparaître celui-ci pour éviter que ses affaires ne soient éclaboussées par le scandale !

Elle acquiesça de nouveau sans cesser de sourire.

Ils roulèrent en silence dans le soir tombant, remâchant chacun leurs pensées. Slalomant entre les véhicules, ils prirent l'avenue de la Libération, puis la rue Étienne-Mimard et arrivèrent en vue de l'hôtel de Chalier.

La jeune femme ralentit et se gara sur le trottoir opposé.

Comme deux pillards brutaux, la pluie et la nuit se battaient pour s'emparer du quartier. Seule la gare, à l'aspect trouble dans le ballet des essuie-glaces, formait encore un îlot de résistance lumineuse.

– Je vais vous laisser là, dit-elle. J'ai un rapport à faire et j'ai intérêt qu'il soit solide si je ne veux pas me retrouver à la circulation !

Elle n'avait pas coupé le moteur et Chalier n'osa pas lui proposer de prendre un verre.

– Je comprends... commença-t-il. Hakima, je... je voulais vous dire que c'était vraiment chic de votre part de m'avoir accompagné. Je sais que vous n'étiez pas obligée... Vous avez été superbe face à Viallard. Même si vous en doutez, je suis convaincu qu'on a avancé aujourd'hui.

– J'espère que mon divisionnaire verra les choses comme vous, fit-elle.

Il hésita un moment entre lui prendre la main ou lui rendre le baiser qu'elle lui avait donné quelques jours plus tôt, mais il n'osa pas. Ce n'était tout simplement pas le moment.

– OK, j'y vais maintenant, dit-il. Merci encore, Hakima. Pour tout.

– De rien. Cette fois, essayez de ne pas bouger de votre hôtel. Vous avez mon numéro de portable au cas où...

– Je n'oublierai pas de vous appeler. On fait une bonne équipe, non ?

Elle lui sourit. Deuxième rayon de soleil de la journée.

Il ouvrit la porte à regret et sortit sur le trottoir. La pluie poursuivait son œuvre de déconstruction du paysage. La gare, les véhicules, les immeubles alentours paraissaient sortir d'une toile impressionniste incrustée de taches de couleurs.

Il regarda la Mégane s'éloigner et resta là un moment sans bouger sous l'averse, hésitant entre rentrer directement à l'hôtel et prendre un verre au buffet de la gare.

La journée avait été longue et éprouvante et il avait

autant besoin de l'un que de l'autre.

« Non ! songea-t-il. Tu vas rentrer sagement et prendre un bon bain. Ça te remettra les idées en place. Après seulement tu prendras un verre et, qui sait, si tu en trouves le courage et s'il n'est pas trop tard, tu pourrais même appeler la belle Hakima pour lui proposer de dîner en ville ! »

Il traversa l'avenue en se faufilant entre les voitures et entra dans le hall de l'hôtel.

C'était le rouquin à l'accent stéphanois qui se tenait derrière le comptoir. Le journal local était déplié devant lui à la rubrique sport.

– Bonsoir ! lança Chalier. Alors, les Verts ont gagné ?

L'employé lui retourna un regard amusé.

– Z'ont même pas joué ! Faudra attendre samedi et je sens qu'on va encore se prendre une bonne déculottée face à Lyon. Ces tâte-minettes ne sont pas foutus de nous ramener une victoire ! Si c'est pas malheureux au prix où on les paye !

Peu intéressé par le sujet, Chalier s'apprêtait à rejoindre sa chambre, lorsque l'autre le héla :

– Eh, mais j'y pense : quelqu'un a laissé un message pour vous !

Chalier s'immobilisa, en proie à un sombre pressentiment. Il redoutait de découvrir entre les mains du réceptionniste une nouvelle enveloppe jaunie. Un nouveau message de Gascogne.

– Vous ne la prenez pas ? fit le rouquin.

Chalier fit lentement demi-tour. À son grand soulagement, il vit que l'employé ne lui tendait pas une enveloppe, mais une feuille de papier pliée en quatre.

– Qui l'a déposée ? interrogea Chalier en prenant le message.

La mimique du rouquin indiquait clairement qu'il ne savait pas.

– Y m'a pas laissé son nom. C'était un gars bien habillé

et qui avait une belle voiture. L'a même garée en double file juste devant l'entrée. J'lui ai bien dit que vous étiez sorti, mais il a quand même voulu monter voir. Y'a des gens comme ça… Quand il est redescendu, il a laissé ce message pour vous. Il est reparti vite fait, sans même dire au revoir. Paraissait plutôt stressé !

Chalier marmonna un vague « merci » en dépliant le bout de papier.

Le message émanait d'Angelo Lombardi. Il était bref.

Philippe m'a contacté aujourd'hui au bureau, disait-il. *Il souhaite nous rencontrer. Il a des révélations à faire sur l'assassinat de Lefebvre. Il doit me rappeler ce soir pour fixer un rendez-vous. Je te tiens au courant ! Amicalement,*

Angelo.

CHAPITRE 32

Dans le puits sans fond aux souvenirs, il est parfois difficile de distinguer le fantasme de la réalité.

La disparition de Collardo fait partie de cette catégorie de souvenirs. Non seulement ils remontent à l'enfance, mais ils sont aussi altérés par les événements dramatiques qui ont eu lieu. Si on rajoute à ça l'alcool, les effluves de havanes, l'excitation des choses défendues… on obtient un incroyable substrat qui est la matière même des cauchemars.

Je me rappelle que la nuit était tombée lorsque nous sortîmes du terrain vague, la démarche hésitante et les joues brûlantes. De la poussière de neige virevoltait autour de nous, portée par le vent froid de l'hiver. Après… après tout devient flou.

Je ne sais pas lequel d'entre nous a eu le premier l'idée de jouer aux phares. Quelle importance, après tout ? Nous étions tous d'accord.

« Les phares »… C'était notre jeu favori de l'hiver. Un jeu simple et efficace qui consistait à éviter d'être touchés par les lumières des voitures que notre imagination transformait en redoutables rayons lasers crachés par des machines de guerre.

Parfois, je me dis que rien de tout cela ne serait arrivé si nous n'avions pas joué à ce jeu.

Que Collardo serait encore en vie si notre jugement et notre bon sens n'avaient pas été altérés par l'alcool.

Que l'issue du drame aurait pu être différente si j'avais emmené plus de balles.

Si… Si… Si…

Je sais bien qu'avec des « si » on peut mettre Paris en bouteille, mais il y a des « si » qui n'en finissent pas de vous hanter.

Malheureusement, on ne peut pas revenir en arrière et changer le passé. Tout au plus peut-on tenter de le comprendre. De l'accepter.

C'est pour cela qu'une nouvelle fois je dois essayer de me souvenir et de remonter le cours glacial du temps, jusqu'au… 10 février 1974.

J'ai douze ans.

Il fait nuit. Il neige un peu. La place des Carrières est déserte. Les derniers habitants – ceux qu'on n'a pas encore expulsés – sont calfeutrés chez eux. À cause du froid. À cause de Bomaki aussi, peut-être.

L'éclairage public a toujours été déficient dans le quartier, mais à quelques mois de la destruction des immeubles, qui s'en soucie ?

Une obscurité idéale pour jouer aux phares.

Quelques rares véhicules glissent dans la nuit glacée. Revêtus d'une carapace de métal et de givre, ils ressemblent à des vaisseaux extraterrestres. Les rayons de leurs phares lacèrent les ténèbres comme des lames d'acier, à la recherche de victimes frémissantes.

Nous sommes les derniers survivants d'un monde en décomposition. Ombres parmi les ombres, nous nous fondons derrière les poubelles, nous dissimulons derrière les voitures en stationnement ou dans l'encadrement de portes aveugles.

Les immeubles dressent au-dessus de nous leurs façades noires et déliquescentes.

Sur notre gauche, un bulldozer dort de son sommeil de brute préhistorique sur une montagne de gravats. Il attend patiemment le matin pour reprendre son œuvre de destruction.

« Attention ! » crie Gascogne qui avance en éclaireur.

Une Déesse 21 remonte la rue Jean-François-Gonon. Insecte métallique échappé du futur, ses feux de croisement déchirent la nuit, découpent l'espace, réveillent un univers mort et blafard. Je me jette dans l'embrasure d'une porte. Le laser froid balafre le mur. Des débris de grès houiller tombent à mes pieds. À moins qu'il ne s'agisse de flocons.

– Personne n'a été touché ?

En bon chef soucieux de l'état de ses troupes, Gascogne se tourne vers nous.

– Non, tout va bien !

– Très bien les gars, on continue !

Les membres du commando dévalent la rue, pliés en deux, pareils à une bande d'Indiens perdus dans un chaos urbain.

Nous dépassons une ombre drapée dans un manteau d'obscurité. Ami ou ennemi ? Dans l'expectative, nous passons au large.

À chaque pas nous nous enfonçons davantage dans les ténèbres hachurées de neige.

Le paysage qui nous entoure et qui de jour nous est si familier subit d'étranges et incessantes distorsions. Comme si nous étions entrés dans une autre dimension ou un univers parallèle.

Un vaisseau ennemi approche et s'immobilise le long du trottoir. Ses lumières s'éteignent. Une créature s'en extirpe, le dos voûté. Son visage est invisible mais je devine de terribles malformations. L'ombre bestiale glisse et disparaît dans une allée. Le souffle court, nous reprenons notre progression.

Nous longeons une palissade.

Les mots qui y sont tracés à la peinture rouge nous ramènent soudain à une réalité bien plus inquiétante que les hordes de monstres et d'extraterrestres jaillies de notre imagination fertile : « Bomaki ne peut pas mourir ! »

Le souvenir des gosses disparus nous frappe comme une main de glace. Nous nous réfugions dans une allée, le cœur battant. Notre haleine anime de furtifs spectres devant nos visages altérés. La nuit sent le salpêtre et l'urine. Le passé qui s'éteint. L'immeuble qui nous abrite est promis à une démolition imminente. Ce n'est déjà plus qu'un cadavre éventré. Le souvenir de générations d'habitants, de leurs rires, de leurs cris, de leurs pleurs, ne hante même plus ce squelette de pierre, de plâtre et de suie.

– Qu'est-ce qu'on fait ? interroge Gascogne en brandissant le pistolet de mon père.

En qualité de premier éclaireur, c'est lui qui a hérité de l'arme. Il semblait tellement y tenir, alors je la lui ai laissée bien volontiers.

J'ai les pieds gelés. Mes doigts sont de marbre. Petit à petit le froid nous dégrise. L'excitation du jeu s'estompe. Les effluves empoisonnés de l'alcool également. Nous réalisons qu'il est tard et que nous devrions être à la maison. Surtout en cette époque troublée. Surtout avec cette chose qui traîne dans les rues et enlève les enfants.

– On devrait peut-être rentrer, dit Lombardi en se frottant les mains l'une contre l'autre pour les réchauffer.

Gascogne le foudroie du regard.

– Tu veux leur abandonner la planète ?

Le sol vacille légèrement sous mes pieds. Un brouillard sournois commence à s'étendre.

– Mes parents vont me tuer ! dit Collardo.

– Allez quoi ! On ne s'amuse pas bien ? s'énerve Gascogne qui moins que tout autre a envie de rentrer chez lui pour retrouver son ivrogne de père.

– Si, mais il se fait tard. Et puis j'ai froid.

J'ai la bouche pâteuse. Je ne reconnais pas ma voix.

Gascogne grimace, excédé.

– Bande de femmelettes !

– J'tiens pas à ce que mon père vienne me chercher ! dit Lombardi. Il croit que je suis chez des cousins ; s'il apprend que je suis encore dans les rues à cette heure-là, je vais prendre une de ces dégelées ! Faut que je file !

– Moi aussi, lance Collardo d'un air désolé.

– Et moi itou, dis-je en reprenant une expression découverte au détour d'une bande dessinée. Et puis, il faut encore que je planque le flingue de mon vieux.

Le soupir que laisse échapper Gascogne est un vrai crève-cœur, mais nous ne cédons pas.

Nous rejoignons la rue Tarentaize, l'humeur maussade. Le temps du jeu est terminé. Gascogne range l'arme dans sa poche. Le pavé est luisant et glissant. Le brouillard s'empare de la ville. Des éclats de voix montent de bars louches ouverts à n'importe quelle heure du jour et de la nuit. Des rires féminins aussi.

Une faune interlope se croise et se frôle sur les trottoirs encombrés de détritus. La rue, une des plus anciennes de Saint-Étienne, brûle ses derniers feux malades avant que les engins de chantier rasent tout.

Les passants, le visage blafard, nous dévisagent de leurs yeux froids. Et si Bomaki était l'un d'eux ? Dans le renfoncement des allées, j'aperçois des silhouettes lourdes et aguichantes.

« Hé, les mômes qu'est-ce que vous fichez encore dehors à cette heure ? Vous feriez mieux de rentrer à la maison ! » lance une voix féminine grasseyante.

Est-ce là que « travaillait » la sœur de Gascogne, Annie, avant qu'elle fuie Sainté ?

Je me refuse à l'imaginer en cuissardes noires et manteau de fausse fourrure mais, dans le même temps, j'éprouve une coupable excitation à cette pensée. Les images de fornications des livres de Collardo viennent se juxtaposer dans mon esprit à celles d'Annie.

J'ai honte. C'est… mal !

Vite, vite ! Je veux retrouver la chaleur de notre petit appartement. Le vieux fourneau rougeoyant et fumant. Et tant pis pour la raclée que je prendrai en arrivant !

Quelle heure peut-il être ? Aucun de nous n'a de montre. Huit heures ? Neuf heures ? Cela pourrait tout aussi bien être minuit dans ce quartier exsangue, vidé de ses habitants où seule subsiste la lie de l'humanité : immigrés, ivrognes, voyous et prostituées.

– Hé, les gosses ! Venez voir par ici.

Un homme nous regarde depuis l'autre trottoir. Ce n'est qu'une forme arrachée à la brume et au crépuscule. Son manteau trop grand bat contre ses flancs maigres, comme un suaire. Son visage est invisible sous une toque de fourrure. Je vois brasiller un point rouge à l'endroit où doit se situer sa bouche. Brièvement, lorsqu'il tire sur sa cigarette, j'aperçois des traits anguleux et sinistres et des trous noirs à la place des yeux.

Et si c'était M. Saucisse ? Et si c'était Bomaki ?

– Courez ! lance Gascogne.

Nous nous élançons. Le vent froid, la neige, le brouillard tentent de nous ralentir. Des mains glaciales se referment sur nos vêtements et nous tirent en arrière. La nuit, elle-même, a pris consistance pour nous garder dans son sein putride. Je la sens qui me tire par les cheveux. Non loin, une bouche d'égout exhale un long tentacule sinueux qui se tord vers nous.

Tous les démons de la vieille ville se sont passé le mot pour nous retenir.

– Revenez ici ! lance l'inconnu. J'ai quelque chose pour vous. Quelque chose de gros et chaud !

Son rire obscène roule sur nos talons. La peur nous donne des ailes.

Nous débouchons sur la place Roanelle, le souffle court, les poumons douloureux. Un trolleybus passe devant nous. Derrière les vitres latérales, les voyageurs ressemblent à des statues de sel, figées pour l'éternité. Prochain arrêt : Gomorrhe.

Sur notre droite, la rue Polignais est un nouvel abîme de

ténèbres, peuplé de monstres menaçants. Pas question de passer par là ! La rue Beaubrun est plus sûre. Là, au moins, des lumières brillent aux fenêtres. Une épicerie est même encore ouverte !

Intense soulagement. Nous sommes sauvés !

Nous marchons en silence, à présent. Nous ne jouons plus. Des phares nous éblouissent. Nous coupent en deux. Nous débitent en morceaux. Tant pis. Si nous survivons à cette nuit, nous renaîtrons demain.

Devant moi, je sais que Gascogne serre le pistolet de mon père au fond de sa poche. C'est son talisman pour éloigner les démons.

Nous arrivons à l'angle de la rue Félix-Piat. Sur notre droite, l'église Saint-Ennemond dresse ses colonnes vers les nuées opaques. Qu'est-ce qui se cache entre ces piliers ? Quel dieu inhumain et impitoyable attend patiemment ses adorateurs ? Quelles offrandes lui seront faites ? Quels sacrifices ?

– Bon, les gars, nous on y va !

Lombardi désigne une rue un peu plus loin, perdue dans le brouillard. Collardo et lui habitent par là-bas.

C'est ici que nos chemins se séparent.

C'est ici que nos chemins se sont séparés à jamais.

– Ouais ! fait Gascogne. On se voit dans la semaine.

– Sûr !

Pas de mains qui s'étreignent. Pas d'accolades viriles comme dans les films. À peine un regard. Nous sommes bien trop pressés de rentrer chez nous.

Comment aurions-nous pu savoir que c'était la dernière fois que nous étions tous réunis ? Que plus rien, jamais, ne serait comme avant ?

– Salut !

– Salut !

Collardo et Lombardi s'éloignent en courant tandis que Gascogne et moi remontons le trottoir côté église. Ici, les lampadaires sont intacts. Ils projettent de rassurants cônes de lu-

mière éclaboussés de taches grises et froides.

– C'était bien, hein ? murmure mon ami.

Je hoche la tête sans répondre. Oui, c'était bien, mais maintenant j'ai la frousse. Peur de l'engueulade qui m'attend. Je me demande aussi comment je vais remettre le flingue de mon père à sa place. J'espère, sans trop y croire, qu'il ne sera pas à la maison mais en vadrouille avec ses copains.

– Tu me rends le pistolet ? je demande.

Gascogne me jette un regard en coin.

– Attends encore un peu. Je te le donnerai au bout de la rue. J'aime bien le tenir. C'est… froid et c'est chaud en même temps. Tu sais, tout à l'heure, ce type qui nous a fait peur… eh bien si le pistolet avait été chargé, il n'aurait pas tant fait le mariole.

Son visage s'anime soudain.

– Tiens, j'aurais dû le braquer ce connard ! Juste pour voir sa gueule ! Y pouvait pas savoir que l'arme était vide !

Ce regard ! Je me souviens très bien de son regard. Ce n'était pas celui d'un enfant. Ce n'était plus celui d'un enfant. Il avait quelque chose d'étrange dedans, un mélange de douleur et de détermination. Je découvrais un Gascogne que je ne connaissais pas. Un Gascogne que je n'avais peut-être pas envie de connaître.

C'est à cet instant que le cri a retenti. À cet instant que nous avons tous basculé dans la folie.

CHAPITRE 33

Angelo Lombardi avait disparu !

Depuis deux jours on était sans nouvelles de lui. La dernière personne à l'avoir vu était le réceptionniste de l'hôtel *Le Terminus du voyageur*, auquel il avait laissé le message à l'intention de Chalier. Un peu avant, il avait échappé au policier chargé de le filer, dont la voiture était restée bloquée derrière un camion à un feu rouge.

Après, on perdait sa trace. Il n'était pas rentré chez lui et, selon toute vraisemblance, n'était pas non plus repassé à son bureau.

Les recherches avaient pourtant démarré sans perte de temps. Chalier avait appelé le lieutenant Messaoudi aussitôt après avoir pris connaissance du message. La jeune femme avait alors tenté à plusieurs reprises de joindre l'avocat sur son portable. Sans résultat.

Lombardi s'était, tout bonnement, évaporé dans la nature !

Hakima ne cachait pas son pessimisme. Pour elle, c'était clair : Gascogne avait tendu un piège à l'avocat qui était tombé dedans, à pieds joints. Une nouvelle fois elle recommanda à Chalier la plus extrême prudence.

Depuis, comme un malade contraint au repos, celui-ci

gardait la chambre. Son cerveau surmené tournait à vide, échafaudant les plus folles hypothèses. Ses nuits étaient agitées et peuplées de cauchemars dont, à son réveil, il ne se souvenait que par bribes.

À plusieurs reprises il avait tenté de joindre Hakima, mais elle ne répondait pas à ses appels, ni ne donnait suite à ses messages.

Son ex-femme, qu'il avait tenue informée des derniers rebondissements, était très inquiète, et ce n'est qu'en lui promettant de l'appeler tous les jours qu'il avait réussi à la dissuader de le rejoindre à Saint-Étienne.

Dans l'esprit tourmenté de Chalier, les images des deux femmes – Mariama la Noire et Hakima l'Arabe – avaient une fâcheuse tendance à se superposer. Il se sentait attiré par la seconde, tout en restant attaché à la première. À quarante-cinq ans comme à dix-huit, son instabilité sentimentale demeurait tristement chronique. Elle l'avait mené dans un nombre invraisemblable d'imbroglios sentimentaux et de fiascos, et en dépit de ceux-ci, il n'avait toujours pas appris la leçon !

L'après-midi du deuxième jour, n'y tenant plus, il décida de sortir un peu et d'aller jusque chez le bouquiniste de la rue de la République, en espérant trouver là-bas un livre capable de le distraire.

Pas de polar, ni de thriller ! Ce dont il avait besoin, c'était d'évasion pure et de grands espaces. Un roman de Jack Vance par exemple, une épopée barbare de Robert Howard ou un récit d'aventures lointaines tel qu'en écrivaient autrefois Frison-Roche, Henry de Monfreid, ou, dans un genre plus martial, Jean Lartéguy.

Mariama avait souvent critiqué cette tendance qui était la sienne à se réfugier dans le passé quand il n'allait pas bien. Son appartement parisien était rempli de souvenirs d'enfance : vieilles bandes dessinées, livres anciens, romans d'adolescents, vinyles démodés… Il cultivait la nostalgie comme d'autres cultivent leur jardin, régulièrement, amoureusement, l'alimentant d'éditions originales introuvables, de rééditions luxueuses, ou de produits dérivés. Récemment, il s'était mis à collectionner les planches de bandes dessinées, surfant sur le Web à la recherche des originaux des bédés qui avaient bercé son enfance.

Sujet à des crises régulières de mélancolie, Chalier savait d'expérience que la madeleine de Proust n'est jamais aussi bonne que dans ces moments-là !

Et là, justement, il était en plein spleen ! Il avait besoin de sa dose de nostalgie que seul pouvait lui dealer le bouquiniste de son adolescence.

Il prit une douche rapide et s'habilla. Quelques minutes plus tard, il sortait de l'hôtel en faisant un petit signe au policier chargé de le surveiller.

La tête dans les épaules pour échapper au vent glacé et cinglant, il remonta l'avenue Denfert-Rochereau. De part et d'autre de la chaussée, les arbres dépouillés de feuilles ressemblaient à des candélabres tordus n'attendant qu'un signal pour s'embraser.

Sur le trottoir d'en face, le policier le suivait à distance raisonnable.

Malgré la froidure, Chalier prit plaisir à cette promenade. Le simple fait de marcher et de croiser des gens lui fit du bien. Il respirait mieux, se sentait libéré d'une partie de ses angoisses. Tout naturellement ses pensées l'amenèrent à Gascogne. Se souvenant du gamin avide de liberté qu'il avait connu autrefois, il ne put s'empêcher de compatir à la douleur qui avait dû être la sienne en prison. Il songea qu'il serait sans doute difficile de l'y renvoyer.

La boutique était ouverte. L'homme aux allures d'inspecteur Columbo le reçut avec un sourire discret sans bouger de son vieux fauteuil grinçant. Le journal local était ouvert devant lui à la rubrique faits-divers.

– Pas de belote aujourd'hui ? demanda Chalier.

Le bouquiniste secoua la tête avec bonhomie.

– C'est encore un peu trop tôt ! Mais les autres ne vont plus tarder. Dans une demi-heure grand maximum, nous serons tous dans l'arrière-boutique et malheur au client qui viendra me déranger pour des futilités ! Et vous, ça va ? Vos recherches avancent ?

Chalier acquiesça mollement.

– Ouais. Je prends des notes par-ci par-là, j'exhume de vieux souvenirs. J'ai bien rédigé quelques lignes, mais je ne sais pas encore où ça va me mener.

L'autre eut un sourire entendu.

– À un best-seller, probablement, si j'en juge par ce qui se passe en ville depuis votre arrivée !

– Que voulez-vous dire ? interrogea Chalier en feignant, mal, l'ignorance.

Le bouquiniste prit un air amusé. Un sourire de chat du Cheshire éclaira son visage.

– Allons, ne faites pas l'innocent ! La première fois que nous nous sommes revus, vous m'avez demandé si je me souvenais de vieilles inscriptions sur les murs. Eh bien, vous êtes servi, on dirait ! Votre Bomaki est revenu !

Il affecta d'ignorer la grimace de Chalier avant de reprendre :

– Dites, de vous à moi, ce ne serait pas vous l'auteur de ces nouveaux graffitis, par hasard ?

Chalier lui lança un regard perplexe :

– Pourquoi dites-vous ça ?

– Ben, peut-être que vous voulez faire un peu de pub à votre futur bouquin, répondit l'homme sans cesser de sourire.

Chalier comprit que l'autre le taquinait.

– Oui et dans la foulée, j'ai aussi enlevé le gosse et tué Marius Lefebvre !

Le sourire du bouquiniste s'élargit encore.

– Allez donc savoir où les écrivains vont chercher leur

inspiration ! J'ai entendu dire qu'ils la trouvaient souvent dans les faits-divers. Qui sait, peut-être en sont-ils même parfois à l'origine !

– Intéressante théorie, fit Chalier. C'est vous qui devriez être écrivain !

L'autre prit un air accablé :

– J'y ai bien pensé, mais je n'ai pas le temps ! Faut que je tape le carton, vous comprenez !

Il repoussa son journal et son regard redevint sérieux. Enfin, autant qu'il puisse l'être chez un personnage aussi débonnaire et nonchalant.

– Je suis sûr que vous n'êtes pas étranger à ce qui arrive !

Chalier soupira.

– Qu'est-ce qui vous fait dire ça ?

Le bouquiniste eut un haussement d'épaules désinvolte et toucha le bout de son nez de son index.

– Le flair... Et puis, sans aller jusqu'à dire que vous avez une sale tête, vous avez l'air plutôt soucieux et crevé.

Involontairement, Chalier se passa une main sur son menton orné d'un début de barbe.

– C'est un genre que je me donne ! dit-il. Un écrivain doit travailler son image, vous savez. Le look mal rasé et négligé marche assez bien, ces temps-ci.

Columbo lui lança un regard de côté.

– Sans rire, j'espère que vous savez où vous avez mis les pieds. J'ai lu un article dans le journal sur ce qu'on a retrouvé chez ce type... Lefebvre. Tout ça, c'est pas joli joli. Ça sent le règlement de comptes à plein nez ! Ça ne m'étonnerait pas que celui qui a fait ça soit une ancienne victime.

– Peut-être, dit Chalier prudemment.

Le bouquiniste l'observa un moment puis, voyant que son client ne disait rien, reprit la parole.

– Mais je suis peut-être trop curieux. Ce ne sont pas

mes affaires, après tout. J'lirai la suite dans les journaux, hein ? Comme dans les romans-feuilletons d'autrefois. Dites-moi plutôt ce qui vous amène ? Encore des bouquins sur le vieux Saint-Étienne ?

– Non. J'ai besoin de me changer les idées, si vous voyez ce que je veux dire ! Je cherche un truc qui ne me prenne pas la tête.

Le sosie de Columbo émit un petit rire.

– Alors vous tombez bien ! Ma boutique est justement pleine de ce genre de livres ! Policier, romance, science-fiction, épouvante, érotique, aventure, en romans ou en bandes dessinées. J'ai même des livres audio, si vous êtes trop fatigué pour lire ! Il ne vous reste plus qu'à faire votre choix. Vous connaissez la maison…

Trois quarts d'heure plus tard, Chalier ressortait du magasin avec *Les Conquérants de Mars* d'Edgar Rice Burroughs, qu'il se rappelait avoir adorés dans son adolescence, et *La Nef d'Ishtar* d'Abraham Merritt, un précurseur dans un genre aujourd'hui à la mode : la fantasy.

Le policier chargé de le filer fumait un clope de l'autre côté de la rue. Visiblement, il était frigorifié.

Chalier s'apprêtait à traverser la rue pour l'inviter à boire un vin chaud lorsqu'il aperçut un peu plus haut, sur le même trottoir que lui, une silhouette familière.

Il ne pouvait se méprendre sur cette forme assise et voûtée, toute de noir vêtue, parfaitement anachronique dans le paysage urbain actuel.

La vieille rempailleuse !

Elle n'était pas à son emplacement habituel, la place Dorian se trouvant plus bas à quelques centaines de mètres.

Il s'étonna de ne pas l'avoir remarquée tout à l'heure. Sans doute, réfléchit-il, s'était-elle installée après son passage.

Renonçant à rejoindre le policier, il se dirigea vers la

bohémienne, en proie à un curieux pressentiment.

Il la salua. Elle leva la tête de son ouvrage – une assise de siège béante – et tourna vers lui son regard de graphite.

– Tiens, t'es encore là, observa-t-elle.

– Oui. Certains événements m'ont contraint à rester encore un peu.

Elle opina doucement. Ses longs cheveux de jais, comme un casque, bougèrent à peine.

– Bomaki, hein ? lâcha-t-elle entre ses dents avant de retourner à son ouvrage.

Elle ressemblait à une corneille perchée sur une branche. Fragile et forte à la fois.

– Oui, Bomaki… Et vous, que faites-vous là ? Ce n'est pas votre coin.

Elle haussa ses épaules décharnées, tel un oiseau qui s'apprête à déployer ses ailes et qui y renonce finalement.

– Faut bien changer parfois ! P't'être que je dégoterai de nouveaux clients par ici.

– Ça m'étonnerait, y'a pas beaucoup de passage, rétorqua Chalier.

Elle émit un rire rauque, comme s'il avait dit une bonne blague.

– T'as raison, gamin. En plus, ils me dévisagent tous comme si j'étais une espèce de folle ou une mendiante. Y'a même une jeune pimbêche qui m'a lancé une pièce ! J'ai bien failli la lui renvoyer dans les gencives, mais par les temps qui courent, deux euros c'est toujours bon à prendre !

– C'est vrai, admit Chalier.

Il se tut. Il se sentait un peu ridicule d'avoir espéré qu'elle pourrait lui apprendre quelque chose.

– Bon eh bien, je vais y aller…

– Attends ! dit la bohémienne.

Son visage sec et étroit était impassible. Une lame d'acier que rien n'altérait. Ni le temps ni les intempéries. C'est pourtant d'une voix tendue et presque imperceptible qu'elle poursuivit :

– Tu ne l'as pas trouvé ?

– De qui parlez-vous ? demanda Chalier.

– De Bomaki, bien sûr, qui d'autre ?

Chalier sursauta violemment.

– Non. Vous avez du nouveau ?

Les yeux de la vieille femme fulgurèrent sous ses sourcils soigneusement épilés et tracés au crayon noir.

– Bien sûr ! Qu'est-ce que tu crois ? Que je me suis installée en plein courant d'air pour le plaisir ? Il fallait que je te parle. Sainte Mère, j'ai bien cru qu'tu ne sortirais jamais de ton hôtel !

Chalier se pencha vers elle, le cœur battant.

– Qui vous envoie ? Gascogne ?

La bohémienne ne broncha pas. Ses doigts osseux et tordus s'activaient avec une adresse que leur auraient enviée bien des mains plus jeunes. Les brins d'osier, souples et libres, traçaient des arabesques compliquées pour finir emprisonnés en savants quadrillages.

– Quand on passe autant de temps que moi dans la rue, on apprend certaines choses, vois-tu. Je suis restée tellement longtemps à l'ombre de ces vieux murs que j'ai fini par en faire partie. Une pierre au milieu d'autres pierres. Je vois tout. J'entends tout. La ville chuchote à mon oreille pendant que je tresse l'osier. Elle me raconte des histoires incroyables. Des histoires d'hier et d'aujourd'hui.

Chalier ne put réprimer son impatience.

– Et elle vous a parlé de Bomaki ?

– Bien sûr. Elle ne parle que de ça depuis quelque temps.

Du coin de l'œil, Chalier vit le policier traverser la rue et, sans doute intrigué par leur conversation, se diriger vers eux.

– Et qu'est-ce qu'elle dit ? demanda-t-il avec une soudaine urgence.

Comme deux papillons de nuit pétrifiés en plein vol, les mains s'immobilisèrent.

– Elle dit que Bomaki a été accusé à tort. Qu'il n'était pour rien dans l'enlèvement des enfants !

– Ça je le sais !

– Et qu'il n'est pour rien dans le meurtre du conseiller !

Le cœur de Chalier se mit à cogner à grands coups dans sa poitrine.

– Comment le savez-vous ?

Le policier approchait toujours. Chalier se retint d'attraper la vieille femme par les épaules et de la secouer.

– La ville dit aussi que les véritables coupables doivent être punis, poursuivit la rempailleuse. Que l'âme de Groscollas est lasse de pleurer dans les limbes et qu'elle aspire au repos.

Chalier frémit :

– Groscollas ! Comment connaissez-vous le surnom de Collardo ? Vous avez parlé à Gascogne, c'est ça, hein ? Vous savez où il se trouve ? Dépêchez-vous de parler ! Le flic qui me surveille approche !

– Je ne sais pas où se trouve ton ami, mais je sais où se trouve Bomaki.

– Où ? supplia Chalier à bout de tension.

– En enfer, au fond de l'abîme, répondit énigmatiquement la bohémienne.

– Je ne comprends pas ! gémit Chalier. Que voulez-vous dire ?

Le flic n'était plus qu'à quelques mètres d'eux à présent.

– Je n'en sais pas davantage, gamin. Je ne peux que te répéter ce que m'a murmuré la ville noire : *Dans sa fosse infernale baignée par des eaux mortes, Bomaki attend sous la lune ronde qu'on le délivre de ses tourments.*

– Ça ne veut rien dire ! s'énerva Chalier, conscient de la proximité du policier.

Les mains de la bohémienne se remirent en mouvement. Le chaperon de Chalier était à deux pas, maintenant. Elle leva la tête et tourna son visage sans âge vers son interlocuteur :

– Non, jeune homme, inutile d'insister, je ne travaille pas à domicile ! Si vous avez des chaises à faire rempailler, vous n'avez qu'à me les apporter !

Le flic sur les talons, Chalier regagna son hôtel.

Il passa devant le comptoir et salua Ismaël penché sur un ordinateur portable.

– J'viens de télécharger le dernier James Bond, ça vous tente ? lança le jeune employé.

– Non, merci Sam, répondit Chalier en se forçant à ralentir. J'irai le voir au cinéma ! Je suis de la vieille génération : les films, je les préfère sur grand écran !

– Comme vous voudrez ! dit le réceptionniste sans prendre ombrage de son refus. Bonne soirée.

Chalier lui rendit son salut et gravit quatre à quatre l'escalier menant à l'étage.

Il composa hâtivement le code d'entrée et s'engouffra dans sa chambre. Posant de côté les livres qu'il venait d'acheter, il s'installa devant son micro-ordinateur sans prendre le temps d'enlever son blouson.

Quelques secondes plus tard, tapés par des doigts fébriles, les mots apparaissaient sur l'écran :

Dans sa fosse infernale baignée par des eaux mortes, Bomaki attend sous la lune ronde qu'on le délivre de ses tourments.

Ainsi écrit noir sur blanc, l'énigmatique message lui parut tout à coup ridicule. Tombé de la bouche de la rempailleuse, il évoquait quelque sinistre oracle, mais affiché sur l'écran froid d'un ordinateur, il ressemblait à une mauvaise blague.

« Bon sang, qu'est-ce que c'est que ce charabia ? »

grommela Chalier entre ses dents.

Pourquoi la vieille femme ne lui avait-elle pas clairement dit ce qu'elle avait à lui dire ? Pourquoi ce mystère ?

Dans sa fosse infernale baignée par des eaux mortes, Bomaki attend sous la lune ronde qu'on le délivre de ses tourments.

Il ne put retenir un ricanement. C'était digne d'un roman fantastique bas de gamme !

« Brrr ! J'ai peur ! » murmura-t-il sans cesser de fixer l'écran.

Qu'avait encore dit la bohémienne ? Ah oui : qu'elle entendait des voix !

La ville chuchote à mon oreille pendant que je tresse l'osier.

Et puis quoi encore !

Pourtant... Pourtant ce n'était pas par hasard si elle s'était installée sur son chemin. Elle l'attendait pour lui délivrer ce message. Il se souvint aussi que c'était grâce à elle qu'il avait retrouvé la première inscription. Ses paroles, aussi obscures fussent-elles, ne devaient donc pas être prises à la légère.

Aussi, si on écartait les explications farfelues faisant appel à la sorcellerie, aux messages en provenance de l'au-delà et autres calembredaines, que restait-il ?

Une seule possibilité : la bohémienne connaissait Gascogne et c'est lui qui l'avait chargée de lui délivrer ce message sibyllin !

Il se le répéta à mi-voix :

Dans sa fosse infernale baignée par des eaux mortes, Bomaki attend sous la lune ronde qu'on le délivre de ses tourments.

L'énigme ne devait pas être bien compliquée, tout de même !

Il se leva de sa chaise, ôta enfin son blouson qu'il jeta sur le lit, et les yeux dans le vide il commença à réfléchir.

Dans sa fosse infernale…

La sonnerie de son téléphone portable retentissant quelque part dans la chambre l'arracha à ses réflexions. Son regard erra autour de lui avant de trouver l'appareil posé sur la table de chevet.

– Oui ? lança-t-il juste avant que ne se déclenche le répondeur.

– Où étiez-vous, bon sang ? Ça fait deux heures que j'essaie de vous joindre ! Je vous avais pourtant demandé de ne pas quitter la chambre !

C'était Hakima et elle semblait excédée.

– Comme si vous ne le saviez pas ! répondit-il. J'étais sorti m'acheter un livre. Ce n'est pas un crime, que je sache ?

– Vous n'aviez pas votre portable ?

– Non. Pourquoi l'aurais-je pris d'ailleurs ? Vous ne répondez pas à mes appels. Je suppose que vous n'avez pas vu, non plus, que je vous ai laissé un tas de messages ?

– Si, mais j'ai été occupée, répondit-elle un peu sèchement.

Chalier sentit la moutarde lui monter au nez.

– Ah ? Eh bien, moi, j'avais besoin de prendre l'air ! D'ailleurs, si vous teniez tellement à me parler vous n'aviez qu'à contacter votre collègue, il ne m'a pas lâché d'une semelle.

– C'est ce que j'ai fait, qu'est-ce que vous croyez ? Mais lorsqu'il m'a dit que vous retourniez à l'hôtel, j'ai préféré attendre. Maintenant, si vous me disiez qui était la vieille femme avec qui vous discutiez ?

Poussé peut-être par un ressentiment un peu puéril, Chalier se surpris à mentir.

– Votre chien de garde vous a tout raconté, hein ? C'est juste une… vieille connaissance. Figurez-vous qu'elle était déjà là lorsque je n'étais qu'un gosse ! On a juste échangé quelques mots.

– Quelques mots ? répéta Hakima. D'après le sergent, vous avez fait plus que ça. Vous aviez, semble-t-il, beaucoup de choses à vous dire.

– Faut rien exagérer. On a parlé de la pluie et du beau temps, du temps qui passe, de son travail surtout... Savez-vous qu'elle fait ce métier depuis plus de cinquante ans ?

– J'en ai rien à foutre ! s'énerva la jeune femme. J'espère seulement que vous ne me racontez pas de salades, car la situation vient encore d'empirer !

La main de Chalier se crispa sur le téléphone.

– Que se passe-t-il ? demanda-t-il d'une voix tendue.

– On a retrouvé Lombardi, dit Hakima.

Au ton de sa voix, Chalier comprit que ce n'était pas une bonne nouvelle.

– Il est mort, fit la jeune femme. On l'a découvert dans sa voiture, au fond d'un ravin.

Chalier resta un moment abasourdi, incapable de prononcer un mot.

– Ça va ? demanda Hakima d'une voix plus douce.

Chalier sortit de son hébétude.

– Oui, répondit-il. Vous savez ce qui s'est passé ?

– Pas encore. L'hypothèse d'un accident n'est pas totalement écartée. Selon nos informations, votre ami avait l'habitude de rouler vite. Trop vite. Il ne lui restait d'ailleurs plus qu'un point sur son permis et il ne devait qu'à ses relations de l'avoir conservé. Sa BMW a quitté la route dans la descente du Grand-Bois, sur une section particulièrement dangereuse. Il n'est pas impossible qu'il ait perdu le contrôle de son véhicule. Toutefois, compte tenu du contexte actuel et du message qu'il vous a laissé, j'ai demandé qu'on pratique une autopsie. Je veux savoir s'il s'agit d'un banal accident ou d'un meurtre maquillé.

– Je comprends, dit Chalier effondré. Quand l'avez-vous retrouvé ?

– Il y a quelques heures. L'accident est sans doute survenu pendant la nuit, ce qui explique que personne n'ait rien vu. C'est un paysan qui a trouvé le véhicule carbonisé ce matin, en contrebas de la nationale. Comme le type n'avait pas de portable, il a fallu attendre qu'il retourne chez lui. Le temps d'envoyer une équipe là-bas... On vient d'emmener le corps. Un médecin légiste devrait l'examiner rapidement.

Chalier réalisa qu'il était couvert d'une sueur qui ne devait rien à la chaleur ambiante.

– Et sa famille ? grogna-t-il.

– J'ai prévenu son épouse. La malheureuse s'est effondrée. Je l'avais interrogée l'avant-veille au sujet de la disparition de son mari et elle était déjà très inquiète. Je voulais savoir si c'était dans ses habitudes de s'absenter ainsi, s'ils avaient des problèmes de couple... Elle m'a dit que non. Que son époux et elle étaient parfaitement heureux. L'aînée des gamines pleurait dans un coin, les autres ne comprenaient visiblement pas encore ce qui était arrivé à leur père.

– Les pauvres... murmura Chalier avec compassion.

À l'extérieur, le ciel s'assombrissait rapidement, comme un verre d'eau limpide se teinte au fur et à mesure qu'on y verse de l'encre noire.

« Bon sang, faut-il donc qu'il fasse toujours nuit dans ce pays ? » songea Chalier.

– S'il s'avère que ce n'est pas un accident, reprit-il. Vous pensez que...

– Que c'est Gascogne le coupable ? conclut la jeune femme. C'est plus que probable. Qui d'autre ?

– Oui, qui d'autre ? reconnut Chalier à regret. Au fait, avez-vous pu vérifier les alibis de Charles Viallard ?

Il entendit le soupir ténu de la jeune femme à l'autre bout de la ligne.

– Désolée, mais ce cher Charles était au restaurant avec sa secrétaire – ou devrais-je dire sa maîtresse – le jour où vous avez été attaqué. Elle me l'a elle-même confirmé. Il a, en outre, un alibi en béton pour le jour du meurtre de Lefebvre : il était dans l'avion qui le ramenait d'un voyage d'affaires en Roumanie !

Chalier se tut, conscient que son insistance tournait au ridicule. La culpabilité de Gascogne ne faisait plus aucun doute.

– Christophe ?

Il ne réalisa qu'au bout de la seconde fois que la jeune femme l'appelait.

– Oui ? murmura-t-il la bouche pâteuse.

– On a fait dresser des barrages dans toute la région. Plusieurs équipes de policiers et de gendarmes sont à ses trousses. Ce n'est plus qu'une question d'heures : il ne pourra pas nous échapper bien longtemps.

– Mmm... fit Chalier.

– Qu'allez-vous faire, maintenant ? interrogea-t-elle.

– Je ne sais pas.

– Pourquoi n'essaieriez-vous pas d'écrire sur cette affaire ? C'est votre métier, non ?

Il émit un ricanement désespéré.

– Si vous croyez que je n'ai pas essayé ! Mais il arrive un moment où je ne peux pas aller plus loin. Pareil avec ce qui s'est passé autrefois. Il manque une page dans l'album de mes souvenirs.

– Eh bien, persistez ! insista la jeune femme. Une idée en amènera peut-être une autre. Bon, il faut que je vous laisse maintenant, j'ai encore beaucoup à faire. Je passerai vous voir demain pour reparler de tout ça et vous donner des nouvelles. Qui sait, peut-être que d'ici là on y verra un peu plus clair !

CHAPITRE 34

C'était le cri de Collardo. Ni Gascogne, ni moi n'en doutâmes un instant.

Nous échangeâmes un regard. Dans le mien devaient se lire la peur et l'hésitation, mais dans celui de mon ami, je ne vis que le courage et la détermination.

L'instant d'après, il faisait demi-tour et courait. Je m'élançais derrière lui, refaisant en sens inverse le chemin que nous venions de parcourir. Très vite, il prit plusieurs mètres d'avance sur moi. De nous quatre, il avait toujours été le plus rapide à la course.

Je m'efforçais de ne pas me laisser distancer, mais il était écrit que je ne serais que le spectateur de ce qui allait arriver. Au moment de tourner dans la rue Beaubrun, mon pied glissa sur le pavé humide et je m'étalais de tout mon long sur le sol. Je vis Gascogne s'éloigner à toute vitesse et s'enfoncer dans le brouillard.

Je me redressai et me remis à courir en boitillant, mais mon ami était loin devant maintenant.

Comme j'avançais, il me sembla distinguer une masse indistincte et des silhouettes autour. Lorsque je fus plus près, je vis qu'il s'agissait d'un camion. Le camion des éboueurs me sembla-t-il malgré la visibilité réduite.

J'étais à moins de cinquante mètres, lorsque je vis deux indi-

vidus entraîner une forme plus petite vers l'arrière du véhicule.

J'entendis Gascogne hurler pour attirer leur attention. Avec un aplomb insensé, il brandissait le pistolet de mon père en direction des deux gandous qui, à la vue de l'arme, lâchèrent leur proie. Je remarquai qu'ils étaient vêtus de longs cirés luisants et que leur tête était dissimulée par une capuches.

Les poumons en feu, je forçais l'allure pour rejoindre mon ami.

Collardo – je le reconnus à sa silhouette – s'était effondré sur le sol où il rampait en gémissant.

– Tire-toi d'ici, Nanard ! ordonna Gascogne. Vite !

Son triomphe ne fut, hélas, que de courte durée. Je vis la porte de la cabine du camion s'ouvrir et une ombre en descendre. Une ombre qui contourna silencieusement, sans se presser, le véhicule. Il ne fit aucun doute pour moi que c'était Bomaki en personne qui s'avançait, les autres n'étant que ses sbires.

Gascogne, toute son attention focalisée par ceux-ci, ne l'avait pas encore vu.

– Attention ! tentai-je de le prévenir mais, comme dans un cauchemar, je n'émis qu'un cri plaintif et ridiculement faible.

Trop tard ! Bomaki fondit sur Gascogne qui tourna instinctivement le pistolet vers lui. Tout se passa en un éclair : j'entendis distinctement le chien sonner dans le vide et puis Bomaki frappa mon ami.

Si l'arme avait été chargée…

Si l'arme avait été chargée, peut-être que Collardo serait encore en vie.

Mais l'arme n'était pas chargée et Bomaki, poussant un rugissement bestial, désarma cet enfant qui avait osé s'interposer. Le pistolet tomba sur le sol avec un bruit creux. Gascogne s'effondra. Aussitôt, les deux autres bondirent sur lui et le rouèrent de coups.

J'étais tout près à présent. Lombardi demeurait invisible. Je songeai avec horreur qu'ils l'avaient déjà embarqué dans le camion.

Collardo essayait de s'éloigner, mais les deux gandous, s'écartant de Gascogne, s'emparèrent et le jetèrent dans la benne, comme un paquet de linge sale.

– Non !

Cette fois ma voix avait porté et ils se retournèrent. Je les vis alors distinctement et m'arrêtai net. Mes jambes se liquéfièrent et refusèrent d'avancer. C'est à peine si je pouvais tenir debout, car ce n'étaient pas des êtres humains qui se dressaient devant moi. Sous les capuches luisantes, des faces de cauchemar me dévisageaient. Je me souviens de deux yeux énormes semblables à des hublots, et brillant de reflets démoniaques. Je me souviens d'un groin immonde et protubérant. Je me souviens d'une peau blafarde et malsaine, couleur ivoire.

Des monstres ! Les envahisseurs de notre jeu nocturne existaient donc bel et bien !

L'une des créatures ramassa l'arme tombée par terre et la glissa dans la poche de son ciré. Puis, froidement, elle donna un nouveau coup de pied à Gascogne qui se plia en deux.

Bomaki, dans l'ombre du véhicule, aboya un ordre que je ne compris pas. Il fit le tour du camion et remonta dans la cabine. Toujours sans se presser. Comme s'il avait l'éternité devant lui.

J'entends encore les cris de Collardo dans la benne.

Les deux extraterrestres me regardèrent de leurs yeux globuleux et indéchiffrables, semblant encore hésiter quant au sort à me réserver. Finalement, ils sautèrent sur le marchepied du camion et appuyèrent sur un bouton. Je vis l'affreuse mâchoire d'acier se refermer lentement et étouffer les cris de terreur de mon ami. Et puis le camion commença à s'éloigner et disparut happé par le brouillard et la nuit.

J'ignore combien de temps je restais immobile au milieu de la chaussée, écoutant décroître les appels déchirants de Collardo. Quelque chose d'humide et chaud coulait le long de mes jambes jusqu'à mes chaussures.

Finalement, ce furent les sanglots rauques de Gascogne qui me tirèrent de ma torpeur. Je titubais vers lui. Il était recroquevillé sur le sol, les genoux contre la poitrine. Ses épaules s'agitaient convulsivement à chacun de ses sanglots.

« Salauds ! Salauds ! murmurait-il. Si vous lui faites du mal, je vous tuerai. Je vous tuerai. Je le jure ! »

Je l'aidais à se redresser. Son visage était couvert de sang, de larmes et de folie.

– Lombardi ! Et Lombardi ? hoqueta-t-il.

Notre copain avait eu plus de chance que Collardo. Ils ne l'avaient pas enlevé. Nous le trouvâmes blotti contre un mur, derrière une poubelle, tremblant et en état de choc. Son regard était sec, mais on pouvait y lire une terreur hideuse et incontrôlable.

La suite ?

La suite est encore plus floue. Je ne me rappelle même pas comment je suis rentré chez moi.

Je me souviens d'un policier moustachu qui me posait un tas de questions. Je me souviens du visage hébété de mon père. De ma mère qui n'arrêtait pas de pleurer et de répéter : « Mon Dieu ! Mon Dieu ! » Je me souviens de mon pantalon humide et froid contre mes jambes grêles.

Je me rappelle avoir aperçu Gascogne dans un couloir du commissariat. Et Lombardi aussi. Je crois.

J'ai dit ce que j'avais vu que des monstres avaient enlevé notre copain. Des extraterrestres avec un groin de porc et des yeux comme des soucoupes. Et que leur chef était Bomaki.

J'ai su que Gascogne avait plus ou moins dit la même chose. Lombardi n'a rien dit. Il ne se souvenait plus de rien.

Aucun de nous n'a parlé du pistolet. Je ne sais pas pourquoi. De ce pistolet qui, s'il avait été chargé…

Mais avec des si…

Les policiers n'ont pas tardé à découvrir que nous avions bu. Pas besoin d'être Sherlock Holmes pour cela, il suffisait de renifler notre haleine.

Après ça, comment pouvaient-ils prêter foi à nos élucubrations ? Délires éthyliques, ils ont dit ! Hallucinations provoquées par la boisson, ils ont dit !

Aucune équipe d'éboueurs n'était de service ce soir-là et aucun camion n'avait quitté l'entrepôt.

On n'a jamais retrouvé Collardo. Ni aucun des autres gamins disparus. Après ça, Bomaki et ses acolytes ne firent plus parler d'eux.

Par la suite, j'évitai mes deux copains et eux aussi m'évitèrent, je crois. Nous nous sentions tous tellement coupables. Gascogne d'avoir proposé le rendez-vous. Lombardi d'avoir apporté l'alcool qui nous avait fait perdre la tête et moi… de ne pas avoir apporté plus de balles.

Mes parents avancèrent notre déménagement de plusieurs mois. Je quittai les lieux de mon enfance comme un rat quitte un navire qui sombre.

Je ne revis jamais Lombardi ; enfin, jusqu'à la semaine dernière.

Quelques années après ces dramatiques événements, je croisai Gascogne en ville. Nous étions adolescents. Il avait les cheveux longs et sales, portait un blouson de cuir râpé et ressemblait à un zombi. Je fis semblant de ne pas le reconnaître et m'éloignai rapidement. Lui aussi m'avait reconnu. Il me suivit un moment sans rien dire, tel un fantôme du passé. Je réussis finalement à le semer dans un grand magasin.

J'en ressens encore une grande honte aujourd'hui.

C'est pour essayer d'oublier cette lâcheté que je suis revenu ici dans ma ville natale. Pour Collardo. Pour Gascogne. Et pour moi aussi.

CHAPITRE 35

Douloureusement, Chalier s'arracha au clavier de son ordinateur. Il se sentait épuisé, vidé. Il porta les mains à son visage et fut surpris de les trouver mouillées de larmes.

Il jeta un regard embué à l'horloge de l'ordinateur et réalisa qu'il avait écrit sans discontinuer pendant plus de trois heures. Depuis le coup de téléphone avec Hakima, en fait.

Les mots, d'abord hésitants, s'étaient mis à couler comme si une digue s'était rompue en lui. Des souvenirs qu'il croyait enfouis avaient refait surface. Des émotions aussi.

Il relut le dernier paragraphe :

C'est pour essayer d'oublier cette lâcheté que je suis revenu ici dans ma ville natale. Pour Collardo. Pour Gascogne. Et pour moi aussi.

Oui, c'était exactement ça. La disparition de Collardo était restée une plaie ouverte. Un traumatisme de tous les jours. C'était pour guérir de cela qu'il était à Saint-Étienne. La lettre anonyme et son étrange message n'étaient que les signaux qu'il attendait depuis longtemps.

Il était venu cautériser sa blessure, au fer rouge si

besoin, et c'est bien ce qui était en train de se passer : il avait mis un nom sur Bomaki et il connaissait maintenant, peu ou prou, les rôles joués par Richard Viallard, Marius Lefebvre et Salvatore Lombardi dans l'histoire.

Il sentait au plus profond de lui-même qu'il approchait du terme de sa quête. Que toutes les questions qu'il s'était posées tout au long de son existence allaient enfin trouver réponses.

Mais pour cela, il lui restait encore une chose à faire : rencontrer Philippe Gascogne. La confrontation avec son ami d'enfance serait la conclusion logique de cette tragédie vieille de plus de trente ans.

Le message de la bohémienne lui revint en mémoire, telle une pièce de puzzle qui refuse obstinément de trouver sa place.

Il ouvrit le fichier dans lequel il avait enregistré les mots de la vieille :

Dans sa fosse infernale baignée par des eaux mortes, Bomaki attend sous la lune ronde qu'on le délivre de ses tourments.

Ce n'était qu'un simple assemblage de mots, pas une formule magique. Pas une invocation. Et certainement pas une malédiction.

Il y avait une signification derrière ce fatras mélodramatique. Il suffisait de la trouver.

Dans sa fosse infernale baignée par des eaux mortes, Bomaki attend sous la lune ronde qu'on le délivre de ses tourments.

Bomaki, pour commencer.

Bomaki, c'était le surnom donné autrefois par un groupe de contestataires à Bertrand Omiak, leur compagnon assassiné. C'était aussi le monstre de leur enfance. Un monstre qui n'en était pas un en réalité. Un monstre injustement accusé.

Aujourd'hui, seul Gascogne avait pu endosser les oripeaux du faux croque-mitaine. Gascogne qui attendait peut-être qu'on le réhabilite à son tour. Qu'on vienne l'aider.

Mais où le trouver ? Où trouver Bomaki/Gascogne ?

Réponse : *Dans sa fosse infernale baignée par des eaux mortes*.

Sous cette figure de rhétorique se cachait nécessairement un lieu.

Qu'est-ce qu'une *fosse infernale* ? Une prison ? Gascogne avait été en prison, mais il n'y était plus. Un quartier malfamé, comme l'avait jadis été la cour des Miracles, où il avait vécu ? Dans ce cas, s'agissait-il du quartier Beaubrun prochainement promis à réhabilitation ?

Il nota ces réflexions sur son ordinateur en se promettant d'y revenir plus tard. Puis, il poursuivit son brainstorming.

Fosse infernale... Ça évoquait aussi une fosse aux serpents, un nid de serpents. Un nid de serpents tel que pouvait l'être la société de Viallard ou même sa demeure. Gascogne projetait-il maintenant de tuer le vieillard ou son fils ? Lui donnait-il rendez-vous là-bas pour qu'il l'empêche de passer à l'acte ? Comme l'avaient souligné son ex-femme et Hakima, l'esprit des criminels suit parfois une curieuse logique.

Il ne croyait pas vraiment à cette possibilité, mais tapa néanmoins « RDV chez Viallard ? » sur son clavier pour se souvenir de cette piste, avant de reprendre le cours de ses pensées.

Il lui vint alors l'idée d'utiliser le dictionnaire des synonymes de son traitement de texte.

Pour *fosse*, il trouva *cavité* qui le renvoya à *trou*, *gouffre*, *abîme* et *caverne*, entre autres.

Pour *infernal*, il trouva *démoniaque*, *satanique*, *diabolique*...

Rien qui puisse l'aider apparemment.

Il essaya ensuite des associations de mots qu'il nota scrupuleusement : *abîme démoniaque, fosse satanique, trou infernal.*

Trou infernal... Curieusement, cet assemblage disgracieux éveilla quelque chose en lui.

Gouffre satanique, tapa-t-il sur l'ordinateur.

Et soudain, il comprit ! C'était tellement simple qu'il s'en voulut de ne pas avoir saisi plus tôt. Un enfant de dix ans aurait pu trouver la solution de l'énigme pour peu qu'il fût de la région !

Ce n'était pas *trou infernal* ni *gouffre satanique*, mais *gouffre d'enfer* !

Le Gouffre d'Enfer était le nom d'un lieu-dit situé à quelques kilomètres de Saint-Étienne. Une rivière, le Furan, y coulait dans une ravine encaissée. Une rivière que retenait... un barrage ! Un barrage : les *eaux mortes* de l'oracle, par opposition aux eaux vives ! Quant à l'allusion à la *lune ronde* elle était transparente.

Il se connecta à Internet et découvrit que la lune atteindrait sa dernière phase... le soir même !

Il sentit son cœur s'emballer et un léger vertige l'envahir : le rendez-vous était pour cette nuit ! Il comprenait mieux à présent l'impatience de la bohémienne.

Gascogne lui fixait rendez-vous ce soir au barrage du Gouffre d'Enfer ! La dernière pièce du puzzle venait de se mettre en place !

Il s'adossa à son fauteuil, soudain conscient de toucher au but. Son cœur cognait d'excitation dans sa poitrine.

Une première impulsion le fit attraper son téléphone portable pour informer Hakima de sa découverte. Mais, au moment de composer le numéro, il se figea.

C'est à lui que Bomaki/Gascogne avait donné rendez-vous. À lui seul. S'il contactait la jeune femme, dans le meilleur des cas elle exigerait de l'accompagner. Plus probablement, elle déploierait un vaste filet pour prendre au piège son ami d'enfance.

Et ça, il n'en était pas question.

Tu comptes vraiment y aller seul ? s'alarma la voix de sa raison. *Tu veux connaître le même sort que Lombardi ?*

Il se leva et se mit à faire les cents pas dans la chambre.

« Rien ne dit que ce ne soit pas un accident ! chercha-t-il à se convaincre. Et puis, pourquoi s'en prendrait-il à moi ? Je ne suis pas riche et, contrairement à Lombardi, je n'ai pas trahi Collardo en pactisant avec Viallard.

Et que fais-tu de l'attaque devant l'hôtel ?

Il secoua rageusement la tête, pour chasser la peur qui s'insinuait en lui.

Il fallait qu'il se rendre seul à ce rendez-vous. Il devait ça à Gascogne. En souvenir du passé. En souvenir de leur amitié. Ils avaient partagé les meilleurs et les pires moments de l'enfance. Si Philippe Gascogne était vraiment devenu un tueur comme le prétendait Hakima, il saurait le raisonner et l'amener à se constituer prisonnier. L'appât du gain ne pouvait être sa seule motivation ; sur ce point il était convaincu que Mariama avait raison. Quant à la vengeance, il lui ferait comprendre qu'elle était absurde. Le principal coupable était mort. Viallard n'en avait plus pour longtemps. Ça ne valait pas la peine de continuer à tuer.

Impulsivement, Chalier jeta son téléphone portable sur le lit, comme s'il voulait éloigner de lui toute tentation de s'en servir.

Il irait seul. C'était décidé.

Conscient des risques qu'il s'apprêtait à courir, il décida cependant de rédiger un mot à l'intention de la jeune femme. Un mot qu'il laisserait en évidence dans sa chambre. Ainsi, si jamais il lui arrivait quelque chose, elle saurait qu'il était parti à la recherche de Gascogne.

Il prit dans un tiroir une feuille de papier marquée à l'en-tête de l'hôtel et commença à écrire :

Chère Hakima,

Je crois avoir retrouvé la trace de Gascogne. Je vais tenter de le convaincre de se rendre. Le rendez-vous est fixé ce soir au Gouffre d'Enfer. Je sais que j'avais promis de vous appeler, mais il faut que je règle ça tout seul. Si jamais ça se passe mal, sachez que je regrette de ne pas vous avoir rencontrée plus tôt et que j'aurais aimé…

Il ne put arriver au bout de sa phrase. *J'aurais aimé…* quoi ? Qu'espérait-il donc lui dire ? Qu'il aurait aimé mieux la connaître ? Ça lui ferait une belle jambe lorsqu'elle retrouverait son cadavre ! C'était d'un puéril ! Digne d'un collégien amoureux qui écrit à sa copine de classe !

Il n'y avait rien à dire. Rien !

Il froissa rageusement le papier et esquissa le geste de le jeter dans la poubelle avant de se raviser et de le fourrer dans sa poche. S'il ne revenait pas, il ne tenait pas à ce que les flics – et Hakima – tombent sur son pitoyable essai lorsqu'ils fouilleraient la chambre.

Il eut un haussement d'épaules fataliste. S'il survivait à cette nuit, il lui dirait de vive voix à quel point elle lui plaisait !

Sinon, eh bien tant pis. Plus rien, de toute façon, n'aurait d'importance.

CHAPITRE 36

Pour se rendre au Gouffre d'Enfer, situé au sud-est de la ville, Chalier devait non seulement trouver un véhicule, mais surtout fausser compagnie au policier affecté à sa surveillance.

Il était près de vingt-deux heures lorsqu'il quitta sa chambre. Il laissa les rideaux ouverts, la lumière et la télévision allumées et descendit discrètement l'escalier.

Derrière le hall de réception, l'inénarrable rouquin, écouteurs vissés aux oreilles, visionnait un DVD sur l'ordinateur. À son visage congestionné, Chalier eut une petite idée du genre de film qu'il était en train de regarder.

En catimini, il se glissa derrière lui et gagna la porte de service. Celle-ci conduisait à une petite cour intérieure servant de parking. De là, il rejoignit la rue du Sergent-René-Marie-Rivière et se dirigea vers la gare.

Des nuages masquaient opportunément la lune et, malgré l'éclairage public, il y avait peu de chances pour que son ange gardien le reconnaisse depuis sa voiture. Tête baissée, col relevé, Chalier évita toutefois autant que possible toute source de lumière.

Plusieurs taxis attendaient devant le bâtiment de briques rouges.

Il passa comme une ombre devant la sculpture du *Fusillé* dressée en hommage aux résistants déportés de la Loire, et s'adressa au taxi le plus proche.

– Bonsoir, vous pouvez m'emmener au Gouffre d'Enfer ?

L'homme lui jeta un regard dégoûté derrière ses grosses lunettes.

– Le Gouffre d'Enfer ? À cette heure ! Ça va pas, non ! Vous avez vu la route ?

Même la promesse d'un bon pourboire ne put le convaincre de le prendre en charge.

– Allez voir Rachid, lui conseilla le chauffeur. C'est la Mercedes là-bas. Lui, il est assez fêlé pour vous y conduire.

Le dénommé Rachid ne fut pas moins surpris par sa demande, mais il accepta finalement de l'emmener moyennant une prime de risque.

Chalier se glissa avec soulagement sur la banquette arrière et le véhicule démarra. Ils prirent l'avenue Denfert-Rochereau. Chalier se tassa sur son siège lorsqu'ils passèrent entre l'hôtel et le flic dans sa voiture banalisée.

– Dites, c'est pas un peu tard pour faire une randonnée ? lâcha le chauffeur en fixant son passager dans le rétroviseur.

– Je vais à une soirée, répondit Chalier d'une voix neutre.

L'Arabe sourit d'un air entendu. Chalier se dit qu'il croyait sans doute que son client se rendait sur l'un de ces lieux de rencontre pour homosexuels, comme il en existe souvent à la périphérie des villes de province.

À la sortie de Saint-Étienne, ils prirent la départementale 8 qui conduisait au minuscule village de Rochetaillée et, au-delà, au Bessat.

Les immeubles cédèrent bientôt la place à la campagne et l'éclairage public disparut. La route étroite, creusée à flanc de collines, bordait un ravin qui allait en s'approfondissant à mesure qu'ils montaient. La pleine lune éclairait par intermittence un paysage sauvage et abrupt, densément boisé, qu'on se serait plus volontiers attendu à trouver dans une région montagneuse.

La route était déserte et ils ne croisèrent qu'un ou deux véhicules avant d'arriver, quelques kilomètres plus loin, en vue de Rochetaillée, dominée par ses trois tours médiévales en ruines, semblables à des chicots tombés de la bouche d'un géant.

Un peu avant celles-ci, le chauffeur immobilisa sa Mercedes à une bifurcation.

– Vous voulez vraiment qu'on descende ? dit-il en désignant une voie, guère plus qu'un chemin, qui après s'être faufilée entre de vieilles maisons de pierres plongeait dans le vide et l'obscurité.

– Oui, fit Chalier. Ça pose un problème ?

Le chauffeur secoua la tête.

– Non. J'ai une bonne voiture et à cette heure, on ne risque pas de croiser un autre véhicule. C'est pour vous que je dis ça. Vous saurez comment revenir ?

– Ne vous inquiétez pas, mes amis me ramèneront, le rassura son passager.

– Vos amis… Mmm… Eh bien, si vous le dites, c'est vous le patron.

Il enclencha la première et s'engagea lentement dans la voie à forte pente.

Le barrage du Gouffre d'Enfer se trouvait au bout de cette route et avec lui Bomaki, ou plus exactement Gascogne.

Chalier s'efforçait de ne pas penser à ce qui allait se passer là-bas et aux risques qu'il prenait. De toute manière, il était trop tard pour faire marche arrière. Tout au plus éprouvait-il le regret d'avoir joué un mauvais tour à Hakima en ne la prévenant pas.

La route sinuait en interminables lacets qui n'auraient pas dépareillé dans certains coins perdus des Alpes. Il avait l'impression de descendre dans un vertigineux boyau de ténèbres. Pas une maison aux alentours, pas une lumière. Fort heureusement, le précipice sur sa droite demeurait invisible. Chalier songea que la route devait être encore plus impressionnante de jour. Parfois, un lapin de garenne filait devant leurs phares en agitant le fanion blanc de sa petite queue.

– Sales bêtes ! grommela le chauffeur, le regard vissé sur la route sans marquage qui s'obstinait à échapper au pinceau de lumière jaune.

Finalement, après ce qui sembla une éternité à Chalier, ils arrivèrent à un petit parking. Celui-ci était complètement désert. Autrefois, d'après ses souvenirs, une maison s'était dressée là – une auberge – mais il n'en restait plus rien.

– C'est ici votre petite fête ? ironisa le conducteur.

– Oui, dit Chalier sans sourciller. Les autres ne sont pas encore arrivés. Merci de m'avoir amené. Vous n'aurez pas de difficultés pour repartir ?

– Pensez-vous ! Je vais suivre la rivière, cette fois, dit l'homme avec un sourire. La route est meilleure !

Chalier paya sans relever et sortit dans la nuit. L'air était ici plus froid qu'en ville. Il était également chargé d'humidité. Chalier entendit le bruit d'une cascade non loin de là.

Il regarda la Mercedes faire une manœuvre et puis s'engager sur la route de la vallée. Bientôt ses feux arrière disparurent.

Il était seul à présent.

Le chemin était étroit et serpentait au milieu d'un chaos rocheux.

Par intermittence, la lune déversait une pâle flamme

sur le sentier, recouvrant d'une pellicule de poussière blanche la végétation et les cailloux.

Il avait laissé la cascade derrière lui mais il pouvait entendre, en contrebas, le murmure de la rivière cascadant sur les pierres.

Un vent glacial circulait dans ces gorges, rebondissant sur les parois, se glissant entre les arbres rachitiques, ricochant sur l'argent liquide de l'eau. Il emportait avec lui des odeurs végétales et minérales. Des odeurs de début de monde.

Ou de fin de monde.

Chalier n'avait pas peur. Pas vraiment. Il avait seulement hâte que tout ça se termine.

Il gravit une volée de marches noyée dans la brume, longea une corniche surplombant le vide, puis franchit celui-ci sur un petit pont en béton.

Maintenant qu'il y pensait, il regrettait de ne pas avoir prévenu Mariama de son escapade. Mais elle aurait tout fait pour l'en dissuader et, même, en dernier ressort, n'aurait pas hésité à prévenir la police pour l'empêcher de se lancer dans ce qu'elle n'aurait pas manqué de qualifier de folie.

Car, en toute objectivité, c'en était bien une, non ?

Machinalement, il glissa la main dans la poche de son pantalon et en tira l'ébauche de message qu'il avait voulu laisser à la métisse.

Mariama. Hakima. Une nouvelle fois, il se surprenait à juxtaposer l'image des deux femmes.

Elles n'étaient pourtant pas interchangeables, et c'est à la seconde qu'il avait écrit un mot. Pas à son ex-femme. N'était-ce pas l'indication du côté où penchait son cœur ? Un cœur qui, comme le battant d'une horloge, allait d'un côté puis de l'autre, désespérément constant dans son inconstance.

Il posa un regard douloureux sur le papier roulé en

boule, puis le jeta dans le précipice où il fut happé par la nuit et les eaux tumultueuses du torrent.

Il fallait qu'il chasse ces pensées importunes de son esprit et se concentre sur sa progression. Ce n'était pas le moment de se tordre une cheville ou pire, de basculer dans le vide. Il aurait tout le temps de réfléchir à ses problèmes sentimentaux plus tard.

Si jamais il y avait un plus tard…

Suivant le chemin, il s'engagea dans une gorge rocheuse sinistre qui semblait taillée à la hache dans la montagne. Des arbres rabougris, aux branches tordues et dépourvues de feuilles, se dressaient sur les pentes, telle une armée de gnomes figés pour l'éternité en pleine attaque. De gros rocs tombés des sommets encombraient le passage, comme crachés par d'antiques catapultes.

Il leva les yeux vers le sommet de la citadelle rocheuse. Des nappes de brouillard y formaient de spectrales oriflammes. Au-dessus, le ciel et les étoiles n'étaient que partiellement visibles.

Un bruit sur sa gauche le fit sursauter. Il s'immobilisa le cœur battant et vit une biche dévaler la pente à quelques mètres de lui, franchir l'étroit chemin et remonter l'autre versant en bondissant.

Dans le lointain, un chat-huant lança son sinistre appel.

Chalier réprima un frisson. La peur enfin ou le froid ? Qu'est-ce qui l'attendait sur le barrage ? La réponse à toutes ses questions ou une mort hideuse ?

Avec un soupir, il reprit sa marche.

Il commençait à croire qu'il s'était trompé de chemin, lorsque, à un tournant, il se trouva devant un mur cyclopéen tendu entre deux parois rocheuses.

Sous l'éclairage blafard de la lune qui, avec un sens tout théâtral de la mise en scène, avait fait son apparition, le barrage ressemblait à une forteresse médiévale. Un monument de cinquante-six mètres de haut, de cent mètres de long et de quarante-neuf mètres d'épaisseur à sa base, construit sous Napoléon III pour réguler les crues du Furan et alimenter en eau potable la ville de Saint-Étienne.

Il franchit la centaine de mètres qui le séparaient de l'imposant arc rocheux avec l'impression d'être une fourmi se lançant à l'assaut d'une montagne.

Une double volée de marches luisantes d'humidité menait au pied du colosse. De cette plate-forme, sur la gauche de l'ouvrage, partait un sentier escarpé qui conduisait au sommet.

Ne pas s'arrêter. Ne pas réfléchir.

Un petit nuage de condensation dansant devant ses lèvres, Chalier commença l'ascension.

C'est le souffle court – manque d'exercice physique ? stress ? les deux probablement – qu'il parvint au faîte de l'édifice.

Sous ses yeux, en amont, s'étendait une longue retenue d'eau qui, illuminée par la pleine lune, ressemblait à un lac gelé. Sa surface miroitait doucement sous les caresses de la brise. Le silence était presque parfait. Minéral. Même le chat-huant s'était tu. On n'entendait que le bruissement du trop-plein d'eau s'écoulant par les déversoirs.

L'endroit évoquait quelque ancien négatif photographique : intemporel, irréel et empreint d'une froide beauté.

Chalier se demanda s'il avait bien interprété le message de la vieille rempailleuse.

Dans sa fosse infernale baignée par des eaux mortes, Bomaki attend sous la lune ronde qu'on le délivre de ses tourments.

Et s'il s'était trompé ? S'il n'avait pas compris ?

Il n'y avait qu'une façon de le savoir, c'était de s'avancer sur le barrage et d'attendre.

Après les sentiers de terre battue, le sol de béton lui parut dur et froid sous les pieds.

Dans un flash, il se souvint d'être venu ici autrefois en Mobylette, avec une de ses conquêtes. Comment s'appelait-elle déjà ? Joséphine ? Juliette ? Geneviève ? Denise ? Il ne s'en rappelait pas. Tout ce qu'il savait, c'est qu'elle portait un prénom délicieusement suranné.

Il l'avait embrassée dans les fourrés, sur un tapis d'herbe tendre, mais elle avait refusé d'aller plus loin. Tout juste avait-il pu apercevoir ses seins laiteux et les effleurer de ses doigts fébriles. Premiers émois adolescents. Premiers désirs triviaux. Toucher, palper, fouiller.

Il s'étonna de ses pensées déplacées. Dans sa situation n'aurait-il pas dû songer à des choses plus graves ? Pourquoi en revenait-il toujours au passé ? À sa jeunesse ?

Il s'approcha du parapet et regarda dans le vide, en aval. Tout en bas, le chemin par lequel il était venu était invisible.

– Hé ! Tu ne vas pas sauter au moins, Piozou ? lança une voix derrière lui.

CHAPITRE 37

L'apostrophe le surprit complètement et pendant quelques secondes, il fut incapable de réagir.

– Tu es venu finalement, reprit l'homme avec un fort accent stéphanois. J'étais sûr que tu trouverais ma petite énigme. Un littéraire comme toi !

Chalier se retourna lentement. Un homme approchait depuis l'endroit d'où lui-même était venu. Son visage était dans l'ombre. Il remarqua néanmoins qu'il était grand et athlétique. Quelque chose pendait au bout de sa main droite.

– Ce n'était pas si évident que ça ! protesta Chalier avec une désinvolture feinte. Drôle d'idée que tu as eue là ! Tu ne pouvais pas dire les choses clairement ?

L'homme rit doucement.

– On apprend à se distraire en prison. À faire travailler son imagination. Et puis, je me suis souvenu que tu aimais bien les mystères… les histoires de fantômes, de soucoupes volantes… Tous ces trucs. Je me suis dit que ça t'amuserait et que ça te rappellerait nos jeux d'enfance. C'était aussi une façon d'éveiller ta curiosité et ton attention.

– Je ne me souviens pas qu'on jouait aux devinettes, répondit Chalier.

Il éprouvait une drôle d'impression de s'adresser ainsi à Gascogne après toutes ces années.

– Ah ? Eh bien peut-être que ma mémoire me joue des tours. C'est si vieux…

Gascogne avançait toujours. Malgré l'obscurité, Chalier vit qu'il tenait une arme. Il songea brièvement qu'il avait eu tort de se jeter ainsi dans la gueule du loup.

Le loup perçut son mouvement de recul involontaire.

– C'est ça qui t'inquiète ? dit-il en levant le pistolet. Ne t'en fais pas. C'était juste une précaution au cas où tu ne serais pas venu seul. Il faut que je me méfie tu comprends, avec tous ces flics lancés à mes trousses… Tiens, regarde, je range mon flingue.

Le ciel était suffisamment clair pour que Chalier puisse maintenant voir son interlocuteur. Il le reconnut aussitôt malgré les années qui les séparaient de leur enfance. Même face large et énergique, mêmes yeux écartés que dans son souvenir. Même cheveux drus en broussaille. Mais aujourd'hui, l'ensemble constituait le visage d'un homme dur, éprouvé par la vie et les difficultés.

– Comment es-tu arrivé ici ? demanda Chalier.

– En moto. C'est plus pratique pour filer à travers les bois. On ne sait jamais, s'il t'était venu à l'idée de venir avec les keufs.

– Comment peux-tu être sûr qu'ils ne sont pas quelque part derrière moi ?

Un sourire fendit le visage de Gascogne.

– Tu me prends pour un imbécile ? Je te suis depuis un moment. Pas très discrètement d'ailleurs : c'est moi qui ai effrayé cette pauvre biche !

Ils n'étaient plus qu'à deux pas l'un de l'autre à présent. Chalier était tendu. Gascogne, bien que visiblement sur ses gardes semblait, quant à lui, presque décontracté.

– J'suis content que tu sois venu, dit-il en s'immobilisant, le sourire aux lèvres. Tu n'as pas trop changé.

– Ouais ! Toi non plus, répondit Chalier.

Sauf que tu es devenu un assassin !

Conscients de la banalité de leurs propos, ils se turent, en proie à une subite gêne. Chalier frissonna. Là-bas, de l'autre côté de la retenue d'eau, de lourds nuages s'amoncelaient telle une armée impatiente de partir à l'assaut du ciel.

– Pourquoi m'as-tu demandé de venir ? demanda-t-il finalement.

Gascogne se tritura machinalement l'oreille.

– J'suis dans la merde, Piozou. Tous les flics de France et de Navarre sont à mes trousses.

– Je crois que tu l'as bien cherché, non ?

Son ami d'enfance grimaça douloureusement.

– Sans doute, mais j'ai besoin de toi pour sortir de ce pétrin !

– Pourquoi aiderais-je un assassin ?

Avant que Chalier ait pu faire un geste, Gascogne le prit impulsivement par les épaules.

– Mais, je ne suis pas un assassin ! Il faut que tu m'aides à prouver que je ne suis pour rien dans le meurtre de Lefebvre. Que c'était un coup monté !

Chalier se dégagea.

– À qui espères-tu faire croire ça ?

– C'est pourtant la vérité ! Je te le jure !

– Ah bon ? Alors comment expliques-tu qu'on ait trouvé tes empreintes sur l'arme du crime ? lâcha-t-il.

Gascogne écarta les bras en signe d'incompréhension.

– Je… Je ne sais pas. Je ne suis jamais allé là-bas. Je ne l'ai pas tué, je te le jure. Je ne le connaissais même pas !

– J'aimerais te croire, mais les empreintes prouvent sans conteste le contraire.

– Je ne comprends pas comment c'est possible. Écoute, j'ai fait pas mal de conneries dans ma vie Piozou, mais je ne suis pas un assassin. Dieu me soit témoin que j'ai souvent rêvé de buter l'enfoiré qui avait enlevé notre copain, mais... mais ce n'est pas moi qui l'ai tué.

Chalier se passa une main dans les cheveux, tout en réfléchissant. Gascogne semblait si sincère, se pouvait-il qu'il dise la vérité ?

Tu ne vas quand même pas le croire ! Tous les meurtriers clament leur innocence !

– Et pour Lombardi ? demanda-t-il.

Gascogne eut un mouvement de recul.

– Quoi Lombardi ? De quoi parles-tu ?

– Tu veux me faire croire que tu ne sais pas ? dit Chalier avec un scepticisme non dissimulé.

– Savoir quoi ? s'énerva Gascogne. Parle, nom de Dieu ! Qu'est-il arrivé à Angelo ?

– On l'a retrouvé mort cet après-midi dans sa voiture !

Malgré la pénombre, Chalier vit une expression de peine et d'incrédulité passer sur le visage de son ami d'enfance.

– Et... Et tu penses que je l'ai tué ? C'est ça ?

Le silence de Chalier était une accusation muette.

– Si tu crois vraiment que je suis un assassin, alors pourquoi es-tu venu ? Pour me piéger ? lâcha Gascogne d'une voix dure.

Sa main plongea dans la poche de son blouson, tandis qu'il jetait des regards de bête aux abois autour de lui.

– Ne t'en fais pas, le rassura Chalier. Je suis bien venu seul.

Gascogne le dévisagea sans comprendre.

– Mais alors pourquoi ? Pourquoi es-tu là, si pour toi je ne suis qu'un meurtrier ?

Chalier eut un haussement d'épaules.

– Franchement, je n'en sais rien. Peut-être que je voulais comprendre tes raisons. Peut-être, aussi, qu'au fond de moi, je n'arrivais pas à croire que tu aies pu commettre de tels crimes.

– Je n'ai tué personne ! se défendit Gascogne. Je te le jure ! Jamais je ne m'en serais pris à Lombardi ou à toi ! On était amis !

– Ah bon ? C'est comme ça que tu traites tes amis, en les attaquant comme tu l'as fait ce soir-là devant mon hôtel ?

Le visage de Gascogne se ferma davantage, mélange de colère et de peine. Chalier vit ses poings se serrer.

– Putain, t'as vraiment de la merde dans les yeux, Piozou ! gronda l'ex-détenu. T'as pas compris que le type qui était venu à ton secours, c'était moi ?

– Qu'est-ce que tu racontes ? s'exclama Chalier.

– Oui. Je voulais te parler, mais je craignais que les flics ne rôdent autour de toi. J'attendais donc le bon moment. Je m'étais planqué dans ce sex-shop non loin de ton hôtel pour t'attendre, quand j'ai vu ce type surgir d'une allée et te tomber dessus. J'ai couru et on s'est bagarrés. Mais cet enfoiré était sacrément costaud et protégé, qui plus est, par un casque et une combinaison de moto. J'ai tout de même réussi à le faire fuir. Je l'ai coursé mais, malheureusement, il m'a échappé sur les voies ferrées. Par la suite, je n'ai plus pu t'approcher, y'avait toujours un keuf, bien en évidence, dans les parages.

Chalier était abasourdi.

– Pourquoi n'as-tu pas essayé de me joindre par téléphone à l'hôtel ?

– J'avais peur que tu ne sois sur écoute. Tu sais, on devient vite parano quand on est en cavale et puis… et puis il y a eu le meurtre de Lefebvre. Je suis tout à coup devenu l'ennemi public numéro un. Je tenais à te parler de vive voix. Je pensais que c'était le seul moyen de te convaincre de mon innocence.

Le ton était si sincère que Chalier eut envie de le croire.

– Et pour le gosse ? Tu vas aussi me dire que ce n'est pas toi l'auteur de l'enlèvement ?

– Si, reconnut piteusement Gascogne. Je sais que c'était stupide, mais je n'avais rien trouvé de mieux pour attirer l'attention sur Viallard. Mais je te promets, Piozou, que je ne lui ai fait aucun mal ! Je lui ai même refilé une PSP. Faut voir comme le gamin était content ! Et puis, chez ma sœur il n'a manqué de rien. Il a regardé la télé tout le temps. Rien que des dessins animés !

Chalier n'en revenait pas d'une pareille inconscience.

– As-tu seulement pensé aux parents du môme ? À leur inquiétude ?

Gascogne eut un geste d'excuse à la fois puéril et pathétique. Le geste d'un gamin de dix ans qui sait qu'il a fait une connerie et sollicite le pardon de l'adulte en face de lui.

– D'accord, j'ai merdé sur ce coup-là. Je suis vraiment désolé. Mais je n'ai tué personne, je t'en donne ma parole. Quelqu'un essaie de me coller ce crime sur le dos et je ne sais pas qui. C'est pour ça que je t'ai demandé de venir. Pour m'aider à me sortir de cette merde.

Chalier s'écarta de Gascogne et fit quelques pas sur le ciment. Au-dessus d'eux, les nuages, telle une horde barbare s'apprêtaient à envahir le ciel. La lune virginale serait leur première victime. Bientôt, les cieux ne seraient plus qu'une masse menaçante. Tout n'était déjà qu'ombres et ténèbres autour d'eux.

– Si tu es innocent, pourquoi ne t'es-tu pas rendu à la police ?

L'ex-taulard laissa filtrer un rire aigre.

– Avec mon casier ? Tu plaisantes ! Je ne tiens pas à passer le restant de mes jours en cabane ! Non, ma seule chance c'est que tu m'aides à démasquer le ou les véritables coupables.

– Et comment dois-je m'y prendre ? Je ne suis pas détective !

– Tu es journaliste, non ? Tu as l'habitude de mener des enquêtes.

– Ce n'est pas si simple… commença Chalier. Il s'agit d'une affaire criminelle et…

Il vit le regard de Gascogne et se tut subitement.

– OK, fit-il. Et si tu me racontais toute l'histoire ? En commençant par exemple par cette lettre que tu m'as envoyée à Paris. Car c'est bien toi qui me l'as envoyée, n'est-ce pas ?

Gascogne, adossé au muret de pierre, rassembla un instant ses idées avant de commencer.

– Oui. Je voulais te faire revenir à Saint-Étienne. Je n'étais pas sûr que ça marche, mais j'espérais que ce message ne te laisserait pas indifférent.

– Comment l'aurait-il pu ? Et pour Lombardi ?

Gascogne hésita.

– Pour Lombardi, c'était un peu différent. En fouinant, j'avais découvert qu'il bossait pour la famille Viallard. Je voulais l'amener à réaliser pour quel genre d'hommes il travaillait. C'était ma façon de lui dire, et à toi aussi d'une certaine manière, qu'on ne doit pas oublier le passé.

– Qu'espérais-tu exactement après toutes ces années ? interrogea Chalier.

– Mon idée était que tu enquêtes pour retrouver les assassins de Collardo. Moi, je t'aurais aidé en cachette, grâce aux informations que j'avais apprises. Tu comprends : je ne pouvais pas y arriver tout seul. Viallard, Lefebvre, tous ces gars ont pignon sur rue… Je ne suis qu'un repris de justice, un malfrat. Toi, tu es journaliste, blanc comme neige, on t'aurait cru…

Chalier était sidéré par une telle naïveté. Gascogne croyait-il vraiment qu'il pourrait, même avec son aide, résoudre une affaire vieille de trente-cinq ans ?

– Mais pourquoi ne pas m'avoir tout simplement contacté ? demanda-t-il.

Gascogne soupira.

– J'y ai pensé, crois-moi. Mais je ne savais pas quelle

serait ta réaction. Tellement de temps a passé... Je me disais que Collardo n'était peut-être plus qu'un mauvais souvenir pour toi. Un truc qu'on cherche à oublier...

– Jamais ! s'indigna Chalier. Tu aurais dû m'en parler, me faire confiance. Je ne me serais pas dérobé.

– Comme la fois où nous nous sommes croisés dans la rue, hein ? dit doucement Gascogne en fixant son ami. Et que tu t'es caché dans ce magasin. Tu ne t'es pas... dérobé, ce jour-là ?

– Je... commença Chalier avant de se taire, honteux.

– Ce n'est pas grave, Piozou. Mais tu vois... je... je me suis dit...

– Je comprends... Je suis désolé. C'était impardonnable. J'y pense souvent... Je ne sais pas ce qui m'a pris.

– Laisse tomber. La disparition de Collardo nous a tous secoués. Je crois qu'on s'est tous sentis coupables et qu'on n'osait plus se regarder en face...

Ils se turent. Devant eux, la retenue d'eau ressemblait à une flaque d'encre insondable et inquiétante.

– Comment as-tu su au sujet de Viallard et de Lefebvre ?

Gascogne sortit un paquet de cigarettes de sa poche et le tendit à Chalier.

– T'en veux une ?

Chalier fit non de la tête et regarda son compagnon allumer la sienne.

– Le hasard. Aussi insensé que cela puisse paraître, j'ai appris ça par hasard en prison. Bon sang, il y a de drôles de coïncidences dans la vie ! On appelle ça le destin, je suppose ! C'était il y a un peu plus de deux ans. On m'avait collé dans la même cellule qu'un vieux type, un Ardéchois, qui n'arrêtait pas de se vanter des conneries qu'il avait faites dans sa jeunesse. Il était tombé pour le meurtre d'une tapineuse dans les années 90. Cet enculé aimait tabasser les femmes. Autant dire qu'il était plutôt mal tombé avec moi.

Chalier se souvint que la mère de Gascogne avait été tuée par son mari et que sa sœur, Annie, avait été prostituée dans sa jeunesse.

– J'avais pris l'habitude de bousculer un peu ce salaud, reprit l'ex-détenu. De lui faire faire les corvées, ce genre de choses… Juste pour lui montrer l'effet que ça fait d'être perpétuellement terrifié par quelqu'un de plus fort. J'appelais ça son purgatoire. Je me souviens que je lui disais que je lui faisais payer ses péchés sur terre au cas où l'enfer n'existerait pas !

Gascogne s'interrompit. Le bout incandescent de sa cigarette rougeoya dans les ténèbres. Puis il reprit.

– Je ne suis pas très fier de ça Piozou, crois-moi, mais la prison… ça change les hommes. Et puis, je ne regrette rien : ce type était une ordure et c'est grâce à ces… petites persécutions que j'ai finalement appris ce qui était arrivé à Collardo.

– Je ne te juge pas, dit doucement Chalier. Continue.

Au-dessus de leur tête, le ciel n'était plus qu'une masse noire et sinistre.

– Bien. L'Ardéchois m'a un jour proposé un marché. En échange de sa tranquillité, il m'a dit qu'il me confierait un secret qui me rendrait riche lorsque je sortirais. Un secret qu'il n'avait dit à personne et qu'il n'avait pas eu le courage d'exploiter lui-même. J'étais sûr que c'était encore un coup foireux, genre braquage du siècle mais, pour me marrer, j'ai fini par l'écouter. Et là, mon vieux, je n'ai pas été déçu !

Gascogne tira sur sa cigarette, les yeux perdus dans le vague. En cet instant, se dit Chalier, il se trouvait non plus sur le barrage du Gouffre d'Enfer, mais dans une cellule de la Talaudière.

– L'histoire est un peu longue, mais elle vaut la peine d'être racontée. Pardonne-moi si parfois je m'embrouille un peu, mais je ne suis ni journaliste ni écrivain.

– T'excuses pas. Vas-y.

– Très bien ! Débarqué de sa cambrousse natale, l'Ardéchois était arrivé très jeune à Sainté pour bosser à la mine. Il n'était pas très grand, mais tout le monde le craignait, car c'était déjà un gars méchant et teigneux. Un jour, c'était à la fin des années 60, il se battit avec un délégué syndical et faillit le tuer. La direction, au lieu de le virer, lui offrit une promotion et lui proposa de faire partie d'une équipe de casseurs de rouges. L'Ardéchois se foutait bien de la politique, mais comme il y avait du blé à se faire... Pendant quelque temps, avec d'autres gros bras, ils firent le sale boulot des patrons : ils cassaient les piquets de grève, tabassaient les syndicalistes, obligeaient les indécis à rentrer dans le rang, menaçaient les familles des gueules noires lorsque c'était nécessaire... Le genre d'heures sup bien dégueulasses mais grassement payées ! Ça a duré jusqu'à ce que la mine ferme. Puis il est parti exercer ses talents ailleurs. Dans une entreprise de démolition.

– La Forézienne de travaux publics et de bâtiment ! s'exclama Chalier. L'entreprise de Richard Viallard !

– Exactement, Piozou. Et là, comme sa réputation l'avait précédé, on lui a bientôt demandé de mettre au pas certains habitants récalcitrants du Clapier qui refusaient d'abandonner leurs domiciles.

– Bertrand Omiak et le comité de sauvegarde du Panassa ! Bertrand Omiak devenu Bomaki, après son assassinat !

– Tout juste ! Je vois que tu as aussi saisi cette petite énigme. L'Ardéchois m'a raconté qu'il était présent lorsque a eu lieu la bagarre qui a coûté la vie à Omiak. Selon lui, c'était un accident. Un coup de barre à mine malencontreux ! C'est juste après ça que le nom de Bomaki a commencé à fleurir sur les murs. Une façon pour les membres du comité de rendre hommage à la lutte et au sacrifice d'un des leurs. La mort du Polonais, loin d'étouffer le mouvement de contestation, le galvanisa. La résistance commença à s'organiser dans le quartier, ce qui n'arrangeait pas les affaires de Viallard et de certains à la mairie. C'est à ce moment-là qu'un type a eu une idée de génie : terrifier les habitants du Panassa et transformer le martyr en monstre, en lançant adroitement une rumeur. Mais pour parvenir à ce résultat, il lui fallait marquer les esprits avec de nouvelles victimes, petites et innocentes de préférence, juste comme ce salaud les aimait.

– Ce type, c'était Lefebvre ?

– Oui, c'était lui. Mais je ne le savais pas encore. En prison, j'ignorais qui était Lefebvre. L'Ardéchois n'a jamais prononcé son nom. Il savait seulement que le commanditaire des enlèvements travaillait à la mairie de Saint-Étienne et que c'était un pervers qui prenait son pied avec des petits garçons. Je n'ai découvert l'identité du bourreau de Collardo que bien plus tard : lorsque j'ai lu dans les journaux qu'il avait été assassiné et qu'on m'avait collé son meurtre sur le dos !

Chalier encaissa cette étonnante révélation. Les questions se bousculaient, nombreuses, à ses lèvres, mais il ne voulut pas interrompre son compagnon.

– Continue, dit-il simplement.

– C'est maintenant que ça devient intéressant... Je te l'ai dit, l'Ardéchois était une crapule qui ne rechignait pas devant les coups tordus. Un jour, quelqu'un est venu lui demander s'il ne voulait pas se faire encore plus de fric. Notre homme a répondu par l'affirmative, bien sûr. Sauf que lorsqu'on lui a dit qu'il s'agissait d'enlever des gamins, là il s'est débiné. Cet enfoiré était peut-être une ordure, mais pour une raison ou une autre il n'a pas voulu tremper dans cette merde. Un restant de morale... à moins qu'il n'ait pas eu les couilles, tout simplement...

Après une dernière bouffée, l'ex-taulard envoya valdinguer sa cigarette dans le barrage. Elle s'éteignit en touchant l'eau. Le ciel, gorgé de nuages lourds et bas, paraissait prêt à exploser à présent. En levant le bras, on aurait dit qu'on pouvait presque le toucher.

– Et puis tu es sorti de prison... dit Chalier pour inviter Gascogne à continuer.

– Oui, et j'ai aussitôt cherché à identifier le mystérieux gars de la mairie, le pédophile. Mais en dépit de tous mes efforts, je n'ai pas pu remonter jusqu'à lui. J'ignorais même s'il était encore vivant. Alors, en désespoir de cause, je me suis tourné vers Viallard, son complice de l'époque.

– Viallard était impliqué dans les enlèvements d'enfants ?

Gascogne secoua la tête.

– L'Ardéchois n'en était pas certain, mais pour moi ça ne fait pas l'ombre d'un doute. Ça servait ses affaires ! Quand les gosses ont commencé à disparaître, les gens du quartier ont foutu le camp. Tu te souviens ? Bomaki était devenu un symbole de terreur !

– Mouais... confirma Chalier. Au diable, le Panassa et ses taudis historiques ! Il devenait plus que jamais urgent de raser ce bastion moyenâgeux où plus aucune loi humaine ou divine n'était respectée.

– Exactement ! Viallard a profité des crimes. C'est grâce à eux qu'il s'est enrichi et est devenu ce qu'il est. Alors, même s'il n'a pas lui-même enlevé ces gosses, il est pour moi tout aussi coupable que les tarés qui l'ont fait.

Gascogne prit une nouvelle cigarette dans son paquet, mais ne l'alluma pas. Une goutte vint s'écraser sur la tête de Chalier sans qu'il y prête attention.

– C'est pour cette raison que tu as enlevé ce gamin et que tu t'es arrangé pour que je le retrouve devant chez lui ? demanda-t-il.

– Oui. Je sais que ça paraît fou, mais sur l'instant ça m'a paru une bonne idée. Je voulais foutre les jetons à cet enfoiré de Viallard ! J'espérais qu'il ferait une erreur qui nous conduirait au véritable coupable, s'il était encore en vie. D'une certaine manière, ça a marché puisque Lefebvre est mort.

– C'est pour ça aussi que tu as ressuscité Bomaki ?

– Oui ! Je voulais que Viallard et ses complices comprennent immédiatement de quoi il s'agissait : Bomaki était de retour pour se venger ! Un fantôme vieux de trente-cinq ans revenait pour troubler leur sommeil de sales bourgeois ! Comme autrefois, Bomaki était le croque-mitaine idéal !

– Bomaki... répéta Chalier, songeur. Quand je pense qu'on croyait que c'était lui le monstre !

– Ouais, mais les vrais monstres étaient bien plus redoutables. L'Ardéchois m'a raconté que les ravisseurs s'appelaient entre eux *l'Escadron de la mort* ! Les enculés ! Ce sont eux qui ont enlevé Collardo et les autres gamins. Pour qu'on ne les reconnaisse pas, ils portaient des masques à gaz et...

– Des masques à gaz ! s'exclama Chalier comme frappé d'une révélation. Des masques à gaz ! Bon sang, comment ai-je pu être aussi stupide ! J'ai vu des monstres, des aliens, alors que ce n'étaient que des hommes affublés de masques à gaz !

Gascogne hocha la tête et effrita sa cigarette entre ses doigts. De grosses gouttes de pluie tombaient autour d'eux. L'orage approchait.

– Tu n'étais pas aussi près que moi, Piozou. Moi-même, je n'ai compris que bien plus tard en voyant un de ces masques chez un brocanteur auquel je fourguais le butin de mes braquages. Et puis, tout s'était passé tellement vite ! On n'était que des gosses. Des gosses à moitié bourrés et terrorisés !

– Pas toi, Gascogne, murmura Chalier. Toi, tu n'as pas eu peur. Tu leur as foncé dessus, alors que moi...

Gascogne posa une main sur l'épaule de son ami d'enfance.

– Ne dis pas ça. J'avais la trouille, moi aussi. Mais j'avais l'arme de ton père. C'est elle qui m'a donné le courage d'intervenir. Je croyais les bluffer. Tu aurais fait pareil.

– Non, je ne crois pas, répondit Chalier, lucide. Mais peu importe. Dis-moi... Il y a quelque chose que je ne comprends pas. Ton compagnon de cellule... il ne t'a pas donné les noms de ces types ? Pourquoi n'as-tu pas commencé par eux ?

Gascogne exhala un soupir.

– Bien sûr qu'il m'avait balancé leurs noms, qu'est-ce que tu crois ? C'est même la première chose que je lui ai demandée. En sortant de prison, j'étais bien déterminé à leur faire payer ce qu'ils avaient fait. Malheureusement, quand j'ai voulu leur mettre la main dessus, deux d'entre eux étaient déjà morts. Quant au troisième, leur chef, plus rien de ce que je lui ferais ne pourrait l'atteindre...

– Que veux-tu dire ?

– Qu'il est gravement malade et qu'il a totalement perdu la raison.

Une soudaine compréhension se fit en Chalier.

– Tu ne veux quand même pas parler de...

– Si Piozou, je veux parler du père d'Angelo Lombardi !

CHAPITRE 38

Même si tout y conduisait, la révélation laissa Chalier groggy.

– Et Angelo ? Tu crois qu'il… savait ?

Gascogne grimaça sombrement. Pour la première fois, Chalier remarqua le nez cassé, ainsi que la petite cicatrice à l'arcade sourcilière droite.

– À ton avis ? N'oublie pas qu'il bossait pour Viallard. Ça ne peut pas être un hasard.

Chalier secoua la tête avec force, refusant d'admettre cette évidence.

– Il travaillait pour le fils, pas pour le père ! Il ignorait peut-être que le vieux avait trempé dans ces histoires.

Gascogne eut un sourire las.

– Ne sois pas naïf. Lombardi est tout… ou plutôt était tout sauf stupide ! Je pense, au contraire, qu'il était parfaitement informé et qu'il en a tiré profit !

– Tu veux dire qu'il faisait chanter Viallard ?

– Il était trop subtil pour utiliser des méthodes aussi grossières, mais il lui a sans doute fait comprendre que, dans leur intérêt commun, il était préférable qu'ils travaillent ensemble.

Chalier se passa les mains sur le visage, comme

quelqu'un qui émerge d'un sommeil comateux. Les gouttes de pluie, de plus en plus drues, achevèrent de lui rendre sa lucidité.

Un éclair zébra les ténèbres au loin, bientôt suivi d'un grondement sourd.

Il sentit que Gascogne l'attrapait par le bras et l'entraînait vers l'extrémité du barrage.

– Viens, il y a un abri, là-bas.

Il le suivit en traînant les pieds. Une pensée monstrueuse venait de naître en lui.

– Mais… mais s'il savait au sujet de son père, articula-t-il. Ça veut dire qu'il savait aussi pour… Collardo !

L'ex-taulard s'immobilisa. Les gouttes s'écrasaient sur leurs épaules et à leurs pieds avec de petits *ploc* ! sonores.

– Bien sûr, mais il s'agissait de son père ! Il ne pouvait tout de même pas le dénoncer à la police. Alors… il s'est tu, jusqu'à ce qu'il puisse tirer parti de ce qu'il savait.

– Il a profité de la mort de Collardo… murmura Chalier au bord de la nausée.

Alors que Gascogne et lui avaient traîné ce drame comme un boulet tout au long de leur existence, Lombardi s'en était servi, lui, comme d'un marchepied pour sa réussite sociale.

– Mais alors qui l'a tué ? bredouilla-t-il. Et pourquoi ?

– Quelqu'un qui partageait ce secret, sans doute. Quelqu'un qui a décidé de mettre à profit les derniers événements pour se débarrasser de lui.

– Le fils Viallard ! s'exclama Chalier. Ça ne peut être que lui ! En liquidant Lefebvre puis Lombardi, il protégeait son père, sa réputation et surtout sa société ! Plus de menace, plus de chantage !

– C'est possible, dit Gascogne après un instant. Il faut maintenant arriver à le démontrer si je veux prouver mon innocence.

Les cieux noirs mitraillaient la terre de gouttes épaisses et froides qui explosaient autour d'eux comme autant d'impacts de balles.

– Viens, on va attraper la mort si on reste sous cette pluie ! souffla l'ex-taulard.

Curieuse ironie verbale, ils n'avaient pas fait quinze mètres quand retentit un coup de feu. Chalier comprit aussitôt que ce n'était pas l'orage : depuis quand le tonnerre éclate-t-il sans être précédé d'un éclair ?

Tout d'abord il ne se passa rien et Chalier crut à un tir de semonce. Il se dit que la police était parvenue à le suivre et que la cavale de Gascogne touchait à sa fin.

Il s'immobilisa en levant instinctivement les bras, puis se retourna vers son compagnon avec l'intention de le convaincre de ne pas résister. Il vit alors son regard étonné et sa bouche ouverte sur un cri muet.

Un éclair déchira le ciel dans un fracas assourdissant, figeant la scène le temps d'un battement de cœur. L'instant d'après, Gascogne tombait dans ses bras !

Chalier accompagna sa chute et l'allongea doucement sur le sol détrempé. Quelqu'un approchait, tenant une lampe torche. Il détourna le regard de la lumière crue grêlée de gouttes de pluie.

– Ne tirez plus ! cria-t-il.

Il sentit quelque chose de chaud sur ses doigts. Du sang. Gascogne ouvrit péniblement la bouche.

– Le... pistolet... dans ma poche...

Chalier ne bougea pas. Si c'était un policier qui venait de tirer, il n'avait aucune raison de prendre l'arme.

Il se tourna vers le cône lumineux et leva la main devant ses yeux pour s'en protéger. Le porteur de la lampe demeurait invisible. Pourquoi ne disait-il rien ?

Un doute s'insinua dans son esprit... et si ce n'était pas la police ?

– Qui êtes-vous ? lança-t-il.

– Ne le laisse pas… approcher, murmura Gascogne d'une voix faible. Le pistolet… prends-le !

Chalier explora hâtivement le torse du blessé. L'arme était dans la poche droite de son blouson. Il plongea la main à l'intérieur.

Si ce n'était pas un policier, le tireur ne pouvait être que l'assassin de Marius Lefebvre et d'Angelo Lombardi : Charles Viallard.

– Tu n'en as pas besoin !

Chalier qui avait senti la crosse de l'automatique sous ses doigts se figea, stupéfait. Cette voix, il la connaissait ! Ce n'était pas celle du fils Viallard. C'était celle de…

– Lombardi ! s'exclama-t-il.

L'homme écarta légèrement la torche. Son visage apparut ruisselant sous la pluie. Il tenait un revolver à la main.

– Oui. Tu ne t'attendais pas à me revoir, hein Piozou ? Tu vas bien ?

– Mais… bredouilla Chalier. On a retrouvé ton cadavre.

Un mince sourire étira les lèvres d'Angelo Lombardi.

– Ce n'était pas moi comme tu peux le constater, mais un complice de Gascogne ! Ce salaud avait envoyé quelqu'un pour me tuer. J'ai eu de la chance ! Beaucoup de chance !

Chalier regarda Gascogne avec stupeur.

– Il… ment ! dit celui-ci dans une grimace. Je n'ai envoyé personne !

L'avocat fit un signe de sa main armée.

– Écarte-toi, Piozou ! Il est peut-être encore dangereux.

Presque malgré lui, Chalier se redressa et recula. Il ne comprenait plus rien. Lombardi, qu'il croyait mort, était bien vivant devant lui. Quant à Gascogne, dont il avait fini par croire à l'innocence, il était désigné comme le véritable coupable.

Lombardi se pencha sur le blessé. Posant sa lampe sur

le sol, il le dépouilla de son pistolet d'un geste rapide. Il rangea ensuite son propre revolver dans sa poche et se remit debout, l'arme de Gascogne à la main. Chalier remarqua qu'il portait des gants.

– Pourquoi as-tu tiré ? s'entendit-il demander. Il ne me menaçait pas.

– Je ne voyais pas bien avec cette pluie. J'ai cru qu'il s'apprêtait à te tuer.

Chalier s'efforçait désespérément de raisonner. Il sentait confusément que quelque chose ne collait pas.

– Où étais-tu passé ? Et comment m'as-tu retrouvé ?

– Je t'expliquerai tout ça plus tard, Piozou. Que t'a-t-il dit ?

La voix se voulait posée, mais Chalier perçut la nervosité qui affleurait.

– Qu'il est innocent des crimes dont on l'accuse…

– Ben voyons ! Et encore ?

Chalier tourna son regard vers Gascogne qui, à la lisière du rayon lumineux, se vidait peu à peu de son sang.

– Il faut appeler les secours, Angelo, sinon il va mourir !

– Je vais le faire, ne t'en fais pas, le rassura l'avocat. Mais, d'abord, dis-moi ce qu'il t'a raconté.

« Pourquoi une telle insistance ? » se demanda Chalier.

Un nouvel éclair illumina brièvement les trois hommes. Sous cette pluie diluvienne, dans ce décor dantesque, Chalier décida alors de tout déballer, quelles qu'en puissent être les conséquences.

– Tu veux vraiment le savoir, Angelo ? Très bien. Il m'a dit que c'était ton père qui avait enlevé Collardo, cette nuit-là.

Lombardi se raidit imperceptiblement.

– Et tu l'as cru ?

Chalier marqua un instant d'hésitation. Son regard allait de l'un à l'autre. Du voyou tordu de souffrance, à l'avocat tendu comme une lame.

– Oui, dit-il finalement. Car c'est la vérité, n'est-ce pas ? Et tu le savais, hein ?

– Bien sûr que cet enfoiré le savait, souffla Gascogne en levant douloureusement la tête.

Lombardi laissa échapper un profond soupir, comme s'il n'en pouvait plus de toute cette histoire. La pluie lui faisait un masque de cire liquide effrayant.

– C'est embêtant ! dit-il finalement.

– Pourquoi ? demanda Chalier.

– Parce que je vais aussi devoir me débarrasser de toi, Piozou !

Le pistolet qu'il tenait jusqu'alors braqué sur Gascogne pivota vers la poitrine de Chalier.

– Je suis désolé, reprit Lombardi. J'espérais encore ne pas en arriver là. S'il n'avait pas eu le temps de te parler, peut-être que tout aurait pu s'arranger. Mort, il pouvait tout endosser, mais là…

La face de cire molle s'anima d'une moue peinée.

– Tu dois comprendre que je ne peux pas prendre le risque de te laisser parler. Tu sais trop de choses et il y a trop d'argent en jeu !

– Comment oses-tu parler de fric alors que les meurtres de Collardo et des autres gosses sont restés impunis ? s'indigna Chalier. Comment… Comment as-tu pu laisser faire … ça !

Lombardi secoua la tête, l'air réellement navré. Un tic nerveux agita son œil droit. Ses cheveux, d'ordinaire impeccablement coiffés, pendaient par mèches sur son front.

– C'est le passé, Piozou ! On ne peut plus rien faire pour eux ! Il faut oublier ça, tu ne comprends pas ?

– Non, répliqua Chalier. C'est trop simple de faire comme si rien ne s'était passé ! Notre ami est mort !

– Tu ne le feras pas revenir !

– Peut-être, mais je connaîtrai la vérité et ses parents aussi ! Dis-moi Angelo, depuis quand es-tu au courant ?

– Depuis toujours, répondit l'autre. Depuis cet horrible soir !

Il désigna la silhouette recroquevillée sur le sol. Malgré la pluie et l'obscurité on distinguait une masse plus sombre, visqueuse, qui allait en s'élargissant sur le ciment.

– C'est de sa faute ! C'est lui qui nous a entraînés dans tout ça ! Le véritable coupable c'est lui ! Sans lui, nous serions restés chez nous et rien ne serait arrivé ! Collardo serait toujours vivant !

– Ne te raconte pas d'histoires ! Nous sommes tous coupables ! Toi, comme les autres. Toi, plus que les autres !

Lombardi balaya l'accusation d'un geste impatient.

– Nous n'étions que des mômes ! Rappelle-toi, c'est toujours Gascogne qui nous entraînait dans des coups tordus ! Toujours !

Sa voix se fêla brusquement comme si l'évocation de ses souvenirs lui bloquait la respiration. Après quelques secondes, il reprit cependant d'une voix normale :

– Tu veux entendre toute l'histoire ? Pourquoi pas après tout, je te dois bien ça. Et puis, tu es journaliste et écrivain, non ? Mais cette histoire-là, tu ne pourras la raconter à personne.

Lombardi fit une courte pause, insouciant des éléments de plus en plus déchaînés, le temps sans doute de rassembler ses souvenirs.

– Quoi que j'aie pu dire par la suite, je me rappelle très bien ce qui s'est passé cette nuit-là. C'était le dernier jour des vacances de février, n'est-ce pas ? Bon sang, quel après-midi ! Le flingue, l'alcool, les cigares, les revues pornos… C'était dingue, non ? Vous vous souvenez ?

Ni Gascogne ni Chalier ne bronchèrent. Leur présence

en ces lieux témoignait à elle seule qu'ils n'avaient pas oublié.

– C'est arrivé peu après que nous nous sommes séparés. Il faisait nuit depuis longtemps et il y avait du brouillard et de la neige. Nous marchions, Collardo et moi, en silence. Chacun de nous réfléchissait sans doute aux explications qu'il allait devoir fournir en arrivant à la maison et à la punition qui, de toute façon, ne manquerait pas de tomber.

Nous n'avons pas fait attention lorsque le camion des éboueurs est passé à côté de nous. Pourquoi aurions-nous réagi, d'ailleurs ? Quoi de plus banal que des gandous, hein ? Ils nous ont dépassés et puis, dans un crissement de freins, se sont arrêtés quelques mètres plus loin. Nous on a continué à avancer sans se douter de rien. Ce n'est que lorsque nous fûmes tout près que j'ai compris que quelque chose clochait chez les types perchés à l'arrière du camion. Mais il était trop tard. Les deux gandous ont sauté des marchepieds et se sont jetés sur nous. Mon Dieu, ces visages ! Collardo et moi sommes restés pétrifiés. L'un d'eux m'a empoigné par le bras et m'a projeté contre un mur. Je suis tombé, à moitié sonné. Puis ils s'en sont pris à Collardo qui s'est mis à hurler.

Impuissant, j'ai vu les deux créatures – je n'ai compris que plus tard qu'il s'agissait d'hommes portant des masques – entraîner notre copain vers l'arrière du camion. J'étais tellement terrifié que je ne pouvais même pas crier. J'ai essayé, je vous jure que j'ai essayé, mais ça ne voulait pas sortir !

Sa voix se brisa à l'évocation de ces souvenirs.

– Je rampais vers une allée lorsque j'ai vu arriver Gascogne. Gascogne l'intrépide ! Gascogne le magnifique ! Plus que toute autre peut-être, cette image reste gravée dans mon esprit : Gascogne, pistolet au poing, dévalant la rue ! Le preux chevalier dans toute sa splendeur ! Je me rappelle avoir ressenti un soudain et formidable espoir. Je me suis dit qu'il allait nous tirer des griffes de ces… monstres. Le plus surprenant, c'est qu'il a bien failli y parvenir. Un moment, il les a tenus en respect avec son arme vide. Fallait voir ça, c'était vraiment… impressionnant ! Et puis un troisième larron est descendu du camion. Il est passé près de moi et… tout a basculé.

– Cet homme c'était ton père ! murmura Chalier.

– Oui, mon père ! C'était le conducteur. Le seul à ne pas porter de masque. Je suppose qu'il n'était pas censé descendre. Il m'est impossible d'exprimer ce que j'ai ressenti à ce moment-là. J'étais… j'étais au-delà de toute terreur. En passant devant moi, il m'a fait signe de me taire, un doigt devant les lèvres. Jamais je n'oublierai son regard ! D'un geste, il s'est débarrassé de Gascogne. Ensuite… eh bien ensuite, les deux autres ont attrapé Collardo et l'ont jeté dans la benne. Et puis le camion est reparti.

La foudre frappa quelque part dans les bois et la voix de Lombardi se perdit dans le grondement du tonnerre.

– … arrivé chez moi. Ma mère était dans tous ses états. Elle me serrait contre sa poitrine en me demandant ce qui était arrivé. Je ne pouvais même pas ouvrir la bouche. J'ai cru que jamais plus je n'arriverais à parler. Mon père est arrivé peu de temps après. Il s'est approché de moi et m'a dit de me calmer, que tout irait bien. Il n'a rien dit au sujet de ce qui s'était passé. Pas un mot. Même lorsque, plus tard, nous sommes allés chez les flics faire une déposition, il ne m'a donné aucune consigne. Il savait que je tiendrais ma langue. Qu'est-ce que je pouvais faire d'autre, hein ? Leur dire que c'était mon père qui avait enlevé mon copain et les autres gosses ? Que Bomaki, c'était lui ? Non, bien sûr. Alors, j'ai dit que je ne me souvenais plus de rien. C'était plus simple.

L'avocat renifla bruyamment. Chalier n'aurait su dire si c'était le fait de l'émotion ou purement fonctionnel.

– Ce n'est que plusieurs années plus tard, alors que

j'étais adolescent, que mon père m'a parlé. Je suppose que pour lui j'étais devenu assez grand pour comprendre. Il n'a pas essayé de se justifier, non. Il m'a juste dit qu'en enlevant Collardo sous mes yeux, il avait fait d'une pierre deux coups : d'abord, il effectuait le boulot pour lequel il était payé et ensuite il me donnait une bonne leçon. *Je voulais que tu comprennes ce qui arrive quand on traîne avec des voyous !* il m'a dit. Il ne vous aimait guère, vous le savez. Il voulait que j'aie de bonnes fréquentations, de celles qui sont utiles plus tard. Son souhait le plus cher a toujours été que je fasse des études et que je réussisse dans la vie sans me salir les mains comme lui !

– C'est… réussi ! hoqueta Gascogne.

Lombardi ignora le sarcasme et poursuivit d'une voix atone.

– Il ne m'a jamais plus reparlé de ce qui s'était passé cette nuit-là. D'une certaine façon, ce terrible secret a forgé les liens qui nous ont unis ensuite. Je l'ai détesté pour ce qu'il avait fait mais, en même temps, je ne pouvais m'empêcher de l'admirer pour sa détermination.

– Détermination ! s'étrangla Chalier. Quel euphémisme ! Cruauté, sauvagerie, bestialité, me semblent des termes plus appropriés !

L'avocat secoua la tête. Ses traits éclairés par en dessous étaient indéchiffrables.

– Ne parle pas comme ça de mon père, tu ne peux pas comprendre ! Ce n'était qu'un fils de paysan calabrais ne sachant ni lire ni écrire, et il a réussi à s'en sortir. Il voulait ce qu'il y a de mieux pour nous et n'a reculé devant rien pour nous l'offrir. Grâce à lui, j'ai pu habiter une belle maison. Mes sœurs et moi étions bien habillés. J'ai fréquenté des écoles privées, puis une université en Angleterre.

– D'accord tu lui dois ta belle situation, mais à quel prix ? s'emporta Chalier. La mort de Collardo et des autres gosses ! Et aujourd'hui ? Celle de Lefebvre, je suppose, et bientôt les nôtres ?

Tandis qu'il parlait, un filet d'eau glacée s'insinua dans son cou et coula le long de son dos. Il en éprouva un fugitif inconfort. Avec un curieux détachement, il se dit que ça n'aurait bientôt plus d'importance : il serait mort et ne sentirait plus rien.

– Tout allait bien jusqu'à ce que cet imbécile décide de ressusciter Bomaki ! reprit l'avocat. Mais qu'est-ce qui t'a pris, bordel ?

Gascogne essaya de relever la tête, mais y renonça. Il était de plus en plus faible. Chalier s'agenouilla auprès de lui. À la lumière blanche de la lampe, son visage était affreusement exsangue. La pluie ne parvenait pas à effacer la mare de sang qui se formait sous lui.

– Je ne pouvais pas faire autrement, mon vieux... siffla-t-il entre ses dents. Tu comprends... Collardo... il refusait de me laisser en paix.

Lombardi acquiesça doucement.

– Oui, je comprends... Moi aussi, il ne m'a jamais quitté. Mais tu n'as rien résolu, Gascogne. Bien au contraire : tu n'as fait que réveiller le monstre. Quand Piozou a retrouvé le gosse devant la maison du vieux Viallard, j'ai su que cette affaire prenait une sale tournure. J'ai tout de suite pensé que c'était toi qui était derrière tout ça – qui d'autre, hein ? – et que tu te servais de Piozou pour mener l'enquête. J'ai compris que, d'une façon ou d'une autre, tu avais appris quelque chose et que tu irais jusqu'au bout.

L'avocat tourna son regard vers Chalier :

– Je savais que de Viallard tu ne tarderais pas à remonter à Lefebvre. J'ai alors essayé de t'intimider en t'envoyant un gorille mais, manque de bol, il est tombé sur ton ange gardien.

Il désigna Gascogne d'un mouvement du menton.

– Je voulais te foutre une bonne trouille pour que tu repartes à Paris la queue entre les jambes, mais notre vaillant héros est venu à ton secours, comme toujours. Mais j'ai quand même eu de la chance, car si ma petite entreprise d'intimidation n'a pas atteint ses objectifs, elle n'a pas été tout à fait inutile. Pendant la bagarre, en essayant de s'emparer de la matraque, Gascogne a laissé ses empreintes dessus. Mon gars, lui, portait des gants. J'ai tout de suite compris le parti que je pouvais en tirer.

– Tu as alors décidé de liquider Lefebvre ! dit Chalier, toujours accroupi près de Gascogne. Et dire que lorsque nous sommes allés là-bas tous les deux, tu savais déjà qu'il était mort !

– Oui ! reconnut Lombardi en secouant la tête pour chasser la pluie qui ruisselait sur son visage. Finalement, j'ai fini par venger la mort de Collardo. Un peu tard, sans doute. J'aurais dû me débarrasser de cette pourriture bien avant, mais grâce à ses connaissances, il me rendait parfois de menus services.

– Mais il est tout à coup devenu beaucoup moins indispensable, hein ? Surtout que tu pouvais faire endosser le crime par Gascogne, n'est ce pas ?

Autour d'eux les éléments continuaient à se déchaîner, pluie, vent, éclairs, donnant à leur confrontation des allures de drame antique.

– Je ne pouvais pas faire autrement. C'est alors que j'ai eu l'idée : Gascogne avait délibérément choisi le mois de février pour ressusciter Bomaki, j'ai donc fait assassiner Lefebvre le jour anniversaire de la disparition de Collardo ! La culpabilité de Gascogne en devenait encore plus évidente. J'ai dit à mon gorille de s'occuper de ce vieux pervers et de laisser traîner l'arme du crime à proximité de la maison.

Chalier était atterré par la duplicité de Lombardi et par son manque total de scrupules.

– Et si les enquêteurs ne l'avaient pas trouvée ? ne put-il s'empêcher de demander.

– Un coup de fil anonyme les aurait alors renseignés.

– Tu as pensé à tout !

Lombardi hocha doucement la tête. Son visage, mangé d'ombres, était celui d'un fantôme.

– J'ai... essayé. Mais il faut que tu comprennes que je n'avais plus le choix. Je ne pouvais prendre le risque de te laisser reconstituer toute l'histoire et salir le nom de mon père !

Chalier laissa échapper un ricanement amer.

– S'il n'y avait que ça ! Le scandale risquait surtout de porter préjudice à tes affaires, n'est-ce pas ?

– Tu ne crois pas si bien dire ! Grâce aux informations que je détenais et malgré les réticences des Viallard, je suis parvenu à entrer dans le capital de la Forézienne de travaux publics et de bâtiment. Si tu as bien fait ton travail de petit reporter, tu dois également savoir que la municipalité de Saint-Étienne, avec l'appui de la Communauté européenne, va bientôt lancer un gigantesque programme de rénovation urbaine. En révélant la vérité sur Bomaki, d'une part, et le rôle joué par Richard Viallard dans l'assassinat de Bertrand Omiak, d'autre part, tu compromettais nos chances de remporter de juteux marchés. Le seul moyen d'éviter ça, c'était d'effacer à jamais les traces reliant Lefebvre à mon père et de faire porter le chapeau par quelqu'un d'autre. Gascogne, avec ses antécédents et son casier judiciaire, était le pigeon idéal. L'affaire aurait dû en rester là, malheureusement il a fallu que tu continues à fouiner partout et que tu débarques avec ce flic en jupon chez mon père !

– Désolé de t'avoir mis des bâtons dans les roues, dit Chalier avec ironie.

Il risqua un regard aux alentours dans l'espoir de trouver une échappatoire et fut frappé par la désolation des lieux. On n'entendait que la pluie qui tambourinait et l'orage qui roulait sur les sommets. Ils étaient seuls et loin de tout. Personne ne viendrait à leur secours dans ce coin perdu. Il allait mourir là auprès de Gascogne et Lombardi resterait impuni.

Il rejeta cette pensée et décida d'essayer de gagner du temps, même s'il ne voyait pas très bien à quoi cela pouvait lui servir, si ce n'est à retarder l'inévitable échéance.

Il regarda l'avocat dressé au-dessus de lui telle une figure mythique dispensant la lumière dans une main et la mort dans l'autre. Peut-être, songea-t-il, commettrait-il une erreur, il pourrait alors lui sauter dessus.

T'es pas dans un film de série B, ducon !

Ou peut-être, sait-on jamais, Gascogne feignait-il d'être plus mal en point qu'il ne l'était en réalité, peut-être qu'il allait se relever et que...

Il baissa les yeux vers son ami d'enfance. Son visage n'était qu'un parchemin de souffrance et d'agonie, noyé par la pluie.

S'il fait semblant, alors il joue méchamment bien la comédie. Tout ce sang ! Et ces yeux révulsés ! Chapeau l'artiste !

Il se ressaisit en réalisant que Lombardi parlait toujours.

– ... quand l'infirmière m'a appelé pour m'avertir de votre visite, je dois reconnaître que j'ai sérieusement paniqué. Je ne sais pas comment vous vous y êtes pris, mais vous avez réussi à mettre mon père dans tous ses états ! J'ignorais ce qu'il avait pu te dire et j'imaginais déjà le pire. Dès que j'ai eu raccroché, je me suis précipité sans réfléchir à ton hôtel. Je n'avais aucun plan précis. Pourtant, une fois sur place, j'ai fini par retrouver mes esprits. Comme tu n'étais pas encore arrivé, j'ai pensé que ça serait une bonne idée de fouiller ta chambre, que j'y trouverais peut-être des informations intéressantes. Je ne m'étais pas trompé : j'ai lu ce que tu avais écrit sur ton ordinateur, toutes tes petites notes... Tout y était ou presque. Il ne te manquait plus que quelques éléments pour tout comprendre. Je suis alors redescendu et j'ai laissé un mot pour toi à la réception.

– Comment as-tu fait pour entrer dans ma chambre ? demanda Chalier.

– Ce n'était pas difficile. J'ai dit à l'employé que je tenais absolument à m'assurer que tu n'étais pas là. Il m'a laissé monter. Si tu te souviens, la première fois que nous nous sommes vus à ton hôtel, tu cherchais ta montre. J'ai profité de ce que tu disparaissais dans la salle de bains, pour regarder la fiche sur laquelle était porté le code d'accès et le mémoriser.

Chalier se remémora la scène.

– Mais pourquoi disparaître ainsi ? demanda-t-il.

Tout en parlant, il s'efforçait désespérément de trouver un moyen de survivre à cette nuit.

« Je pourrais sauter dans le barrage et tenter ma chance à la nage ! »

Et finir noyé ? Excellente idée !

– Ce n'était pas vraiment prévu au programme, expliqua l'avocat. J'avais dans l'idée de t'enlever et d'attirer ensuite Gascogne dans un piège. En me débarrassant de l'ennemi public numéro un, je serais ensuite apparu comme le héros de l'histoire. Quant à toi, selon ce que tu savais, je t'aurais laissé en vie ou non. Malheureusement, mon… employé, est devenu trop gourmand. Déjà, il avait enfreint mes ordres en mettant à sac la maison de Lefebvre pour dérober les objets de valeur. Ça mettait à mal le scénario de la vengeance de Gascogne. Cet enfoiré a cru pouvoir faire monter les enchères. J'ai compris qu'il ne s'arrêterait pas là et que, tôt ou tard, il essaierait de me faire chanter. Alors, j'ai dû improviser en me débarrassant de lui et en simulant ma mort. Je savais qu'on accuserait Gascogne. Le connaissant, j'étais presque certain qu'il ne tenterait pas de fuir, mais chercherait au contraire à te contacter pour prouver son innocence.

– Tu… Tu es monstrueux !

Lombardi eut un haussement d'épaules. Il paraissait curieusement calme maintenant, comme détaché de lui-même.

– Mon père me disait toujours : *Si tu dois nettoyer la merde, ne te soucie pas de l'odeur !* Je n'avais plus qu'à te surveiller, Piozou, en espérant que Gascogne tomberait dans le panneau.

– Ce qu'il a fait. Mais comment es-tu parvenu jusqu'ici ? Je n'ai parlé à personne ! s'étonna Chalier.

L'avocat émit un rire sans joie.

– Un coup de bol ! Il faut croire que le diable était encore une fois de mon côté. J'étais devant ton hôtel, commençant à désespérer. J'avais froid. J'en avais marre d'attendre, surtout avec ce flic dans les parages. J'étais allé me chercher quelque chose de chaud à la gare, quand je t'ai vu monter dans un taxi. J'ai tout juste eu le temps de sauter dans ma voiture et de te filer le train.

– Mais je n'ai vu aucun véhicule derrière nous en venant ici, s'étonna Chalier. Je l'aurais remarqué !

– Je suis toujours resté à bonne distance. Les choses ne se sont vraiment corsées que lorsque vous vous êtes engagés sur la route du Gouffre d'Enfer. J'ai attendu un moment et puis j'ai commencé à descendre tous feux éteints. Putain, j'en ai encore des sueurs froides ! Heureusement, la pleine lune éclairait la route par moments. Parfois, j'étais quand même obligé d'allumer brièvement mes feux. J'ai cru que j'allais me foutre dans le ravin au moins une dizaine de fois. La descente a été un enfer, sans jeu de mot, mais au bout du compte, je suis arrivé au parking. Je me suis garé et j'ai suivi le sentier aussi vite que j'ai pu pour te rattraper. La suite, tu l'imagines. Je vous ai vus discuter et lorsque vous vous êtes suffisamment approchés…

– Tu as tiré sur Gascogne !

– Ne sois pas vexé, mais c'était lui le plus dangereux ! Mais assez parlé. Je suis fatigué… Il est temps d'en… finir.

Gascogne ne bougeait plus. C'est tout juste si on entendait sa respiration. Un grand froid s'abattit sur Chalier. Il s'aperçut qu'il grelottait. Était-ce la pluie ou la peur ? « La peur », fut-il forcé de reconnaître. Il se redressa cependant pour faire face à son assassin. Il n'arrivait pas à réaliser que dans quelques secondes, il serait allongé aux côtés de Gascogne, mort.

– Alors tu vas nous abattre tous les deux froidement ? demanda-t-il d'une voix rauque qu'il ne reconnut pas.

– Je te l'ai dit, Piozou, je n'ai pas le choix. Je regrette de devoir faire ça… N'y vois rien de personnel, mais il n'y a pas d'autre solution. Lorsque vous aurez tous deux disparu, j'aurai tiré un trait définitif sur mon passé. Il faudra que je vive avec ce secret, comme je vis avec la mort de Collardo… C'est comme ça… Ça ne me plaît pas, mais je ne peux rien y faire.

– Les policiers vont se poser pas mal de questions quand ils retrouveront nos deux cadavres, tu ne crois pas ? fit Chalier qui s'efforçait de gagner encore quelques précieuses secondes de sursis.

– Ils penseront que vous vous êtes entretués. Gascogne, devenu fou, voulait éliminer le dernier survivant de notre petite bande, mais avant de mourir, tu auras réussi à lui tirer dessus.

Chalier ricana :

– Ça ne prendra pas, je n'ai jamais eu d'arme !

– Je dirai que je t'avais prêté la mienne, car tu craignais pour ta vie.

– Le lieutenant Messaoudi ne te croira jamais !

– C'est la fliquette qui était avec toi lorsque tu as rendu visite à mon père ? Peu importe ce qu'elle pensera : il y aura tes empreintes sur l'arme.

« Oui, ça peut marcher », se dit amèrement Chalier.

Il vit le bras de Lombardi se raidir en position de tir, sa main gantée s'affermir autour de la crosse.

– Et toi, quand comptes-tu refaire surface ? réussit encore à demander Chalier en s'efforçant de maîtriser le tremblement de sa voix.

– Dès qu'on aura annoncé votre mort. Ce sera sans doute le moment le plus… délicat. J'ai préparé une petite histoire, un peu tirée par les cheveux il est vrai, mais comme il n'y aura personne pour me contredire…

– Vas-y, je suis curieux de l'entendre.

– En voici les grandes lignes : je raconterai aux flics que j'ai été enlevé par un complice de Gascogne. Je prétendrai qu'il m'a forcé à quitter la ville sous la menace de son arme. Craignant pour ma vie, j'ai alors risqué le tout pour le tout en lançant la voiture dans un ravin et en sautant au dernier moment.

– Comme tu dis, c'est plutôt tiré par les cheveux ! Et comment expliqueras-tu ta réapparition ?

– Je dirai que j'ai eu peur et que je suis resté caché. Qui sait, peut-être même feindrai-je l'amnésie ! Ça a bien marché dans le passé, non ?

– Tu as réponse à tout !

– Tu oublies que je suis avocat.

Cette fois, c'était la fin. Le doigt se crispa sur la détente. Gascogne, que Chalier croyait inconscient, fit un geste dérisoire pour essayer d'attraper la jambe du meurtrier, mais Lombardi s'écarta simplement de quelques centimètres.

– Attends ! s'écria désespérément Chalier.

– Je suis allé trop loin pour reculer, Piozou. Pardonne-moi.

Chalier ferma les yeux. Il aurait voulu avoir le courage de se jeter sur Lombardi, mais ses jambes le trahissaient. Tout son corps le trahissait ! Il pria pour ne pas se pisser dessus comme lorsque, enfant, les ravisseurs avaient enlevé Collardo.

– Ne faites pas ça Lombardi ! C'est fini maintenant !

Chalier ouvrit les yeux en entendant cette voix familière qui sonnait comme une délivrance. Il essaya de percer le rideau de pluie du regard, sans y parvenir.

– Posez votre arme ! commanda le lieutenant Messaoudi.

Elle apparut, ombre parmi les ombres. Elle avançait lentement, tenant son pistolet à deux mains. Derrière elle, il vit deux formes indistinctes en position de tir.

– Ne nous obligez pas à tirer ! Vous n'avez aucune chance !

Lombardi regarda la jeune femme qui s'approchait d'eux.

– Comment est-ce possible ? demanda-t-il, incrédule, en se retournant vers Chalier. Tu l'avais prévenue ?

Celui-ci secoua la tête en signe de dénégation.

– La malchance ! murmura Lombardi en abaissant son revolver. Le diable a finalement retourné sa veste !

– C'est ça ! cria Hakima. Jetez votre arme sur le côté à présent. Au moindre geste suspect, je vous explose la tête !

Mais l'avocat n'avait plus envie de se battre.

– C'est peut-être mieux ainsi, dit-il en laissant tomber l'arme sur le sol. Tout ça était devenu… un peu… lourd à porter. Ce qui m'ennuie le plus, c'est pour ma femme et mes gosses… Ils ne sont au courant de rien… Ça va leur faire un sacré choc…

La femme flic n'était plus qu'à quelques mètres à présent. Son beau visage ovale était un masque de pluie sur lequel se diluait toute expression.

« On se croirait dans un film ! » ne put s'empêcher de penser Chalier.

Il avait l'impression de n'être qu'un simple spectateur du drame en cours. Tout paraissait tellement irréel : Gascogne baignant dans son sang, la nuit traversée d'éclairs, la pluie, le lieu insolite, les victimes et le méchant.

Sans oublier les flics qui arrivent à la rescousse pile-poil au bon moment !

« Comme dans un putain de film américain ! songea Chalier. La lumière de la salle va se rallumer et… »

– … je me souviens encore du regard de mon père cette nuit-là, disait Lombardi. Un gosse ne devrait jamais voir un tel regard chez son père. Jamais.

Et avant que quiconque ait pu l'en empêcher, il s'élança vers le parapet et sauta dans le vide.

Chapitre 39

Chalier poussa la porte sous le regard indifférent du planton. Il avait obtenu l'autorisation de rendre visite à son ami et venait le voir chaque jour dans sa chambre de l'hôpital Bellevue.

Gravement atteint par la balle de Lombardi, Gascogne avait longtemps oscillé entre la vie et la mort avant, finalement, de basculer du bon côté.

La veille, il avait enfin ouvert les yeux et prononcé quelques mots.

Aujourd'hui, il allait encore mieux. C'est du moins ce que lui avait affirmé Hakima Messaoudi ce matin au téléphone. Elle projetait de passer le voir à l'hôpital pour lui poser quelques questions et lui avait demandé d'y être lui aussi.

Depuis les événements du Gouffre d'Enfer, survenus cinq jours plus tôt, Chalier n'avait que peu revu la jeune femme, et uniquement dans un cadre strictement professionnel. Il avait la nette impression qu'elle l'évitait. Elle était absente lorsqu'il avait effectué sa déposition et il n'avait guère échangé plus de dix mots en tout et pour tout avec elle depuis la fameuse nuit.

C'est par l'un de ses confrères qu'il avait appris comment elle s'était trouvée sur les lieux du drame juste à temps pour les sauver.

Constatant qu'il ne répondait pas au téléphone, elle avait demandé au policier qui le surveillait de monter le voir. Celui-ci avait alors dû se rendre à l'évidence : l'oiseau s'était envolé ! Il avait immédiatement averti la jeune femme qui était arrivée quelques minutes plus tard et s'était fait ouvrir la porte de la chambre par un employé médusé. Elle avait vu le téléphone portable abandonné sur le lit et fouillé toute la chambre avant de porter son attention sur l'ordinateur posé sur le bureau. Quelques secondes plus tard, elle découvrait le rébus de la vieille rempailleuse et les ébauches de solution que Chalier avait tenté d'y apporter. Il ne lui avait guère fallu longtemps pour arriver au même résultat que lui et se lancer à sa poursuite avec une équipe réduite.

Chalier se sentait terriblement impatient mais aussi angoissé à l'idée de la revoir. Elle leur avait sauvé la vie sur le barrage, à Gascogne et à lui. Sans son intervention ils seraient morts à l'heure actuelle, étendus sur le plateau froid d'une morgue. Il avait à plusieurs reprises essayé de la remercier, mais elle s'était dérobée, ne répondant à aucun de ses appels.

Il se souvenait du regard qu'elle lui avait jeté avant de se pencher par-dessus le parapet. Un regard froid et indéchiffrable. Cinquante-six mètres plus bas gisait le cadavre désarticulé de Lombardi, invisible parmi les ombres.

Sans un seul mot, elle s'était ensuite éloignée pour passer plusieurs coups de fils.

Et depuis ce jour-là, rien ou presque.

Gascogne était étendu sur son lit, les yeux ouverts. Perdu dans ses pensées, il ne regardait rien en particulier. Un drap recouvrait sa poitrine enveloppée de bandages. Son corps était relié à tout un tas d'appareils électroniques dont Chalier ignorait la fonction. L'ex-taulard tourna légèrement la tête à l'arrivée de son ami. Son visage était exsangue, ses yeux caves et fatigués, mais il parvint quand même à sourire.

– Hé! On dirait que tu vas mieux ! s'exclama Chalier. Hier, t'étais encore dans le coltar !

– Hier ? dit Gascogne d'une voix faible

– Oui, je suis venu te voir. On a même échangé deux mots, tu ne te souviens pas ?

L'autre fit non de la tête.

Chalier attrapa une chaise et vint s'asseoir à côté du blessé.

– Comment te sens-tu ?

– Super bien ! articula Gascogne. J'pourrais grimper aux arbres !

Chalier rit.

– Ça attendra encore un peu ! Et puis ce n'est pas la saison pour dénicher les oiseaux !

Les yeux de Gascogne sourirent.

– Il paraît que ça fait quatre jours que je suis ici. C'est vrai ?

Chalier confirma d'un sourire amical.

– Putain, je ne me souviens de rien ! grogna le blessé. Et Lombardi ?

– Mort, dit simplement Chalier. Il s'est jeté dans le vide lorsque la police est arrivée.

Gascogne encaissa la nouvelle.

– Je n'ai rien vu, dit-il finalement. J'étais déjà dans les vapes, je suppose.

Chalier hocha la tête.

– Oui. Il s'apprêtait à me tuer quand les flics ont débarqué.

– C'est con, soupira Gascogne. Je veux dire… ce qui nous arrive. Collardo, Lombardi… C'étaient des amis.

– Oui, fit simplement Chalier.

Ils restèrent un moment sans rien dire, perdus dans

leurs pensées amères et mélancoliques. Le soleil entrait par la fenêtre de la chambre. Sur la table de chevet, Chalier remarqua un bouquet de fleurs qui n'y était pas la veille.

– Qui t'a envoyé ça ? demanda-t-il pour rompre le silence. Ta sœur ?

Gascogne sourit.

– Ce n'est pas son genre. Mais je sais qu'elle a pris de mes nouvelles. Elle est même venue, mais on ne l'a pas laissée entrer. C'est une brave fille. Elle en a méchamment bavé avec moi.

– Alors si ce n'est pas ta sœur, c'est qui ?

– Regarde le mot.

– Je peux ?

– Puisque je te le dis.

Chalier attrapa l'enveloppe posée sur la table de chevet et en extirpa une petite carte.

Remets-toi vite, gamin ! était-il d'une écriture appliquée.

– Une petite amie ?

Gascogne hoqueta d'un rire douloureux.

– Pas vraiment. Trop vieille pour moi.

– Alors qui ? Si ce n'est pas indiscret ?

– Irma, la rempailleuse.

Les yeux de Chalier brillèrent de compréhension.

– Bien sûr ! Et dire que j'ai failli croire qu'elle était extralucide !

– Mais elle l'est ! Je t'assure ! Elle avait prédit que je m'en sortirais et que la vérité finirait par éclater ! C'est une amie. Je suis sorti avec une de ses filles, il y a longtemps. J'ai perdu de vue la fille, mais j'ai continué à voir la mère. Elle m'a souvent aidé dans le passé. Comme je n'arrivais pas à t'approcher, c'est à elle que j'avais confié la mission de te remettre ma petite énigme.

– J'avais compris, fit Chalier. C'est vraiment un personnage !

– Sûr ! Je l'aime beaucoup. Dis, tu pourras essayer d'obtenir une autorisation de visite pour elle et pour ma sœur ?

Chalier acquiesça :

– Je vais voir ce que je peux faire.

La porte de la chambre s'ouvrit et Hakima Messaoudi fit son apparition. En jean et blouson de cuir, comme d'habitude. Ses cheveux étaient noués en chignon, son beau visage ovale était dépourvu de maquillage et arborait une expression neutre. Chalier n'en ressentit pas moins un curieux pincement au cœur.

– J'ai appris que vous alliez mieux, lança-t-elle à Gascogne. On va donc pouvoir vous interroger.

– Hé ! Allez-y doucement quand même, fit Chalier en se levant pour aller à sa rencontre.

Elle le fusilla du regard.

– Estimez-vous heureux que je vous aie autorisé à lui rendre visite, M. Chalier ! Il doit répondre à un certain nombre de chefs d'accusation, notamment concernant l'enlèvement du petit Sanchez.

Le *M. Chalier* lui fit l'effet d'une douche froide. Terminé l'amical *Christophe*. Leurs rapports avaient repris une tournure strictement professionnelle.

– Je lui ai trouvé un avocat, commença-t-il, et…

– J'ai deux mots à vous dire en particulier, l'interrompit la jeune femme. Vous voulez bien m'accompagner dans le couloir ?

Le ton était ferme et ne laissait pas de place à l'alternative.

– Je reviens, dit Chalier à son ami en roulant théâtralement des yeux, avant d'emboîter le pas à la jeune femme.

Ils sortirent de la chambre et elle l'entraîna non loin de là vers une salle de visite dont les fenêtres donnaient sur un petit parc. Deux malades en pyjama y étaient assis, l'un lisant le journal, l'autre regardant simplement devant lui. Le soleil hivernal ne parvenait pas à rendre plus gais les fauteuils de Skaï, les murs verts et le lino gris.

– Hakima, je sais que vous m'en voulez mais..., commença Chalier.

– Taisez-vous ! intima la jeune femme. Je n'ai que faire de vos excuses ! À cause de vous un homme est mort, sans compter que vous auriez pu y rester vous aussi, ainsi que votre ami ! Ce n'était pas de l'imprudence, c'était de l'inconscience ! Je vous avais pourtant dit de m'appeler si Gascogne prenait contact avec vous. Une chance que vous ayez laissé ces notes sur votre ordinateur, sinon...

– Vous avez raison mais j'ai senti que je devais lui parler seul à seul, expliqua Chalier mal à l'aise. Lui laisser une chance de s'expliquer...

– Vous ne m'avez pas fait confiance !

L'air buté, elle lui tourna le dos, et ce n'était plus un lieutenant de police qu'il avait devant lui, mais une femme blessée.

– Hakima..., commença-t-il en s'approchant d'elle. Je suis vraiment désolé... J'ai confiance en vous, mais... je ne pouvais pas le livrer à la police. C'est mon ami... Je lui devais ça, vous comprenez ? Si je vous avais prévenue, vous ne m'auriez jamais laissé y aller seul, non ?

– C'est exact, reconnut Hakima. Mais vous auriez quand même pu laisser un message, au cas ou !

Les mains de Chalier s'élevèrent jusqu'aux épaules de la jeune femme, mais n'osèrent pas les étreindre.

– Je... j'ai essayé... Mais... j'y ai renoncé.

– Ah ? Et pourquoi ça ?

Terriblement gêné, Chalier se mit à bafouiller.

– Parce que je voulais vous dire que... que...

Ses mains, comme si elles ne lui appartenaient pas, revinrent se poster le long de son corps.

– Que vouliez-vous me dire ?

– Vous me rendez les choses difficiles, Hakima... Je voulais vous dire que... enfin, c'est sans importance.

Elle se retourna et exhiba un morceau de papier froissé.

– Les enquêteurs ont trouvé ça, non loin du sentier menant au barrage. Par miracle, il était resté accroché à une branche. L'encre est bien un peu détrempée par la pluie, mais on peut quand même lire le contenu.

Chalier se sentit rougir jusqu'aux oreilles.

– Si vous saviez, pourquoi me l'avoir demandé ?

– Je voulais vous l'entendre dire. Mais nous reparlerons de tout ça plus tard. Pour l'instant, je dois interroger votre copain.

Cette fois, les mains de Chalier se posèrent sur les poignets d'Hakima, qui ne chercha pas à se dérober.

– Il risque beaucoup ?

Elle soupira.

– En théorie, oui. Surtout pour l'enlèvement du gamin. Mais les Sanchez sont de braves gens... Je leur ai expliqué pourquoi Gascogne avait fait ça... Leur fils n'a pas été maltraité et c'est grâce à votre ami qu'on a trouvé l'assassin de Lefebvre.

– Et aussi résolu le meurtre de Bertrand Omiak, et les enlèvements de quatre enfants en 1973 et 1974, et, qui sait, peut-être d'autres encore ! s'anima Chalier.

Hakima acquiesça.

– C'est juste.

– Où en est-on à propos de tout ça ? s'enquit-il.

– On a pu identifier plusieurs enfants sur les photos retrouvées chez Lefebvre. Certaines pourraient correspondre à celles de votre ami Collardo. Je voudrais que vous les voyiez avant... avant de prévenir la famille.

Malgré lui, Chalier lâcha la jeune femme. À la perspective de regarder ces clichés, il se sentait brusquement mal. Il s'essuya nerveusement les paumes sur son pantalon. Il redoutait de voir le visage de son ami d'enfance après toutes ces années et, surtout, de découvrir ce qu'on lui avait infligé.

– D'accord, finit-il cependant par murmurer.

– Je vous préviens, ce ne sera pas facile. Au moins, comme vous le disiez, les familles des victimes sauront ce qui est arrivé à leur gosse.

Le regard de Chalier s'enfuit comme un oiseau effrayé vers la fenêtre et le soleil.

– Je ne suis plus si sûr que ce soit un soulagement pour elles, souffla-t-il.

– Si, assura Hakima. Vous aviez raison l'autre fois. La vérité est toujours préférable à l'ignorance.

Chalier réfléchit un long moment avant de répondre, comme si cette question revêtait une importance particulière à ses yeux.

– Oui, sans doute, fut pourtant tout ce qu'il trouva à dire.

Puis prenant conscience de la pauvreté de sa réponse, il poursuivit :

– Avez-vous mis la main sur des complices ?

– Pas vraiment. Lefebvre était semble-t-il un prédateur solitaire. On a toutefois procédé à plusieurs arrestations à partir des noms trouvés chez lui, mais rien n'indique que les suspects aient été impliqués dans les enlèvements. Il s'agissait plutôt de… consommateurs passifs !

– De consommateurs ! répéta Chalier, indigné. Des consommateurs d'enfants ! Putain, j'espère qu'ils en prendront pour longtemps ces salauds !

– Nous nous y attelons !

– Et Viallard père et fils ?

Le visage de la jeune femme prit un air ennuyé.

– On n'a rien contre eux. On m'a d'ailleurs gentiment demandé de laisser tomber.

Chalier laissa échapper un soupir désabusé, avant de sourire.

– Peu importe ! Les journaux ont déjà commencé à parler de l'affaire. Le scandale qui va éclabousser la famille va aussi porter un rude coup à ses affaires. Pour ce genre d'individus, c'est sans doute la meilleure des punitions ! Et le père d'Angelo ?

– Le légume ? On a retrouvé des choses intéressantes dans le grenier de sa maison de famille... Pas sur les enlèvements proprement dits ou sur le meurtre d'Omiak, mais sur les opérations coup de poing qu'il menait avec ses petits copains. Ce salaud aimait bien garder des souvenirs de ses exploits : portefeuilles, photos, étuis à cigarettes, armes blanches et même un pistolet... On pourra peut-être tirer quelque chose de tout ce fourbi...

– Un pistolet ? s'exclama Chalier. Est-ce que c'était un automatique ? Un Colt ?

La jeune femme lui lança un regard étonné.

– Oui ! Comment le savez-vous ?

Chalier sourit.

– Lieutenant, je crois qu'on tient là la preuve qui nous manquait ! Cette arme, si c'est bien celle à laquelle je pense, a une sacrée histoire. Je vous la raconterai.

– J'y compte bien.

– Pourquoi pas un de ces soirs ? s'enhardit Chalier.

Le regard d'Hakima se fit soudain plus distant. Timidité ? Méfiance ?

– Je préférerais que ce soit au commissariat, répondit-elle.

Puis pour adoucir ses paroles un peu dures, elle poursuivit :

– J'évite autant que possible de mélanger le travail et le plaisir. Mais plus tard, pourquoi pas ?

Ils reprirent le chemin de la chambre.

– On a identifié le cadavre dans la BMW de Lombardi, déclara la jeune femme. Il s'agit d'un petit malfrat d'origine antillaise, du nom de William Montdésir.

– Le tueur engagé par Lombardi pour liquider Lefebvre. Celui qui m'a agressé devant mon hôtel. Angelo m'a avoué s'en être débarrassé.

– Oui, j'ai lu ça dans votre déposition. Après l'avoir tué, il l'a mis dans sa BMW et a poussé celle-ci dans le ravin. Il est ensuite reparti avec la voiture de Montdésir, celle-là même qu'on a retrouvée sur le parking du Gouffre d'Enfer.

– Angelo était vraiment le digne fils de son père ! murmura Chalier.

– Les chiens ne font pas des chats, hein ? Au fait, vous ne comptez pas repartir tout de suite ? On va encore avoir besoin de vous ici.

Chalier eut un geste de dénégation.

– Non. Vous oubliez que je vous dois une petite histoire. Et puis… j'aimerais vraiment vous revoir dans un cadre plus amical que celui d'une enquête de police.

Il eut le plaisir de voir se dessiner un léger sourire sur la bouche pulpeuse de la jeune femme.

– On verra ça. Vous êtes toujours au même hôtel ?

– Pour le moment, oui. J'aime bien ma chambre orientale.

Le sourire s'épanouit davantage et Chalier sentit son cœur chavirer devant ses jolies petites quenottes blanches.

– Je vous appellerai prochainement, dit-elle.

– J'attendrai impatiemment votre coup de fil.

Ils arrivaient devant la chambre de Gascogne.

– Je peux lui dire au revoir avant que vous l'interrogiez ?

Les yeux sombres en amande plongèrent dans les siens et il vit qu'ils pouvaient aussi être très doux et bienveillants.

– Bien sûr, allez-y.

Il poussa la porte de la chambre. Gascogne l'accueillit d'un regard inquiet.

– Alors, comment ça se présente ?

– Ça devrait aller, fit Chalier en s'approchant de lui. Tu peux lui faire confiance, c'est une chic fille. L'avocat que je t'ai choisi va aussi s'occuper de toi. Ne t'inquiète pas trop, ça va bien se passer. Après tout, tu es presque un héros.

– Hein ? Qu'est-ce que tu racontes ?

– Ben oui, mon vieux ! C'est grâce à toi qu'on a élucidé les disparitions de Collardo et des autres gosses. Bomaki n'est plus. Il ne reviendra plus jamais hanter nos cauchemars.

– Tu crois ? souffla Gascogne, avec une expression douloureuse.

– Je l'espère, en tout cas. Bon, je dois y aller maintenant, car le lieutenant veut te parler. Je reviendrai te voir bientôt. Je compte rester en ville encore quelque temps.

Comme il prononçait ces mots, une pensée assombrit son visage. Sans s'en rendre compte, il grimaça et porta une main nerveuse à ses joues mal rasées.

– Ce n'est rien, répondit Chalier tandis qu'une mine chagrine contredisait ses propos. C'est juste qu'il va falloir que je prévienne mon ex-femme que… Enfin, j'ai des choses un peu délicates à lui dire et j'aurais préféré ne pas avoir à le faire par téléphone.

L'air ennuyé, il commença à s'éloigner.

– Chris ? le rappela Gascogne comme il atteignait la porte.

– Oui ? dit Chalier en s'immobilisant, la main sur la poignée.

– Tu vas en faire un roman de cette histoire ?

Chalier se retourna lentement vers son ami.

– Non Philippe, je ne crois pas. C'est vrai que ça ferait un bon récit, mais…

– Mais ?

– Mais il est temps que Bomaki dorme enfin de son dernier sommeil, tu ne crois pas ?

Au Bord des Cendres

Jean-François Bouygues

Un récit attachant, poignant, une histoire magnifiquement racontée.

Novembre 1994. Vincent, meurtri par la vie, part à la recherche de sa grand-mère Valentine, perdue depuis juin 1944. Il la retrouve finalement dans un hôpital psychia-trique. Commence alors un étonnant voyage dans le temps, entre 1936 et 1944.

Une saga familiale conduite par les destins croisés de deux sœurs, Valentine et Susie.

Une chronique villageoise, entre bonheurs et souffrances, entre amour et trahison, au cœur d'une époque mouvementée et sombre, celle du régime de Vichy, de l'Occupation et de la Résistance.

Une galerie de personnages authentiques… un crescendo captivant et un dénouement bouleversant.

GRAND PRIX *Femme Actuelle* 2009

LE PRIX "COUP DE CŒUR"
de Paulo Coelho

Les Lames de Dieu

Alexandra Rossi

Venise, début du XIIIe siècle, après l'échec de la troisième croisade. Dérober le secret des lames de Damas peut garantir la victoire sur les infidèles.

Quand Allen Esley, fervent chevalier croisé, est envoyé en Orient par le doge de Venise Enrico Dandolo pour rapporter le secret de fabrication des épées de Damas réputées indestructibles, il ignore tout de Rayhan, l'agent que lui a assigné le doge pour mener à bien sa mission. À travers de multiples aventures, de Venise à Damas, de Saint-Jean d'Acre à Constantinople, sur la route des Hospitaliers, des Templiers et jusqu'au fief des Assassins, le chevalier et sa sœur, la belle Myrna, découvrent la bravoure, la droiture et le passé de ce jeune homme fascinant dont la destinée est liée à celle de la chrétienté.

Éditions Les Nouveaux Auteurs
www.lesnouveauxauteurs.com

PRISMA ÉDITIONS
www.prismashop.fr

**Des romans plébiscités
par un comité de lecture grand public.**

**Des auteurs de talent
qui signent leur premier roman.**

Cet ouvrage a été mis en pages
par Studio Ben à Argenteuil
et composé en ITC Berkeley Old Style

Photo couverture : © Chrystèle Ferté

Impression réalisée sur CAMERON par

CPI
Brodard & Taupin
La Flèche

pour le compte des Éditions

Les Nouveaux Auteurs

Dépot légal : Juin 2009 – N° d'impression : 52925